KB252635

새미비평신서 ⑩

한국 현대시와 시정신

김완하 비평집

새미

서 문

필자는 2002년 가을에 계간 『시와정신』을 창간한 바 있다. 시를 쓰면서 비평을 하고 대학에서 학생들에게 문학의 이론과 시창작을 강의하는 와중에도 이 일에 관심을 가질 수밖에 없었던 이유는, 시정신을 지켜내는 일의 소중함은 단순히 개인의 시에 대한 관심과 열정 그 이상을 필요로 한다는 판단에서였다. 『시와정신』의 창간사를 간추려 이 책의 서문으로 대신하고자 한다. 그 이유는 여기에 수록된 글들도 그러한 노력의 연장선에서 씌어진 까닭이다.

새로운 세기, 새로운 천년의 출발과 함께 우리는 여러 가지 기대와 포부를 펼쳐 보이며 오늘에 이르고 있다. 무엇보다도 모든 것에서 근본 문제로 돌아가 그것을 새롭게 모색하고 제기하는 자세가 중요하다고 믿는다. 새 시대를 맞이하여 넘칠 듯 끓어오르던 활력은 어느새 삭아들고, 마치 지난 연대의 질곡을 그대로 되풀이하는 것처럼 보인다. 이 시점에서 진실로 새로운 세기, 새로운 천년을 위한 노력과 열정을 얼마나 펼치고 있는가 묻지 않을 수 없다. 새로운 노력이 없는 한 우리는 다시 해묵은 과제에 파묻혀 허덕일 것이 분명하기 때문이다. 새로움이란 어디까지나 현실의 문제를 쉽게 초월하는 데서 오는 것이 아니라, 온몸으로 그것을 밀고 나아가는 치열한 정신 속에서 얻어진다고 믿는다. 정신의 문제를 주목하는 이유도 여기에 있다. 지금 우리는 문화와 정신의 새로운 갈증 속에 있지만 주변 환경은 대단히 열악한 상태라 하지 않을 수 없다. 인문학의 중요성에도 불구하고 그 가치는 이미 바닥으로 추락하였으며, 인간 정신의 위대함을 믿고 그것을 추구해가는 자세 역시 빈곤한 것이 사실이다.

『시와정신』을 창간하는 것은 바로 이러한 문제의 인식과 함께 새로운 시정신의 모색을 위한 노력이다. 시는 한 시대의 정신과 표정, 그 문화적 흐름을 가장 예리하게 보여주는 문학 장르이다. 또한 시는 그 시대 언어의 속살이며 심장이라고도 할 수 있다. 따라서 시와 정신을 통해서 우리 시대의 문제와 새롭게 만나고자 한다. 우리는 새로운 시와 새로운 시정신의 추구를 통해서 문화와 정신의 결핍을 감당하고 그것을 극복해 나아가려 한다. 진지하고도 치열한 시정신의 모색이야말로 삶의 주변으로 밀려나는 시의 위의를 다시 일으켜 세우는 일이 될 것이며, 또한 여러 문화예술들과의 상호 소통과 작용이 시정신의 넓이와 깊이를 동시에 확보하는 일이 될 것이라 믿는다.

이 작은 책 한 권을 내는데도 많은 분들의 도움이 있었다. 부끄러운 마음을 안으로 새기면서 한남시문학연구회 여러분에게 진심으로 깊은 감사를 드린다.

2005년 가을

김 완 하

목 차

1 부

시의 해석
시와 역설
시와 자연
시와 담화

시의 해석

1. 머리말

문학교육의 궁극적인 목표는 문학작품을 읽고 그 작품이 주는 감동과 그것의 미학적 가치를 파악할 수 있는 안목과 시야를 열어주는데 있을 것이다. 학생들 스스로 문학작품을 친숙하게 접할 수 있게 하여 그것을 감상하고 예술성을 파악할 수 있는 능력을 통해 사람에 대한 인식의 깊이를 꾀하는데 있다고 하겠다. 그러한 목적을 보다 더 효과적으로 꾀하기 위해서 그 동안 여러 가지 방법들이 원용되어 왔다. 그러한 방법들은 문학교육에서 작가와 작품(텍스트), 그리고 독자의 삼각관계 가운데 어디에 초점을 두어서 작품을 해석하느냐 하는 것과 연관을 갖는다. 문학 교육 방법론은 이 세 가지 가운데 어느 것에 중점을 두고 텍스트를 해석하느냐에 따라 결과는 다르게 나타나기도 했다. 따라서 작가와 작품, 독자 이 세 가지 요소의 중요성은 그 어느 하나도 소홀히 할 수 없는 것이다.

문학교육 방법론으로 작가를 중심으로 하여 접근하는 작가중심의 방법[1]이 있다. 이것은 작가의 생애와 사상 그리고 그 시대적 배경을 전제로 작품의 의미를 파악해 가는 방법인데, 우리의 문학교육에서 고등학교까지는 전적으로 이 방법에 의존하고 있다 해도 과언은 아니다. 다음으로는

---

1) A. Jefferson & Robey, 최상규 역, 『現代批評論』(형설출판사, 1985), 7~15쪽.

텍스트만을 중심으로 해서 그 작품의 의미를 파악하는 방법[2]이 있다. 그것은 문학 텍스트는 언어로 축조된 것이라는 점을 강조하여 그 텍스트의 구조와 형식에 세심한 관심을 기울이는 입장에서 의미를 파악하는 작품중심 방법이다. 전자의 입장은 그 작품이 씌어지게 된 배경을 중요시하여 그것의 사회성과 역사성을 파악할 수 있다는 장점과 함께, 그 텍스트의 언어 형식 및 구조를 소홀하게 다룬다는 한계를 갖고 있다. 또한 후자의 경우는 언어에 대한 섬세한 관심으로 그 텍스트의 언어 형식 및 구조에 대한 미시적 접근이 가능하다는 이면에, 그 작품이 지니는 사회성과 역사성을 간과한다는 한계를 지적할 수 있다. 그리하여 이 둘 사이의 장점을 수용하고 단점을 보완할 수 있는 방법으로 독자수용미학[3]이 대두되었던 것이다.

본고에서는 문학교육의 진정한 방법과 올바른 시작품의 해석이라는 관점을 모색해보기로 한다. 문학교육에 좀더 효율적인 방법론을 검토해보고 이를 토대로 실제 시를 해석해 가는 과정에 적용해보고자 하는 것이다. 시를 해석하고 그것을 교육한다는 사실은 여러 가지 방법이 제기되어 있는 만큼 그리 쉽고 간단한 일은 아니다. 또한 문학교육 방법론은 텍스트에 접근해 가는 하나의 안내 지침이라고 할 수 있을지 모르나, 곧 방법이 그 성과를 보장해 주는 것은 아니다. 한 편의 시를 읽고 감상하는 것이 어려운 만큼, 그것을 섬세하게 파악하여 그 의미와 시적 정서를 학생들로 하여금 온전하게 받아들일 수 있도록 유도한다는 일은 문학교육에서 매우 신중히 해야 할 문제이다.

시가 갖고 있는 최고 최선의 가치는 어떠한 학문이나 교과서에서도

---

2) 위의 책, 29~37쪽.
3) 로버트 C. 홀럽, 최상규 역, 『受容理論』(삼지원, 1985), 13~30쪽.

획득하기 어려운 '창조적 상상력'을 구축하고 있으며, 환기하고 형성시켜 주는 요소를 갖는다는 점이다. 그런 만큼 현대 사회에서는 시의 이러한 '창조적 상상력'을 고양시키는 일이 무엇보다도 긴요한 일이라 하겠다. 시 교육의 절실한 필요성은 바로 여기에 있다. 결국 시를 읽고 배우는 일은 고도로 표현된 언어의 묘미를 터득하고, 그 시어들이 서로 교직되며 엮어내는 심상을 통해 시인의 시적 정서와 분위기를 느끼며, 그 정서를 향유하는 일이다. 물론 '나'속에 내재하는 정서를 시 읽기를 통해 환기해 내고, 또 세련시키며 그러한 과정을 통해서 새롭고 의미 있는 세계 인식의 경험을 넓혀나가는 것이다. 그러한 자기화의 작업이 즐거움과 아름다움 을 통해 형성되어야 하는데, 이는 바로 '창조적 상상력'에 기반한다.[4]

따라서 시를 대하는 자세는 대상에 대한 신뢰와 애정을 바탕으로 해야 한다. 압축과 생략, 비유와 상징 등 고도의 기법이 과감하게 발휘되는 시에 대하여 경직된 자세나 획일화된 결론을 유도하려는 태도는 바람직 한 것이 아니다. 시에 내재하는 '공백'[5]은 다른 여타의 문학 장르보다도 섬세한 마음자세와 자유로운 상상력 그리고 예민한 감수성을 통해서 채 워야만 하는 것이다. 단순하게 주제나 핵심적 의미만을 찾아내려는 시 읽기의 태도를 벗어나서 한 편의 시가 지니는 다양한 의미의 공간 속으로 뛰어 들어 자신의 개성이 가미된 능동적 독서가 이루어져야 할 것이다.

한 편의 시에 대한 이해와 감상은 무엇보다도 학생들의 자율성과 능동 성이 강조되어야 하겠다. 이 점에서 우리는 독자반응이론의 관점에서 하

---

4) 최순열, 「어떻게 창조적 상상력을 찾을 것인가」, 『시안』제3호 (詩眼社, 1999), 28~38쪽.
5) 독자수용미학에서 말하는 Blank, Gap이라는 개념이 여기에 해당한다. 그것은 미정성이 나 불확정성이라는 용어로 불리기도 하는 것이다. 시의 교육에서 텍스트 해석이란 완결 된 의미를 밝혀내어 학생들에게 그것을 보여주는 것을 의미하지 않는다. 오히려 불확정 적이어야만 학생들이 능동적으로 텍스트의 의미를 넓혀가면서 텍스트에 더욱더 흥미 를 갖게 된다.

나의 모델을 제시해 볼 수 있다. 시의 이해에 부여되는 어떤 선입관이나 고정관념은 차단되어야만 한다.[6] 그것은 기존의 시 이해에서 연역적으로 접근해 가는 태도로써 학생들의 자유로운 상상력을 억압하고 편향된 시 각으로 시의 해석을 몰아갈 공산이 크기 때문이다. 어떠한 방법론의 제안 도 구체적이고 실제적인 시의 해석이나 감상의 실현 위해서 가능하므로, 이 글에서는 황진이 시조 「청산리 벽계수」와 서정주의 시 「鞦韆詞」를 택하여 문학교육과 시 해석의 실제를 모색해 보고자 한다.

2. 문학교육 방법론의 검토와 모색

기존의 문학교육에서 작가중심으로 텍스트의 의미를 해석해 감으로써 빚어지는 문제는 학생들이 능동적인 자세로 활동하기 보다는 수동적인 상태로 머물게 한다는 점이다. 뿐만 아니라, 입시위주의 현행 교육은 문학 작품까지도 정답을 찾아야 하는 시험의 대상으로 전락시킴으로써 문학교 육은 또 하나의 힘겨운 입시과목에 지나지 않게 되었다. 이렇게 문학교육 에 안내된 학생들은 문학작품, 그것도 시를 앞에 두면 난감한 상황에 처하 게 된다. 작가의 신상이나 생애 그리고 시대적 배경, 그의 사상이라는 단서를 전제하고 그 작품을 일방적으로 주입하는 문학교육이 이루어짐으 로써 학생들은 누구의 도움 없이는 어떠한 작품도 읽지 못하는 결과를 초래하였다. 따라서 학생들에게 시는 매우 어렵고 따분한 것에 지나지 않으며, 문학작품 앞에서 자유로운 상상의 세계를 펼 수 있는 자세를 얻지

---

6) 문학현상학에서 텍스트에 개입하는 선입관이나 고정관념(Stock reponse)을 배제한다는
   뜻의 괄호정리가 여기에 해당한다.

못한 것이다.

가령 이육사의 시를 이해하기 위해서는 먼저 이육사의 출생으로부터 그의 생애가 점검되고 그의 항일운동 경력이 제시된다. 그리고 그의 사상적 배경은 유교로써 여기에서 형성된 선비정신이 강조되었다. 따라서 이육사 생애의 저항적 모습은 곧 바로 시인의 의식으로 대비되었으며, 그의 시 세계로도 확장되어 급기야 「靑葡萄」와도 대비되었던 것이다. 그리하여 「靑葡萄」는 읽기도 전에 이미 저항시로 규정되고 「靑葡萄」에 대한 독서는 다만 이 시가 저항적인 것을 확인하는 과정으로 이루어질 뿐이었다. 그 결과로 어쩌면 이육사의 시에서 서정성이 뛰어난 작품일 수 있는 「靑葡萄」 또한 매우 경직된 독서로 몰아가는 과오를 범하게 된 것이다.[7] 그 결과로 이육사의 「靑葡萄」는 단지 "흰 돛단배"와 "내가 바라던 손님"이라는 부분만을 자의적으로 분리시켜서 주제를 만들어냈던 것이다. 즉 "흰 돛단배"는 우리 민족이 백의민족임을 들어서 곧 '우리 민족'을 의미한다 하였고, "내가 바라던 손님"은 만주 등지에서 조국의 광복을 위해 투쟁하던 '독립투사'들이라는 해석이 그것이다. 그래서 이 작품은 저항시이고 일제 강점기 조국의 독립에 대한 염원이 그 주제라는 기계적인 결론에 이르게 되었다.[8] 뿐만 아니라 이 시가 지닌 비유와 기법, 색상의 대비나

---

7) 김창완, 「이육사의 「靑葡萄」검토」, 『韓國言語文學』제29집 (한국언어문학회, 1991). 필자는 이 논문에서 이육사의 「靑葡萄」에 대한 관심의 편향성을 두 가지 방향으로 지적하면서 이 시의 자율성과 사회성 즉, 텍스트의 미적 구조와 시대적 배경을 동시에 파악 할 수 있는 독자중심비평으로 분석한 바 있다. 아직도 그때의 논의에 대한 필자의 입장은 유효하다.

8) 문학교육의 문제 가운데 시 교육에서 시인의 의도를 중심으로 시를 해석하거나 텍스트에 대한 구조적 분석으로 해석을 확정짓는 것은, 오류를 낳을 수 있는 위험이 있으면서 학생들의 자유로운 사고를 억제하는 결과를 가져온다. 또한 교육자가 지배적인 위치에서 피교육자에게 자신의 주관적인 해석을 받아들이도록 강요하는 것도 다양한 해석이 가능한 시의 성격상 불합리하다.

다양한 이미지, 안정된 어조와 시의 형식과 구조 등은 전혀 고려의 대상이 되지 못했던 것이다.

문학작품의 의미 파악에서 중요한 것은 독자들의 독서 체험이라 할 수 있다. 그러한 점에 대해서 지적한 볼프강 이저(Wolfang Iser)의 다음과 같은 견해는 매우 시사적이다.

> 독서 경험은 과거의 경험에 따라 달라질 것이다. 우리가 독서하는 언어는 실제 대상을 재현하는 것이 아니라, 허구적 가면 속에서의 인간의 언어를 재현하는 것이다. 이 허구적 언어는 우리의 정신 속에서 상상력의 대상을 수정하며 조정해 가는 과정이다. 독자는 마음속에 인물과 사건에 대한 자신의 기억에 의존하는 어떤 기대감을 가지고 있다. 그러나 그런 기대감들도 계속적으로 수정되며, 독자가 텍스트를 읽어감에 따라서 기억들이 병행된다. 우리가 책을 읽을 때에 파악하려는 것은 단지 일련의 관점 변화일 뿐이지, 모든 시점에서 고정된 완전한 의미의 어떤 것이 아니다.[9]

이상의 사실은 텍스트를 수용하는 독자의 입장을 단적으로 밝혀주는 것이다. 작가는 자신의 의도를 아무리 자세히 밝힌다 해도 다 밝힐 수 없는 까닭으로 텍스트에는 수많은 '미정성'을 남기게 된다. 따라서 텍스트에서 작가는 말할 수 있는 것을 하나도 빠짐없이 다 말하지 못한다. 독자들로 하여금 그 빈틈을 메우도록 하는 것이다. 텍스트에 빈틈이 없다면 독자들은 독서과정에서 능동적으로 할 일이 없어질 것이며, 독서의 흥미도 줄어들 것이다. 텍스트는 낱말과 낱말 사이, 문장과 문장 사이에 수많은 틈을 지니고 있다. 그리고 그 폭은 미리 결정되어 있는 것이 아니다. 이것을 텍스트의 '불확정성(미정성)'이라 한다. 바로 이 '불확정성'을

---

9) 레이먼 셸든, 윤홍로 외역, 『現代文學理論』(종로서적, 1984), 137쪽.

독자가 한 특정 경우에 임시로 확정하는 것이 해석이다.[10] 독자가 그러한 '불확정성'을 자신의 관점에서 조정하면서 '확정성'으로 옮겨가게 되는 것이 독서의 과정이다.

필자는 이육사의 「靑葡萄」에 대한 해석에서 빚어진 문제점을 제기하고 그것을 독자가 중심이 되어 진행하는 독자반응이론으로 검토해본 바 있다.[11] 이미 그곳에서 몇 가지의 문제를 제기해 놓았고, 그것을 바탕으로 새로운 해석을 시도한 바도 있다. 지금까지 「靑葡萄」는 그 작품이 지닌 외연적 사실에 의해서 그 작품의 자율적 의미나 텍스트의 예술성은 간과되었고, 다만 저항시라는 사실의 확인에 필요한 부분만을 발췌하여 이해했던 것에 지나지 않았다. 그러나 필자는 그것을 벗어나서 독자반응에 초점을 맞추어 텍스트의 의미를 파악함으로써 다음과 같은 도표를 도출하기에 이르렀다.

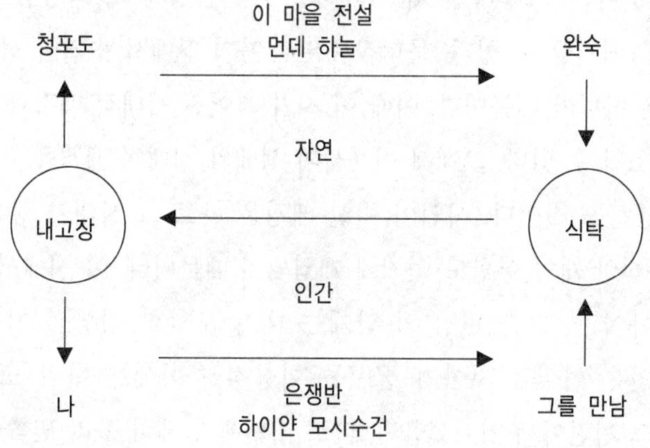

---

10) 이상섭, 『자세히 읽기로서의 비평』(문학과지성사, 1988), 128~129쪽.
11) 김창완, 「이육사의 「靑葡萄」 검토」, 79쪽 참조.

　이로써 「靑葡萄」의 주제를 새롭게 파악할 수 있었다. 이 시의 의미는 '내 고장의 전설'과 '먼데 하늘'에 의해서 이루어지는 청포도의 완숙(完熟)으로 제시되는 자연의 완성과 '나'가 '그'를 만나 이루는 인간의 완성이 하나로 조화를 이루는 식탁의 세계, 곧 참다운 고향으로 돌아가고픈 염원을 담고 있다. 이 시는 궁극적으로 이육사가 참다운 고향의 세계(낙원의 세계)로 돌아가고자 했던 염원을 드러낸다. 즉, '청포도'의 완숙으로 이미 자연의 완성은 이루어져 있다. 그러나 '나'는 아직 '그'를 만나지 못했다. 인간의 완성된 모습은 아직 실현되지 못한 것이다. 따라서 그때를 기다리며 내가 그를 만나기 위해 준비해 두어야 할 것은 '은쟁반'과 '모시 수건'이다. 그것은 만남이 이루어지는 순간의 기쁨과 활기찬 삶을 더 적극적으로 깊이 받아들일 수 있는 마음 자세인 것이다.

　결국 이 작품은 자신이 맞이할 미래를 위한 다짐에 더 깊은 의미가 닿아 있는 것이다. 그렇다면 왜 이육사는 1930년경에 이 작품을 썼을까 하는 문제를 제기할 수 있다. 문학작품은 갑자기 땅에서 솟거나 하늘에서 떨어진 것은 아니기 때문이다. 이때 이 시가 씌어진 시대적 배경과 이육사의 삶이 참조될 수 있다. 그래서 이육사의 생애와 시대적 배경을 끌어들일 필요가 발생하는 것이다. 시인이 처한 배경은 바로 그 시대가 낳은 것이며, 시인 자신의 개인 상황도 여기에 개입되기 때문이다. 이 시에서 '나'는 현실적 자아이며 '그를 만남'의 단계는 내가 도달할 이상적 자아이다. 그러나 시인은 현실적 자아가 꿈꾸는 이상적 자아에는 아직 도달하지 못하였다. 그 원인이 무엇이었을까, 바로 거기에 일제의 우리 민족에 대한 지배가 자리하게 되는 것이다. 그러한 사실이 시인을 고통 속에 처하게 했으므로 시인은 그것과 싸웠던 것이다. 따라서 일본이 우리를 강압적으로 지배했던 사실은 이 시를 쓰게 했던 배경인 것이지, 곧바로 이 시가 저항시가 되는 것은 아니다. 그렇다고 절대로 이 시의 가치가 변질되거나 폄하되는 것 또한 아니다.

이로써 이 시의 텍스트의 구조와 형식을 살필 수 있었고, 이와 함께 이 시가 지니는 역사 사회적 의미도 함께 파헤칠 수 있었다. 적어도 이육사의 「靑葡萄」가 지니는 언어의 결을 충실하게 살폈으며, 아울러서 그것이 지니는 역사적 의미도 함께 파악할 수 있었다. 따라서 「靑葡萄」의 감상을 통해 이 작품의 아름다움도 확인했으며, 이 작품이 씌어지게 된 배경도 함께 살폈던 것이다. 요컨대 이 작품이 지니는 사회성과 자율성[12]을 동시에 이해할 수 있었던 것이다. 텍스트의 분석과정에는 외연적 요소는 차단되어야 한다. 독자가 중심이 되어 시적 문맥에 깊이 천착해가면서 전체 의미를 파악한 후, 그것의 시대적 배경을 살피는 과정에서 작가와 시대가 참조되어야 한다.

이상의 독서 과정에서 독자는 텍스트를 읽어 가는 주체가 될 수 있었다. 또한 독자는 보다 자유롭고 능동적인 자세로 창조적 상상력을 발휘함으로써 새로운 해석을 낳을 수 있게 되는 것이다. 그 결과 본고에서 제기하였던, 올바른 문학교육이란 무엇인가에 대한 하나의 시각으로 제시할 수 있다. 왜냐하면 문학교육은 학습의 과정을 통하여 학생들의 능동적이고 적극적인 참여를 요구하며, 학생 스스로 작품을 분석하고 이를 자신의 것으로 내면화할 수 있는 적용 능력, 창의성, 표현력을 증진시키고 열어주는[13] 것이라 할 수 있기 때문이다.

---

12) 미하일 바흐찐, 전승희·서경희·박유미 역, 『장편소설과 민중언어』(창작과비평사, 1988).
13) 윤여탁, 「문학교육에서 이론의 위치」, 『국어교육연구』(서울대학교 사범대학 국어교육 연구소, 1995), 35쪽.

3. 시작품 해석의 실제

우리의 문학교육에서 특히 그 작품에 대한 영향관계나 외연적 요소에 얽매이게 되는 것은 고전문학 작품의 이해에서 강하게 나타나고 있다. 그것은 문학의 실증적 연구를 위한 방법론에서 비롯된 것이겠지만, 그것이 궁극적으로 작품을 읽는 학생들로 하여금 문학에 대한 자율적 자세를 억압하고, 창조적 상상력을 억제시킨 결과를 낳은 것에서는 예외가 아니다. 그러한 결과를 우리는 대표적으로 다음의 시조에서도 살필 수 있다.

青山裡 碧溪水야 수이감을 자랑마라
一到滄海하면 다시 오기 어려우니
明月이 滿空山하니 쉬어감이 어떠리

— 황진이, 「청산리 벽계수」 전문

이 시조는 이조시대의 기녀로 널리 알려진 황진이의 작품이다. 황진이는 빼어난 시조를 남긴 것으로 유명하며 그의 시조는 주로 애정문제를 소재로 다루고 있다. 따라서 위의 작품도 황진이의 생애와 관련된 애정문제에 초점을 두고 해석되어 왔다. 그러나 텍스트는 매우 다층적인 구조로 되어 있는 것이다.[14] 그러므로 텍스트의 의미해석은 표면적 이해에서 멈추어서는 안 되며, 그 이면에 깔려있는 심층적 의미를 동시에 파악해 내야 한다.

---

14) 로만 잉가르덴, 이동승 역, 『文學藝術作品』(민음사, 1989), 49~54쪽.
　　문학 작품의 근본구조는 다층적 형상으로서 다음의 네 개의 층으로 구분하고 있다.
　　1) 단어음 및 그것을 근거로 조성되는 보다 높은 계제의 음성형상들의 층.
　　2) 상이한 계제의 의미단위체들의 층.
　　3) 다양한 도식화된 시점들과 시점연속체 및 시점들의 층.
　　4) 표시된 대상성들과 그것들의 운명들의 층.

이 작품에 대한 이해에서는 항시 황진이와 서경덕 사이의 일화가 등장하곤 하였다. 이조사회의 관행으로 기생은 재와 색을 갖출 때 사랑을 받았다. 그 가운데서도 미모와 재주를 인정받았던 황진이는 당대의 호걸들에게 선망의 대상이 되었고, 그리하여 황진이의 치마폭에 놀아나지 않은 사내들은 없었다. 그러나 사내 중의 사내인 서경덕만은 황진이의 미모에 넘어가지 않았다. 그뿐만 아니라 황진이가 자신에게 보인 관심에도 전혀 동요되지 않았다. 이에 황진이가 오히려 몸이 달아 추파를 던지는 시조를 지었다는 것이다. 그래서 대부분의 학생들에게 이 시는 마치 황진이가 서경덕에게 써 보낸 연애시 정도로만 폄하되어 버리고 말았던 것이다.

이러한 사실은 적어도 두 가지 이상의 과오를 범하였다고 할 수 있다. 첫째는 이 시를 읽는데 있어서 고정관념을 줌으로써 편향되고도 경직된 시 이해의 결과를 낳았으며, 학생들을 단지 수동적인 상태로 묶어둠으로써 시 이해의 주체가 되지 못하게 했다는 점이다. 둘째로는 이 시의 창작배경이 그와 같을지 모르며 그래서 그것이 이 시의 창작배경의 이해에는 도움을 줄지 모르나, 문학의 언어가 지니는 다층성을 배려하지 않는 단순한 문맥의 의미 파악에 머물고 말았던 것이다. 그 결과로 인하여 학생들에게 겨우 이 시는 황진이의 연정을 담은 연애시라는 단순한 사실로 읽히게 되었다는 점이다. 그만큼 이 시는 황진이의 생애 속에서 빚어진 사건과 연관시켜 단순한 표면적 의미 파악에 그쳤던 것이다. 따라서 이 시가 인생의 비유를 통해 매우 사려 깊은 의미를 담고 있다는 점은 간과하게 되었다. 그 결과로 문학교육의 궁극적인 목표에도 부응하지 못하였다는 것이다.

이 작품은 매우 선명한 이미지의 대립으로 형상화되어 있다. 시조가 보여줄 수 있는 형식미를 함축하고 있는 작품이기도 하다. 따라서 학생들에게 이 시조의 외연적 요소의 주입을 배제하고 그들 스스로 자유롭게 읽고 의미를 새김으로써 텍스트의 공백을 메우도록 해야 한다. 학생들 스스로 이 시의 독서에 주체가 되어 창조적 상상력을 통해서 텍스트의 내면으로 다가서도록 해야 한다. 부분적인 요소들의 세밀한 이해를 바탕으로 이 시조가 환기시켜주는 새로운 의미를 깨닫도록 길을 열어 주어야 한다. 문학 작품의 수용 측면에서 이해할 때 시 분석에 필요한 다양한 요소들에 대한 개별적인 접근이나 분석보다는 통합적인 분석이 필요하다. 본고에서는 비유나 이미지, 운율, 상징 등 부분별 분석의 과정은 생략하고,15) 이 시조에서 그것들이 조화를 이루어 총체적으로 드러내는 의미 구조의 분석을 제시하고자 한다. 문학교육의 효과를 꾀하기 위해서는 그것이 문학 작품의 분석에 머물러서는 안 된다. 작품을 분석하고 그 의미를 해석하는 단계에까지 적극적으로 전개해 나아가야 하는 것이다.16) 이를 통해서 우리는 생을 인식할 수 있는 깨달음을 발견할 수 있기 때문이다.

학생들로 하여금 이 시조를 이루는 다양한 요소들에 대한 충분한 이해를 바탕으로 시의 중심 내용을 파악하도록 유도해야 한다. 이 작품은 시조로서의 뛰어난 비유 속에 우리 인간들이 어떻게 살아가야 하는가 하는 참다운 삶의 문제도 예리하게 간파해 놓고 있는 것이다. 이러한 측면에서 작품 해석의 깊이를 꾀하도록 해야 한다. 하나의 작품은 그것이 씌어지게 되는 배경을 전제하더라도 다양한 의미로 읽어낼 필요가 있는 것이다. 다층적 형상으로서의 문학 텍스트, 복잡 다양한 삶의 세계를 통찰하는 문학작품의 의미는 끊임없이 새로운 해석과 의미로 확장될 수 있기 때문이다. 그런 의미에서 위 작품이 지니는 가치는 황진이라는 한 여성이 그의

---

15) 본고의 진행상 자세한 내용을 다 밝힐 수는 없다. 그러한 과정의 예는 다음 논문으로 대체한다.
   김창완, 「이육사의 「靑葡萄」 검토」, 74~80쪽 참조.
16) 윤여탁, 앞의 글, 49면.

생 체험을 밝힌 단순한 사실은 아닌 것이다. 얼마든지 그 비유 속에서 새로운 의미를 확산시킬 수 있기 때문이다. 그 가능성은 시를 해석하는 독자의 능력과 상상력의 크기에 비례하는 것이다. 그러므로 학생들이 지니고 있는 문학적 감수성을 일깨우고 개발하여 학생들 스스로 문학을 통해서 삶을 좀더 넓고 깊이 있게 인식해 나갈 수 있도록 하는 것이 문학 교육의 최종적인 목적이라 할 수 있다.

따라서 이 시조는 황진이라는 여성의 개인 의식구조 밖에서도 얼마든지 자유롭게 해석될 수 있어야 한다. 우리의 삶은 항시 현실 위에서 그것을 좀더 넓게 파악하려는 안목으로 과거와 현재를 동시에 살피며 미래를 내다보고 나아가는 것이 중요하다. 한 인간이 자기 앞에 놓인 개인적 삶에 몰두함으로써 좀더 포괄적으로 끌어안아야 할 문제들을 간과한다는 것은 바람직한 일이 아니기 때문이다. 따라서 이 시조는 현실 삶의 좌우와 뒤를 돌아보지 않고 앞만 보며 달려가는 삶에 대한 비판적 의미를 담고 있다. 자신이 살아가는 주변 사람들의 삶과 자신의 뒤에 있는 사람들의 삶도 두루 아우를 줄 아는 것이 중요하다는 점을 우리가 이 시에서 읽어야 한다.

이 시는 흘러가는 물이 상징하는 바 시간에 이끌려 급급하게 살아가는 삶이 아니라, 달빛이 가득히 채우는 공간성에 더 초점을 두고 있다. 즉, 자신이 살아가는 전후좌우 동시대를 살아가는 사람들과의 삶을 더 광범위하게 추구하는 것이 바람직하다는 점을 충분히 내포하고 있다. 즉, 우리 삶에서 시간의 문제보다는 공간의 문제가 더 중요하며, 속도의 문제보다도 그것이 얼마나 주변 사람들의 삶과 공감대를 가질 수 있느냐가 중요하다는 점을 읽을 수 있기 때문이다. 그리하여 이 작품은 이조시대에 씌어진 시조이면서도 바로 21세기를 살아가는 우리에게도 새로운 의미를 던져줄 수 있게 되는 것이다. 이 점이 황진이의 시조가 갖는 우수성이며, 이로써 좋은 작품은 시대를 초월하여 끊임없이 그 의미를 재생산해 낼 수 있다는 점에도 부응하는 것이다.

문학교육은 문학 텍스트에 대한 기존의 외재적 접근이 초래한 문제점을 넘어서 학생들의 창조적 상상력을 확장시켜 새로운 의미파악에 육박해 가도록 해야 한다. 그 안에서 학생들은 스스로가 지닌 문학적 감수성를 살려내고 독서의 주체가 되어 자발적으로 의미를 파악해 낼 수 있는 것이다. 이렇게 하여 독서는 문학 작품을 읽고 즐기는 행위가 되어야 한다. 그 가운데서 시조도 우리 삶의 인식과 생의 본질을 깨우치게 하는데 기여할 수 있을 것이기 때문이다.

다음은 서정주의 시를 통해서 논의해보고자 한다. 서정주의 시 세계는 간략히 요약하면 인간의 운명에 가로놓여 있는 비극성을 제기하면서, 그러한 운명이 구속으로부터 벗어나려는 육성의 몸부림이 지배적이라 할 수 있다.[17] 이러한 자세는 곧바로 역설적 의미로 나타나 인간의 운명에 대한 강렬한 애정으로 해석될 수 있는 것이다. 왜냐하면 강렬한 부정은 그만큼 강한 애착에서 비롯되는 까닭이다. 그만큼 그의 시는 좀더 깊게 내면의 의미구조를 파헤쳐야 한다.

香丹아 그넷줄을 밀어라
머언 바다로
배를 내어 밀듯이,
香丹아

이 다수굿이 흔들리는 수양버들 나무와

---

17) 김은전·이숭원 편, 『한국현대시인론』(시와시학사, 1995), 204~208쪽.

벼갯모에 뇌이듯한 풀꽃뎀이로부터,
자잘한 나비새끼 꾀꼬리들로부터,
아조 내어 밀듯이, 香丹아
珊瑚도 섬도 없는 저 하늘로
나를 밀어 올려다오
彩色한 구름같이 나를 밀어 올려다오
이 울렁이는 가슴을 밀어 올려다오!

西으로 가는 달 같이는
나는 아무래도 갈 수가 없다.

바람이 波濤를 밀어 올리듯이
그렇게 나를 밀어 올려다오
香丹아.

― 서정주, 「鞦韆詞」 전문

　　이 시는 「춘향전」을 원텍스트로 하는 일종의 '패러디 형태'[18]로 파악할
수 있다. 그러므로 춘향전의 내용을 알고 있는 독자에게는 이 시가 좀더
다양한 의미로 읽힐 수 있게 된다. 따라서 「춘향전」의 내용을 상기하면서
「춘향전」의 서사구조 가운데 이 시는 어느 맥락에 닿을 수 있을까 라는
면에서도 살펴볼 수 있다. 가령 이 시의 맥락은 춘향이가 이도령과 만나기
이전인가, 또는 만나는 도중인가, 아니면 헤어진 뒤에 해당할 것인가를
구분해 볼 필요가 있다. 그 가운데서 이 시의 내용은 춘향이가 이도령과
헤어지고 변사또에게 모진 고초를 겪으면서 고통 속에 살아가는 상황에
더 부합된다고 할 수 있다. 즉 춘향이에게 갈등과 고통이 가장 고조되어
있는 때에 이 시는 더 어울리기 때문이다. 시인은 「춘향전」의 내용을 배경

---

18) 신익호, 『한국 현대시 연구』(한국문화사, 1999), 231~236쪽 참조.

으로 하여 자신의 현실 삶에서 고통의 크기를 비유적으로 드러내고자 했던 것이다. 그만큼 이 시는 시인이 느끼는 고통의 무게를 「춘향전」의 서사구조를 통해서 극대화하고 있다는 점이다. 그렇게 함으로써 고통스러운 현실로부터 벗어나고자 하는 시인의 의지를 더욱 더 강렬하고도 효과적으로 표출할 수 있게 되는 것이다.

또한 시인은 춘향이와 향단이라는 화자와 청자를 동원해서 이 시를 독자들에게 매우 친근하게 접근시키면서, 이 시에 처한 화자의 상황을 우리 인간들의 보편적 모습으로 확산시켜 가고 있다. 이 시에서 화자는 춘향이로 등장하여 청자인 향단이에게 간청하고 있다.[19] 춘향이는 그넷줄에 올라 선 상태에 있다. 그리고 향단이에게 현실의 구속과 갈등을 벗어나기 위해서 힘껏 밀어 올려 달라고 요구한다. 그러나 이조시대의 상황으로 미루어 볼 때 춘향이의 고통을 향단이가 해결해 줄 수 있을 것이란 실제로 아무 것도 없다. 그만큼 춘향이가 기댈 곳이라고는 전혀 없이 궁지에 몰려있는 상황을 반영하기도 한다. 화자는 자신이 처한 구속과 갈등의 현실로부터 과감하게 탈출하고자 하지만, 자신에게 그러한 능력이 없다. 따라서 아무 도움도 되지 못하는 향단이에게라도 안타까운 마음을 전하며 간청하는 것이다. 자신이 처한 자잘한 일상의 구속과 갈등으로부터 벗어나 자유를 누리고자 하는 시인의 절박한 내면을 엿볼 수 있다.

이 시의 중심 이미지 '그네'에 대하여 다양한 사고를 펼치도록 해야 한다. 그네는 인간이 지상을 벗어나서 좀더 하늘에 가까이 다가서려는 욕구에 의해서 만들어낸 기구이다. 춘향이는 그네라는 기구를 통해서 현실로부터 벗어나고자 하였다. 그러기에 우리는 이 시에서의 중심적 의미

---

19) 이 시에서의 화자와 청자 설정은 좀더 세심한 관심을 요구한다.
　　Seymour Chatman(1978), *Story and Discourse*, Cornell Univ. Press, pp.151~178.
　　실제작가 － │내포작가 － 춘향(화자) － 향단(청자) － 내포독자│ － 실제독자

를, 그네가 갖고 있는 속성을 살핌으로써 파악할 수 있다. 그네에는 근본
적으로 내재하는 갈등구조가 있기 때문이다. 그것은 바로 우리 인간이
처한 운명과 숙명을 암시한다. 그네는 사람이 줄에 매달려 지상으로부터
공중으로 차오른다. 그리고 올라간 그 높이에서 지상으로 하강하지만 다
시 그 힘에 의해서 하늘로 솟구쳤다가 지상으로 곤두박질치게 된다. 그네
는 이렇게 작용과 반작용에 의해서 지상과 하늘 사이를 오가는 반복 운동
을 계속한다. 이러한 공간 이동이 우리들 인생의 메타포로 작용한다. 다시
말하면 그네는 하늘을 향한 상승과 지상을 향한 하강의 두 운동 축을
지니고 있는 우리 삶의 양식을 비유하기 때문이다. 따라서 그네가 오가는
두 지점에서 지상은 현실이며 하늘은 이상이라 할 수 있는 것이다. 또한
그네의 움직임은 땅에서 하늘로 올라갔다가 땅으로 내려오면서 다시 뒤
편의 하늘로 올라간다. 하늘의 양극 사이에 땅이라는 현실이 존재하는
것이다. 그만큼 땅, 즉 현실은 우리 삶에서 중요한 것이라는 점을 암시하
기도 한다.

　결국 춘향이를 묶어두는 것은 그넷줄이다. 그러나 그 그넷줄을 끊어버
리면 그네는 존립할 수가 없다. 뿐만 아니라 춘향이 또한 존재할 수가
없다. 그네가 아니라면 춘향이는 하늘로 차오를 수조차 없게 된다. 그러므
로 그넷줄은 인간으로서의 숙명이며 타고난 운명이라 할 수 있는 것이다.
인간이기를 포기하지 않는 한 우리가 둘러쓰고 살아가야 하는 인간의
운명은 그네의 줄과 같은 의미로 해석할 수 있기 때문이다. 그넷줄이라는
구속을 통해서만 우리의 그네 타기는 가능하다. 그리하여 지상으로부터
상승하여 하늘에 이를 수 있는 것이다. 그러한 반면에 그넷줄 때문에 다시
지상으로 되돌아 와야 하는 것이 바로 그네이다. 이러한 모순의 의미가
그네 안에는 견고하게 자리 잡고 있다. 따라서 그것은 바로 우리의 인생을

제시하는 것이다. 그네로 밀어 올려 닿을 수 있는 하늘의 공간이 암시하는 이상세계와 지상으로 곤두박질쳐서 이르는 현실 사이의 거리를 쉬지 않고 끊임없이 왕복으로 운동하는 것이 그네이고, 그것이 바로 우리 인생을 암시하기 때문이다. 이 시는 그네의 흔들리는 과정을 통해서 우리 인간 삶의 갈등구조를 객관화시켜 보여주었다. 인간은 그네의 줄을 끊어버릴 수도 없으며, 그 그넷줄에 의해서만 도달할 수 있는 것이 이상세계이고, 다시 그 그넷줄에 의해서 지상의 현실로 추락한다. 즉 우리 인간이 살아가며 겪는 현실의 고통과 갈등을 비유적으로 드러내는 것이다.

이 시는 인간으로 살아가며 겪는 갈등과 회한을 형상화하고 있다. 인간으로서의 한계와 갈등을 극복하고자 하는 노력이 표출되어 있다. 그네가 상징하는 것은 인간적 숙명과 구속이며, 현실과 이상 사이를 오가는 반복운동은 바로 인간이 처한 존재론적 갈등구조를 말한다. 그러나 인간은 현실을 떠나서 존재할 수 없다는 점을 시인은 뼈저리게 깨닫고 있는 것이다. 다시 말하면 그네가 왕복운동으로 닿는 발 아래의 현실과 머리 위의 이상 사이를 오가면서 그 어느 곳에도 영원히 머무를 수 없는 것이 바로 인간의 삶인 까닭이다. 그넷줄은 인간의 구속이기도 하지만 인간은 그 그넷줄을 영원히 벗어날 수도 없다. 역설적으로 인간은 그네를 통해서만 현실로부터 이상과의 사이를 오고 갈 수 있는 것이다. 그러므로 인간은 자신에게 주어진 운명이자 숙명으로서의 현실적 여건만이 스스로 설 수 있는 최선의 토대가 되는 것이다.

이 시는 인간적 한계와 갈등구조를 그네에 비유하면서 인생론적인 성찰의 깊이를 보여준다. 그네가 지니고 있는 모순의 속성은 바로 인생이 지닌 아이러니이기도 한 까닭이다. 그렇다면 어떻게 하는 것이 보다 더 바람직한 삶인가. 그 점을 이 시는 암시적으로 보여주고 있다. 그네타기는 그네의 속성을 철저히 파악하고 그네의 논리를 더욱 더 적극적으로 수용하고 받아들일 때 가능하다. 이렇듯이 우리의 삶도 인간적 실존의 한계를 좀더 깊이 있게 받아들이고 끌어안을 때만 가능하다는 것이다. 아울러 우리가 놓인 현실 위에서 우리 삶에 최선을 다하는 것이 중요하다는 사실도 알 수 있다. 또한 힘찬 그네뛰기에 의해서 우리는 하늘과 땅의 더 먼거리를 오갈 수 있는데, 그것은 바로 우리가 현실에 더 깊게 다가설 때 가능한 것이다. 따라서 이 시는 현실에 대한 절망감 또는 회의적 어조를 바탕에 깔고 있지만, 역설적으로 그것을 넘어서 현실에 더욱 더 능동적이고도 적극적으로 대처해 나아가는 삶의 자세를 제시해주고 있다.

우리는 인간에게 주어진 운명을 더 적극적으로 받아들임으로써 그것을 넘어설 수 있다. 그만큼 현실에 철저히 바탕을 두고 그것을 토대로 하여 최선을 다해 살아가는 삶이 가치 있는 삶이라는 점을 위 시는 암시하는 것이다. 이러한 독서의 과정으로 「鞦韆詞」의 해석은 학생들이 창조적 상상력을 자극하면서 새로운 의미를 파악하도록 유도되어야 한다. 그리하여 시의 해석을 통해서 생에 대한 인식과 깨달음에까지 나아가야 하는 것이다.

4. 맺음말

문학교육과 시의 해석은 제한된 사고 영역 안에서 일정한 결과를 전제로 이루어질 성질의 것이 아니다. 그것은 학생들이 주체가 되어 자율적이면서도 능동적으로 작용하는 열린 공간이 되어야 한다. 학생 스스로가 지닌 창조적 상상력을 일깨우고 문학적 감수성을 불러 일으켜 다양한 의미를 지니고 있는 다층적 구조의 텍스트에 다가서 보다 깊이 있는 의미를 파악할 수 있도록 유도해야 한다. 그 동안 시인의 생애와 시대적 환경을 그 작품의 창작배경으로 하여 텍스트에 연역적으로 접근하는 자세나, 입시위주의 문학교육은 학생들을 단지 수동적 자세로 머물게 하는 결과를 낳았던 것이다. 이러한 현행 문학교육의 문제는 학생들로 하여금 작품 앞에 서면 어떻게 해야 할지 모르는 난감한 상황에 처하게 했던 것이다.

문학교육에서 한 편의 시를 읽거나 감상하는 자세는 철저히 학생들의 능동적 자세와 자유로운 상상력에 둘 것이지, 어떤 보편적 법칙을 정하고 거기에 따르도록 강요하는 것은 바람직한 것이 아니다. 그러기에 요즈음 문학교육과 시 해석에 새로운 관심을 보이는 연구 활동이 활발한 것은 상당히 긍정적인 일로서 그 효과를 얻고 있기도 하다. 그렇지만 또 다른 측면에서 혼란과 독선으로 흐를 위험도 안고 있는 것이 사실이다. 이 점에서 문학교육 방법은 텍스트를 대하는 하나의 시각으로 작용할 뿐이다. 시를 해석하는데 있어서는 그것을 감싸안는 애정의 자세가 무엇보다 필요한 것이다.

이상적인 시 해석을 위해서는 학생들이 능동적이고도 적극적인 참여로 가장 설득력 있는 의미 파악이 이루어져야 한다. 문학 텍스트는 내면에 수많은 공백을 지니고 있으며, 이는 독자의 입장에서 창조적 상상력을 통해서 채워야 한다. 따라서 텍스트의 미정성을 확정성으로 옮겨가는 과정이 독서이며, 그것이 바로 시의 해석인 것이다. 작품의 의미와 실체는 그 과정을 통해서만 드러날 수 있기 때문이다. 학생들 스스로가 지닌 창조적 상상력을 자유롭게 능동적으로 발휘해 가면서 텍스트 안으로 깊이 다가서도록 해야 한다. 물론 이 과정에서 문학 작품을 분석하는 이론은 매우 필요하다. 왜냐하면 문학 텍스트를 제대로 분석하는 기초 단계를 거치지 않고는 그 텍스트에 대한 진정한 이해가 불가능하기 때문이다. 그러나 문학교육은 문학 작품의 분석 단계에 멈추어서는 안 된다. 텍스트를 분석하고 그 이면의 의미를 해석하는 단계로 더 깊이 나아가야 하는 것이다.

　본고에서는 기존의 문학교육과 시의 해석에 대한 문제점을 토대로 하여 좀더 바람직한 방법론을 모색해 보고 그것을 토대로 황진이 시조「청산리 벽계수」와 서정주의 시「鞦韆詞」를 분석해 보았다. 기존의 문학교육 방법론에서 작가중심 방법과 작품중심 방법의 성과와 한계를 통해서 독자반응이론의 의의를 확인할 수 있었다. 결국 문학을 교육한다는 것은 학생들로 하여금 문학작품을 대하고 감상할 수 있는 자세와 역량을 갖추도록 하는데 있다. 이로써 문학작품 속에서 인생을 보는 눈과 인간적 진실에 대한 깨우침을 얻는데 있다고 하겠다. 학생들 스스로가 흥미를 갖고 창조적 상상력을 발휘하여 문학 텍스트의 공백을 자유롭게 메워가면서 문학적 감수성을 키울 수 있어야 한다. 문학교육의 주체와 시 해석의 주체는 항시 학생들 스스로가 되어야 하는 것이다. 문학교육 방법론이나 교육자의 위치는 학생들로 하여금 시의 해석 과정에서 항시 자신이 주체적으로 움직여 갈 수 있도록 안내해 주는 역할을 해야 하는 것이다.

시와 역설

1. 머리말

　문학의 언어는 인간 의식세계의 한 결핍적 요소를 드러낸다고 할 수 있다. 문학이 지향하는 바는 그것이 가상의 세계이든, 또는 현실의 세계이든지 만족이나 기쁨 그 자체를 나타낸다기보다 삶의 결핍을 채워주고 자유와 행복을 꿈꾸는 행위로 드러나기 마련이다. 이점에서 문학은 인간이 처한 현실에 안주하거나 무조건 긍정한다기보다 얼마간은 현실에 대한 부정에서부터 출발하는 것이다. 그러나 문학은 단순한 부정에서 그치지 않고 그 부정을 넘어서는 긍정을 지향한다고 할 수 있다.[1] 그러므로 문학은 궁극적으로 현실에 대한 애정의 한 형태라고 판단된다.

　문학은 인간의 의식지향적 행위로서 궁극적으로는 보다 바람직한 세계를 꿈꾼다. 문학이 어떠한 대상에 대하여 부정적인 입장을 취하여 비판의 칼날을 날카롭게 들이댄다거나, 아니면 긍정적인 입장을 취하여 화해의 자세를 취할 지라도 결국 그것이 지향하는 바는 우리가 도달해야 할 바람직한 세계에 닿기 위한 노력의 일환이라 할 수 있다. 한 대상에 대한 시각은 크게 부정적인 입장과 긍정적인 입장으로 나눌 수 있지만, 그것들과의 조화나 통합을 지향하려는 태도도 있다. 이렇게 보면 시인이나 작가들은

---

1) 본고에서는 이러한 점들도 포괄적으로 역설의 언어로 규정한다.

세 가지의 자세로 이 세계에 대한 대응방식을 취하는 것이다. 그러나 그것들은 모두 우리 인간 세계를 보다 조화로운 차원으로 수용해 가려는 의지의 발현인 셈이다.

인간이 하나의 대상을 향하여 갖는 부정적 자세나 긍정적 자세로는 궁극적으로 우리의 삶을 적절하게 포괄하지 못한다. 우리가 놓여 있는 세계를 올바로 인식하기 위해서는 긍정의 입장이나 부정 그 어느 한편으로는 불가능하고, 그것들 사이의 갈등을 수용하여 포괄하고 통합할 때만 가능한 것이다. 그러나 긍정이나 부정의 한 면으로 보는 것보다 그것은 대단히 어려운 일이다. 현실의 갈등을 수용하고 통합한다는 것은 그리 간단한 일이 아니기에 끝내 우리는 그 갈등으로부터 완전히 자유로울 수가 없다. 어찌보면 그 갈등 자체를 참답게 보여주는 것이 보다 인간적 진실에 가깝다고 할 수 있을 것이다. 우리가 문학을 통해서 얻을 수 있는 것도 이와 같다고 하겠다.

우리 인간이 살아가며 겪는 갈등 가운데는 현실과 이상 사이의 괴리감에서 유래하는 것이 가장 크다고 할 것이다. 어쩌면 이러한 갈등은 영원히 해결될 수 없는 문제인 지도 모른다. 그러기에 이점은 문학이 관심있게 다루어야 할 과제로 제기되어 오는 것이다. 본고는 현대시에서 인간이 겪어야 하는 현실과 이상 사이의 갈등 구조와 그것이 어떻게 역설의 언어를 통해서 형상화되고 있는지 살피고자 한다.

2. 현실과 이상의 갈등 구조

인간이 놓여 있는 현실은 극복과 지양의 대상일 뿐이지 향유와 만족의 대상은 아니다. 물론 주어진 현실을 긍정하고자 하는 입장이 있을 수 있으나, 그것 또한 현실을 넘어서려는 또 하나의 발상일 뿐이다. 이는 인간에게 주어진 보편적 조건이며 끝내 풀 수 없는 인간 존재의 본질일 수도 있다. 그만큼 인간은 불완전한 존재로 놓여져 있는 것이다. 그리하여 인간 자체가 모순이라는 결론에 이르기도 하였다. 다시 말하면 인간은 그 자체로 불완전하며, 그것을 완전하게 채우려고 아무리 노력하여도 다 채울 수 없다는 점에서 또한 불완전하기 때문이다.

따라서 인간은 현실과 이상 사이의 갈등을 겪을 수밖에 없는데, 이러한 사실은 서양의 신화에도 나타나 있다. 가령 시지프스 신화에서 보여주듯이, 제우스 신에게 가혹한 형벌로써 시지프스가 감당해야 하는 고통은 인간이 이상과 현실 사이에서 겪어야만 하는 정신적 갈등을 상징적으로 보여주고 있다.[2] 시지프스는 계곡 속에 처박힌 거대한 돌덩이를 힘겹게 밀어 올려 산 정상으로 옮겨야만 한다. 그러나 그 돌은 정상에 도달하는 순간 계곡 속으로 다시 굴러 떨어진다. 그러면 시지프스는 다시 계곡으로 달려 내려와 그 돌을 밀어 올리는데, 산 정상에 도달하면 또 다시 그 돌은 계곡 속으로 굴러 내려가 박히는 것이다. 이렇게 잠시도 쉴 수 없이 계곡에서 산 정상을 돌덩이와 함께 오르내려야 하는 시지프스는 현실과 이상 사이의 괴리감으로 곤혹 속에 처해 있는 인간의 모습을 비유적으로 보여준다. 시지프스 신화에서 계곡은 현실을 암시하고 산 정상은 이상을 상징함으로써 바로 우리 인간에게 현실과 이상 사이의 닿을 수 없는 거리를 제시한다. 인간이 이상의 세계를 향하여 각고의 노력으로 나아가 거기에 도달하는 순간 그는 다시 현실로 추락하고 마는 것이다. 결국 인간은 끝내 이상세계에 도달할 수 없다는 것이 시지프스 신화의 내용이다. 다시 말하

---

2) 알베르 까뮈, 이가림 역, 『시지프의 신화』(문예출판사, 1976).

면 인간은 현실 속에서 만족하여 안주하거나, 그렇다고 이상에 도달하여 참된 자유를 누릴 수도 없다는 점을 상징적으로 간파해 주고 있는 것이다. 그렇기 때문에 인간은 태어나서 죽을 때까지 현실로부터 이상을 향해 나아가면서 끊임없이 좌절하고 갈등하지 않을 수 없는 것이다.

이 점은 다시 탄타로스 신을 통해서도 읽어낼 수 있다. 탄타로스 또한 제우스 신에게 형벌을 받는다.[3] 탄타로스는 진흙 수렁에 빠져 목만 내놓고 굶주림에 시달린다. 그는 몸을 움직일 수 없는 상태에서 바로 코 앞의 잘 익은 복숭아와 바로 턱밑에 놓인 깨끗한 물을 바라보게 되어 있다. 그가 배고픔을 채우기 위해 코 앞의 복숭아를 향하여 턱을 들거나 갈증을 풀기 위해서 턱밑의 물을 마시려 고개를 숙이면 그만큼 복숭아와 물은 위나 아래로 자리를 옮겨, 끝내 그는 아무것도 먹을 수 없는 고통에 처한다. 결국 복숭아와 물은 탄타로스에게는 일정한 거리를 유지하면서 더 멀어지거나 더 가까워질 수도 없는 절대적 거리에 놓여 있는 것이다. 여기에서 복숭아는 인간이 영원히 닿을 수 없는 이상을 상징하고, 물은 또한 인간이 만족할 수 없는 현실을 상징한다. 그러므로 끝내 인간은 이상과 현실 사이의 닿을 수 없는 괴리감을 끌어안고 갈등하고 고민하면서 고통에 처해 있을 수밖에 없다는 점을 암시해 주는 것이다.

또한 이 문제는 철학에서 사유의 토대가 되어 오기도 했다. 그 결과로 이상과 현실 사이의 갈등에 처한 인간의 모습을 거미에 비유하기도 하였다. 인간은 추녀 밑에 줄을 드리우고 매달려 있는 거미와 같다. 거미는 하늘로 올라가 살지도 못하고 땅으로 내려와 지상에서 살지도 못한다. 거미의 비유에서 하늘과 땅은 인간에게 현실과 이상 사이의 거리로 비유된다. 따라서 인간은 이상세계로 승화되어 살지도 못하고 그렇다고 끈을

---

3) 이광모 편, 『철학대사전』(한국이데아, 1994), 1004쪽.

끊어버리고 지상으로 내려와 살지도 못하는 것이다. 여기에서 거미에게 끈의 구속을 제기할 수 있는데, 만일 거미가 끈을 끊어버린다면 그것은 바로 인간임을 포기하는, 인간으로서의 존재를 부정해버리는 행위가 될 것이다. 그러므로 거미에게 주어진 끈이란 인간에게는 운명이나 숙명이라 할 수 있다. 인간은 그 끈을 유지함으로 해서만 인간일 수 있다. 그러므로 인간은 그 끈이 부여하는 구속과 갈등 또한 벗어날 수도 없는 것이다. 오히려 인간은 살아가면서 더욱 더 그 끈에 매달리게 되는 것이다.

이상에서 살필 수 있듯이 인간은 산다는 행위 앞에서 끝없는 갈등과 모순 속에 처하게 된다. 어쩌면 인간은 이러한 모순과 갈등 구조를 철저히 끌어안고 나아가는 것이 중요한 지도 모른다. 모순의 극복은 그것이 유래하는 형이상학적 인식을 철저히 함으로써 모순이 야기하는 갈등을 뛰어넘는 상상력으로 가능할 것이기 때문이다. 바로 그러한 점들이 문학 속에서 예리하고도 깊이 있게 파헤쳐 질 때 보다 탁월한 문학적 가치를 인정받을 수 있을 것이다. 그러므로 모든 시인들은 근본적으로 이이러닉한 상황에 놓이게 된다. 왜냐하면 그들은 현실에 바탕을 두면서도 현실을 뛰어넘으려는 의지를 갖고 있기 때문이다.

나아가서 그들은 잘 쓰기 위해서 동시에 창조적이면서 비판적이어야 한다는 모순 속에 놓여지기도 한다. 또한 그들은 정서적이면서 이성적이어야 하고, 무의식적으로 영감을 받으면서도 의식적인 예술가라야 한다. 작품은 현실 세계에 대한 것임을 내세우면서도 허구적인 것이기도 하다.[4] 아울러 아이러니의 형이상학적 원리는 우리의 본성 내부 모순에 그리고 우주의 신의 내부에도 존재한다. 아이러닉한 태도는 사물에는 어떤 근본적인 모순으로 우리들의 이성의 견지에서 근본적이고 바로 잡을

---

4) D. C. Muecke, 문상득 역, 『아이러니』(서울대출판부, 1982), 38쪽.

수 없는 부조리가 있음을 의미한다.5) 이처럼 인간의 삶 자체와 시인들의
창작활동이 아이러닉한 상황에 놓여있기 때문에, 문학 속에는 역설의 언
어가 다양하게 나타나게 된다. 더욱이 현대 사회의 속성은 점점 더 모순이
심화되어 가기 때문에 시인들에게 역설의 언어는 한층 중요한 것이기도
하다.

3. 역설의 표현 양상

가치있는 작품일수록 거기에는 시인의 복합적인 사유가 독특한 비유를
통해서 드러나 있다. 그런 점에서 인간에게 주어진 갈등의 양상을 보다
깊이 있게 표출해내는 것은 문학이 지녀야 할 작품성의 관건이 되기도
한다. 현대시에서도 이러한 점을 중심으로 인간의 존재론적 갈등으로서
이상과 현실 사이의 괴리감을 표출하고 있는 작품들을 찾을 수 있다.
이점은 김소월의 「山有花」에서 누차 지적되어 왔다. 그것은 "산에 /
산에 / 피는 꽃은 / 저만치 혼자서 피어 있네"라는 구절의 해석을 통해서
여러 논자들에 의해 파헤쳐 졌다. 그 가운데에서도 감동리가 간파한 "인
간과 청산과의 거리"6)를 형상화하고 있다는 지적에 이 작품의 초점이
모아지고 있다. 그만큼 이 부분은 「山有花」에서 매우 중심적인 내용을
담고 있다고 할 수 있다. 아직도 「山有花」는 다양한 해석의 여지를 남기고
있는데, 이는 바로 김소월의 시가 지니는 가치라고 인정할 수 있다.
봄은 인간의 관심을 자연으로 향하게 한다. 봄은 인간을 밖으로 불러내
우주 속에 그 일부로 서 있는 자신의 존재와 위상을 깨닫도록 한다. 우주

---

5) 위의 책, 107~108쪽.
6) 김동리, 「靑山과의 거리」, 『문학과 인간』(백민문화사, 1948).

의 만물은 끊임없는 순환 속에서 발생하고 성장하여 소멸하며 다시 그러한 과정을 반복해간다. 그리하여 봄은 나날이 새로운 활력으로 박진감 있게 생명의 리듬을 펼쳐낸다. 변화무쌍한 자연의 운행과 질서 그 조화는 영원히 반복되는 것으로 무한성을 지닌다. 그러나 인간은 유한한 존재이자 일회적 운명에 놓여 있다. 인간이 끊임없이 자연에 다가가 일체감을 이루고자 노력하는 것은 바로 그 때문이다. 그러나 자연과 화해할 수 없는 벼랑 위에 서 있는 것이 우리의 현실이다. 그러므로 인간이 자연 속에 완전히 밀착되었던 시대를 신화시대라 하고 인간이 그러한 시대의 상실로부터 다시 그 세계로 되돌아가고자 하는 욕구의 산물이 신화라 할 수 있다. 다시 말하면 인간은 자연과 조화를 이룸으로써 인간적 운명의 일회성을 극복해 보려는 의지를 가지고 있기 때문이다.

위 시에서 '저만치'라는 부사는 이 시의 중심 내용을 가장 압축적으로 보여주고 있다. 즉 저만치에 존재하는 자연의 영원성은 인간에게는 이상세계일 수밖에 없다. 그러나 인간은 자연으로부터 소외되고 단절됨으로써 결코 그곳에 닿을 수 없는 모순 속에 처해 있다. 이 시에서 화자가 서 있는 여기와 꽃들이 피어 있는 저기 사이는 바로 현실과 이상 사이의 커다란 괴리감을 시사한다. 이 시가 의미하는 바, 우주론적 차원에서 인간의 위상을 돌아보려는 시인은 어느새 자연과 인간 사이에 일치할 수 없는 갈등구조를 첨예하게 깨닫고 있는 것이다. 봄이 되면 끊임없이 새로운 활력으로 출발하는 자연 앞에 놓여 있는 인간으로서의 일회적 운명이라는 한계는 생각할수록 안타까운 일인 것이다. 바로 그러한 점에서 김소월은 「山有花」를 통해 인간으로서의 존재론적 인식과 갈등 구조를 깊이 있게 펼쳐 보여준 것이다.

이육사는 일제 강점기라는 고통의 세계 속에서도 더욱 더 치열한 대결

의지로 일관해 갔던 시인이다. 이점은 그가 보여준 비극적 세계관의 발현이었으며[7], 바로 거기에서 이육사는 현실을 뛰어 넘을 수 있는 지혜를 발견할 수 있었던 것이다.

매운 季節의 채쭉에 갈겨
마츰내 北方으로 휩쓸려오다

하늘도 그만 지쳐 끝난 高原
서리빨 칼날진 그 위에 서다

어데다 무릎을 꿇어야 하나
한발 재겨 디딜곳조차 없다

이러매 눈 감아 생각해 볼밖에
겨울은 강철로 된 무지갠가보다

— 「絶頂」 전문

위 시에서 이육사는 자신을 극한 상황에 몰아넣음으로써 세계와의 치열한 대결을 벌인다. 그는 일제 강점기 현실과 적극적인 저항의 삶을 살았듯이 자신을 북방의 혹독한 겨울 앞에 몰아세운다. 더욱이 그가 위치한 곳은 "하늘도 그만 지쳐 끝난 高原"이며 "서리빨 칼날진 그 위"인 것이다. 이 시에는 시인과 세계와의 적극적인 대결이 형상화되어 있다. 그는 "한발 재겨 디딜 곳조차 없"는 한계상황을 설정함으로써 무릎을 꿇을 수 없다는 역설로 단호한 의지를 드러낸다. 이 부분은 이육사의 비극적 세계관이 집약된 표현이라 하지 않을 수 없다. 다시 말하면 그는 "자신의 삶에

---

7) 김완하, 『한국 현대시의 지평과 심층』(국학자료원, 1996), 325쪽.

더 이상 물러설 수 없는 최종적 의의를 부여하는 결단의 자리"[8]에 섬으로써 조국에 대한 포기할 수 없는 집념으로 그 상황에 철저히 맞서고 있는 것이다. 따라서 '절정'은 육사의 굳은 신념의 절정으로서 비극적 상황이 비극을 초월하여 새로운 비젼을 낳고 있다. 이육사는 세계와의 치열한 대결만을 통해서 현실을 넘어서려는 굳은 의지를 드러내 주었다. 이 시의 상황은 이육사 개인의 상황이면서도 그 당시 우리 민족이 처한 현실을 가장 집약적으로 표현한 것이다. 이점에서 이육사 시의 탁월함이 드러나는 것이다.

우리는 비극적 현실을 뛰어넘는 이육사의 자세에서 역설의 의미를 발견할 수 있다. 시인은 시대의 가혹한 형벌을 비유하는 "채쭉에 갈겨" 북방으로 쫓겨온다. 이는 외부의 압박에 의한 피동적인 행동이다. 그러나 시인은 결연히 "서리빨 칼날진 그 위에" 서는 행동을 보여준다. 이것은 혹독한 현실에 대응하는 매우 능동적인 자세로서 결코 꺾이지 않는 의지를 강조한다. '채쭉'에 대해서 시인은 철저히 '칼날' 위에 서기 때문이다. 이러한 점들은 역설로 파악된다. 더욱이 시인의 의지는 "한발 재겨 디딜 곳조차" 없기에 무릎을 꿇을 수 없다는 데서 극명하게 드러난다. 이육사는 스스로를 한계상황 속으로 과감하게 몰아세움으로써 그것과 철저히 대결해야만 하는 불가피성을 깨닫고 있었던 것이다. 도저히 견딜 수 없는 상황 가운데서도 시인은 결코 설 수 없는 '서리빨'의 "칼날진 그 위"를 선택하고 그 위에 자신을 세우는 비장미를 유감없이 보여 주었다. 이로써 우리는 이 시에서 비극적 아이러니를 발견할 수 있다.

이러한 점들은 시의 후반부에 더욱 집약적으로 표출되어 있다. 전반부의 단호한 의지와 마지막 연의 "이러매 눈감아 생각해 볼밖에"의 상황 변화와

---

8) 김흥규, 「육사의 시와 세계인식」, 『창작과비평』(1976. 여름), 233쪽.

“겨울은 강철로 된 무지개”라는 표현에서 역설의 진수를 읽을 수 있다. 이 시는 처절한 비극적 상황 속에서도 시인이 화려한 ‘무지개’를 떠올리며, 그것이 “강철로 된 무지개”라는 사실에 이르러 극도로 긴장된다. 시인이 눈을 감는 행위는 피상적으로 드러난 현실을 차단하기 위한 것이 아니다. 오히려 그것은 비극적 세계와 철저히 맞서려는 순간의 결연한 행동이다. 시인은 눈을 감음으로써 비극적 황홀감에 젖고 있기 때문이다.

시인은 ‘北方’으로 쫓겨와 ‘高原’에 서고 다시 디딜 곳조차 없는 공간으로 내몰리면서도 강인한 의지로 되살아난다. 그것이 극도로 상징화된 이미지 “강철로 된 무지개”로 떠오른 것이다. 이는 가장 강하며 곧은 강철과 가장 부드럽고 휘어 있는 무지개가 부딪치면서 ‘대조의 대극’9)에 의한 아이러니를 보인다. 즉, 현실을 초월하는 순간 시인의 의식 속에 떠오르는 선명한 무지개는 시인이 느끼는 비극적 황홀감을 깨닫게 한다. 시인이 자신의 몸을 던져 조국에 바칠 것을 생각하면 한없는 기쁨이고, 그러한 상황에 처한 조국을 생각하면 뼈저리도록 고통스러운 것이다. 그러한 현실을 뛰어넘기 위해서는 단호한 결단력이 필요했던 것이다. 그러한 순간 이육사의 의식 속으로 선명하게 떠오른 것이 “강철로 된 무지개”인 것이다.

유치환의 시에 나타나 있는 정서적 구조는 이중적 모습을 띠고 있다. 이는 아니마와 아니무스로 해석해 볼 수도 있을 것이다.10) 바로 그것 자체를 역설의 모습으로 파악할 수도 있다. 강한 의지를 표출하기 위해 내면에서 겪었던 여린 의식이 때로는 아주 나약한 여성의 모습으로도 표출되었기 때문이다. 그의 시가 보여주는 폭발력은 뜨거운 열정이기도 한데, 그것은 바로 사랑의 모습이기도 한 까닭이다.

---

9) C. Brooks, 이경수 역, 『잘 빚어진 항아리』(홍성사, 1982), 148쪽.
10) 욜란디요코비, 이태동 역, 『칼 융의 심리학』(성문각, 1982), 183~187쪽.

이것은 소리없는 아우성
저 푸른 해원을 향하여 흔드는
영원한 노스텔지어의 손수건
순정은 물결같이 바람에 나부끼고
오로지 맑고 곧은 이념의 푯대 끝에
애수는 백로처럼 날개를 펴다
아! 누구인가?
이렇게 슬프고도 애닯은 마음을
맨처음 공중에 달 줄 안 그는

— 「깃발」 전문

이 시는 관념의 세계와 경험의 세계가 절묘하게 결합된 형이상학시[11]라 할 수 있다. 시인이 표현하고자 하는 형이상학적 내용이 바람 앞에 온몸을 휘둘리며 펄럭이는 깃발을 통해서 극도의 압축미로 제시된다. '깃발'이란 '깃대'와 '기폭(기)'이 결합되어야만 한다. 그러나 깃발을 이루는 깃대와 기폭의 역할은 서로 다르다. 어찌 보면 대립적인 의미를 지닌다고 할 수 있다. 다시 말하면 깃대는 기폭을 매달고 흔들리지 않으려는 속성을 고수해야 한다. 그런 반면에 기폭은 깃대에 고정되어 있으면서도 한없이 몸부림을 치며 흔들려야만 한다. 이렇게 깃대와 기폭의 서로 대립적인 속성이 조화롭게 결합될 때 깃발의 힘찬 펄럭임이 연출된다. 다시 말하면 기폭이 깃대에 매달려 펄럭이지 않으면 깃발이 될 수 없기 때문이다.

깃발의 중심을 잡고 굳게 서 있으려는 것은 깃대이다. 그것은 우리 인간에 비유한다면 인간으로서의 중심을 지키고 보다 꿋꿋한 모습으로 살아가게 하는 의지와 신념에 비유할 수 있다. 그리고 기폭은 바람을 온몸

---

11) 이상섭, 『복합성의 시학』(민음사, 1987), 21~22쪽.
  신비평가들은 가장 잘 된 시의 부류로 형이상학시를 들고 있다.

으로 감싸 안음으로써 고정성을 거부하고 벗어나려는 속성을 지닌다. 이
로써 인간의 내면에 도사리고 있는 억누를 수 없는 욕망으로 해석할 수
있을 것이다. 바로 이러한 두 가지 모습이 결합되어 하나의 깃발이 탄생할
수 있듯이, 인간 또한 중심을 지키려는 의지와 그것으로부터 과감하게
이탈하려는 욕구가 결합되어 있는 존재이다. 인간은 이러한 모습을 지니
면서 살아갈 수밖에 없으며 또 그렇게 살아가는 것이 참다운 인간의 모습
인 것이다. 그 어려움을 어떻게 극복하고 삶의 실천으로 옮겨 참다운 생의
가치로 승화시켜 나아가느냐 하는 문제가 우리에게 남아있을 뿐이다.
  우리는 인간적 갈등이나 번뇌 없이는 해탈에 이를 수도 없거니와 또한
그렇게 할 수 있다 해도 그것은 그다지 의미가 없을 것이다. 왜냐하면 애초
에 아무런 갈등도 없다면 그것은 극복할 필요조차 없기 때문이며, 정신적
고뇌 없이 얻어진 깨달음은 깊은 의미를 주지 못하는 까닭이다. 마치 기폭
이 강렬한 펄럭임을 끌어안기 위해서만 깃대의 존재가 필요한 것처럼, 우
리 삶의 속성도 그러하기 때문이다. 인간에게도 기폭의 펄럭임이 강렬하면
강렬할수록 깃대의 꼿꼿함이 필요한 것이다. 또한 깃대가 중심을 잡기 위
해서는 기폭의 힘찬 펄럭임을 필요로 한다. 바로 이점에서 우리는 유치환
의 「깃발」에서 인간적 내면에 거세게 일고 있는 바람과 거기에 펄럭이는
기폭 그리고 그것을 온몸으로 지탱하고 있는 깃대의 의미를 읽을 수 있는
것이다. 결국에는 깃대와 기폭이 하나로 동화되어야 하는데, 그것은 서로
다른 깃대의 속성과 기폭의 속성이 더욱 더 강력하게 부딪치면서 하나의
깃발로 조화를 이루는 단계를 말한다. 다시 말하면 깃발은 깃대와 기폭이
서로 대립하는 성질 사이의 갈등을 변증법적으로 통합하고 있다는 점이다.
여기에서 우리는 유치환의 내면에 일고 있는 거센 바람과 그것을 따스하게
감싸 안으려는 애정의 숨결을 동시에 발견할 수 있는 것이다. 기폭의 강한

펄럭임이 있기 위해서는 깃대의 꼿꼿함이 필요하고 또한 깃대의 꼿꼿함이 존재하기 위해서는 기폭의 펄럭임이 더욱 더 요구된다는 점은 매우 역설적인 것이다.

　김영랑 시세계의 중심은 남도의 가락과 남도의 토속어 활용에서 찾을 수 있다.[12] 그의 시세계에 자리하는 어조는 여성적 톤으로 읽을 수 있다. 그러나 내면의 정서는 매우 강한 생명력으로 나타난다. 때때로 그의 시는 한의 육성을 내비치기도 한다. 그리하여 육화된 언어로 드러나 감칠맛나는 시어의 질감을 만끽하게 해준다.

> 모란이 피기까지는
> 나는 아직 나의 봄을 기다리고 있을테요
> 모란이 뚝뚝 떨어져 버린 날
> 나는 비로소 봄을 여읜 설움에 잠길테요
> 오월 그 어느날 그 하루 무덥던 날
> 떨어져 누운 꽃잎마저 시들어버리고는
> 천지에 모란은 자취도 없어지고
> 뻗쳐 오르던 내 보람 서운케 무너졌느니
> 모란이 지고 말면 그뿐 내 한해는 다 가고 말아
> 삼백 예순 날 하냥 섭섭해 우옵네다
> 모란이 피기까지는
> 나는 아직 기다리고 있을테요 찬란한 슬픔의 봄을
>
> 　　　　　　　　　　　－ 「모란이 피기까지는」 전문

　봄은 신선한 활력으로 우리 인간을 일깨운다. 그리하여 봄은 정체되어 있던 우리의 의식 속으로 파고들어 새로운 힘을 부여하여 우리로 하여금 전혀 새로운 모습으로 깨어나도록 촉구한다. 봄은 자연의 성장을 화려하

---

12) 김은전·김용직 외, 『한국 현대시의 쟁점』(시와시학사, 1991), 301쪽.

게 드러내면서 그 절정에 '꽃'을 만개시킨다. 그리고 그 '꽃잎'을 화려하
게 지움으로써 우리들에게 상실감을 환기시키면서, 활기찬 신록으로 나
아가 모든 것을 성숙시킨다. 이러한 자연의 활기찬 생명의 분출 앞에서
시인이 불현듯 자신의 존재를 절감하게 될 때, 그는 저 자연의 절대 무한
성 앞에 서 있는 유한자로서의 한계를 느끼게 된다. 그러나 시인은 거기에
멈추어 서지 않고 그것을 넘어서기 위해서 시를 쓰는 것이다. 그것은 자연
과 인간 사이의 좁힐 수 없는 괴리감을 정신적으로 극복해 내려는 것이기
도 하다. 위 시는 그 대표적인 예의 하나이다. 그러므로 이 시는 그 바탕에
인간과 자연의 절대적 거리에서 비롯되는 고독감을 짙게 깔고 있다.

이 시의 구절 "나는 아직 기다리고 있을테요 찬란한 슬픔의 봄을"에서
는 역설의 언어로 봄이 불러일으키는 정서의 이중 구조를 보여준다. 시인
은 봄에 대한 기다림을 가지고 있다. 그러나 그 기다림의 대상은 "찬란한
슬픔의 봄"인 것이다. 그렇다면 역설적으로 그의 기다림은 "찬란한 슬픔"
이기 때문에 이루어진 것이며, 그렇기에 그는 더욱 더 기다리지 않을 수
없는 것이기도 하다. 다시 말하면 '찬란한 기쁨의 봄'이라면 기다릴 필요
가 없다고[13]할 수도 있는 것이다.

이 시에서 봄은 모란이 피는 계절과 등가의 관계를 이룬다. 봄은 겨울과
여름 사이에 놓여 있다. 그러므로 겨울 속에서의 봄에 대한 기다림은 모란
이 피는 것에 대한 그리움이다. 그리고 여름에서의 봄에 대한 회상은 곧
봄의 상실과 모란의 소멸에 대한 아쉬움을 의미한다. 따라서 이 시에서
시인은 봄에 대하여 기다림과 상실감의 이중 구조의 감정을 지니고 있다.
그러한 감정은 모란이 피고 지는 것에 의해서 매개되고 있다. 따라서 화자
는 모란이 피는 봄을 간절하게 기다리면서 동시에 모란이 지는 봄을 고통

---

13) Iu. Lotman, 유재천 역, 『詩 텍스트의 분석 ; 詩의 구조』(가나, 1987), 62~74쪽.

스러워하는 상황에 처한다. 모란이 피기를 기다리며 아직 도래하지 않은 봄 앞에서 시인은 두 가지의 이율배반적인 정서를 갖고 있는 것이다. 그것은 곧 봄에 대한 기다림과 봄이 주는 상실감이다. 그러므로 봄을 기다리면서도 봄이 떠나갈 것에 대한 두려움이 동시에 불길처럼 시인의 가슴에 이는 것이다. 그래도 또 시인은 봄을 기다릴 수밖에 없고, 봄이 주는 기쁨과 상실감을 반복적으로 감싸 안으면서 살아갈 수밖에 없는 인간의 숙명을 이 시는 노래한 것이다. 바로 이점이 시인에게는 "찬란한 슬픔"으로 다가오는 것이다.

자연의 변화는 무한하며 영원하기도 하다. 그러나 인간의 세계는 한 번의 탄생과 죽음 즉, 일회의 생이라는 인식이 이 시의 분위기를 애절한 방향으로 몰고 간다. 어쩌면 인간에게는 봄으로 상징되는 기다림이 있기 때문에 살아가는지 모른다. 그러나 그 기다림은 떠나감을 전제할 때만 가능한 것이기도 하다. 그것이 우리 인간에게 주어진 역설의 의미인 것이다. 이 시에 내재하는 봄의 기다림에 대한 정서의 이중 구조는 바로 우리 인생이 처한 보편적 상황이다.

4. 맺음말

문학의 역할이 가능하다면 그것은 현실 문제의 어려움을 해결해 주고 문제의 정답을 찾아주는 일은 아닐 것이다. 어찌 보면 삶에 대한 새로운 시야를 열어주고 문제에 대한 올바른 인식을 하도록 실마리를 제시해 줄 뿐인지 모른다. 인간에게 부여되는, 인간 스스로 해결할 수 없는 문제들은 인간이 타고난 운명이자 숙명인 것이다. 그것을 근본적으로 벗어나려 하는 것은 불가능한 일인지도 모른다. 그렇다면 이러한 문제는 어떻게 해결할 수 있겠는가. 그것은 어쩌면 인간에게 주어진 상황을 깊이 인식하고 그 상황에 철저히 다가서는 일인지도 모른다. 바로 우리는 현실을 딛고 일어서야만 그것의 극복이나 초월도 가능하기 때문이다.

위에서 살핀 몇 편의 시에서도 우리 인간에게 주어진 현실과 이상 사이의 갈등을 발견할 수 있었다. 인간은 현실에 만족하거나 안주해서 살아갈 수 없는 존재이다. 그러므로 인간은 현실로부터 새로운 세계로 나아가려는 의지를 펼친다. 이육사의 시 「絶頂」이나 유치환의 시 「깃발」, 그리고 김영랑의 시 「모란이 피기까지는」은 바로 인간으로서의 한계를 극복하고자 했던 시인들의 예리한 상상력이 역설의 언어를 통해서 표출된 것이다. 현실 속에서 우리 앞에 놓인 대상이 당장은 이상세계가 될 수 있지만, 그것이 성취되었을 때 그것은 다시 현실이 되어버리기 때문에 인간은 또 다른 이상을 추구할 수밖에 없는 것이다. 우리가 처해 있는 영원한 갈등 구조의 극복은 그것을 조화롭게 수용하고 통합할 때만이 가능한 것이다.

가령 우리가 바닷가에 서서 앞에 놓인 수평선을 바라본다고 하자. 우리가 수평선 앞에 설 때 그것은 어떤 절대성의 궁극을 깨닫게 한다. 인간이 다가갈 수 없는 거리, 그러나 우리를 그쪽으로 이끌어가는 빛, 그것은 우리들이 추구해야 할 삶의 가치이자 진리로 비유할 수 있다. 우리가 수평선을 향하여 다가가는 만큼 수평선은 뒤로 물러서기 때문이다. 이를 우리 삶의 전반으로 확대하면 삶의 본질을 확연하게 깨닫게 해준다. 이렇듯이 삶의 가치와 진리는 끝이 있을 수 없는 것이다. 그러기에 그것은 우리 삶의 영원한 목적이자 지향점이기도 한 것이다. 앞에 놓인 수평선과 우리 사이의 거리는 절대적이다. 그것은 인간의 한계를 의미하기도 한다. 그러나 그것은 역설적으로 우리에게 더 큰 가치를 되새겨 준다. 다시 말하면 반드시 있되 영원히 도달할 수 없는 것, 바로 그것이 우리 삶의 세계인 까닭이다.

역설적으로, 우리 삶의 이상이 쉽게 이루어진다면 그것 또한 매우 불행한 일일 것이다. 왜냐하면 인간들은 더 이상의 노력을 멈출 것이기 때문이다. 어찌 보면 우리는 영원히 도달할 수 없기 때문에 끊임없이 그곳을 향하여 나아가고 있는 것인지도 모른다. 우리 인간의 불가해한 삶의 바다를 인간과 수평선 사이의 절대적 거리로 비유해 보면 우리에게 주어진 삶의 역설적 의미가 선명하게 드러난다. 절대로 인간은 가능한 것이나 쉽게 이루어질 수 있는 것을 꿈꾸지는 않기 때문이다. 그렇다고 인간의 꿈이 허황된 것은 아니다. 인간이 처한 존재의 비극성을 인식하고 거기에서 새로운 돌파구를 찾으려는 데서 솟아나는 것이 바로 우리의 꿈이기 때문이다.

시와 자연

1. 머리말

본고는 자연과 현대인의 관계를 소외의 관점에서 바라보면서, 현대시에 표출되어 있는 자연으로부터의 인간 소외 양상을 살펴보고자 한다. 인류의 역사란 자연으로부터 소외의 역사라고 해도 과언은 아닐 것이다[1] 인간 의식 속에는 인간과 자연, 문명과 자연 사이에 존재하는 괴리감이 깊게 자리하고 있다.[2] 인간이 자연과 총체성을 간직하고 있었던 시대로부터 이탈되어 오는 과정이 곧 인류의 역사였다고 할 수 있다. 더욱이 현대인들은 최첨단과학 문명의 발달을 지향함으로써 자연에 대한 손상과 그 토대의 극심한 상실감을 경험하고 있다. 이로 인해 생명사랑과 자연사랑의 정신을 상실해 가고 있다. 그 결과로 인간들은 본래의 순정(純正)한 세계를 꿈꾸며 시원적 생명 세계로 되돌아가려는 몸부림을 끊임없이 보여준다.[3] 그것은 바로 인간이 잃어버린 신화시대를 그리워하는 신화적

---

1) 소외의 개념은 관점의 차이에 따라서 수많은 정의가 가능할 것이나, 인간이 외적 상황에 의해서 인간의 본질을 잃고 비본질적 상황에 놓이는 상태를 지칭하고자 한다. 자세한 논의는 2장에서 다루기로 한다.
2) 신덕룡, 『생명시에 나타난 생명활동의 양상과 의미』, 『시와사람』(시와사람사, 2001. 봄), 125~126쪽.
3) 김창완, 『신동엽 시 연구』(시와시학사, 1995), 145~148쪽.
   이러한 사고 속에서 신화가 탄생되었으며, 이러한 상상력을 지배하는 것이 신화적 상상력이다.

상상력으로 나타나기도 한다. 신화시대란 자연과 인간이 일체감을 지닌, 자연과 인간 사이의 갈등이나 거리감이 대두되기 이전에 총체성을 간직하고 있던 때라 할 수 있다. 그것은 자연과 인간이 보다 건강한 생명의 질서 위에 일체감을 이루었던 세계이자, 인간이 자기 정체성을 확고하게 지니고 있던 세계이기도 하다.

그러나 이제 "인간들과 자연이 통합되어 있던 본래의 상황"[4]을 꿈꾼다 해도 자연과의 괴리감이 너무 크기 때문에 그 회복이 불가능한 상태에 놓여 있다. 이 사실은 단순히 인간이 순수한 자연을 상실했다는 데에 그치지 않고 보다 근원적인 것의 상실로 인한 소외감으로 이어지게 된다. 오늘날 우리는 소외를 인간존재의 보편적 특성으로 이해하려는 입장에 놓여 있다.[5] 인간도 자연의 일부분으로 자연과 일체감을 이루었다가 그것으로부터 이탈됨으로써 자신의 본질을 잃고 비본질적인 상태에 놓이게 되었다. 최근에 인간과 자연의 문제를 생태주의 관점에서 접근하는 것과 달리, 본고에서는 자연으로부터의 인간 소외[6]의 문제로 파악하고자 하는 까닭도 여기에 있다.

현대인들이 정체성을 상실해 가는 원인도 이상의 사실과 무관하지 않다고 볼 수 있다. 정체성을 상실해 가는 현대인들의 의식세계에 근원적 모성으로서의 자연에 대한 소외감은 점차 증대되어 간다. 시인들은 이러한 점을 누구보다 예민하게 느끼고 반응하며 그것을 시로 형상화한다.

---

4) 임춘식, 『현대사회와 인간소외』(한남대학교출판부, 1990), 40쪽.
5) R. 터커 · A. 샤프 외, 조희연 역, 『현대소외론』(참한문화사, 1983), 11쪽.
6) 임춘식, 위의 책, 36쪽.
   소외의 뜻에는 관계적 의미가 내포되고 있어 무엇으로부터의 분리(소외)라는 개념이 함축되어 있다. 즉 자연으로부터의 분리에서, 사회로부터의 또는 집단으로부터의 소외라는 뜻이 함축되어 있다.

또한 시인들이 시를 쓴다는 일 자체가 대단히 생태 환경 친화적인 것이기도 하다.[7] 현대시에 나타난 자연으로부터의 인간 소외 현상을 밝히는 것은 현대인이 처한 정체성 상실의 한 국면을 이해하고 분석하는 일이기도 하다.

생태주의 문제와 관련하여 최근에 많은 관심들이 표출되고 있다.[8] 기존의 관점은 주로 시인들의 시에서 생태 환경으로서의 물리적 자연이 어떠한 영향을 끼치고 있느냐 하는데 초점이 맞추어져 있다. 이제 자연을 단순히 물리적 공간으로 대하기보다 인간정신의 근원적인 측면으로 접근할 필요가 있다. 생태계 문제의 심각성을 전제한다고 해도 기존의 관심으로 접근해서는 본질과 핵심에 도달할 수 없다. 다시 말하면 생태 환경의 문제에 대한 각성과 경고란 인간이 노력해 나아갈 문제이기는 하되, 그것으로는 근본적인 문제의 이해가 불가능한 것이기 때문이다. 인간은 자연 환경이라는 대상과의 물질적 관계나 교류 이면에 보다 정신적이고도 근원적인 관계성을 갖고 있다. 그러므로 자연과 인간의 관계를 소외의 입장에서 이해하고, 현대시에 나타나는 자연으로부터의 인간 소외를 살펴보고자 하는 것이다. 이를 통해서 현대인들이 정신적으로 얼마나 큰 훼손을 겪고 있는지 파악할 수 있을 것이다.

---

7) 이은봉, 『시와 생태적 상상력』(소명출판, 2000), 60~61쪽.
   시인들은 문명이나 가식을 벗어나서 순수한 자연을 추구해 가는데 이점은 인간과 자연의 조화를 추구한다는 점에서 생태 친화적이라 할 수 있는 것이다.
8) 신덕룡 편, 『초록생명의 길』(시와사람사, 1999).
   이승하, 『생명 옹호와 영원 회귀의 시학』(새미, 1999).
   이은봉, 위의 책.
   장정렬, 『생태주의 시학』(한국문화사, 2000).
   정효구, 『우주공동체와 문학의 길』(시와시학사, 1994).

2. 자연에 대한 인간의 소외

소외란 자기가 자기의 본질을 잃은 비본질적 상태에 놓이는 것을 일컫는다. 다시 말하면 인간의 사회적 활동에 의한 산물, 즉 노동의 생산물, 사회적 제 관계, 금전, 이데올로기 등이 이것을 만들어 낸 인간 자신을 지배하는 소원(疎遠)한 힘으로 나타나고, 그것을 만들어 낸 인간의 활동 그 자체가 바로 그 인간에게 속하지 않고 외적인, 강제적인 것으로 나타나는 상태를 가리키는 개념이다. 이와 같은 상태에서 인간은 자신의 본질을 거세당하고 또 다른 인간들과의 관계가 왜곡되어 나타난다. 즉 자기가 자기인 것을 거부당하고 본래의 자기에 대립하는 상태에 있게 되는 것을 의미한다.[9] 오늘날 인간이 겪는 자연과의 단절과 거리감도 이러한 소외의 개념으로 접근해 볼 수 있다.

자연은 우리 인간에게 삶의 배경이자 삶의 토대 그 자체라 할 수 있다. 뿐만 아니라 우리 인간 자체도 하나의 자연이다. 그것은 인간 또한 거대한 자연을 이루고 있는 일부라는 말과 통한다. 그러므로 자연과 인간이 조화롭게 일체감을 이룰 때 인간도 가장 완전한 인간일 수 있다.[10] 인간은 자연의 훼손으로 자연과 바람직한 관계 위에 있지 못하고 모순과 갈등 위에 놓이게 되었다. 그 결과 인간은 자연과 절대적으로 단절되었고 자연으로부터 소외되는 것이다. 이러한 비극은 인간이 자연과의 친연성을 파괴하는 문명과 과학의 발전을 추구해가며 나타나는 불가피한 일인지 모른다. 오늘날 '생태 친화적'이라는 말이 많이 쓰이고 있는 까닭도 인간이

---

9) A. 샤프 외, 김현일 편역, 『현대철학의 제문제』(형성사, 1983), 127~141쪽.
10) R. 터커 · A. 샤프 외, 조희연 역, 『현대소외론』(참한문화사, 1983), 35쪽.
   소외란 함께 엉겨있던 것이 조각조각 분리된다고 하는 느낌, 가치 · 행위 · 기대감이 한때 상호 맞물린 형태로 얽혀 있어 조그만 틈도 없는 주조물처럼 되어 있다가 그것이 분해된다고 하는 현대의 느낌을 말한다.

자연으로 돌아가 완전히 자연과 하나 될 수 없고, 자연과 친화적인 입장으로 나아갈 수밖에 없다는 판단에 따른 것으로 보인다. 다시 말하면 '생태 친화적'이라는 말은 이미 자연으로부터의 인간 소외에 대한 불가피성이 담겨 있는 표현이기도 하다. 그러므로 인간이 아무리 '생태 친화적'으로 나아갈 지라도 인간과 자연 사이에는 근본적으로 메울 수 없는 결핍을 전제해야 하는 것이다. 이는 현대 인간이 놓인 운명이자 한계로써 도저히 극복할 수 없는 자연으로부터의 소외라 할 수 있다.

자연으로부터 인간 소외 양상은 매우 복잡한 문제라 할 수 있다. 본고에서는 다음의 네 가지로 나누어 보고자 한다. 첫째는 영원하고도 무한한 자연에 대하여 유한자로서의 인간이 겪는 소외감으로, 둘째는 순수한 자연에 대하여 그렇지 못한 인간으로서 겪는 소외감으로, 셋째는 자연의 순수성을 상실함으로써 야기되는 인간의 소외감으로, 넷째는 자연의 일부로 존재하는 인간이 자연과의 존재론적 갈등으로 경험하는 소외감 등으로 파악할 수 있다. 그리고 그것은 소외와 자기소외의 문제로 나누어 이해할 수 있다. 둘째와 셋째의 경우는 자연으로부터 인간이 겪는 소외의 문제로 볼 수 있으며, 첫째와 넷째의 경우는 자연에 대한 인간의 자기소외의 경우로 해석할 수 있다.

소외는 인간활동의 산물이 갖는 객관적인 과정이라 한다면, 자기소외는 주관적 사실들의 영역인 인간존재의 주관적 경험의 차원으로 넘어간다. 즉 자연으로부터 개인이 소외되어 자신이 자연의 주변으로 밀려나 있다고 느낀다. 그 결과 자연과 일체를 이루는 생활이 어렵게 되는 경우이다. 자기소외는 본질적으로 한 개인의 사회로부터의 소외와 관련된다. 그것은 개인의 경험과 태도 속에 표현되며, 따라서 주관적 현상이라 할 수 있다.[11] 소외와 자기소외는 상호 연관되며 서로 작용을 미치는 관계에 있다.

인간의 삶은 한 발짝만 밖으로 나가도 자연과 접촉하게 된다. 자연에
대한 관심이 문학에 일찍부터 지배적으로 나타난 것은 필연적인 일이다.
고려가요나 조선시대의 시가에도 문학의 주요 소재이자 대상이 되어 왔
다. 고전문학에서 자연이 주로 관조나 향유의 대상이자 감정을 의탁하는
소재로 나타났다면, 현대시에서 그것은 인간과의 단절과 갈등, 나아가
소외감으로 표출되기에 이른다. 이 문제는 김동리가 김소월의 「山有花」
에 대하여 언급한 뒤,[12] 여러 시인들의 시 세계에서도 고찰되어 왔다.
이제 인간과 자연의 문제는 현대시의 중요한 부분이다. 우리가 아무리
‘생태 친화적’으로 노력할 지라도 극복할 수 없는 자연과의 관계는 이제
소외의 관점에서 이해되어야 한다.

3. 현대시에 나타난 소외 양상

1) 무한한 자연에 대한 유한자로서의 소외

인간이 신화시대를 그리워하는 것은 인간이 자연과 총체성을 누렸던
삶에 대한 간절한 염원이자 희망이라 할 수 있다. 인간은 자연의 영원하고
도 무한한 반복과 대비되어 일회적이며 순간적인 삶을 산다. 자연은 사계
절의 반복과 순환을 통해 무한히 유지되어 가는 반면에 인간은 그것을
한 번밖에 체험할 수가 없다.[13] 따라서 인간은 자연에 대하여 소외감을

---

11) A. 샤프 외, 김현일 편역, 『현대철학의 제문제』, 132~135쪽.
12) 김동리, 『문학과 인간』(백민문화사, 1948).
13) 자연은 ‘발생’ – ‘성장’ – ‘소멸’을 끊임없이 반복한다. 이는 ‘봄’ – ‘여름’ – ‘가을’
    – ‘겨울’의 끝없는 순환으로 이어지지만, 인간에게 이 흐름은 일회에 한정된다.

갖는다. 이는 인간의 죽음에 대한 공포에 바탕을 두고 나이가 들수록 강화되어 간다. 그것은 인간이 생을 통해 점차 죽음 쪽으로 다가가며 자연의 영원한 흐름과 단절된다는 판단에서 비롯된다.

> 그리운 이 그리워
> 마음 둘 곳 없는 봄날엔
> 홀로 어디론가 떠나 버리자.
> 사람들은 행선지가 확실한 티켓을 들고
> 부지런히 역구를 빠져 나가고
> 또 들어오고,
> 이별과 만남의 격정으로
> 눈물짓는데
> 방금 도착한 저 열차는
> 먼 남쪽 푸른 바닷가에서 온
> 완행.
> 실어 온 동백꽃잎들을
> 축제처럼 역두에 뿌리고 떠난다.
> 나도 과거로 가는 차표를 끊고
> 저 열차를 타면
> 어제의 어제를 달려서
> 잃어버린 사랑을 만날 수 있을까.
> 그리운 이 그리워
> 문득 타 보는 완행 열차
> 그 차창에 어리는 봄날의
> 우수.

— 오세영, 「그리운 이 그리워」[14] 전문

M. Eliade. *The Sacred & The Profane*(Harcout, HBJ Book, 1959), p. 149.
14) 오세영, 『꽃들은 별을 우러르며 산다』(시와시학사, 1992).

위의 시는 '봄'이 환기시켜 주는 생성과 소멸의 정서를 바탕으로 하고 있다. 봄은 자연이 역동적으로 펼쳐지는 계절이면서 인간의 한계를 자각하게 해주는 계절이기도 하다. 자연은 무한한 반복과 영원성으로 인해 인간의 삶이 유한하며 일회적이라는 사실을 일깨워준다. 봄은 생명의 탄생과 성장의 절정에 꽃을 피우지만, 그 꽃이 지는 까닭에 상실감을 환기시킨다.[15] 인생의 중반을 넘어선 시인의 입장에서 봄은 생의 기쁨과 함께 지난 젊음에 대한 안타까움을 떠올리게 한다. 이 시의 공간이 '기차역'으로 설정되어 있는 것은 상징적이다. '역'은 사람들의 떠남과 돌아옴이 교차하는 공간이다. 그것은 봄이 생성의 기쁨과 생명의 절정이라는 면과 아울러 소멸과 상실이라는 이중정서를 불러일으키는 점과 절묘하게 결합된다. 이별과 만남의 격정이 가장 극적으로 이루어지는 공간이 역이다. 그러한 정서가 겹치는 계절이 봄이다. 봄은 그리움과 상실감을 부여한다. 그러므로 이 시에서 시인은 봄으로부터 소외되어 있다.

봄은 자연의 발생, 성장, 소멸의 반복 속에서 탄생과 함께 새롭게 출발하는 때이다. 그러나 인생은 거듭하여 새로운 발생과 성장으로 이어질 수 없다. 그러기에 이 시에서 시인은 철저히 과거 지향적 태도를 보여준다. 그것은 시인이 봄의 절정에서 자신의 잃어버린 젊은 날의 사랑을 그리워하는 것이다. 이는 현실의 고통을 벗어나려는 인류의 사고 속에 자리하는 원형으로 해석할 수도 있다. 인간은 구체적 시간의 질곡에서 벗어나 신화적 시간에 안주하려 하기[16] 때문이다. 그리하여 현실의 상실에서 벗어나 인간이 원래 가졌던 낙원에의 복귀를 지향한다. 그것은 참담한 역사적 현실에서 영원의 시간 속으로 회귀하려는 처절한 인간 실존의 갈등이다. 이는 프로이트가 '현실의 상실'과 그것에의 '복귀'라는[17] 말로 특징지었던

---

15) 이재선, 『한국문학 주제론』(서강대학교출판부, 1991), 413~416쪽 참조.
16) 신동욱 외, 『신화와 원형』(고려원, 1990), 209쪽.

것이다.

　　하늘에
　　흰 구름을 보고서
　　이 세상에 나온 것들의
　　고향을 생각했다.

　　즐겁고저
　　입술을 나누고
　　아름다웁고저
　　화장칠해 보이고,

　　우리,
　　돌아가야 할 고향은
　　딴 데 있었기 때문……

　　그렇지 않고서
　　이 세상이 이렇게
　　수선스럴
　　까닭이 없다.

— 신동엽, 「고향」[18] 전문

　위 시는 단순하고 소박한 표현 속에서도 인류의 고향에 대하여 제기하고 있다. 자연으로부터의 인간 소외는 곧 고향상실의 문제와 연관되는 것이다. 이때의 고향은 물리적 공간개념이 아니라 인류의 근원적인 고향을 의미한다. 처음 연에서 화자는 '하늘'에 떠가는 '흰 구름'을 통해 "이

---

17) A. Hauser, 황지우 역, 『예술사의 철학』(돌베개, 1984), 126~127쪽 참조.
18) 신동엽, 『신동엽전집』(창작과비평사, 1980).

세상에 나온 것들의 / 고향"을 생각한다. 이 시의 '구름'과 '하늘'은 영원한
자연으로서 화자에게 유한한 인간의 한계를 자각시켜 준다. '하늘'은 '세
상'에 비유되며, '구름'은 "이 세상에 나온 것들" 즉 인간과 비유된다.
화자는 '하늘'이라는 영원한 세계를 배경으로 흘러가는 '흰 구름'의 유동
성을 파악한 후 인간이 유한한 삶 앞에서 돌아가야 할 곳을 생각한다.
다음 연에는 인간의 비본질적인 삶이 드러난다. 인간들이 아무리 "즐겁고
저 / 입술을 나누고 / 아름다웁고저 / 화장칠해 보이"지만, 자연의 본질에
서 벗어난 것이기에 결코 즐거울 수가 없다. 그것은 인간들이 영원한 고향
인 자연으로부터 소외된 삶을 살기 때문이다.

　인류의 역사를 낙원상실의 관점에서 보고 있는 신동엽의 시각[19]에서
인간에게 낙원이야말로 자연과 인간 사이의 총체성이 간직되었던 때[20]라
할 수 있다. 그러나 무한한 자연으로부터 유한한 삶을 사는 인간이 소외됨
으로써 인류의 근원적인 고향으로부터 이탈하게 된 것이다. 이러한 관점
에서 위의 시는 무한한 자연과 유한한 인간과의 거리감 즉, 소외를 형상화
하고 있다.

2) 순수 자연에 대한 인간으로서의 소외

인간 문명의 역사는 자연에 반하는 방향으로 진행된 것이기도 하다.

---

19) 김창완, 『신동엽 시 연구』, 181~183쪽.
　　신동엽은 그것을 원수성의 세계라 하였으며 인류의 문명 역사 이후를 차수성의 세계라
　　고 하였다. 차수성의 세계는 문명과 화폐와 전쟁으로 표방되는 철저한 파괴적 속성이
　　지배하는 시대이다. 그리하여 귀수성의 세계로 접어들게 된다. 그에게 귀수성의 세계
　　란 차수성의 모순을 극복하고 원수성의 세계로 환원하는 것을 의미하였다.
20) 신동엽, 『신동엽전집』, 365면.
　　인류의 봄철, 어머니 유방에 매어달린 갓난아기와 같이 그들과 대지와의 음양적 밀착
　　관계 외엔 어느 무엇의 개재도 그 사이에 용납될 수 없었다.

따라서 인간의 삶은 시원적 자연의 세계로부터 가식과 꾸밈의 세계로 달려온 것이다. 오늘날 최첨단과학 시대에 살고 있는 인간들은 날로 변화 발전되어 가는 기계화의 경향과 그에 따른 인격적 상실에 아무런 대항방법도 없고, 이러한 환경에서 도피할 방법도 없다.[21] 오늘날 인간 생활에서 기계화의 증대는 인간으로 하여금 그 본질을 변화하게 하여 소외시키고, 사회와 자연에 대해 무력감을 갖게 한다. 자연으로부터 인간이 소외되는 비극적 모순이 현대 기술의 발전에 내재해 있는 것이다. 이러한 양상은 쉽게 극복될 수 없는 것으로 점점 심화되어갈 것이다.

정진규 시인은 이점에 남다른 관심을 표출해 왔다. 그가 써온 '알詩'와 '몸詩' 연작이 그 결과이다.

> 글씨를 모르는 대낮이 마당까지 기어나온 칡덩굴과 칡순들과 한 그루
> 木百日紅의 붉은 꽃잎들과 그들의 혀들과 맨살로 몸 부비고 있다가
> 글씨를 아는 내가 모자까지 쓰고 거기에 이르자 화들짝 놀라 한 줄금
> 소나기로 몸을 가리고 여름 숲속으로 숨어들었다 매우 빨랐으나 뺑소
> 니라는 말은 가당치 않았다 상스러웠다 그런 말엔 寂滅寶宮이 없었다
> 들킨 건 나였다 이르지 못했다 未遂에 그쳤다
>
> — 정진규, 「未遂 — 알詩 6」[22] 전문

정진규 시인에게 '알'이란 알몸을 가둔 알몸이며, 순수생명의 실체이고 그 표상이다. 그것은 부화를 기다리는 미완의 존재가 아니라, 그것 자체가 완성이며 원형이다. 하나의 小宇宙[23]라고 했다. '알'은 생명의 본 바탕이며 그것을 감싸는 따스한 힘이고 몸이며 정신이다. 달리 말하면 순수한

---

21) 박창희, 『갈등과 소외』, 254쪽.
22) 정진규, 『알詩』(세계사, 1998).
23) 정진규, 위의 책, '자서'에서.

자연의 몸 그 자체라 하겠다. 정진규 시인이 추구하는 '알詩'는 순수 자연의 실체(알몸)를 찾아가는 과정이다.

이 시는 어느 여름날 시인이 목격한 한순간의 자연 풍경을 묘사하고 있다. 그것은 자연의 생명이 절정에 달한 어느 시골 마당에서인데, 그것을 본 시인이 깊이 감동하고 거기에 뛰어들려는 순간 그것들이 달아나 버리는 상황이다. 직관적으로 체험되는 생의 순간을 포착하는 것이 시라 하듯이, 이 시는 시인이 순간적으로 느낀 정서로 자연과 인간 사이의 일체화할 수 없는 거리를 제시한다. 이 시는 순수 자연에 대한 인간의 소외감을 드러냈다. 시의 마지막 부분 "들킨 건 나였다 이르지 못했다 未遂에 그쳤다"에서 시인이 그것들과 어울려 맨살로 몸 부비려(알을 깨려) 하였으나 미수에 그치고 만다. 시인이 그것들에게 들켰다는 데 이 시의 핵심이 있다. 자연은 그들대로 어울려 살아가고 있다. 그러나 인간이 그것을 보고 함께 동화되려 애쓰지만, 번번이 미수에 그치고 말 뿐이다. 자연은 생명의 완성과 절정에 도달한 알몸의 상태에 있다. 그 자연에 우리 인간이 다가가 하나로 된다는 것은 불가능하다.

이 시에서 "글씨를 모르는 대낮", "칡덩굴과 칡순", "한 그루 木百日紅"은 알몸들이며, 서로 "붉은 꽃잎들과 그들의 혀들과 맨살로 몸 부비고 있"다. 그러나 시인은 "글씨를 아는 내가 모자까지 쓰고" 거기에 다가간다. 여기서 '글씨'란 순수생명체를 언어의 감옥에 가두어버리는 도구이며 '모자'는 문명 또는 인위적인 권위나 가식을 의미한다. 그만큼 인간은 자연의 알몸으로 돌아갈 수 없다. '글씨'나 '말'로는 자연의 알몸에 닿을 수 없는 것이다. '글씨'나 '말'로 그것을 표현해 버리면 '알'의 '몸'은 사라지고 껍데기만 남는다. 시인이 자연의 알몸을 몰래 눈여겨보는 순간, 그들은 "한 줄금 소나기로 몸을 가리고" 사라져 버린다. 자연의 알몸이 시인에게 들킨 것이 아니라, 시인이 자연에게 들키고 만 것이다.

> 사랑하는 사람아,
> 네 맑은 눈
> 고운 볼을
> 나는 오래 볼 수가 없다.
> 한정 없이 말을 자꾸 걸어오는
> 그 수다를 당할 수가 없다.
> 나이 들면 부끄러운 것,
> 네 살냄새에 홀려
> 살戀愛나 생각하는
> 그 죄를 그대로 지고 갈 수가 없다.
> 저 수박덩이처럼 그냥은
> 둥글 도리가 없고
> 저 참외처럼 그냥은
> 달콤할 도리가 없는,
> 이 복잡하고도 아픈 짐을
> 사랑하는 사람아
> 나는 여기 부려놓고 갈까 한다.
>
> — 박재삼, 「과일가게 앞에서」[24) 전문

위의 작품은 표면에 현실적으로 이루어질 수 없는 사랑으로 애태우는 시인의 마음을 형상화하고 있다. 인간의 만남과 사랑이 포괄할 수 없는 근원적인 그리움, 인간으로서 다 감당할 수 없는 외로움이 과일가게 앞에서 서성이는 시인의 내면 심리에 잘 반영되어 나타난다. 시인은 인간적본능으로 떠올리는 '살연애' 조차도 죄스럽게 생각한다. 그것은 자신이 그만큼 순수 자연으로부터 이탈되어 있기 때문이며 순수성을 상실한

---

24) 박재삼, 『千年의 바람』(민음사, 1975).

까닭이다.

시인이 과일가게 앞에서 서성대는 것은 과일가게에 놓여 있는 과일과의 동질성을 회복하려는 몸짓이다. 그러나 그것은 불가능한 일이다. 시인은 "나이 들면 부끄러운 것"에서 고백하고 있듯이 이제 순수성을 잃었기 때문이다. 그만큼 시인은 자연의 순수 본질로부터 벗어나 시간의 소모에 의한 훼손을 겪고 있기 때문이다. 가게에는 이제 막 싱싱한 육체를 뽐내며 과일들이 널려 있다. 순수 자연의 생명력이 시인에게 지난 시간에 대한 아쉬움을 떠올리게 한다. 이 시는 순수한 자연 앞에서 순수성을 잃은 인간으로서 갖는 소외를 표출하고 있다.

3) 자연의 순수성 상실로 인한 소외

인간과 자연은 일치할 수 없는 괴리감을 지닌다. 그러기에 인간은 자연을 추구함으로써 그 공백을 메우고 그것과 심리적 동일시를 꾀하려 한다.[25] 그러나 이제 자연 그 자체의 순수성이 상실되었다. 인간이 완전한 자연으로 돌아갈 수 없으나 바라보고 느끼던 대상으로서 자연의 순수성이 상실되고 훼손됨으로써 인간에게 소외감을 주고 있다. 이는 현대인이 추구해온 삶의 결과이기도 하다. 자연의 순수성 상실[26]로 인해 나타나는 소외는 근대화 과정에서 이루어진 도시화와 공업 발달로 인한 자연의 파괴에서 비롯되었다.[27] 최근에는 많은 시인들이 '생태주의 시학'[28]에 관심

---

25) 이재선, 『한국문학 주제론』, 409쪽.
26) 임춘식, 『현대사회와 인간소외』, 12쪽.
　　자연과 인간과 사회의 관계들이 상품화 또는 물화되었다.
27) 그러한 인식을 명료하게 표현했던 시집으로 우리는 김광섭의 『성북동 비둘기』를 들고 있다. 이러한 관심과 시적 표출은 1970년대 1980년대로 오면서 가속화되었다. 신경림의 『農舞』도 여기에 속하고 김광규, 최승호 등이 성과를 이루었다.
28) 장정렬, 『생태주의 시학』(한국문화사, 2000).

을 기울이고 있다.

달걀의 꿈은 병아리다.
그러나 이 도시에서는
병아리로 부화될 수 없는 달걀만이 달걀이다.

몇 달 전에 망해 버린 내 친구 양계업자
빈털터리가 된 그는 이제
외로운 밤시간을 갖게 되었지만
양계장에는 밤이 없다.
밤이면 낮보다 더 강렬한 불빛이
오직 생산!
생산만을 다그친다.

밤은 꿈꾸는 시간
꿈꾸면서 사랑을 나눈다는 관념은
그 양계장
양계장 같은 도시의 번영을 위협하는
불온사상이다.
그리고 암탉들은 실제로
사랑하지 않았기에 더 많은 달걀을 낳는다.

태어날 때부터
병아리로 부화될 꿈의 염색체가 제거된 달걀,
유해한 콜레스테롤의 함량의 극소화
하얗고 깨끗하게 표정도 지워진
우량품 달걀.

병아리는 이 도시 어디에서도 찾아볼 수 없다.
다만 망해 버린 내 친구 양계업자의

외로운 밤시간에 환청으로만
길 잃은 한 마리가 삐약거릴 뿐이다.

— 이형기, 「병아리」[29] 전문

이 시는 자연의 순수성이 상실되고 기형적 문명 속에서 현대인들이 겪는 소외감을 아이러니 기법으로 형상화하였다. 현대 산업사회에서는 생활의 온갖 영역에서 소외현상이 보여지고 있다. 그리하여 자기 자신이나 외부 세계와의 아무런 생산적인 관계도 찾아볼 수 없다. 소외란 자신이 자신이 아니게 되는 것이며, 인간의 행위를 인간 자신이 지배하는 것이 아니라 인간 이외의 것이 지배하는 상태를 말한다. 그 결과로 소외현상은 인간에게서 자유로운 주체의식을 빼앗아간다. 자연과학의 발달은 산업혁명을 낳았고, 산업혁명은 경제적으로 자본주의 체제를 형성시켜 주었다. 따라서 근대사회는 사물의 동질화와 양적·기술적 조작을 통해 모든 사상의 물화를 촉진시켰다. 이로써 살아있는 인간적 관계는 그 물신적 성격이 점차 사회구조적 제요소까지 확대됨으로써 갈등과 소외현상이 더욱 심각한 문제로 등장하였다.[30]

인간의 욕망은 자연의 순리와 흐름을 거부하고 속도와 양의 경제 원칙 속에서 자연의 생명 질서를 왜곡시켰다. 자본주의 시장경제 원리란 철저히 자연의 본질에 역행하는 흐름으로 나아갈 수밖에 없다.[31] 그것은 "양계장에는 밤이 없다"는 표현에서 읽을 수 있다. 그곳의 닭들은 "사랑하지 않았기에 더 많은 달걀을 낳"는 아이러니에 놓인다. 이 시에서 현대 사회의 속성은 "태어날 때부터 / 병아리로 부화될 꿈의 염색체가 제거된 달걀"

---

29) 이형기, 『죽지 않는 도시』(고려원, 1994).
30) 박창희, 『갈등과 소외』(단국대 출판부, 1989), 214~219쪽.
31) 임춘식, 앞의 책, 29~34쪽 참조.

로 제시되었다. 그것은 단지 양계장의 달걀만을 의미하는 것이 아니라, 현대 사회 우리 인간들의 삶 전체를 비유적으로 드러낸다. 이 시에서 '병아리'는 자본주의적 틀 속에서 소외된 인간을 비유한다 할 수 있다. 이제 "병아리는 이 도시 어디에서도 찾아볼 수 없다." 다만 "외로운 밤시간의 환청으로만 / 길 잃은 한 마리가 삐약거릴 뿐이다." 그만큼 현대 사회에서 자연의 순수성 상실로 인한 소외는 큰 것이다.

다음의 시에서 김광규도 이러한 문제를 형상화하고 있다.

> 내 어렸을 적 고향에는 신비로운 산이 하나 있었다.
> 아무도 올라가 본 적이 없는 靈山이었다.
>
> 靈山은 낮에 보이지 않았다.
> 산허리까지 잠긴 짙은 안개와 그 위를 덮은 구름으로 하여 靈山은 어렴풋이 그 있는 곳만을 짐작할 수 있을 뿐이었다.
>
> 靈山은 밤에도 잘 보이지 않았다.
> 구름 없이 맑은 밤하늘 달빛 속에 또는 별빛 속에 거무스레 그 모습을 나타내는 수도 있지만 그 모양이 어떠하며 높이가 얼마나 되는지는 알 수 없었다.
>
> 내 마음을 떠나지 않는 靈山이 불현듯 보고 싶어 고속버스를 타고 고향에 내려갔더니 이상하게도 靈山은 온데간데 없어지고 이미 낯설은 마을 사람들에게 물어 보니 그런 산은 이곳에 없다고 한다.
>
> — 김광규, 「靈山」[32] 전문

이 시는 '靈山'이라는 상징적 공간을 두고 과거와 현재의 변화를 간파하

---

32) 김광규, 『반달곰에게』(민음사, 1981).

고 있다. 이 시에서 '영산'은 곧 자연을 의미하는 것이며, 그 변화의 중심에는 자연의 순수성 상실문제가 놓여 있다. 이 시에서 시적 화자가 시사하는 점은 고향상실이고 전통의 상실이며 신령스러운 산에 의탁해서 고향 사람들의 누대(累代)에 걸쳐 구상하였던 낙원의 가능성의 상실[33]이기도 하다. 어린 시절 '영산'과 함께 했던 삶은 참으로 평화롭고 아늑한 것이었다. 그것은 시인이 자연과 갈등 없이 마음에 간직하고 있던 신비한 세계이다. 차츰 나이가 들어 사회로 진출하며 시인은 '영산'으로부터 멀어졌고, 급기야 '영산'을 상실하게 된 것이다.

이제 현대인에게 '영산'은 존재하지 않는다. 그것은 애초부터 없었던 것인지도 모른다. 다만 '영산'은 자연 속에 인간의 정신적 고향으로 살아 있어 시인에게 삶의 중심이 되고 순수 마음을 간직하며 살아가게 하는 힘을 발휘했던 것이다. 어릴 적 '영산'은 "아무도 올라가 본 적이 없는" 산이었으며, 항시 "산허리까지 잠긴 짙은 안개와 그 위를 덮은 구름"으로 인해 순수 자연의 일부로 존재하던 것이다. 그 당시의 자연은 정복하거나 이용하려는 대상이 아니었으며 바라보고 느끼는, 인간과의 완전한 교감이 살아있던 것이었다. 그러나 이제 '영산'은 없다. 시인은 '영산'을 만나기 위해 "고속버스를 타고" 가기 때문이다. 또한 그곳에는 "낯선 마을 사람들"이 살고 있기 때문이다. 자연도 변하였고 사람들도 변한 것이다. 이제 '영산'을 간직하던 자연과 일체감을 이룰 수 없어 시인은 소외를 느낄 수밖에 없다.

4) 자연과의 존재론적 갈등으로 인한 소외

자연은 우리 삶의 배경일 뿐 아니라, 인위적인 것을 제외한 이외의 모든

---

33) 유종호, 「시와 의식화」, 김광규, 『반달곰에게』, 21쪽.

것을 의미한다. 그 점에서 인간의 삶이 추구하는 가치와 어긋나기도 하며, 인간의 의지나 욕망과도 괴리감을 갖는다. 이를 통해 인간들은 존재론적 갈등을 경험하며 자연으로부터 소외감을 갖게 된다. 자연은 인간이 살아 가는 세계 존재의 기반이며 배경이다. 자연이란 우리가 존재하는 세계 그 자체이다. 인간과 자연의 관계는 존재론적으로 갈등구조 위에 있기도 하다. 그것은 인간 존재의 모순적 의미라 말할 수 있다. 자연의 존재론적 속성과 인간의 의지는 일치하지 않는다. 때로 인간은 자연의 순리를 따르 려 하지 않고 그것을 의지로 극복하려 몸부림친다. 이 과정에서 인간은 자연으로부터 소외를 경험하게 되는 것이다.

김영랑의 시 "모란이 피기까지는 / 나는 아직 기다리고 있을테요 찬란한 슬픔의 봄을"(「모란이 피기까지는」)에서 기다림의 역설적 의미를 읽을 수 있다.[34] 이 시에서 시인은 봄에 대하여 기다림과 상실감의 이중정서를 지니게 된다. 그 감정은 모란이 피고 지는 것에 의해 매개되고 있다. 따라 서 화자는 모란이 피는 봄을 간절하게 기다리며 동시에 모란이 지는 봄을 고통스러워 한다. 모란이 피기를 기다리며 아직 도래하지 않은 봄 앞에서 시인은 이율배반적인 정서를 갖고 있다. 그것은 봄에 대한 기다림과 상실 감이다. 봄을 기다리면서도 봄이 떠날 것에 대한 두려움이 동시에 시인의 가슴에 일고 있다. 그래도 인간은 또 봄을 기다릴 수밖에 없고, 봄이 주는 기쁨과 상실감을 동시에 감싸 안으며 살아갈 수밖에 없는 숙명에 놓여 있다. 그러기에 봄은 시인에게 "찬란한 슬픔"을 주는 것이며 자연과 존재 론적 갈등으로 인한 소외를 경험하게 한다.

---

34) 김창완, 「역설의 언어 1」, 『한남어문학』 제23집 (한남대 국어국문학회, 1998. 12), 84~86 쪽 참조.

너의 눈썹에
젊은 수평선 떠 있다

너를 찾는 새벽의 숲길은 푸르고
그 푸른 힘은 나를 밀고 가지만
너는 언제나
일단 정지의 아득한 水平, 線 밖으로
나를 세워 놓는다

먼 발치에서 너를 만난다
갈매기들 수평선 물고 용수철 되어 퉁겨오르고
아득한 거리 저쯤에서
달려오는 현란한
너의 몸짓, 하나의 꽃이다

그러나 나는 오늘도 너의 푸른 섬에 닿지 못하고
일단 정지의 아득한 거리 이쯤에서
발목만 조금 적신 채
너와 작별한다

아직도 아득한 그 자리에서
은모래처럼 반짝이며
날마다 나를 재충전시키는
오 황홀한 저 눈빛!

— 김성춘, 「바다 애인」[35] 전문

　자연은 우리 인간의 존재에 대한 깨달음과 삶의 진실을 밝혀주는 대상
으로 자리한다. 인간은 자연으로부터 배운다. 자연에서 지혜를 얻고 자연

---

35) 김성춘, 「바다 애인」, 『현대시학』(1994. 3).

의 혜택을 입고 살아간다. 그러나 인간은 자연과 영원히 하나 될 수 없는 불완전한 존재라는 사실을 자각하게 된다. 위 시는 자연의 일부인 '수평선'에 대한 존재론적 사유를 통해서 인간이 도달할 수 없지만, 또한 그러기에 그것을 끊임없이 지향하는 삶의 본질을 꿰뚫어 보이고 있다.

이 시는 다양한 은유로 구사되어 있다. 그것은 '바다', '애인', '젊은 수평선', '아득한 수평선', '하나의 꽃', '너의 푸른 섬', '아득한 거리', '아득한 그 자리', '눈빛' 등이다. 이들은 일정한 거리에 있을 때 그 실체를 드러낸다. 오히려 닿을 수 없는 거리에 있을 때 그 가치가 배가된다. 우리가 다가가 그것을 만지거나 바라보려 하면 그것들은 또 그만큼 거리 밖으로 멀어진다. 우리는 '수평선' 앞에서 어떤 절대성의 궁극을 깨닫는다. 인간이 다가갈 수 없는 거리, 그러나 우리를 이끌어주는 빛, 그것은 우리들이 추구해야 할 삶의 가치 또는 진리라 할 수 있다.

삶의 가치와 진리란 끝이 있을 수 없다. 그것은 인간 삶의 영원한 목적이자 지향점이기도 하다. 시인은 '수평선'과 자신의 절대적 거리를 인식하고 있다. 그러기에 "너는 언제나 / 일단 정지의 아득한 水平, 線 밖으로 / 나를 세워 놓는다"고 하였다. 시적 화자가 닿을 수 없는 절대의 거리에 분명히 있는 것, 그러나 영원히 닿을 수 없는 것 그러기에 그것은 오히려 "현란한 / 너의 몸짓, 하나의 꽃"이다. 시인은 '수평선'에 끝없이 다가서려는 의지가 이루어질 수 없다는 사실을 인식하고, 이제 그것을 인간의 삶으로 해석하고 있다. 시인은 '수평선'과의 절대적 거리를 통해 인간의 삶의 의미를 새기는 것이다.

시인은 "나는 오늘도 너의 푸른 섬에 닿지 못"한다고 고백한다. 이로써 시인은 존재론적으로 소외를 느낀다. 시인은 다만 "일단 정지의 아득한 거리"에서 "발목만 조금 적신 채"로 "너와 작별한다." 그러나 시인은 생에

대하여 한 단계 승화된 안목을 터득함으로써 '비극적 황홀'36)을 경험하고
있다. 우리 삶의 진정한 가치는 여기에 있을 것이다. 절대적인 거리를
허용하지 않는 삶의 바다, 진리의 세계 그러나 그것은 닿을 수 없는 먼
거리에 있기에 진실로 우리가 끝없이 추구해 가는 대상이 될 수 있다.
시인은 그것을 "아득한 그 자리에서 / 은모래처럼 반짝이"며 "날마다 나
를 재충전시키는 / 황홀한 저 눈빛"이라 하였다.

　헤겔의 소외개념은, 절대이념의 소외상태가 자연이며, 자연의 일부로
서의 인간 정신이 변증법적 발전을 통해 완전히 자신을 인식하고 문화가
정신의 산물임을 이해하면, 즉 세계정신을 실현하게 될 때 소외는 사라지
게 된다37)고 했다. 이 시에서 시인은 '수평선'과 자아 사이의 절대적인
거리를 인간적 한계 위에서 바라본다. 그러나 시인은 그것에서 역설적으
로 더 큰 가치를 새기는 것이다. 반드시 있되 도달할 수 없는 것, 그래서
최고가 겨우 적당할 뿐인 것, 그것이 인간 삶의 '바다'일 것이다. 그것은
손쉽게 닿을 수 없기에 우리에게 소중하고 값진 것이기도 하다.

4. 맺음말

　인류의 역사란 자연으로부터의 인간 소외의 역사라 할 수 있다. 현대인
들은 최첨단과학 문명의 발달을 지향해 감으로써 자연에 대한 손상과
그 토대의 상실을 경험하고 있다. 그 결과 인간들은 본래의 순수한 세계를
꿈꾸며 생명의 시원적 세계로 되돌아가려는 몸부림을 보여준다. 그것은

---

36) 정한모·김재홍 편, 『한국대표시평설』(문학세계사, 1995), 681~686쪽 참조.
37) 박창희, 앞의 책, 236쪽.

자연과 인간이 보다 건강한 관계 위에 기초한 세계이자, 인간이 자기 정체성을 확고하게 지니고 있던 세계이다. 그러나 이제 인간들이 그러한 세계의 복원을 꿈꾼다 해도 그 회복은 불가능한 상태에 놓여 있다. 이는 단순히 인간이 자연을 상실했다는 데에 그치지 않고 보다 근원적인 것에 대한 상실로 인한 소외감으로 이어지게 된다. 현대인들이 정체성을 상실해 가는 원인도 이와 무관하지 않다. 따라서 현대시에 자연으로부터 인간 소외 현상이 어떻게 나타나고 있는가를 밝힘으로써 현대인들이 처한 정체성 상실의 한 국면을 이해하고 분석하려 하였다.

기존의 연구는 주로 시인들의 시에 생태환경 문제가 어떠한 시각으로 수용되고 있느냐는데 초점이 맞추어져 있다. 이제 이러한 문제들을 포괄하여 현대시의 흐름으로 접근해 볼 필요가 있다. 그러기 위해 자연과 인간의 관계 및 소외의 개념을 살피고, 현대시에 나타나는 자연으로부터의 인간 소외를 무한한 자연에 대한 유한자로서의 소외감, 순수 자연에 대한 인간으로서의 소외감, 자연의 순수성 상실로 인한 소외감, 자연과의 존재론적 갈등으로 인한 소외감 등 네 경향으로 분석하였다.

자연은 사계절의 반복과 순환을 통해 무한히 유지되어 가는 반면에 인간은 그것을 일회밖에 체험할 수 없다. 따라서 인간은 자연에 대해 소외감을 갖게 되며, 그것은 나이가 들수록 강화되어 간다. 이는 인간이 생을 통해 점차 죽음 쪽으로 다가가며 자연의 영원한 흐름과 단절된다는 판단에서 비롯되는 것이다. 오세영의 「그리운 이 그리워」와 신동엽의 「고향」에서 자연의 영원하고도 무한한 반복과 대비되어 일회적이며 순간적인 삶을 사는 유한자 인간의 소외를 살필 수 있었다.

인간의 문명은 자연에 반하는 방향으로 진행된다. 따라서 자연의 순수한 세계로부터 인간은 가식과 꾸밈의 세계로 달려온 것이다. 오늘날 최첨단과학 시대에 살고 있는 인간들은 날로 변화 발전하는 기계화 경향과 그에 따른 인격적 상실에 대항할 수도 없고, 도피할 방법도 없다. 오늘날 인간 생활에서 기계화의 증대는 인간으로 하여금 그 본질을 변화하게 하여 소외시키고, 사회와 자연에 대해 무력감을 갖게 한다. 정진규의 「未遂—알詩 6」과 박재삼의 「과일가게 앞에서」에서 순수 자연에 대한 인간으로서의 소외를 확인할 수 있었다.

인간과 자연은 일치할 수 없는 괴리감을 지닌다. 그러기에 인간은 자연을 추구하여 그 공백을 메우고 그것과의 심리적 동일시를 꾀하려 한다. 그러나 자연 그 자체의 순수성이 상실됨으로써 인간은 소외감을 겪게 된다. 이는 현대인이 추구해온 삶의 결과이다. 자연의 순수성 상실로 인해 나타나는 소외는 근대화 과정에 이루어진 도시화와 공업 발달로 인한 자연 파괴에서 비롯되었다. 이점은 이형기의 「병아리」와 김광규의 「靈山」에서 살필 수 있었다.

자연은 우리 삶의 배경으로 인간이 추구하는 가치와 어긋나기도 하며, 인간 의지와 욕망과도 괴리감을 갖는다. 여기에서 인간은 존재론적 갈등을 경험하며 자연으로부터 소외감을 느낀다. 인간과 자연의 관계는 존재론적으로 갈등구조 위에 놓이기도 한다. 자연의 속성과 인간 의지는 일치하지 않기도 하는 까닭이다. 인간은 자연의 순리를 따르려 하지 않으며 그것을 의지로 극복하려 한다. 그 과정에서 인간은 자연으로부터 소외를 경험하게 된다. 김영랑의 「모란이 피기까지는」이나 김성춘의 「바다 애인」에서 그 점을 살펴보았다.

인간은 영원히 자연과 더불어 살아가야 한다. 그러므로 인간은 훼손된 자연과 인간의 관계를 정확히 인식하고 그 실상을 파악해야 한다. 인간과 자연의 관계는 물질 대상으로서 자연뿐만 아니라 존재 자체의 문제, 근원

적인 세계로서의 문제 등 실로 복잡하게 연관되어 있는 것이다. 앞으로의
생태주의 시학의 논의도 이러한 방향과 함께 이루어져야 할 것이다.

시와 담화
- 신동엽의 시를 중심으로

1. 머리말

일반적으로 서정시는 개인 체험을 토대로 하는 내적 고백의 장르라고 인식되어 왔다. 따라서 서사시나 극 양식과는 다른 특성을 지닌다.[1] 그렇지만 적어도 이 세 가지 양식이 담화(discourse)의 일종이라는 점에서는 공통성을 갖는다. 극 양식이나 서사 양식은 물론이고, 서정 양식도 담화의 한 형태이다. 왜냐하면 시도 화자와 청자 사이에 언어로 축조되는 의사 소통의 일종이기 때문이다. 이점에서는 신동엽의 시 또한 예외일 수 없는 것이다.

신동엽은 시를 통해서 청자에게 끊임없이 이야기하는 방식으로 독자들에게 강한 메시지를 전달하고자 하였다. 이러한 점은 그의 시에서 시적 담화 구조로 파악해 볼 수 있다. 본고는 이러한 사실을 확인함으로써 궁극적으로 그의 시가 지향했던 점이 무엇인가를 확인하는데 그 목적을 둔다.

신동엽의 시세계는 서정시로서의 면모도 매우 강하다. 그의 시가 궁극적으로 추구하려 했던 것은 대지와 생명성에 기초한 원수성의 세계였다.

---

1) E. Steiger, 李裕榮·吳鉉一 譯, 『詩學의 根本概念』(三中堂, 1978).
   슈타이거는 세 가지 양식 특성을 '回感'(서정적 양식), '表象'(서사적 양식), '緊張'(극적 양식)으로 나누고 있다.
   鄭孝九, 『現代詩와 記號學』(느티나무, 1987), 18~24쪽 참조.

그러므로 그의 시에서는 풍부한 서정성 위에 원초적 생명과 자연이 어우러져 있는 것이다. 보편적으로 서정시는 1인칭으로 주관적이고 고백적인 자기 감정의 표현으로 나타난다. 그러나 서정시도 하나의 담화이며, 신동엽의 시 또한 담화의 성격을 강하게 지니고 있다. 그의 시에서 서정성은 단순한 서정이나 순간적인 것이 아니다. 그의 시는 개인적인 체험일지라도 그것이 보다 구체적인 민족의 역사적 사실로 객관화되어 나타난다. 또한 그는 시에서 무엇인가를 끊임없이 이야기하려 시도하였다. 그의 시는 담화 형식을 통하여 독자들에게 강한 메시지를 직접적으로 전달하고자 노력했던 것이다.

신동엽은 강한 담화 지향성으로 독자와 공감의 영역을 극대화하고자 노력 하였다. 뿐만 아니라, 그의 시에는 대개 화자가 생략되어 있기도 하다. 그의 시는 화자 개인적 체험의 특수성보다는 민족 전체의 보편성을 지향하는데, 이는 민중시의 한 특성이기도 하다. 그의 시는 대부분 개인과 개인간의 의사소통이 아니라 민중 전체를 지향한다. 그의 시적 담화는 민중이라는 집단을 그 실체로 하여 개인적 화자가 문맥 속에 숨겨져 나타난다. 이점에서 그의 시는 강한 민중성을 획득[2]하고 있는 것이다.

2. 시와 담화

시가 사물이나 물질 같은 즉자적 존재가 아니라, 살아 움직이는 기호체

---

2) 1970년대의 뜻 있는 젊은 층에게 김수영의 시보다 신동엽의 시가 심정적으로 더 많은 공감을 주었다. 그 이유는 김수영보다 신동엽이 더 많은 민중의식을 지니고 있었다는 점이다. 그러한 사실도 화자와 청자 사이의 관계 속에서 파악할 수 있다.
成民燁 編, 『민중문학론』(文學과 知性社, 1984), 89쪽.

로서 작용하기 위해서는 화자와 청자가 말을 주고받는 대화적 상황이 설정되어야 한다.[3] 따라서 담화의 시각으로 규정한다면, 서정시 또한 대화적 구도가 기본적으로 상정되어야 한다. 한편, 바흐찐은 모든 담화가 극이라는 견해를 제시한 바 있다.[4] 그에 의하면 시적 담화도 시인과 독자 그리고 작품 속의 인물들이 기본적인 배역으로 존재하는 작은 연극으로서의 성격을 지닌다. 그리하여 각 작품은 어느 것이나 독특한 화법을 가지고 있다. 화법이란 화자의 목소리이면서 동시에 말을 엮어 나가는 방법이기 때문에, 작품의 어조와 형태의 결정에 큰 영향을 미치게 된다.[5] 시에서 화자의 어조가 시인의 인격과 태도, 그리고 청자와의 관계를 직접적으로 나타내게 되는 것도 여기에서 기인한다.

시가 하나의 메시지를 전달하는 과정에서 중요한 요소는 시인과 독자, 그리고 그들 사이에 오가는 메시지이다. 이미 야콥슨은 이러한 관점에서 문학을 언어학적 소통 구조로 밝혀놓은 바 있다. 그는 문학을 발신자와 수신자 사이의 전언(message)의 전달[6]로 파악하였는데, '전언'이라는 말을 사용하여 수신자의 능동적인 역할을 중요시하지는 않았다. 그러나 바흐찐은 야콥슨이 사용한 '전언'이라는 용어를 '언술(담화)'로 이해함으로써

---

3) 담화라는 언어적 상황이 가능하기 위해서 전제되는 조건이 있는데, 이를 상황소(deixis)라 한다. 이것은 다음의 네 가지로 구분할 수 있다.

     시인소: 화자, 청자.   시시소: 발화시, 사건시, 지정시
     시공소: 발화 장소.   화식소: 말씨.

이승훈,『한국시의 구조분석』(종로서적, 1987), 91~93쪽.
시에 내재하는 대화의 구조를 채트만은 다음과 같이 설명하였다.

Real author — Implied author — Narrator — Narratee — Implied reader — Real reader

S. Chatman, *Story and Discourse*, (Cornell Univ. Press, 1979), p. 151.
4) T. Todorov, 최현무 역,『바흐찐 : 문학 사회학과 대화이론』(까치, 1987), 83쪽.
5) 鄭孝九, 앞의 책, 23쪽.
6) A. Easthope, 박인기 역,『시와 담론』(지식산업사, 1994), 19~40쪽 참조.

발화자와 수신자, 담화 내부의 화자와 피화자의 관계가 진정한 대화의 관계[7]라고 주장하였다.

더욱이 현대에 와서는 문학 행위 속에 독자의 참여를 무엇보다도 중요시하고 있다. 재래의 문학 연구에서는 독자들이 독서 과정에 수동적 관망의 자세로 작가에게 귀를 기울였다면, 이제는 직접 작품 안으로 파고 들어가 능동적이고 적극적으로 의미를 찾기 위해 노력한다. 그만큼 독자의 주체적이며 능동적인 자세가 중요시되고 있다.[8] 그러므로 이제 문학의 행위는 쓰기에서 읽기의 강화로 전개된다. 왜냐하면 한 편의 시는 독자에게 읽히고 또 다시 읽힐 때마다 의미가 끊임없이 새롭게 변하기 때문이다.[9] 뿐만 아니라 다양한 독자층이나 독서의 상황에 따라서도 그 의미는 얼마든지 변할 수 있다. 그만큼, 작품을 읽는다는 일은 작가와 독자의 대화라는 사실이 강조되는 것이다. 이점이 바로 시를 담화로 이해하도록 요구하는 것이다.

---

7) 鄭孝九, 앞의 책, 21쪽.
   바흐찐과 야콥슨은 다음과 같이 의사소통의 모형을 제시하였다.

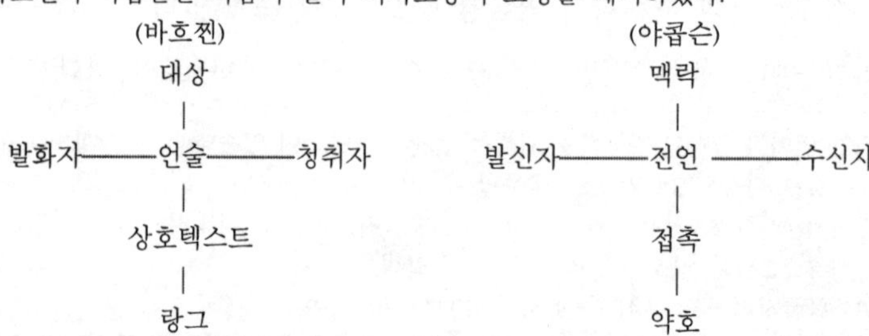

8) 이러한 입장을 독자중심비평에서 취하고 있다. 이때 시는 독자들이 다가가서 열기를 기다리고 있는 대상이며, 독자들이 읽는 과정에서 의미를 드러내게 된다. 그러므로 문학의 행위는 독자들이 읽는 행위까지 포함되어야 하는데, 이는 역설적으로 메시지의 전달을 강조하는 것이다.
   김창완, 「이육사의 「靑葡萄」 검토」,『韓國言語文學』제29집 한국언어문학회,(1991), 67~80쪽 참조.
9) A. Easthope, 박인기 역, 앞의 책, 23쪽.

3. 담화 구조와 통화체계

신동엽의 시는 화자의 목소리가 표면에 그대로 드러나며 시 전체를 이끌어가고 있다. 이점에서 그의 시는 전반적으로 강한 담화 지향성을 갖는다. 그의 시 「이야기하는 쟁기꾼의 大地」의 경우는 제목 자체에서도 그 사실을 시사받을 수 있다. 이 시는 '大地'와 '쟁기꾼' 사이의 '대화'를 통해서 전개되고 있다. 이 작품이 그의 데뷔작임을 전제할 때 그는 문학활동의 출발부터 시적 담화를 고려하고 있었음을 확인하게 된다. 궁극적으로 그의 시는 '이야기'를 통해서 상대방에게 강한 전달을 꾀하고자 했던 것이다. 이점은 그의 시가 대중과의 공감 영역을 극대화하려 했던 데서 기인한다. 나아가 그는 새로운 장르를 통해서도 시적 메시지 전달의 극대화를 시도하였다. 그가 시극 「그 입술에 파인 그늘」을 쓰고 그것을 무대에 올려 공연까지 했던 점은 이러한 사실을 뒷받침 해준다.

또한 「여자의 삶」이라는 장시에서는 서사성을 통해서 '여자의 삶'을 '대지'의 원형성과 동일시하여 전개시키고 있다. 우리 민족사의 비극 속에서 강인한 생명력을 지니며 살아온 여성에 대한 이미지를 구사했던 것이다. 이러한 연장선에서 서사시 「錦江」도 창작되었다고 할 수 있다. 이 작품은 유장한 서사적 구조 속에 우리 민족이 겪어온 역사, 그리고 그 역사 속에서 부단히 저항했던 민중들의 삶을 동학농민전쟁에 초점을 맞추어 형상화했다. 그는 서정적 단시들이 갖는 한계를 극복하기 위해 서사적 구조를 시에 적극적으로 활용한 셈이다.

그는 시의 담화적 성격에 대한 견해를 다음과 같이 밝히고 있다.

(1) 詩란 바로 生命의 발언인 것이다.
(2) 來日의 詩人은 先知者이어야 하며, 宇宙知人이어야 하며, 人類發言

의 先唱者가 되어야 할 것이다.

(3) 民衆 속에서 흙탕물을 마시고 民衆 속에서 서러움을 숨쉬고 民衆의
정열과 지성을 織造 救濟할 수 있는 民族의 豫言者, 백성의 詩人이
祖國心性의 본질적 前列에 나서서 차근차근한 發言을 해야 할 時機
가 이미 오래 전에 우리 앞에 익어 있었던 것이다.[10]

이상은 신동엽이 시인의 역할과 시의 사회적 기능에 대해서 밝힌 글이다. 위 인용문에서도 강조되어 있거니와, 그에게 시는 '生命의 발언', '人類發言', '民族의 豫言'으로서, 곧 '발언'이었다. 그러므로 그가 시를 통해서 메시지 전달의 최대한 효과를 꾀하고자 한 것은 자연스러운 귀결이다. 그 결과 그의 시에서 화자는 청자인 민중에게 끊임없이 이야기를 건네는 것이다.

한편 그는 서정 단시들에서도 단순히 이미지와 비유의 사용으로 일관하지 않았다. 시적 구조 속에 화자와 청자의 관계를 설정하여 긴장을 유지하고, 주제의식의 전달력을 높이기 위해 이야기 요소를 수용하였다. 그 점에서 신동엽의 시에는 호격의 시행이 자주 나타나며, 설의·명령·청유형의 종결양상이 현저하게 발견되고 있다.[11] 이를 통해서 청자에 대한 친교의 기능을 강화함으로써 전달력을 높여주는 것이다. 그의 시에서 화자는 자신의 또 다른 모습[12]이며, 그가 표현하려는 내용을 보다 더 강하게 전달하기 위해 시적 담화에 수용하였다. 이러한 특성으로 신동엽의 시는 청자가 자기 자신인 경우가 드물다. 그의 시에서 청자로서의 대상은 주로

---

10) 신동엽,『신동엽전집』(창작과비평사, 1975), 356~357쪽.

11) 김창완, 「申東曄 詩 研究」(한남대 대학원 박사논문, 1993. 12), 63~68쪽.

12) 그러나 시인과 작품 속의 화자를 인과관계로 파악하려는 태도는 주의를 요한다. 시인에 의해서 창조된 작품 속의 인물은 해석의 대상이 될 수 있을 뿐, 현실 속의 시인이 어떤 사람인가를 발견해 낼 수 있는 자료가 되기에는 곤란하다. 고백의 성격이 강한 서정시일지라도, 그것은 재현적이며 창조적인 세계이다. 그 속에서 움직이는 인물 역시 실제의 시인과는 상이한 존재로 이해해야 할 것이다.

우리 민족으로 설정되어 있다. 그의 시는 직접적인 발언을 지향했기 때문
에, 서정적 단시도 이미지나 비유에 의한 시적 표현에 골몰하지 않고,
짧으면 짧은 만큼 그 안에서 청자와의 담화를 꾀하였던 것이다.

    응 그럴걸세, 얘기하게
    응 그럴걸세
    응 그럴걸세
    응, 응,
    응 그럴 수도 있을걸세.
    응, 그럴 수도 있을걸세.
    응, 아무렴
    그렇기도 할걸세
    그녘이나, 암, 그녘이나
    응, 그래, 그럴걸세
    응 그럼, 그렇기도 할걸세.
    허,
    더 하게!

— 「응」 전문

  위의 시는 신동엽의 시 가운데서 가장 짧은 시의 하나이다. 이 시는
대략 12어절의 동일한 시어의 반복과 병치에 의해 단순한 형식으로 구성
되어 있다. 이 시의 표면에는 화자와 청자가 구체적으로 나타나 있지 않
다. 그러나 화자의 목소리가 시 전체를 지배하고 있다. 이 시의 화자는
청자가 어떠한 반응을 보이는가에 개념치 않고 말을 건넨다. 좀더 관심
있게 읽어보면 이 시는 독백의 기법으로 처리되어 있는 것이다. 그렇지만
충분히 방백으로도 읽을 수 있다. 방백은 청중에게는 들리지만 무대 위에
있는 상대방에게 들리지 않는 것을 전제로 말한다. 이때 독자는 청중이

되어 이 시에서 듣지 못하는 상대와 화자 사이의 거리감을 인식하게 된다. 이러한 구조 속에서 이 시는 더욱 강한 메시지를 전달해 주고 있다. 그 결과로 시인의 현실에 대한 부정적 인식을 드러내 준다. 이 시에서 화자와 청자는 원인과 결과가 연관성을 갖지 못하는 현실의 삶, 상식이 통하지 않고 가치관이 전도되어 버린 사회, 모순의 악순환으로 진행되는 현실에 대한 시인의 냉소적 태도와 저항의식을 드러내는 것이다.

이상에서도 확인 할 수 있지만, 신동엽의 시는 단순한 내면의 독백이나 자아의 표출이 아니었다. 그의 시는 화자를 강하게 의식하는 담화라는 공통점을 지니고 있었던 것이다. 이렇게 볼 때 그의 시는 화자와 청자 사이의 담화를 충실하게 수행하는 기본 구조 위에 형상화되었다.

담화는 화자와 청자를 기본적으로 전제한다. 서정적 양식도 담화의 한 형태이다. 서정시도 화자와 청자 사이에 언어로 축조되는 의사소통의 일 종인 셈이다. 따라서 시에는 화자와 청자가 말을 주고받는 대화적 상황이 마련되는데, 이것을 통화체계라 할 수 있다. 이러한 관점으로 시의 이해를 모색한 로트만(Iu. Lotman)은 두 가지 통화체계를 제시하였다. 그가 제시한 것은 본래 나―나(I―I) 통화체계와 나―남(I―YOU, HE, THEY) 통화체계 의 두 가지로 파악된다.[13] 그러나 시인에 따라, 그들이 각자 즐겨 사용하 는 통화체계는 다르다. 따라서 시인이 어떤 통화체계를 사용하고, 구체적 으로 화자와 청자가 어떻게 대화를 나누느냐에 따라 텍스트의 성격은 매우 달라지게 된다.[14]

---

13) Iu. Lotman, 유재천 역, 「詩 텍스트의 분석; 詩의 구조」 (가나, 1987), 131~147쪽 참조. 이러한 각도에서 정효구는 김소월의 시에 나타난 담화의 체계를 분석하였다. 나―나의 통화체계는 화자인 내가 자기 자신과 내적 대화를 나누고 있는 경우인데, 독백의 통화체계로 이루어진 많은 작품들이 여기에 관련되어 있다. 나―남의 통화체계 는 통화질서의 대표적인 형태로, 화자의 메시지가 공간을 이동하여 청자에게 전달되는 통화체계이다. 鄭孝九, 앞의 책, 31~100쪽.

신동엽 시 가운데 나—나 통화체계는 그의 시 전체 67편 가운데 10여
편 정도 발견할 수 있다.[15] 이 작품들은 그의 시 전체에서 작은 비중을
차지하지만, 몇 가지 특징을 지니고 있다. 우선 그의 시 가운데 길이가
짧은 형식의 시라는 점이다. 그리고 이것들은 거의 여성적 어조로써 그의
다른 시들과 구별된다. 또한 시들은 자기 자신과의 내적 대화로 전개되기
때문에, 그 내면에 비애가 깔려있고 내적 다짐이 엿보인다. 그리고 그의
시에서는 다소 메시지 전달이 약한 경우로 드러난다. 이 점은 서정시의
일반적인 양상으로 이해할 수 있다.

① 지금은 / 어디 갔을가. // 눈은 날리고 / 아흔아홉 굽이 넘어 / 바람은 부는데
 / 상엿집 양달 아래 / 콧물 흘리며 / 국수 팔던 할멈 // 그 논 길을 타고 / 한
 달을 가면, 지금도 / 일곱의 우는 딸들 / 걸레에 싸안고 / 大寒의 문 앞에 서서
 있을 / 바람 소리여

— 「눈 날리는 날」 부분

② 산고개 가는 길에 / 개미는 집을 짓고 / 움막도 심심해라 // 풋보리 마을선 /
 누더기 냄새 / 살구나무 마을선 / 시절 모를 졸음 // 산고개 가는 길엔 / 솔이라도
 썹어야지 / 할멈이라도 반겨야지

— 「여름 고개」 전문

③ 뿌리 늘인 / 나는 둥구나무. // 南쪽 山 北쪽 고을 / 빨아들여서 / 좌정한 / 힘겨운
 나는 둥구나무 / 다리뻗은 밑으로 / 흰 길이 나고 / 東쪽 마을 西쪽 都市 / 등
 갈린 戰地 // 바위고 무쇠고 / 빨아들여 한 솥밥 / 樹液 만드는 / 나는 둥구 나무

— 「둥구나무」 부분

---

14) 위의 책, 24쪽.

15) 여기에 속하는 작품은 「그 가을」, 「내 고향은 아니었었네」, 「아니오」, 「미쳤던」, 「눈
 날리는 날」, 「山死」, 「山에 언덕에」, 「원추리」, 「여름 고개」, 「둥그나무」 등으로 파악된다.

위 시 ①은 민족이 가난과 고통에 처한 모습을 표현함으로써 연민과
비애의 정조를 지니고 있다. 그 슬픔이 밖으로 돌출하여 분노나 저항으로
드러나지 않고, 내면으로 흡수되고 있다.16) 이 시에서 화자는 "보이는
건 눈에 묻은 나, / 나와 빠알간 까치밥"에서 확연히 드러나지만, 청자는
발견되지 않는다. 이 시의 시인에게 연민의 대상이 되는 '할멈, 딸들, 女
人'은 민중들로서 화자는 그들이 겪는 고통을 다시 끌어안고 있다.17)
이 시는 민중들의 피폐한 삶에 대해서 화자가 느끼는 죄책감의 표현일
뿐만 아니라, 죄의식과 불안감을 경감하는 수단으로도 작용한다. 그것은
고즈넉한 이 시가 고백이라고 하는 카타르시스 기능을 담당하기 때문이
다.18) 결국 이 시는 민중들이 처한 가난과 고통의 현실을 괴로워하며 그것
을 끌어안고자 하는 화자의 강한 내적 의지가 나타나 있다.

시 ②는 그의 시 가운데서도 서정성이 두드러진 경우이다. 이 시에는
어떠한 내면적 갈등이나 대립이 나타나지 않았다. 자아의 내면은 1연 "심
심해라"에서 엿보이는 듯하지만, 그것이 고즈넉한 '움막'을 지향함으로
써 표면에 그치고 있다. 위 시는 '산고개' 길의 적막감, '풋보리 마을'의
나른함 등으로 여름 고개를 넘을 때의 쓸쓸함을 나타낸다. 따라서 화자는
내면으로의 나직한 속삭임 속에 드러나고 있다.

시 ③은 '둥구나무'와 자신을 동일시하고 있다. 남과 북의 만남과 화해에
대한 기대감을 '둥구나무'가 지닌 둥그렇고 풍만한 형상에 감정이입시킨
것이다. 이 시에는 민족의 통일을 지향하는 화자 내면의 다짐이 강하게

---

16) 이점은 신동엽의 시에 나타나는 한으로 해석할 수 있다.
　　김창완, 「신동엽 詩에 나타난 恨」,『韓南語文學』제17·18집(1992. 9), 331~346 쪽.
17) 鄭孝九, 앞의 책, 79쪽.
　　화자의 메시지가 시간 속을 이행하여 이미 그 메시지를 지니고 있는 자기 자신에게
　　다시 주어지는 경우로서, 이때 메시지의 질적 향상과 정보의 증대가 가해지고(재차
　　자신에게 주어지므로) 이로 인해 자아의 내면적 변화가 일어나는 특징을 갖게 된다.
18) A. Hauser, 황지우 역, 『예술사의 철학』(돌베개, 1984), 126쪽.

깔려있다. 시인은 비극적 현실 위에 우뚝 선 '둥구나무'를 통해서 이념적 대립과 갈등, 민족 분단의 모순 상황을 화해와 만남, 즉 통일이라는 새로운 세계로 열어가고자 하는 의지를 형상화한 것이다. 그리고 그 의지를 지녀야 할 대상이 바로 화자 자신으로 설정됨으로써 청자 또한 화자 자신이 되고 있다.

이렇듯이 그의 시에서 나−나 통화체계는 자신과의 대화 및 결의의 다짐에 의도를 두었다. 그러나 그것도 개인적인 고뇌나 갈등만은 아니었고, 항시 민족의 비극적 역사와 관련되어 있었다. 그렇기 때문에 그의 통화체계는 새로운 단계로 접어들게 된다.

신동엽의 시에서 나−너 통화체계는 위에서 거론한 시 이외의 것들이 다 포함된다. 나−너 통화체계의 시들은 다른 시에 비해서 형식적으로도 길고, 보다 구체적인 사실들을 통해 형상화되고 있다. 또한 이러한 시에는 화자가 대개 남성적 어조로 드러나며, 역사와 사회 현실에 대한 문제들을 직접적으로 다루고 있다는 특성을 지닌다. 따라서 그의 시에서 주된 담화는 나−너 통화체계로 파악할 수 있다.

① 좀아 허물어질가 두렵노라 얼굴 생김새 맞지 않는 발돋움의 흉낼랑
　그만 내자 들菊花처럼 소박한 목숨을 가꾸기 위하여 맨발을 벗고
　콩바심하던 차라리 그 未開地로 가자……
— 「좀아」 부분

② 보세요. 이마끼리 맞부딪다 죽어가는거야요. 여름날 洪水 쓸려 罪없
　는 百姓들은 발버둥쳐 갔어요. 높아만 보세요, 온 歷史 보일꺼에요.
　이 빠진 古木 몇 그루 거미집 쳐 있을 거구요.
　하면 당신 살던 고장은 지저분한 雜草밭, 아랫도리 붙어 살던 쓸쓸
　한 그늘밭이었음을 눈뜰 거예요.
— 「힘이 있거든 그리로 가세요」 부분

③ 아스란 말일세. 흰 젖가슴의 물결치는 거리, 소시랑 씨근대고 다니
   면, 불쌍한 機械야 景致가 되겠는가 말일세.
   간밤 평화한 나위 조국에 기어들어와 사보뎅 심거놓고 간 자 나의
   어깨 위에서 사보뎅 뽑아가란 말일세.

— 「機械야」 부분

④ 祖國아 그것은 우리가 아니었다.
   우리는 여기 천연히 밭갈고 있지 아니한가.

   서울아, 너는 祖國이 아니었다.
   五百年前부터도,
   떼내버리고 싶었던 盲腸

— 「서울」 부분

⑤ 그런 총 쏘라고
   朴첨지네 기름진 논밭,
   그리고 이 江山의 맑은 우물
   그대들에게 빌려준 우리 아니야.

— 「왜쏘아」 부분

⑥ 이들 짐승의 이야기에 귀기울일 人情은 오늘 없어도, 내일날 그들의
   欲情場에 능구리는 또아리 틀어 그 몸짓과 衣裳은 꽃구리를 닮아
   갈지어니 이는 다만 또 다음 氷河期를 남몰래 예약해둔 뱀과 사람과
   의 아름다운 인연을 뜻함일지니라.

— 「正本 文化史大系」 부분

 이상 예시한 시 몇 편에서도 드러나듯이, 신동엽의 시에서 화자는 단순
히 자신의 내면을 고백하거나 표현하지 않는다. 시 ①에서는 '香'이라는
여성적 대상에게 문명에 의한 가식, 껍데기로서의 삶을 버리고 다시 그

옛날로 되돌아가자고 간청한다. 화자에게 현실은 "회올리는 무지개빛 허울의 눈부심", "미끈덩한 기생충의 생리와 허식", "얼굴 생김새 맞지 않는 발돋움의 흉내" 등으로 인식된다. 그리하여 청자인 '香'에게 다시 "고운 얼굴 조석으로 비최이던", "철따라 푸짐히 두레를 먹던", "맨발을 벗고 콩바심하던" 그 '未開地'로, "싱싱한 마음밭"으로 돌아가자고 간청하는 것이다. 이 시는 화자와 청자의 뚜렷한 담화 구조를 지니고 있다.

시 ②는 '당신'을 대상으로 하여 역사 현실에 대하여 각성하도록 당부한다. 여기서 '당신'은 우리 민족이라 하겠다. 따라서 시인은 민족을 향하여 현실극복의 의지를 촉구하는 것이다. 이 시는 어조가 다소 여성적 뉴앙스로 드러난다. 그것은 '거에요', '보세요' 등의 종결양상에서 확인된다. 그러나 그점은 청자로 설정된 '당신'을 지향하는 화자의 애절함에 의한 것이다. 청자를 격려하고 능동적 자세를 촉구하는 화자의 어조가 자연스럽게 발로된 결과이다. 이 시도 분명한 담화 구조로 드러난다.

시 ③에서는 그 대상이 현대 문명인 '機械'로 설정되었다. '機械'는 평화와 자유로운 인간적 삶을 파괴하는 부정적 대상으로써 그 행위가 비판이 되고 있다. 이 시에서 '機械'는 단순히 현대 문명만을 의미하지는 않는다. 그것은 약소국에 대한 강대국의 폭력과 억압까지를 지시한다. 더불어 이 시에는 그것에 대한 강한 분노와 거부감 및 대결의지가 표출되어 있다. 이 시의 화자는 현대 문명 사회의 전반적인 모순을 비판적으로 인식하고 있다.

시 ④에서는 청자로서의 대상이 '祖國'으로 나타나고 있다. 이 시에서 화자는 모순된 역사의 비극적 현실에 대한 비판을 드러냄과 함께 이러한 현실에 이르도록 했던 것은 '우리'가 아니라고 부정한다. 이 시에서 '우리'는 그가 거부했던 '껍데기'에 속하지 않는 소박한 의미의 민중이라 할 수 있다. 이 시의 청자는 '조국'이며, 화자는 우리 민족 역사 전반을 지향하는 것이다. 이 시에는 신동엽의 민중에 대한 개념[19]이 표출되어 있기도 하다.

시 ⑤에서는 한반도를 지배하고 있는 강대국 점령군들의 만행을 규탄하고 그들에게 경고한다. 화자는 우리 민족의 입장에서 다른 민족에게 그들의 비인도적인 행위를 제기하며 스스로 그들의 나라로 돌아가 줄 것을 요구하고 있다. 따라서 청자는 외세라 할 수 있는 것이다. 그만큼 신동엽의 시는 담화로서 청자의 폭이 넓었던 것이다.

시 ⑥에서는 '사람'과 '뱀'의 관계를 통해서 인류 문화사를 형상화하였다. 이 시는 인류 역사의 모순 과정을 보여준다. 인류사의 시초에서는 '인간'과 '뱀'이 조화로운 상태로 존재하였다. 그러나 문명의 발달과 함께 '인간'과 '뱀'의 관계가 대결과 적대적 관계로 전락해 온 것이다. 이 시에서 화자는 인류의 역사 전반에 대한 문제의식을 드러낸다. 이 시의 화자는 '뱀'에 대하여 저주를 퍼부으면서 인류사가 모순으로 진행되어온 과정을 상징적으로 드러내 준다. 그러므로 이 시는 인류를 청자로 삼고 있는 것이다.

아울러 그의 시 종결에서 볼 수 있듯이, "흥낼랑 그만두자", "옛날로 가자", "일일 거예요", "눈뜰 거예요", "지나 오가시라", "내어 주련마", "파 내리게나", "되는가 말일세", "있지 아니한가", "물결칠 것이라", "왜 쏘아", "빌려준 우리 아니야"에서는 시인이 문면에 그대로 드러나 청자에게 이야기를 직접적으로 전달하였다.[20]

이상의 사실로 알 수 있듯이, 신동엽은 그의 시에서 이야기꾼으로서의

---

19) 김창완, 「申東曄 詩 研究」, 192~198쪽 참조.
20) 김창완, 「申東曄 詩 研究」, 53~56쪽과 63~68쪽 참조.
　　이러한 점들에 의해서 청자에 대한 강한 설득과 청유의 효과를 낳는데, 이로써 화자와 청자 사이의 담화 상황을 긴밀하게 유지시켜 준다.

면모를 보여준다. 그는 시라는 담화구조 속에 이야기 요소를 적극 수용하려 노력했다. 그만큼 그는 시적 담화로 메시지 전달에 큰 비중을 두었다. 시가 담화로 작용한다 해도 서정적 단시로서는 메시지의 전달에 한계를 가질 수밖에 없다. 그리하여 신동엽의 담화 욕구는 장르의 확산이라는 차원으로 나아가 장시와 서사시의 창작으로 발휘되었던 것이다.

신동엽의 경우 나-너 통화체계의 시에서 대상의 다양함을 발견할 수 있다. 그의 시는 청자가 '향→당신→사람들→조국→인류' 등으로 확대되어 가는 발언으로 나타난다. 그의 경우 개인적인 것으로 보이는 경험도 항시 역사 사회 현실과의 관련을 가지며, 나아가 인류사의 차원으로 연결되어 있는 것이다. 다시 말하면, 그의 시적 담화는 '나→우리→민족→인류'로 확대되어 가는 동심원적 구조로 해석된다. 이점은 그가 '시는 우주적 발언' 이며 '시인은 인류 발언의 先唱者'라고 했던 주장에 뿌리를 두고 있다. 바로 이점이 신동엽이 인식한 시의 사회적 기능이며 시인의 역할이었다. 그것을 실천하기 위해서 그는 살았으며, 그 결과는 그가 남긴 시였다.

4. 맺음말

이상에서 살펴 본 것처럼 신동엽의 시는 담화의 충실한 토대 위에서 씌어졌다. 그리하여 그는 시의 메시지 전달에 큰 가치를 두었다. 그는 서정적 단시에서도 개인의 고백에 머물지 않았다. 그의 시는 단순한 내면의 독백이나 자아의 표출이 아니라, 청자를 강하게 의식하는 공통성을 지닌다. 이렇게 볼 때 신동엽의 시는 화자와 청자 사이의 담화라는 기본

구조 위에서 파악할 수 있다.

　담화란 화자와 청자를 기본적으로 전제한다. 서정시도 화자와 청자 사이에 언어로 축조되는 의사소통의 일종이므로 담화의 한 형태로 파악된다. 따라서 시에는 화자와 청자가 말을 주고받는 대화적 상황이 마련되어야 하며, 이를 통화체계라 한다. 로트만은 통화체계로써 나-나 통화체계와 나-남 통화체계를 제시하였다. 시인이 어떤 통화체계를 사용하고 있으며, 구체적으로 화자와 청자가 어떻게 대화를 나누고 있느냐에 따라 텍스트의 성격은 매우 달라진다.

　신동엽 시에서 나-나 통화체계는 그의 시 67편 가운데 10여 편 정도로 파악되었다. 이 시들은 그의 시 가운데 길이가 짧은 형식이며 거의 여성적 어조를 띠고 있다. 또 이 시들은 자신과의 내적 대화를 지향하기 때문에 그 내면에는 비애가 깔려있고 내적 다짐이 엿보인다. 그리고 그의 시에서는 메시지가 다소 약하다. 그의 시 가운데 나-나 통화체계는 자신과의 대화 및 결의를 다짐하는 데에 의도를 두었다. 그러나 개인적인 고뇌나 갈등만은 아니었고, 우리 민족의 비극적 역사와 항시 관련되어 있었다.

　신동엽의 시에서 나-너 통화체계는 이외의 것들이 다 포함된다. 나-너 통화체계의 시들은 형식적으로 길며, 보다 구체적인 사실을 통해 드러나고 있다. 아울러 이 시들에는 남성적 화자가 많이 나타나며, 역사와 사회 현실에 대한 문제들을 직접적으로 다루고 있다. 따라서 그의 시에 주된 담화는 나-너 통화체계로 파악된다.

　신동엽의 경우 나-너 통화체계의 시에서는 화자의 다양함을 발견할 수 있었다. 즉, ‘향→당신→사람들→조국→인류’로 확대되어 가는 담화로 이해된다. 그러므로 그의 경우 개인적인 것으로 보이는 경험도 항시 역사 사회 현실과의 연관성을 지니며, 나아가 인류사의 차원으로 연결되고 있다. 그의 시적 담화는 '나→우리→민족→인류'로 확대되어 가는 동심원적 구조로 파악된다. 이점은 그가 '시는 우주적 발언'이며 '시인은 인류 발언의 先唱者'라고 했던 주장과 연관되는 것이다. 그점은 신동엽이 인식했던 시의 사회적 기능과 시인의 역할이기도 하다.

그러나 신동엽은 서정적 단시로는 그가 추구하고자 했던 '우주적 발언'을 단편적으로 드러낼 수밖에 없었다. 따라서 이 한계를 극복하고 보완하기 위해 또 다른 장르가 필요했던 것이다. 그러므로 그는 장시 「女子의 삶」, 「이야기하는 쟁기꾼의 大地」, 시극 「그 입술에 파인 그늘」, 오페레타 「석가탑」, 서사시 「錦江」 등을 썼다. 특히 그가 서사시에 주력했던 점은 시로써 추구하려 한 담화의 연장선에서 이해할 수 있다. 호흡이 길고 자유로운 형식 속에 역사 사회 현실의 다층적인 문제를 수용하고, 많은 인물들을 등장시켜 복합적인 사건을 드러냄으로써, 그가 추구하려 했던 '우주적 발언'으로서의 시, '태양빛 거느리는 맑은 서사의 강', '가슴 두근거리는 큰 역사'로서의 이야기를 전달하려 했던 것이다.

2 부

서사성과 비극적 구조
창작방법과 시적 성취
초기시의 분화 과정
시의 상상력과 이미지
시와 원형적 상상력

서사성과 비극적 구조

- 서사시 「錦江」

1. 머리말

「錦江」이 신동엽의 시세계에서 차지하는 문학적 비중은 매우 크다. 그의 새로운 장르 모색으로 씌어진 「이야기하는 쟁기꾼의 大地」, 「女子의 삶」 등의 장시와 스스로 서사시라고 칭한 「錦江」은 그의 서정적 단시들에 비해 양적이나 질적인 면에서 문학적 가치를 능가한다. 뿐만 아니라 「錦江」은 그의 대표작이자 문학의 결정판이라 할 수 있다. 그는 서정적 단시의 창작과 함께 장시와 서사시 등의 형식을 새롭게 시도하였는데, 이는 새로운 장르 개척이라는 차원에서 그 자체만으로도 가치를 갖는다.[1] 나아가 시적 성과면에서도 매우 긍정적 가치를 지닌 것이 사실이다. 그의 시세계 연구는 이러한 두 측면의 상호보완적인 검토가 무엇보다 중요하다.

그동안 신동엽의 「錦江」이 차지하는 비중을 고려하여 여러모로 고찰이 이루어진 결과, 이에 대한 평가는 상호 대립적인 관점으로 파악되기도 하였다. 그것은 이 작품을 사시로 볼 것이냐, 아니냐 하는 장르의 문제가

---

[1] 권영민, 『한국현대문학사』(민음사, 1993), 183쪽.
   그의 시적 탐구는 서사적인 장시의 형태 이외에도 시극 「그 입술에 파인 그늘」로 이어졌다. 시정신의 치열성을 추구하고 있던 그가 시의 장르적 확대와 변용을 적극적으로 꾀하기도 하였다는 사실은 시 영역의 개방이라는 또 다른 의미를 지닌다.

가장 큰 논란을 불러 일으켰고, 그 연장선상에서 작품의 디테일한 면까지 검토되었다. 그리하여 이 작품은 긍정적 평가와 부정적 평가로 대립되었다. 본고는 그동안 논의되어온 문제를 종합하여 다시 검토하고자 한다.[2] 여기에는 지양해야 할 두 가지 입장이 있다. 하나는 서사시를 너무 서구적인 개념에 입각하여 검토하는 태도이고, 다른 하나는 어떠한 기준도 없이 접근하는 자세이다. 「錦江」의 논의를 위해서는 서사시 일반에 대한 이해가 따라야 한다. 그러나 서사시의 서구적 개념에 의한 극단적인 재단보다는 우리 문학사의 전개 속에서 논의해야 한다.

　본고는 「錦江」의 기존 논의를 토대로 하여 우리의 문학사적 전개 위에서 파악할 것이다. 한국의 장시나 서사시 형성과정에 대한 이해와 우리 문학의 특수성을 충분히 고려하고 싶은 것이다. 나아가 「錦江」은 형식적 측면보다는 내용적인 면에서 더 큰 문학적 가치를 갖는다고 본다. 그것은 이 작품이 갖는 비극적 구조와 의미에서 살피도록 하겠다. 아울러 서구에서는 서사시를 이미 쇠퇴해 버린 장르로 이해하고 있지만, 우리 시의 경우는 서사시가 1970년대와 1980년대 그리고 1990년대에도 계속 창작되고 있는데 그 의미를 검토하고자 한다. 우리 시는 그만큼 역사적 현실과 긴밀히 연관되어 있는 것이다. 이 같은 관점에서 「錦江」의 창작의도도 밝혀보고자 하는 것이다.

2. 비극적 구조와 의미

1) 비극적 구조

---

2) 이 부분은 아래의 책을 참고할 것.
　　김창완, 『신동엽 시 연구』 (시와시학사, 1995), 220~234쪽.

그동안 한국 문학 속에서 비극적인 것의 존재에 대해서는 거의가 부정적이었고[3], 극히 일부 긍정적으로 거론되어 오다가[4] 한 연구자에 의해서 본격적으로 고전 소설에 나타난 비극성이 검토되었다.[5] 비극은 서구 문학의 전통에서 비롯되었으며 그 개념도 그들의 의식과 관련하여 판단되어 왔기 때문이다.

한국 문학 속에서 비극성을 논할 때 '한'과의 연관성을 지적할 수 있다. 한은 원한과 정한의 두 측면이 공존하는 감정이다. 즉, 한숨과 탄식, 체념의 정서로 소극적 의미의 정한과 적극적 의미로서의 원한이 통합되어 있다. 한은 부정적이며 어두운 정서가 어둠에서 밝음으로 나아가려는 끊임없는 운동을 통해 어둠을 딛고 일어서려는 긍정적 자세의 한 면을 가지게 된다.[6] 여기에서 비극과의 연관성을 생각해 볼 수 있다. 한의 실체는 비극이 되는 실체로 파악할 수 있기 때문이다. 즉, 정은 마음 자체의 막힘, 곧 체념이 되지만, 怨에서는 그 막힘을 움직이게 하는 보복의 힘이 싹튼다. 그렇기 때문에 怨에 대한 자세는 적극적인 흐름으로 변모되면서 그것을 극복하려는 의지가 정신세계 가운데 발현된다. 이 과정이 전개되면서 그 의지를 밀고 나아가려 할 때 비극이 솟아나는 것이다.[7] 신동엽의 시는 우리 민족의 한에 토대를 두고 있음을 확인할 수 있는데[8], 비극과의 연관

---

3) 申一澈, 「東洋에 비극은 없는가」, 『문학사상』(1975. 8), 329~333쪽.
  鄭鍾和, 「韓國悲劇文學論」, 『世界의 文學』(1977. 봄), 14~31쪽.
  丁奎福, 「韓中古典小說에 나타난 悲劇性」, 『詩文學』(1983. 7), 70~78쪽.
4) 金烈圭, 「韓國文學 그 悲劇적인 것」, 『韓國民俗과 文學研究』(一潮閣, 1971).
5) 金明順, 『古典小說의 悲劇性 研究』(創學社, 1986).
  본고의 비극적 구조의 검토는 이 글의 '비극적 의미 층위'를 토대로 하였다.
6) 김창완, 「신동엽 詩에 나타난 한」, 『韓南語文學』제17·18집(1992. 6), 343~346쪽.
7) 위의 책, 4~5쪽 참조.
  한은 비극적 실체로서 소극적 의미의 차원에 서는 반면에, 비극은 필연적이며 좀 더 적극적인 인간의식의 발현 그 의미로 나아간다고 한다.
8) 김창완, 위의 논문, 343~346쪽.

성은 '슬픔의 전위양상'과 관련시켜 이해할 수 있다.

「錦江」을 비극적 구조로 파악할 수 있는 근거로는 다음 진술이 매우 적절한 표현이라 할 수 있다.

> 연민은 연민으로 그치지 않는다. 그것은 곧 분노로 이어지는데, 이 시(「錦江」-인용자)의 감정을 강렬하게 하는 것은 다분히 이 두 감정에서 온다. 우리는 지금까지 연민의 시를 더러 보아왔다. 또 더러는 분노의 시를 보아왔다. 그러나 시에 있어서 이 두 감정의 연결은 비교적 보기 어려운 것이었다. 이 시에서 분노는 연민이 힘없는 체념이나 감상으로 떨어지는 것을 방지해 주고 분노는 연민이라는 개인적 감정에 의하여 공허하지 않은 것이 된다. 시인은 이 시에서 연민을 느끼는데 주저앉아 버리지 않고, 연민의 근원을 생각하고 연민의 상황을 만들어내는 사회의 불의에 대하여 맹렬한 분노를 폭발시킨다.[9]

이상에서 「錦江」에 나타나는 연민과 분노의 두 감정을 지적하고 있는데, 다음의 인용문에서 확인되는 비극적 특성과 연관을 갖는다.

> 주인공이 처한 비극적 아이러니에 대해서는 연민을 금할 수 없다. 한편 그에게 엄청난 고통을 가져다주는 세력에 대하여 분노 또는 공포를 금할 수 없다. 연민은 대상에게 향하는 마음이고 공포는 대상에게 멀어지는 마음이다.(경탄과 분노도 마찬가지다) 즉 비극은 연민과 공포라는 서로 상극적인 정서를 일으켜 준다.[10]

이러한 점은 비극이 서로 상극적인 정서들을 유발할 뿐만 아니라, 작품의 구조 속에서 그것들을 소화시켜준다는 점을 의미한다. 뿐만 아니라

---

9) 金禹昌, 「신동엽의 「금강」에 대하여」, 具仲書 編, ,『申東曄』(온누리, 1983) 33~34쪽.
10) 李商燮, 『文學批評用語事典』(民音社, 1990), 102쪽.

이러한 정서의 소화에 의해서 유익한 것을 남기는데, 이것이 바로 아리스토텔레스가 말하는 카타르시스[11]이다.

　비극은 인간 삶의 속성으로부터 발생한다. 인간의 현세적 삶과 그 실존은 한계상황 내에서 좌절과 초월을 거듭하게 되며, 이러한 삶 자체가 비극적인 것이 된다. 따라서 생의 비극적 속성 속에 살아가는 인간은 모두 비극의 주인공이 된다. 비극은 우연한 운명의 횡포와 인간들 스스로가 본래부터 가지고 있는 야만성으로 인해, 그들의 인간성과 사회가 끊임없이 위협 아래 놓여있다는 사실에 대한 인간적인 깨달음을 토대로 한다. 비극적 갈등은 인간 상호간에서, 자기 자신과의 투쟁에서, 개인과 전체 즉, 개인과 사회의 힘의 집약에서도 발생하며, 역사적 생존 원칙의 상호간의 차이에서 그리고 인간과 諸神 사이에서 또는 제신 상호간의 투쟁에서도 발생한다.[12]

　또한 인간은 우주 가운데 존재하는 다른 자연물과 함께 자연의 일부로서, 자연의 섭리에 순응하지 않을 수 없는 존재이다. 여기에서 인간은 한계상황에 놓이게 되는데, 그러면서도 인간은 현존재로서의 물음을 포기하지 않는다. 인간은 무엇인가. 또 어떠한 가능성을 갖고 있는가. 인간은 무엇이 될 것인가 하는 등의 근본적인 물음을 진지하게 제기하여 체험하고자 한다. 결국 이러한 모순이 비극의 발생론적 토대가 된다. 인간은 힘과 나약함, 위대함과 비참함으로 혼합되어 있는 존재다. 그가 존재하는 세계는 서로 대립, 배척하지 못하면서 대치하는 절대적인 힘으로 구성되어 있기도 하다. 비극적인 것의 발단은 우리 인간의 모든 상황과 연관을

---

11) Aristotles, 千丙熙 譯, 『詩學』(文藝出版社, 1976), 46~47쪽.
　　이에 대한 학자들의 견해는 두 가지로 나눌 수 있다. 하나는 '감정의 정화'를 의미하는 윤리적 견해와, '감정의 배설'을 의미한다는 의학적 견해이다.
12) K. Jaspers, 黃文秀 譯, 『비극론·인간론』(범우사, 1989), 42~46쪽 참조.

갖는다. 그리하여 인간의 삶을 둘러싸고 있는 세계 전체 속에 비극적인 것이 발생할 수 있는 소지가 내포되어 있다. 삶과 죽음, 상승과 추락, 이상과 현실 사이에서 절망하며 고통스럽게 살아가야만 하는 데에 인간의 근원적 비극성이 존재하는 것이다.

비극의 특성은 주인공이 영웅이며, 인간의 능력으로는 어쩔 수 없는 신의 운명에서 나왔다. 비극은 그 결말까지가 비극적이다. 비극은 언제나 비극적인 원인이 있으며 부조리에의 도전으로 전개된다. 비극은 자기확인의 행위이며 결말에 가서는 절망한다. 인간이 진실하게 살려는 의지를 표현하는 것으로 비극을 선택한다. 비극은 비극적인 정신의 총체 즉, 이러한 정서가 인간의 의지와 결합하여 새롭게 삶을 출발하려는 인간 정신의 위대성, 또한 그 가능성을 제시하는 데 있다는 점이다. 따라서 비극은 "사상과 주제를 인간의 삶과 그 운명에 관여"[13]시키는 것이다.

그러므로 비극적 구조에서의 결말은 좌절과 불행, 슬픔이어야 한다.[14] 자아가 세계로 말미암아 파괴당하고 마는 것이다. 深遠하고 본래적인 비극성은 참된 것과 선한 것 자체에 자리잡고 있으며, 비극적 인식이 피할 길 없는 파멸을 파악할 때 비로소 나타난다.[15] 인간의 생활이라든가 행위는 결국 좌절되지 않을 수 없다. 인간의 삶은 현존재로서는 유한하고 상호 배타적이며, 투쟁하고 있는 다양성 가운데서 성립하기 때문이다. 따라서

---

13) 尹在根, 『詩論』(도서출판 둥지, 1990), 269쪽.
14) C. Leech, 文詳得 譯, 『悲劇』(서울大學校 出版部, 1985), 2~3쪽.
  '비극'이란 불행에 처한 영웅적인 또는 半神的인 인물의 운명을 서술한 것이다.(Diomedes) / '비극'은 국가나 왕들에 관한 슬픈 이야기로 엮어진 것이다.(Isidore of Seville) / '비극'은 웅장한 문체로 씌여진 시이며, 수치스럽고 악한 일들을 다루고, 즐거움으로 시작해서 슬픔으로 끝나는 것이다.(John of Garland) / '비극'은 옛 책에 나타나 있는 것과 같이 큰 행복을 누리다가 높은 지위에서 불행으로 떨어지는 사람에 관한 얘기를 말해주는 것으로서 불행하게 끝난다.(Chaucer)
15) K. jaspers, 黃文秀 譯, 앞의 책, 96쪽.

비극적 인간은 고난을 당하고 또 고난을 당하려 하며, 그 고난을 통해서 깨우치게 된다.[16] 고난이 강하면 강할수록 비극적 감동도 커지는데, 이점에서 "비극이란 고통의 신비성이 없다면 비극이 될 수 없다"[17]는 A. C. Bradley의 말은 적절한 표현이라 할 수 있다. 비극은 곧 "용기와 필연적 패배와의 관계"[18]로 파악할 수 있다.

비극에서의 좌절은 곧 하나의 지양이 된다. 따라서 고차적인 자기회복으로 작용한다. 그것은 부정을 통해서 긍정되는 것이며, 그렇기 때문에 미적인 의미로 고양된다. 혼란스럽고 진부하기조차 한 삶 속에서, 그 힘은 영혼을 가리는 것들을 벗겨버리고 영혼의 본질이 드러나도록 한다. 이로써 현실적인 절망이 인간 정신 가운데서 초월되는데, 이 초월은 곧 깨달음과 배움이 되고 그 안에서 인간은 자신을 변화시킴으로써 자신을 해방시킨다. 비극의 절정은 '몰락이야말로 비극적 초월'이라는 역설 속에서 결정지어진다.[19] 비극은 현실에 바탕을 두지만, 그 이상의 세계를 포함한다. 여기에 비극미의 근본 요인이 있으며, 비장미를 내포하게 된다. 이러한 세계 가운데 비극에서의 구원은 이루어진다. 초월 작용을 통해서 비극적인 존재의 파악으로부터 구원의 충동은 일어나며 변화하는 것이다.

인물의 삶이 비극적이기 위해서는 비극적 의미를 지녀야 한다. 그 요건은 문학작품에 있어 의미층위를 설정하는 것으로서 하나의 구조를 형성한다. 이것을 비극적 구조라 할 수 있는데, 그 내용은 다음과 같이 요약할

---

16) 申一澈, 앞의 책, 331쪽.
17) C. Leech, 文詳得 譯, 앞의 책, 10쪽.
18) F. J. Wamke & O. B. Hardison, op. cit., p. 860.
   용기 또는 인내심 없이는 비극을 특징짓고 있는 예외적인 행동이나 행위가 행해지거나 지속되어질 수 없다. 또한 패배 없이는 비극은 일상세계의 안목에서는 일어날 수가 없다.
19) 金烈圭, 앞의 책, 278쪽.

수 있다.

> ㉮ 비극의 발단
> ㉯ 비극적 주인공의 비극적 인식
> ㉰ 주인공이 고통을 당함
> ㉱ 주인공이 고통에 대항하여 투쟁하며 행동함
> ㉲ 좌절
> ㉳ 연민을 불러일으킴
> ㉴ 비극의 초월

이상의 관점으로 「錦江」의 비극적 구조와 의미를 밝혀 보도록 하겠다.

2) 「錦江」의 비극성

「錦江」은 액자 구성으로 파악할 수 있다. 이 작품은 '서화'－'제1장－제26장'－'후화'의 플롯으로서, '제1장－제26장'의 주플롯과 '서화', '후화'의 보조플롯으로 이루어져 있다. 이때 액자구성에서의 '서화'와 '후화'는 도입부와 결말부의 기능을 갖는다.

'序話'는 '제1장－제26장'의 내용을 전개하기 위한 도입부이다. '序話1'에서는 서술자의 유년이 회상된다. 신동엽의 유년기인 1930·40년대, 즉 일제 강점기가 회상되는 역사의 배경이다. 이 부분에서 어른들은 아이들에게 이야기를 조심조심 들려주고, 어린 아이들은 '침장이에게 잡혀가는 노래'를 배워 부른다. 그 이유는 "그 이야기의 씨들은 / 떡잎이 솟고 가지가 갈라져 / 어느 가을 무성하게 꽃피리라"는 믿음 때문이다. 어른들이 아이들에게 들려주는 '이야기'는 바로 「錦江」의 중심내용이 되는 동학농민전쟁에 관한 것이다. 곧, 동학의 정신을 전수하는 과정이다. 동학의 '이야기’는 이 시의 ‘제1장 −제26장’ 속에서 전개된다. ‘序話2’에는 역사적 시간을 ‘1960년 4월→1919년→1894년’으로 거슬러 올라가서, 동학의 정신이 우리 민족사의 혈맥 속에 면면히 흘러오고 있음을 강조한다. 도입부에서 서술자는 “잠깐 빛났던 / 당신의 얼굴”을 찾기 위해 “東海 / 原色의 모래밭 / 사기 굽던 天쓴 뒷길”을 찾아다닌다. 그리고 이제 그 ‘이야기’를 ‘제1장’에서부터 전개시켜 나아간다. ‘後話1’은 화자가 “밤 열한시 반 / 종로 5가 네거리”에서 ‘소년’을 만난다. “충남 공주 銅穴山, 아니면 / 전라남도 해남 땅 어촌 말씨”를 쓰는 ‘소년’의 “죄 없이 크고 맑기만 한” ‘눈동자’를 본다. 그 ‘소년’은 “노동자의 홍수 속에 묻혀” 사라진다. ‘後話2’에서는 1894년 3월→1919년 3월→1960년 4월까지 우리의 피 속에 흘러오며 살아있는 민족정신을 서술하고 있다. 시인은 “1960년 4월 / 우리는 / 적은 피 보았느니라. / 왜였을까, 그리고 놓쳤느리라.”고 표현함으로써 4·19의 실패에 대한 아쉬움을 토로한다. 이어서 “그러나 / 이제 오리라”는 미래에 대한 믿음을 보이며 후일의 ‘해후’를 기대하고 끝을 맺는다.

「錦江」의 시간 배경은 대략 다음과 같다.

1960. 4→1919→1894(제1장→제26장)→1894. 3→1919. 3→1960. 4

「錦江」의 비극적 구조는 ‘제1장→제26장’ 속에서 찾을 수 있다. 「錦江」은 동학혁명을 서사의 주된 내용으로 하여 역사적 실재 인물인 전봉준, 김개남, 손화중, 김남지, 최경선 등이 등장한다. 그러나 이 시의 창작 의도는 동학농민전쟁의 실증적 증언에만 머물지 않는다. 그러기에 신하늬와 인진아라는 허구적 인물도 함께 등장하고 있다. 이렇듯이 사실과 허구가 결합하여 「錦江」의 서사구조를 이루고 있는 것이다. 그동안 「錦江」에 등장하는 허구적 인물은 이 시의 가치를 훼손하는 요인으로 이해되어 왔다. 그러나 「錦江」은 '序話', '後話'가 감싸는 액자구성 속에 또 하나의 액자구성을 발견할 수 있다. 그것은 전봉준이 중심이 되어 '혁명'이 주제인 동학 농민전쟁을 감싸고 있는 신하늬와 인진아의 '사랑'이야기이다.

　　그러므로 「錦江」에서 전봉준을 중심으로 하는 서사구조와 신하늬를 중심으로 하는 서사구조를 분리시켜 살핀 후, 이 두 서사구조의 상관성을 검토하도록 하겠다. 먼저 전봉준을 중심으로 하는 '비극적 의미 충위[20]는 다음과 같다.

가 ― 1. 조정의 문란, 외세의 개입과 자본화 과정에서 모순이 팽배하다.
　　　2. 민중들이 가난과 고통에 시달리다.
　　　3. 전국적으로 농민 봉기가 일어나다.
　　　4. 水雲이 득도하고 포교하다가 순교하자 동학이 번성하다.
나 ― 1. 민중들의 고통을 자각하다.
　　　2. 하늘의 의미를 발견하다.
　　　3. 동학에 입도하다.
　　　4. 해월을 만나고 의롭지 않음을 깨닫다.
다 ― 1. 아내가 죽다.
　　　2. 아버지가 죽음을 당하다.
　　　3. 가족과 헤어지고 집이 불에 타고 출가하다.
　　　4. 李王家의 무능과 외세의 결탁에서 민중의 구제에 대한 고통을 느끼다.
라 ― 1. 신하늬와 의형제 맺다.
　　　2. 동학을 포교하다.
　　　3. 1차 봉기하다.(5천 농민)
　　　4. 2차 봉기하다.(20만 농민)

---

20) 시간적으로 계기관계가 ㉮→㉯ 사이에 있는 것은 아니다.

　　마 － 1. 조정에서 청나라에 파병을 요청하다.
　　　　 2. 청일전쟁에서 일본이 승리하여 李王家와 일본이 결탁하다.
　　　　 3. 1차 봉기에서 집강소를 설치하기로 협상하고 농민군 해산하다.
　　　　 4. 2차 봉기하여 싸우나 역부족임을 알고 자진 해산령을 내리다.
　　　　 5. 체포되어 죽음을 당하다.
　　바 － 1. 비장한 죽음을 통해서 연민을 불러일으키다.
　　사 － 1. 동학의 정신이 살아남다.

　「錦江」의 주인공 '전봉준'은 우리 역사 속에서 영웅시되어 오는 인물이다. 「錦江」에서 그의 삶과 죽음은 비극적 세계에 대한 도전과 대결로 나타난다. 동학농민전쟁에서 전봉준만이 가장 비중 있는 인물이라고 볼 수는 없다. 동학농민전쟁에서의 3인방으로는 전봉준과 손화중, 김개남을 들 수 있으며, 손화중의 동조 없이 전봉준의 거사는 사실상 불가능했고, 김개남의 역할도 매우 컸다.[21] 그러나 역사적 사실 속에서 널리 알려져 있고, 그의 죽음이 주는 비장함과 비극적 성격에 의해 주요 인물로 선택되었다고 본다.[22] 따라서 비극적 인물로서 부조리한 세계와의 적극적 대결 그리고 좌절, 죽음으로부터 오는 연민의 정서, 비극적 초월에 「錦江」의 초점이 맞추어져 있다. 비극적 세계상이 나타나려면, 어떻게 해서든지 내적 죽음이라는 숙명과 싸우는 영웅을 등장시켜야 하는[23]까닭이다. 주인공은 비극적 세계에 뛰어들어 영웅적 행위를 펼쳐 보이지만 패배하고 죽음으로 끝을 맺는다.

---

21) 陣鎭洪, 「동학 농민전쟁의 3인방」, 《조선일보》 (1993. 5. 18).
　　3인의 최후는 전봉준, 손화중이 재판을 받아 사형되고, 김개남은 체포된 전주 현지에서 효수되었다.
22) 우　윤, 『전봉준과 갑오농민전쟁』(창작과 비평사, 1993), 270~276쪽.
23) C. I. Glicksberg, 이경식 譯, 『20세기 문학에 나타난 비극적 인간상』(종로서적, 1983), 89쪽.

전봉준이 태어난 1854년은 이조말 무능한 조정과 외세의 개입으로 모순이 팽배해져 가던 때이다. 민중들은 가난과 고통 속에서 시달리고 있다. 전봉준이 8세 되던 1862년경부터 경상도 진주에서 민란이 일어남을 계기로 전국적으로 확산되어 갔다. 민중들의 힘은 서서히 비극과의 대결로 표출된다. 이러한 발단은 1824년 경상도에서 태어난 水雲이 1860년 4월 5일 하늘을 보고 得道하여 서서히 동학이라는 민중의 세력이 배태되던 것과 때를 같이 하였다. 따라서 전봉준은 비극적 세계와의 싸움 속에 던져진 인물로 파악된다.

전봉준은 아내의 죽음을 맞이하여 보여주는 행동에서 깊은 애정을 지닌 인물로 부각되었다. 이점은 비극적 세계와의 싸움과는 어긋남을 보여주는데, 이것 또한 비극적으로 이해된다. 그는 서서히 민중들의 고통을 자각하고 동학에 입교함으로써 비극적 인식에 도달한다. 그 후 해월을 만나 확고한 비극적 인식을 갖게 되며 주위에 뜻을 같이 하는 동지들이 많이 있음을 알게 된다. 전봉준이 비극적 인식으로 고통스러워하던 차에 극적인 사건으로 그 고통이 가중되었다. 그것은 아버지 전창혁이 관에 끌려가 맞아 죽는 일로부터 비롯된다. 아버지는 가족 속의 정신적 지주이다. 따라서 전봉준의 비극적 세계와의 투쟁은 불가피하게 되는 것이다. 아버지의 죽음에 의해서 비극적 고통은 극대화된다. 더욱이 아버지의 죽음은 부조리한 현실과 대결하다 일어난 것으로 전봉준이 이어받아야 할 사항으로 대두되는 것이다. 그리하여 전봉준은 가족과 헤어지고 집을 떠난다. 비극 속에 뛰어들어 투쟁하려는 결단의 행동이다. 그리고 멀리서 자기 집이 불에 타는 것을 목격한다. 이러한 결과는 개인적 고통, 가족적 고통, 민족적 고통이 뒤엉킨 철저한 비극적 상황으로 파악할 수 있다. 여기에 겹쳐서 李王家의 무능과 외세의 결탁으로 민중들의 피폐한 삶은 극도에 이르고, 그러한 고난으로부터 민중을 구제해야 한다는 고통이 절정에 달한다.

이때 전봉준은 신하늬와 만나 의형제를 맺어 의기투합하게 된다. 전단계에서 진행되어온 고통은 신하늬를 만남으로써 투쟁의 단계로 전이된다. 고통에 대항하여 투쟁하기 시작하는 것이다. 그는 민중들을 계도하기 위해서 동학을 포교하고 신하늬와 인심과 세정을 살피며 민중들의 고통에 대하여 논의한다. 이윽고 거사의 방법과 시기를 토의하기에 이른다. 이어서 1894년 3월 21일 5천 농민으로 봉기하게 된다. 이제 본격적인 투쟁으로 나선 것이다. 그러나 싸움은 잠시 승전으로 전개되기도 하지만 시련이 온다. 조정이 청나라에 지원병을 요청하며 일본군도 따라 들어와 청일전쟁이 발발하였다. 이 전쟁에서 일본이 승리하자 조정은 일본과 결탁하고 동학민의 탄압에 나선다. 이를 계기로 제1차 봉기는 '전주화약'이라는 가시적 측면에도 불구하고 외세의 개입에 의해 패배하게 되었다.

여기에 이르면 신동엽은 '신하늬'를 개입시켜 전봉준의 판단착오를 지적한다. 이때 전봉준의 판단착오는 비극적 결함(tragic flaw, hamartia)이라 할 수 있다. 비극의 주인공은 청중의 경탄을 자아낼 만큼 비상한 용기가 있음에도 그는 고통을 겪어야 한다. 그리고 그 고통의 과정을 겪어 파멸에 도달하게 된다. 따라서 우리의 일상적인 도덕관을 초월하여 그 용기에 경탄하지만, 그 용기는 강력한 도전에 맞서 패배하게 된다. 주인공은 어떤 도전에 대하여 용감하게 능동적으로 맞서는 사람이므로, 설사 그 도전이 전혀 운명적이라 해도 그 자신의 순간적인 판단의 오류, 잘못된 인식 때문에 어떤 행동을 취했다는 인상이 들도록 되어 있다는 것이다.[24]「錦江」에는 신하늬가 등장하여 전봉준의 판단착오를 비극적 결함으로 제시하였

---

24) F. J. Warnke & O. B. Hardison, op. cit., pp. 864~865.

다. 그것은 동학군이 지체하지 말고 중앙으로 밀고 올라갔어야 했다는 점이며, 이에 대한 전봉준의 신중론은 비극적 결함으로 해석할 수 있기 때문이다.

다음으로 제2차 봉기가 이루어진다. 그것은 동학 농민전쟁에서 가장 처참한 패배이자 민중들의 장렬한 죽음이 줄을 이었던 우금치 전투였다. 그러나 조정에서 불러들인 외세에 의해 다시 패배를 맞이하게 된다. 여기에 신하늬는 등장하여 유격전을 펼치자는 제안을 하였다. 그러나 전봉준은 총 후퇴령을 내린다. 결국 비극적 세계와의 싸움은 좌절되고 만다. 이후 일본군과 李王兵은 패잔한 농민군과 그들의 가족, 농민군에게 밥을 지어준 부녀자들까지 총칼로 살상하였다. 수많은 민중들의 죽음과 고통이 뒤따른다. 결국 주인공이 비극적 세계와의 싸움에서 패배하자 그 피해는 민중들에게 돌아오고 있다. 이점에 대한 안타까움은 '제25장'에서 진아의 입을 통해 "그럼 / 구태여 혁명까지 조직하셨어요. / 한 모서리 희생을 치러야하는,"이라고 연민으로 표출되어 있다.

이어서 전봉준은 체포되어 죽음을 당한다. 그는 서울로 이송되어 오는 나흘 동안 입 한번 열지 않음으로써 단호한 결의를 지닌 영웅적 면모를 보여준다. 그리고 1895년 3월 29일 비가 줄기차게 쏟아지는 날 '하늘을 보아라!'는 말 한 마디를 남기고 교수됨으로써 장렬한 최후를 마친다. 그의 죽음은 「錦江」에 다음과 같이 표현되어 있다.

그 무렵
旅行用 트렁크 들고
漢陽城에 들른 英國 觀光客
비숍女史는, 표현했다, 효시된
革命 지도자들

얼굴마다,
서릿발이, 엄숙하고
잘 생겼더라.

<'제23장' 부분>

　시인은 외국 사람의 말을 빌어 죽음 앞에서도 굽히지 않는 주인공의
굳은 의지를 표출하였다. 이렇듯 비장한 죽음을 통해서 연민을 불러일으
키게 된다. 전봉준의 비극적 세계와의 투쟁과 죽음은 예측된 일이다. 그러
나 그것을 두려워하지 않고 부조리한 세계 속에 몸을 던져 싸우다 장렬하
게 죽음으로써 비장미와 함께 연민을 자아내게 한다. 아울러 그가 남긴
'하늘을 보아라!'는 한마디에 담긴 의미는 동학 정신으로 살아남아 비극
적 초월을 하게 된다.

　1894년의 동학농민전쟁은 실패하고 말았다. 그것은 엄연한 사실이므로
되돌릴 수 없는 일이다. 그러나 주인공 전봉준의 비극적 결함은 안타까운
역사 속의 더없는 아쉬움으로 자리한다. 그러기에 시인은 '신하늬'와 '인
진아'를 개입시켜 그것을 문제 제기하고 사랑을 통해 감싸 안고자 하였다.
이로써 집단의 운명과 개인의 사랑 사이의 갈등을 통해서, 집단의 운명
앞에서 개인의 사랑도 무참히 꺾일 수밖에 없음을 드러내 주었다. 따라서
「錦江」에서는 또 하나의 비극적 구조를 찾아낼 수 있다.

가 － 1. 아버지 없는 하늬를 김진사네 돌쇠가 주워다 기르다.
　　　 2. 김진사에게 내던져져 불구가 되다.
　　　 3. 趙할머니에게 양육되다.
　　　 4. 진아의 아버지가 경복궁 개축공사에서 죽다.
　　　 5. 아버지 시신을 장사지내고 돌아가던 중 노파에게 끌려가 궁녀
　　　 가 되다.

6. 궁중 내의 노인들의 욕정에 시달리다.

나 - 1. 趙할머니의 가르침으로 책을 읽다.

2. 결혼하지만 하늬처가 김진사 꾐에 빠져 화냥질하다.

3. 아내 부정의 근원을 소유욕으로 이해하고 난 후 하늘을 보고
출가하다.

4. 진아는 궁중 내의 욕정에 시달리다가 탈출하다.

5. 신하늬와 인진아가 만나 삶에 대해 자각하다.

다 - 1. 아내의 부정에 대해 고통스러워하다.

2. 외세의 전횡에 고통스러워하다.

3. 민중의 구제에 대해 고통스러워하다.

4. 거사를 논의하며 견해 차이로 괴로워하다.

5. 패배로 민중들이 당할 고통을 괴로워하다.

라 - 1. 전봉준과 만나 의형제 맺다.

2. 거사를 논의하다.

3. 1차 봉기에 참여하다.

4. 협상을 거부하고 유격전을 주장하다.

5. 2차 봉기에 참여하다

6. 유격전을 펴다.

마 - 1. 조정에서 청나라의 파병을 요청하다.

2. 청일전쟁에서 일본이 승리하여 李王家와 일본이 결탁하다.

3. 하늬의 뜻이 관철되지 않다.

4. 협상하고 농민군 해산하다.

5. 민중들이 많은 고통을 당하다.

바 - 1. 하늬가 진아를 찾아가나 만나지 못하다.

2. 진아가 하늬를 그리워하며 찾아 나섬에서 연민을 불러일으키다.

3. 하늬가 스스로 죽음을 청해 장렬히 죽음으로써 연민을 불러일
으키다.

사 - 1. 진아가 '아기 하늬'를 낳음에서 초월되다.

「錦江」에서 신하늬와 인진아의 등장은 이 작품의 서사성 시비의 관건

으로 지적되지만, 시인의 의도와 관련시켜 볼 때 중요하게 파악된다. 신하 늬와 인진아를 중심으로 하는 비극적 구조를 보면 몇 가지 특이한 점을 발견할 수 있다. 첫째는 신하늬와 인진아 사이의 사랑이 주제로 나타난다. 둘째는 이 둘 사이의 사랑과 동학농민전쟁과의 연관 속에 다소 어색함이 나타난다. 셋째는 신하늬가 전봉준의 판단착오에 대하여 반론을 제기한 다. 그리고 넷째는 신하늬와 인진아 사이의 '아기 하늬'를 통해서 '後話' 와 연계되는 점이다.

신하늬는 이 시에서 1856년 경에 태어난 것으로 파악된다. 따라서 비극 적 세계 속에 내던져진 셈이다. 더욱이 그는 아버지가 없는 상태로 세 살 때 어머니에 의해 김진사네 돌쇠에게 맡겨진다. 하늬는 고아나 다름없 는데, 이점은 기아모티브25)와 연관시켜 이해할 수 있다. 곧 영웅적 인물로 부각시키기 위한 것으로 파악된다. 하늬는 출생부터가 비극적이다. 그리 고 어느 날 김진사에게 내던져져 발을 다친다. 하늬는 양반에게 학대를 당한 전형적인 민중이라 할 수 있다. 그는 다시 趙할머니에게 양육되는데, 趙할머니의 남편은 광해군 때 애매한 역모죄로 귀향 가서 죽은 비극적 민중의 일원이다. 진아 역시 일찍이 어머니를 여의고 홀아버지가 경복궁 개축 공사장에서 돌에 깔려 죽는다. 이점에서 비극적 토대는 이들의 삶 일반에 더 깊게 드러나 있다. 진아는 어버지 시신을 장사 지내고 돌아가던 중 노파에게 끌려가 궁녀가 된다. 비극적 세계 속에서 타의에 의해 더 큰 비극으로 전락한 것이다. 궁중에서 여성을 성적 대상으로 여기는 노인 들의 욕정의 눈길에 시달린다. 사랑을 주제로 하는 이들의 서사구조에

---

25) 신화에 등장하는 주인공은 몇 가지의 공통성을 갖고 있다. 불행한 태생으로 어려서 부모를 잃거나 버려지는가 하면, 집을 떠나고 어려운 상황에 처하여 조력자의 힘에 의해서 구조되는 것 등으로 나타난다. 여기서 버려지는 것을 기아모티브라 하는데, '하늬'의 경우도 이에 해당된다.

대립되는 비극적 상황으로 나타난다.

하늬는 趙할머니의 도움으로 한서, 불경 수십 권을 읽게 됨으로써 일자무식의 민중으로부터 서서히 자각하게 된다. 스물다섯에 결혼을 하지만 어릴 때 자신을 내던졌던 김진사의 꾀임에 빠져 아내가 화냥질을 한다. 여기서도 철저히 사랑에 배반되는 간통의 행각이 표현되고 있다. 김진사와 아내의 간통을 생각하면 고통스럽지만, 그는 그 부정의 근원이 인간들의 소유욕에 의한 것임을 깨닫고 난 후 하늘을 보게 된다. 하늘을 보게 됨은 자각의 의미로써 비극적 인식의 계기가 되는 것이다. 그리하여 하늬는 집을 떠난다. 이점은 전봉준의 출가와 같은 맥락으로 파악된다. 주인공이 비극적 세계와 투쟁하기 위하여 나아가는 행위이다. 진아도 궁중 내부 노인들의 욕정에 시달리다 탈출하는데, 이러한 행동도 비극적 인식을 통한 하나의 자각이라 할 수 있다. 결국 신하늬와 인진아가 만나 서로의 운명을 받아들이고 그들의 비극적 삶에 대해 자각하고 사랑으로 대응한다. 이들의 만남은 비극적 삶에 대한 깨달음과 그것을 사랑으로 극복하려는 의미를 지닌다. 이는 비극적 운명에 굴복하거나 편승하려는 것이 아니라, 그것을 적극적으로 벗어나려는 행위이다. 이때 이들이 추구하는 것은 사랑이다.

하늬와 진아의 만남은 그들이 가졌던 비극적 인식과 고통이 개인적이고 제한적이었던 데서 집단의 운명으로 확대되는 계기로 작용한다. 하늬의 경우 아내의 간통사건으로 인한 고통에서 그것이 아내 한 사람만의 문제가 아니라 인간의 소유욕 때문이며, 그것은 모순된 세계의 결과라는 거시적 국면으로 인식의 전환이 이루어진다. 그리하여 외세의 전횡과 그로부터 민중을 구제해야 한다는 고통이 싹트게 된다. 하늬는 전봉준을 만남으로써 동학을 통해 비극적 인식이 구체화된다. 이들은 동지적 만남을 계기로 거사를 논의한다. 그러나 그들 사이에 견해 차이가 발생한다. 이점은 하늬에게 또 하나의 고통이 되었다. 그리고 혁명이 실패하여 민중들이 당하는 고통은 하늬에게 커다란 괴로움이 되는 것이다.

「錦江」의 비극적 구조가 (가)→(사) 사이에 시간적 계기관계가 나타나는 것은 아니나, (다)에서 문제점이 드러난다. 그것은 신하늬와 인진아의 만남이 보여주는 '사랑'과 신하늬와 전봉준의 만남이 갖는 '혁명'과의 연관성에서 발생한다. 작가가 의도한 '사랑'을 통해서 '혁명'을 감싸 안으려는 것으로 해석됨에도 불구하고 구성상 어색함이 발견되기 때문이다. 그러고 보면 「錦江」에서의 문제점은 바로 이 부분에서 발생하는 것이다. 그것은 신하늬와 인진아의 서서구조와 전봉준을 중심으로 하는 서사구조의 접합에서 빚어지는 미숙성이라 할 수 있다.

「錦江」에서 두 층위의 비극적 구조가 가장 많이 합치되는 부분은 (라)와 (마)이다. 여기서 시인은 허구적 인물 신하늬를 실재 인물 전봉준과 본격적으로 클로즈업시킨다. 따라서 과거의 역사적 사실이 생동감을 얻고 새로운 모습으로 살아나게 되었다. 신하늬는 전봉준을 만나 동학을 받아들이고 거사를 논의한다. 이 부분에는 신하늬의 생각이 강하게 표현되어 있다. 동학군의 전술에서는 전봉준의 신중론에 비해 신하늬의 강경론이 제기된다. 즉, 머뭇거리지 말고 중앙으로 밀고 올라갔어야 했다는 점과 2차 봉기 이후의 협상을 거부하고 유격전을 펼치자는 제안 등이다. 이는 곧 시인의 전술적 측면의 반영이라 하겠다. 시인이 실패한 동학농민전쟁에 대하여 아쉬운 부분을 문제로 지적하고 나선 것이다. 이는 앞서 제기한 전봉준의 비극적 결함으로 이를 통해서 더 깊은 연민을 불러일으키게 된다. 또한 신하늬는 자신의 주장처럼 작품속에서 직접 유격전을 펼치기도 한다.

조정은 청나라에 파병을 요청하고 이에 일본군이 따라 들어와 청일전쟁이 일어난다. 여기서 우리 민족이 외세에 의존하면서 겪는 비극적 모순의 적나라한 표현을 볼 수 있다. 전쟁은 일본이 승리하고 李王家는 일본과 결탁하여 농민군의 토벌에 나선다. 농민군의 수효나 단호한 결의에도 불구하고 신식무기 앞에서는 어쩔 수 없어 협상을 받아들이고 농민군은 해산하게 된다. 결국 신하늬의 제안은 받아들여지지 않았던 것이다. 그런만큼 신하늬의 좌절은 컸는데, 여기에서 독자들의 아쉬움과 좌절감을 더 깊게 한다. 뒤이어 벌어진 민중들에 대한 학살은 더욱 결말의 비극적 고통을 고조시킨다. 하늬는 최후의 투쟁을 벌여 보지만 좌절하고 진아를 찾아간다. 진아도 농민군을 후원함으로써 전쟁에 참여하였다. 이것도 사랑으로 혁명을 감싸려는 행위로 해석된다. 그러나 이들의 만남은 이루어지지 않는다. 결국 하늬와 진아의 사랑도 좌절되고 마는 것이다.

신하늬와 인진아를 중심으로 하는 서사구조의 역할은 (바)와 (사)에서 큰 의도를 드러낸다. 진아도 하늬를 그리워하며 찾아 나서지만, 이미 이들의 만남은 이루어질 수 없음이 예측되어 있다.

> 그러나
> 슬프진 않았다, 하늬는
> 진아의 전부, 전 우주
> 어디서 오는 걸까, 이 사랑
> 이 나른한 충족.
>
> <'제26' 부분>

이 부분에 이르면 연민이 고조되기에 이른다. 하늬가 부모로부터 물려받은 '은방울'이 진아의 허리춤에 보관되어 있다. 그리하여 '은방울'은

'아기 하늬'의 탄생과 기대감에 대한 촉매 역할을 한다. 비극적 초월의 실마리가 되기도 하는 것이다. 한편 하늬의 비극적 죽음과 교체될 '아기 하늬'의 탄생은 비극적일 수밖에 없다. 사실 '제26장' 후반부에 이르러 하늬는 스스로 죽음으로 뛰어들어 장렬한 최후를 맞는다. 이로써 하늬와 진아 사이의 사랑은 단절되고, 이를 싸고도는 연민의 감정이 고조된다. 진아는 아기를 낳고 '아기 하늬'의 손에서 '은방울'이 떠날 줄 모른다는 표현으로 세대교체를 암시하고 있다. 이로써 연민의 감정이 절정에 도달하지만 그것은 '아기 하늬'를 통해서 초월된다.

하늬와 진아를 중심으로 하는 서사구조는 '後話'와의 연계성이 강하다. '後話'에 등장하는 '소년'은 성장한 '아기 하늬'로 파악된다. '소년'의 등장에는 미래에 대한 긍정적 시야가 짙게 깔려 있다. 이러한 점들도 이 시가 갖는 비극적 구조와 의미 속에서 유래한다. 이 작품의 결말 부분은 슬픔과 현실적 좌절로 보이지만 이러한 표층 구조에서의 비극은 그 심층 속에서 긍정적, 이상적, 미래지향적인 면을 지니며, 민중의 생명의식과 끈질긴 생명력을 드러내 보여준다. 그것은 '後話'에 등장하는 '소년'을 통해서 보여주는 시간적인 미래의 가능성에 의지하고 있다. '어린 쟁기꾼' 즉 동학의 토양에서 태어난 '소년'을 등장시킴으로써 현실에서의 낙관적 전망을 제시하는 것이다.

3. 맺음말

「錦江」은 동학농민전쟁을 굳어버린 역사적 사실로 다루지 않았다. 우리 민족정신이 3·1 독립운동이나 4·19 학생의거로 이어져온 원류로 파악

하였다. 현재에도 살아있는 것으로 이해하고 그 정신의 재현을 통해서
모순된 역사를 지양해 갈 수 있는 대안으로 상정하였다. 그러므로 신동엽
이 과거를 바라보는 태도는 단순하게 지나간 역사에 대한 복고주의적
경향으로 해석되지 않는다. 그것은 현실극복이라는 차원에서 미래지향의
대안으로 나타났다. 이점은 '역사는 과거와 현재의 대화다'라는 사실과
밀접하게 연관되고 있다. 동학에 대한 남다른 관심과 이해 위에 씌어진
「錦江」은 바로 1894년에 있었던 농민전쟁을 단순히 객관적으로 드러내지
않고, 현실극복을 위한 과거 차용으로 전개시켰다. 이로써 현실극복의
차원에서 동학사상을 새롭게 조명하였다. 「錦江」은 동학사상에 토대를
두고 전개된 동학농민전쟁의 과거 사실을 현재화해 보여주었는데, 여기
에 새로운 해석과 변용이 수반되었다. 이 작품에서 과거는 현재를 더욱
철저하게 파악하기 위한 전거가 되며, 미래를 향한 진취적 발판으로 이해
할 수 있다.

　「錦江」은 '序話'와 '後話'와의 짜임을 올바로 이해해야 한다. '序話'의
도입 역할과 '後話'의 결말 역할은 단순한 형식적 측면을 벗어나 「錦江」
의 창작의도까지 보여준다. 이때 '後話'에 등장하는 '소년'은 신하늬의
아들로서 하늬의 정신을 이어받은 동학의 싹으로 이해할 수 있다. 문학은
과거의 사실을 다룬다 해도 현실의 이해와 작가의 세계관이 개입할 수밖
에 없다. 이는 모방론의 한계로서 지적되어 온 것이기도 하다. 더구나
「錦江」은 동학사상이 현실 극복의 한 대안으로 제시되어 있다. 그러나
'동학혁명'은 그 기본 정신의 숭고함과는 달리 실패한 경우이다. 여기에
대하여 해석과 비판이 가해질 수밖에 없었다. 따라서 신동엽은 '신하늬'
와 '인진아'라는 허구적 인물을 개입시켰으며, 이를 통해서 집단과 개인
의 문제를 보여주었다. 신하늬는 작품 속에서 동학농민전쟁 당시 전봉준

의 실책(失策)을 현재화해 보여준다. 나아가 하늬와 진아의 만남을 통해서
사랑의 의미를 제시하였다. 참된 사랑은 집단과의 관련 속에서 가치를
갖는 것으로 제시하고, 하늬와 진아 사이의 '아기 하늬'를 통해서 미래에
의 전망을 이끌어 냈다. 「錦江」은 현실에 대한 이해를 위한 과거차용의
관점에서 동학농민전쟁이 수용되었다. 이러한 과거의 사실(史實)을 현실
과 대비시킴으로써 현실 극복과 미래지향 의식을 형상화하였던 것이다.

　이상에서 전봉준을 중심으로 하는 서사구조와 신하늬와 인진아를 중심
으로 하는 서사구조를 나누어 살폈다. 그것은 전자와 후자 사이의 연관을
이해하기 위해서였다. 물론 하나의 작품 속에서 인물의 층위가 분리되어
의미를 나타내는 것은 아니다. 사건 속에서 인물들은 상호 역동적인 관계
에 놓이기 때문이다. 그럼에도 이들을 나누어 살핀 것은 「錦江」의 특수성
을 파악하기 위해서이다. 이 작품에서 전봉준을 중심으로 하는 서사구조
는 동학농민전쟁에서 민중들이 주체가 되었던 혁명을 주제로 부가되어
있다. 그리고 신하늬와 인진아를 중심으로 하는 서사구조는 사랑을 주제
로 하는데, 이들의 사랑을 통해서 혁명을 감싸고 있다. 그러면서도 하늬는
전봉준과 직접적으로 관계하며 혁명에 가담한다. 나아가 적극적인 조력
자 내지는 제안자로도 행동한다. 진아 또한 부상당한 농민군들을 치료하
고 음식을 마련하며 참여하였다. 그러나 비극적 세계와의 투쟁은 패배하
고 이들의 사랑도 좌절되고 죽음으로 이어진다.

　「錦江」에서 혁명의 패배와 사랑의 좌절은 이 작품 전체에 연민의 정서
를 유발시킨다. 그리고 '아기 하늬'의 탄생을 통해서 초월하게 된다. '아기
하늬'는 미래 전망의 제시뿐만 아니라, 이 시의 '序話', '後話'와의 연관성
을 이끌어 내고 있다. 전봉준을 중심으로 하는 혁명의 주제와 신하늬와
인진아를 중심으로 하는 사랑의 주제가 상호 결합되어 있는 것이 「錦江」

이다. 여기서 집단과 개인 문제를 동시에 보여주고 있다. 즉, 집단의 패배에서는 개인간의 사랑 또한 성취될 수 없다는 점을 간과해서는 안 될 것이다. 집단의 패배 속에서 개인의 사랑은 너무도 쉽게 무너져 내리고 만다. 「錦江」에서는 개인의 사랑도 집단의 온전함 속에서만 가능하다는 사실을 읽어낼 수 있는 것이다.

「錦江」은 다음과 같은 해석을 낳을 수 있다. 그것은 신동엽이 중요시하였던 '시', '사랑', '혁명'과 '원수성', '차수성', '귀수성' 사이의 관계를 의미한다. 신동엽의 사고에서 '원수성의 세계'는 씨앗을 뿌리는 때라 할 수 있다. '차수성의 세계'는 무성하게 자라 가지가 뻗고 잎과 열매를 키우는 때이며, '귀수성의 세계'는 씨앗을 거두어 갈무리하는 때이다. 그러므로 '혁명'이라는 차수성 세계의 결과를 '사랑'으로 갈무리하여 '시'로써 뿌린다는 의미로 파악할 수 있다. 여기에서 동학농민전쟁이라는 역사적 사실을 허구적 인물인 신하늬와 인진아의 '사랑'으로 갈무리하여 서사시로 뿌리고 있는 것이다. 따라서 '서화'에서 어린 아이들이 "침장이에게 잡혀가는 노래"를 배워 조심스럽게 부르고, 어른들은 아이들에게 이야기를 조심조심 들려주었던 것이다. 그것은 "그 이야기의 씨들은 / 떡잎이 솟고 가지가 갈라져서 / 어느 가을 무성하게 꽃피리라"는 믿음 때문인데, 이것이 바로 「錦江」의 창작 배경이 된다.

「錦江」은 동학농민전쟁의 역사적 사실이 토대이지만, 시인의 관심이 개입하여 서사시가 갖추어야 할 객관성의 결여를 초래하기도 하였다. 이러한 사실도 「錦江」의 창작의도로 빚어진 결과이다. 즉, 동학의 이야기를 통해서 오늘날의 상황에 대응하는 과거를 발견하려는 것이다. 당시 사회 상황으로서 동학농민전쟁이 발생할 수밖에 없었던 점을 미루어, 1960년대 또한 그 상황에서 그리 멀지 않음을 상징적으로 재구성해 보여주었던 것이다. 동학농민전쟁은 1세기 전에 있었고 어쨌든 실패한 것이 사실이다. 여기에서 시인은 허구적 인물로 등장하여 혁명 속의 전봉준과 조우하여 함께 투쟁한다. 동학농민전쟁을 서사시로 수용하여 동학의 사상적 측면을 구현하고자 시도했다. 이를 통해 현실과의 암유적 관계를 제시하는 것이다. 그점은 동학농민전쟁이 발발했던 1890년대와 이 작품이 씌어진 1960년대를 동일한 현실로 이해하고, 그러한 현실 속에 동학사상이 새롭게 발휘될 필요성을 절실하게 보여주는 것이다.

창작방법과 시적 성취
- 김기림의 시세계

1. 머리말

김기림은 1930년대의 우리 문학사에서 정지용과 함께 매우 중요한 위치를 차지한다. 이들은 우리 민족의 일본 지배로부터 비롯된 폐쇄적인 감정의 그늘 속에 방법의 모색을 통해서 새로운 활력과 신선한 호흡을 불어넣음으로써 한국 시에 뼈대를 세우는 역할을 하게 된다. 당시 우리 시에는 '체읍벽(涕泣癖)'이라는 감정과잉 분출 문제가 무엇보다 심각하게 지적되었다. 시대 상황에서 야기된 감상성은 우리 시의 정서를 나약한 모습으로 이끌고, 나아가서는 병적인 징후까지도 드러내게 하였다. 그러한 상황 속에서 김기림이 제기한 '오전의 시론'은 정지용이 제시한 '서늘함의 시론'과 함께 한국 시의 이론 체계와 창작의 모색에 탄력을 부여하게 된다. 그 점에서 이들의 노력은 아무리 강조해도 지나치지 않는다.

김기림은 처음부터 시와 평론을 병행하여 발표하였다. 그의 창작활동은 고도로 의도된 것이며 계획된 것이라 할 수 있다. 시는 언어로 제작될 수 있다고 까지 개진한 그의 생각은 모더니즘의 핵심을 이루는 것이다. 김기림이 제시했던 시에 대한 이론은 오늘날에 접해도 그 이론적 토대가 선명하다.

김기림이 가장 왕성한 활동을 한 시기는 1930년대다. 그는 서구로부터 이미지즘, 주지주의 이론을 도입하면서, 한편으로 신문 잡지 등에 많은 시를 발표하였다. 김기림은 그의 생애를 통해서 4권의 시집을 남겼으며1), 그 외의 시 57편이 정리되어 있다. 그러나 그의 미수록 작품이 이 57편으로 종합정리 되었다고 할 수는 없을 것이다. 지금까지 파악된 김기림의 시는 대략 233편에 해당한다.2)

김기림은 정지용과 함께 1987년 해금조치 되면서 문학사의 전면에 부각되었다. 그의 시는 그 이전에도 간간이 관심의 대상이 되곤 하였다. 그것은 그가 획득하고 있는 '모더니스트로서의 기수'라는 위치와 특성에 의해서였다. 문학사에서도 이미 그는 모더니스트로 고정적 자리를 굳혀왔다. 일찍이 이병기와 백철은 김기림을 "지용과 함께 감각파의 시인이며, 『氣象圖』에서 현대에 대한 풍자가 강했다". "이 시기의 대표적 문학론 내지 비평은 주지주의 지성론으로 김기림" 등이라며 「오전의 시론」에 대한 가치를 부여하고 있다.3) 조윤제는 "모더니즘 시운동은 편석촌으로부터 시작"4) 되었다고 하였으며, 장덕순도 그의 주지주의 시의 풍자성을 매우 긍정적으로 평가하였다.5) 최근에 이르러서도 그의 시론에 대한 관심6)과 이해가 활발하게 전개되고 있다.

본고에서는 김기림의 시세계와 변모양상을 살피고자 한다. 김기림은

---

1) 그의 4권의 시집은 『氣象圖』(1936), 『太陽의 風俗』(1939), 『바다와 나비』(1946), 『새노래』(1947) 등이다. 여기에 심설당에서 낸 『金起林 全集』1 (1988)에는 미수록 작품도 포함되어 있다.
2) 김기림, 『金起林 全集』1, (심설당, 1988)을 기준 삼았음.
3) 이병기·백철 『國文學全史』(新丘文化社, 1985).
4) 조윤제, 『韓國文學』(探求堂, 1976).
5) 장덕순, 『韓國文學史』(同和出版社, 1978).
6) 김종구, 「김기림의 모더니즘의 시, 「詩論」 연구」, 『한국문학이론과 비평』 제23집 (한국문학이론과 비평학회, 2004. 6).

자신의 이론적 체계 위에 창작방법을 세우고 있었으며 그것을 실천하려고 노력한 시인이다. 그러나 창작방법은 곧 바로 시창작으로 연관되는 것만은 아닐 것이다. 또한 창작방법과 시 창작의 실제 사이에서 발생하는 갈등이 있을 수도 있으며, 그것이 시인에게는 시세계의 변모과정으로 나타나기 때문이다.

2. 시세계의 변모양상

김기림은 한국 현대 시사에서 최초로 체계적인 시론을 펼친 이론가로도 평가할 수 있다. 그는 '과학으로서의 시학'을 주장하며 모더니즘의 시운동을 펼치기 시작했다. 그는 기회가 있을 때마다 과거의 시학을 버리고 새로운 시학으로서의 '과학의 시학'을 수립할 것을 주장하였다.[7] 그가 주장한 시론에 대한 이론들은 다음의 글에서도 단적으로 그 성격이 드러나고 있다.

> 詩人은 시를 제작하는 것을 의식하지 않으면 안 된다. 한 개의 目的가
> 치창조에 향하여 활동할 것이다. 그래서 의식적으로 의도된 가치가 시
> 로써 나타나야 할 것이다. 이것은 「나이―브」한 表現主義(人間主義)的
> 태도에 대척하는 전연 별개의 시작상의 태도다. 나는 그것을 주지적
> 태도라고 부른다.
> 자연발생적 시는 한 개의 「자인」(存在)이요. 그와 반대로 주지적 시는
> 「졸렌」(當爲)의 세계다. 자연과 문화가 대립하는 것처럼 그것들은 서로

---

7) 오세영, 『한국현대시인연구』(도서출판 월인, 2003), 132~143 쪽.
    김기림은 과학을 '일의적이고 사실을 객관적으로 검증할 수 있는 지식의 체계'로 정의했던 점에 비추어 볼 때 그 바탕 위에서 이루어진 시학을 의미할 것이다.

대립한다. 시인은 문화의 전면적 발전과정에 의식한 가치 창조자로서 참여하여야 할 것이다. 주지주의는 자연발생적 시와 명확하게 대립하는 것처럼 단순 묘사자와도 대립한다. ……………

　시는 나뭇잎이 피는 것처럼 물이 흐르는 것처럼 자연스럽게 던져서는 안 된다. 피는 나뭇잎 흐르는 시냇물을 지배하는 것이 자연의 법칙이다. 시는 우선 지어지는 것이다. 시적 가치를 의욕하고 기도하는 의식적 방법론이 있지 않으면 아니 된다. 그것은 시작상의 태도라고 불러도 좋다. 그것이 없을 때 우리는 그를 시인이라 부르는 대신 단순한 感受者라고 부를 것이다. 그는 다만 街頭에 세워진 호흡하는 「카메라」에 지나지 않는다.

　카메라가 시인이 아닌 것처럼 그도 시인은 아닐 것이다. 시인은 그의 독자의 「카메라앵글」을 가져야 한다.

　시인은 창조자가 아니면 아니 된다.[8]

　이상의 주장에서처럼 김기림은 한국의 과거의 시를 '자연발생적인 시'라 하여 이를 배격하고자 했다. 그것은 다만 감정의 흐름에 따라서 즉흥적으로 씌어지는 시로 이해했던 것이다. 그래서 그는 모더니즘의 시만이 '참다운 예술적 시'라고 하였다. 그러므로 김기림의 주장에 의하면, 시는 시인이 시적 가치를 의욕하고 제작하는 것으로 시각적이면서, 과거의 시들과는 매우 다른 것이었다. 그러나 이러한 김기림의 시 또한 그의 시적 편력 속에서는 변모를 보여주고 있다. 그러한 점들을 시집별로 검토하여 그의 시세계를 살피기로 하겠다.

1) 제 1시집 『氣象圖』(1935~1936)

김기림의 시집 『氣象圖』는 1936년 7월 彰文社에서 간행된 것이다. 이 시집

---

8) 김기림, 『金起林 全集』2, (심설당, 1988).

은 여러 작품들을 모아서 엮은 것이 아니라 하나의 주제를 선택해서 쓴 기획 장시로서의 성격을 지닌다. 따라서 이것은 그의 모더니즘 시론을 실제로 작품에 충실하게 반영하여 형상화하려 했던 일종의 실험시라고 말할 수 있다. 이 시집의 의도에 대해서 김기림은 다음과 같이 밝혀놓고 있다.

> 한 개의 現代의 交響樂을 計劃한다. 現代文明의 모─든 面과 稜角은 여기서 발언의 권리와 기회를 거절당하는 일이 없을 것이다. 무모 대신에 다만 그러한 관대만을 준비하였다.[9]

김기림은 위에 인용한 내용을 서언으로 삼고 있다. 그는 "현대문명의 모─든 면과 稜角"을 시의 대상으로 삼으려 한다. 그리고 시의 대상을 문명 속에서 찾고자 하였다. 이러한 사실들은 아래 시에서도 단적으로 드러나고 있다.

> 비눌 / 돋인 / 海峽은 / 배암의 잔등 / 처럼 살아났고
> 아롱진 「아라비아」의 衣裳을 둘른 젊은, 山脈들
>
> 바람은 바다가에 「사라센」의 비단幅처럼 미끄러웁고
> 傲慢한 風景은 바로 午前 七時의 絶頂에 가로누었다
>
> 헐덕이는 들 우에
> 늙은 香水를 뿌리는
> 敎堂의 녹쓰는 鐘소리
> 송아지들은 들로 돌아가려므나
> 아가씨는 바다에 밀려가는 輪船을 오늘도 바래보냈다
>   ─「世界의 아침」 부분

---

9) 김기림, 『金起林 全集』1, 382쪽 재인용.

위 시는 형식적인 면에서도 그렇고 내용적인 면에서도 이전의 시들에
비해서는 색다름을 발견할 수 있다. 가령 문장을 짧게 짧게 나누어서 행으
로 처리한 방법이나, 허사를 행의 맨 앞에 두는 형식은 그 당시로는 매우
획기적인 형태를 취하고 있다고 하겠다. 이 시에서 김기림은 현대시가
지녀야 할 모더니티, 즉 주지성과 회화성, 문명비판적 태도와 인본주의의
정신을 조화시키려고 노력하였다. 따라서 이 작품은 작품성의 측면보다
도 한국 최초의 본격적인 모더니즘 시작품이라는 차원의 시사적 의미를
지니게 된다.[10] 시각적 이미지와 감각적인 표현들은 이미지즘으로서의
모더니즘적 특징으로 드러난다.

또한 다음의 인용문과 같은 부분에서는 김기림이 지니고 있었던 시적
감각의 스마트하고 발랄한 점들을 쉽게 확인할 수도 있다. 그것은 그의
시에서의 문체적 특징이었던 것이다.

> 國境 가까운 停車場 / 車掌의 信號를 재촉하며
> 발을 굴르는 國際列車 / 車窓마다 「잘있거라」를 삼키고 느껴서 우는
> 마님들의 이즈러진 얼골들 / 旅客機들은 大陸의 空中에서 띠끌처럼 흐
> 터졌다 //
> 本國에서 오는 長距離 라디오의 效果를 實驗하기 위하야
> 「쥬네브」로 旅行하는 紳士의 家族들
>
>   — 「世界의 아침」 부분

> 푸른 바다의 寢床에서 / 흰 물결의 이불을 차 던지고
> 내리쏘는 太陽의 金빛 화살에 얼골을 어더맞으며
> 南海의 늦잠재기 赤道의 심술쟁이 / 태풍이 눈을 떴다
>
>   — 「태풍의 起寢時間」 부분

---

10) 李東洵, 「문화의 민주화 물체의 대중화」, 『文學思想』(1988. 1), 113쪽.

보라빛 구름으로 선을 둘른 / 灰色의 칸바쓰를 등지고
꾸겨진 빨래처럼 / 바다는 / 山脈의 突端에 걸려 퍼덕인다 //
삐뚤어진 城壁 우에 / 부러진 소나무 하나…

— 「病든 風景」 부분

김기림의 『氣象圖』는 「世界의 아침」, 「市民行列」, 「태풍의 起寢時間」, 「자최」, 「病든 風景」, 「올빼미의 呪文」, 「쇠바퀴의 노래」 등 7장으로 구성되어 있다. 이 장시는 위기에 빠진 현대문명에 대하여 풍자로 일관하고 있다. 그런 점에서 이 작품은 영국의 T. S. 엘리어트의 장시 『황무지』에 영향을 두고 씌어졌다는 견해가 지배적이다. 이 시는 '세계의 아침'에 서서히 태풍의 움직임이 일어서 역동적인 변화로 진전되어가는 과정, 그리고 태풍이 지나가고 맞이하는 고요한 기상의 변화를 시간적 계기를 따라서 형상화하고 있다. 잦은 한자어의 사용이 눈에 띄거니와, 현대문명의 소재를 적극적으로 활용한 점도 이채롭게 여겨진다. 이 시의 새로움은 바로 이러한 표현의 새로움에서 오는 것이다. 세계의 변화, 문화적 흐름을 기상의 변화로 표현하려한 것이다.

그러나 이 작품은 신선한 감각과 재치 있는 묘사 및 발랄함에도 불구하고 내용면에서는 크게 살필 만한 것이 없어 보인다. 여행길에 나선 나그네의 호기심에 찬 눈에 비친 다양한 외부적 사태가 아무런 통일적 질서 없이 나열되어 있다. 나그네의 주의력은 분산되어 있고, 이국적인 풍물 앞에 압도되어 있다. "그 이유는 여행의 목적이 분명하지 않기 때문일 것이다."11) 따라서 이 작품은 외형적인 화려함과 이색적인 표현에도 불구하고 알맹이 없는 내용의 빈약성을 드러낸다.

김기림의 시에 대한 생각들은 실제의 창작으로 이어지지 못 한 듯하다.

---

11) 金鍾哲, 「30年代의 詩人들」, 『文學과知性』(1975. 봄), 104쪽.

새로움을 추구하려는 그는 시 이론에 대한 견해를 적극적으로 제시했으나, 실제의 창작에서는 그에 부응하지 못하고 있다. 어느 곳에든지 이론과 실천에는 간극이 따르기 마련인 것이다.

2) 제 2시집 『太陽의 風俗』(1930~1934)

『太陽의 風俗』은 1939년 9월에 간행된 김기림의 두 번째 시집이다.[12] 그러나 이 시집에 실린 시들은 『氣象圖』 이전에 씌어졌고 그 이전에 시집의 체제로 꾸며졌던 것이다. 다만 발간이 늦었을 뿐이다. 그러므로 그의 시적 편력으로는 『氣象圖』에 앞선다. 김기림은 이 시집 서문 "어떤 親한 「詩의 벗」에게"에서 다음과 같이 밝힌 바 있다.

> 네가 아다시피 이 책은 1930년 가을로부터 1934년 가을까지의 동안 나의 총망한 宿泊簿에 불과하다. 그러니까 來日은 이 주막에서 나를 찾지 마러라. 나는 벌써 거기를 떠나고 없을 것이다.[13]

이렇게 볼 때 김기림은 새로운 것을 추구하지만, 거기에 오래 머물지 않고 또 다시 새로움을 찾아서 떠나는 것이다. 그 젊고 건강한 역동적 힘과 순발력은 그가 주장한 오전의 생리에 이르는 것이다. 그는 무엇보다도 객관주의 시를 추구했다.[14]

---

12) 실질적인 초기 시가 되는 것이다.
13) 김기림, 『金起林 全集』1, 16쪽.
14) 김기림이 사물에 대하여 가지는 관계는 네 가지로 분류하고 있다.
　　첫째, 사물을 통하여 시인의 마음을 노래하는 것.
　　둘째, 사물에 대하여, 사물에 부딪쳐서 시인의 마음을 노래하는 것.
　　셋째, 사물의 인상.
　　넷째, 시 자체의 구성을 위한 사물의 재구성.

『太陽의 風俗』또한 『氣象圖』와 마찬가지로 그의 모더니즘시론이 주된 방법론으로 나타나고 있다. 이 시집에는 전체 91편의 시가 실려 있다. 김기림은 권두에서 그의 특유의 표현방법인 光度感覺, 이른바 '오전의 시론'이 지닌 당위성을 다음과 같이 밝혀 놓았다.

그러면서 내가 勸하고 싶은 것은 依然히 相逢이나 歸依나 圓滿이나 師事나 妥協의 美德이 아니다. 차라리 訣別을 － 저 東洋的 寂滅로부터 無節制한 感傷의 排泄로부터 너는 이 卽刻으로 떠나지 안어서는 아니된다.

嘆息. 그것은 紳士와 淑女들의 午後의 禮儀가 아니고 무엇이냐? 秘密. 어쩌면 그렇게도 粉바른 할머니인 十九世紀的「비－너쓰」냐? 너는 그것들에게서 지금도 곰팡이의 냄새를 맡지 못하느냐?

그 肥滿하고 魯鈍한 午後의 禮儀 대신에 놀라운 午前의 生理에 대하야 驚嘆한 일은 없느냐? 그 건장한 아츰의 體格을 부러워해본 일은 없느냐?

까닭모르는 우룸소리, 過去에의 구원할 수 없는 愛着과 停頓, 그것들 음침한 밤의 迷惑과 眩暈에 너는 아직도 疲勞하지 않었느냐?

그러면 너는 나와 함께 魚族과 같이 新鮮하고 旗빨과 같이 活潑하고 표범과 같이 大膽하고 바다와 같이 明朗하고 仙人掌 같이 健康한 太陽의 風俗을 배호자.[15]

이상에서 우리는 김기림의 문학적 지향점을 분명하게 알 수 있다. 이러

김기림, 『金起林 全集』2, 117쪽 참조.
15) 위의 책, 15쪽.

한 그의 태도는 기존의 규칙적인 음절수만 맹목적으로 따르는 르네상스적인 태도를 부정하고, 조형의 이미지를 중시하는 기하학적 특질 및 과학적 절대주의 쪽으로의 변화를 선언했던 영국시인 T. E. 흄의 영향을 받은 것으로 보고 있다.[16] T. E. 흄은 영국 이미지즘의 최초의 시인으로 널리 알려져 있다. 또한 김기림은 에즈라파운드에게서도 영향을 받은 것으로 알려진다. 즉, 시에 있어서의 시각적 영상의 가치와 불안시대에서의 탈피를 꿈꾸는 여러 가지의 선언적인 활동 그리고 비평 활동이 이루어 낼 수 있는 보다 환기적인 성과에 대한 신뢰를 배운 것으로 보인다.

김기림은 T. S. 엘리어트에게서는 새로운 고전주의 시에서 필요한 지성, 개인의 진부한 감정으로부터 그 즉시 떠나는 방법 등에 대하여 배운다. 따라서 그의 모더니즘은 영국식으로서의 특질을 갖고 있다고 파악된다. 그의 시집 『太陽의 風俗』에 나타난 세계는 위에서 말한 영국 시인들의 특징인 지성위주의 모더니즘, 즉 주지주의에 강한 충격의 표현과 그것의 형상화라고 할 수 있다.

太陽아
다만 한번이라도 좋다. 너를 부르기 위하야 나는 두루미의 목통을 비러 오마. 나의 마음의 문허진 터를 닦고 나는 그 우에 너를 위한 작은 宮殿을 세우련다. 그러면 너는 그 속에 와서 살어라. 나는 너를 나의 어머니 나의 故鄕 나의 사랑 나의 希望이라고 부르마. 그러고 너의 사나운 風俗을 쫓아서 이 어둠을 깨물어 죽이련다.

— 「太陽의 風俗」 부분

오후 두時…… / 머언 바다의 잔디밭에서 / 바람은 갑자기 잠을 깨여서는 / 쉬파람을 불며 불며 / 검은 湖水의 떼를 몰아가지고 / 港口로 돌아옵

---

16) 李東洵, 위의 글, 114쪽.

니다.

— 「湖水」 부분

仁川驛 待合室의 조려운 「벤취」에서 / 막차를 기다리는 손님은 저마다
해오라비와 같이 깨끗하오. / 거리에 돌아가서 또다시 人間의 때가 묻을
때까지
너는 물고기처럼 純潔하게 이 밤을 자거라.

— 「待合室」 부분

世界는 / 나의 學校. / 旅行이라는 課程에서 / 나는 수없는 신기로운
일을 배우는 / 유쾌한 小學生이다.

— 「序詩」 부분

어느새 검은 車庫의 쇠문을 박차고 / 병아리와 같은 電車들이 뛰여나옵
니다 //
옷자락에서 부스러떠러지는 간밤의 꿈조각들은 돌보지 않으면서 그는 고함
을 치면서 거리거리를 미끄러저가는 / 亂暴한 「스케ㅡ트」 選手올시다

— 「새날이 밝는다」 부분

　　김기림은 「太陽의 風俗」에서 '오전'이라는 건강한 시간성의 성취에 대
한 강렬한 결의를 나타낸다. 그는 1920년대를 '개인의 주관적 감정만으로
시를 이루어가던 시대'라고 규정하였다. 또한 그에 의하면 1920년대는
타락한 낭만주의의 시대, '오후의 빛 바랜 예의'이며 '지극히 우울한 병실
의 공기가 지배하는 시기'였다. 이런 상태 속에다 김기림은 편 내용주의
보다는 방법주의를, 방만한 개성의 지리멸렬한 상태보다는 깔끔하고 세
련된 절제와 자기 조절로써 건강하고 안정된 시적 지성의 세계를 구축하
려 하였던 것이다.17) 바로 그것이 그에 의하여 '오전의 생리'라는 압축적
표현으로 나타난 것이다.

이처럼 김기림은 자신의 시세계를 개혁하려는 집착력이 대단히 강하였다. 그렇지만 그의 정신적 편력은 차분하고 안정된 모습을 유지하지는 못했다. 그는 1920년대의 문학적 성취를 거의 다 부정했고, 무시했으며 최소한 기성의 가치마저도 인정하려 들지 않았다. 그러므로 그의 '오전의 시론'이 제시한 태도와 방법은 상당히 홍분되고 과격한 성향을 띄었으며, 민족과 전통의 역사성에 대한 다소의 몰지각성도 드러내고 말았던 것이다.[18] 김기림은 무엇보다도 한국 시단에 가득한 오후의 생리, 즉 병적기류를 몰아내는 신선한 바람이 되고자 노력하였다. 그리하여 그는 당시의 모더니스트들이 서구 근대문화를 맹목적으로 편향하는 의식의 한 단면을 보여주기도 하였던 것이다.

김기림의 두 번째 시집을 살피면 그가 추구하고자 했던 시창작 방법의 완성보다는 그것을 시도하는 과정에서 나타나는 점들을 발견할 수 있다. 그의 시에는 이국적 정취만 탐색해가는 엑조티시즘의 취향이 도처에서 발견되고 있다. 요컨대 김기림은 종래의 감정비만적인 경향으로 가득 찬 시단에 감각적 면모와 신선한 방법주의로 새바람을 불어 넣었다. 그리고 그것은 일차적으로는 성공을 거두었다고 할 수 있다. 그러나 그것들은 형식적인 탐구 등의 기교에 빠진 감이 없지 않아 보인다.

三層으로 탈려진 / 黑檀의 충충계는 / 두께를 젝겨놓은 「그란드·오르간」
「아프리카」의 「헝가리」의 「스페인」의 노래를 타며 올라
「니그로」의 발굼치 「무슈」의 발굼치 「칼멘」의 발꿈치……

---

17) 김기림, 『金起林 全集』2, 155~176쪽.
18) 시인에게 시적 방법이란 단지 표현의 문제에만 국한되는 것이 아니다. 그것은 표현 이전에 세계 인식의 수단으로 작용하는 것이다.

(…중략…)

「테블」우에 늘어놓는 / 國語와 國語와 國語와 國語의 / 展覽會

— 「호텔」 부분

月
  火
    水
      木
        金
          土
하낫 둘
 하낫 둘
일요일로 나가는 「엇둘」소리……

— 「일요일 행진곡」 부분

뭇솔리니, 뷔지니, 솨바니, 제르미니,
루-즈벨트, 벨트, 벨탕, 슈-베르트,
힐트, 힘멘쓰, 히스트, 히틀러,
그게 모도다.
우리의 무리의
동무다 동무다 동무다 동무다……

(…중략…)

뿌라보- 뿌라보
工場과 商店의 굳은 腕手
뿌라보- 뿌라보-
핫 핫 핫 핫……

— 「商工運動會」 부분

이상의 시에서는 형식적인 기교와 시어로서의 외국인명, 외국명을 나열하는 등의 새로운 면들이 보이고 있다. 그렇지만, 그러한 것들이 시적 내용으로는 적절하게 연결되지 못하고 있는 듯하여 문학성으로서의 가치를 느끼지는 못한다. 그러고 보면 김기림이 새로움을 추구하고자 한 시도와 노력은 상당부분 그 의도에서는 가치를 갖지만, 아직 그것들이 창작으로는 완전히 성취되지 못한 감이 없지 않다. 이점이 김기림의 시가 다른 변모과정으로 나아가게 하는 원인이 되었던 것이다.

『太陽의 風俗』에서 김기림은 눈물과 감상에 젖은 시[19], 음악적인 음률의 시를 낡은 것으로 평가한다. 반면에 그는 태양의 힘을 닮은 시를 추구했는데 그것이 회화성과 건강미로 나타난다. 그러나 그가 추구하고자 했던 이국적인 것에 대한 호기심과 탐색만큼 그 성과를 이루지는 못하고 있다. 새로운 세계를 앞서서 추구하는 입장은 선구자로서의 평가를 받을 수 있는 반면에 문학적 성과 면에서는 과도기적인 단계에 놓이게 된다. 이점은 김기림 또한 예외가 아니었다. 그래도 그의 노력은 충분하게 가치를 갖는 것이다.

3) 제 3시집 『바다와 나비』(1945~1948)

8·15 광복은 우리 문학에 새로운 계기를 부여해 준다. 이후 김기림이 보여준 시적 변모에 대한 노력도 대단히 놀라운 바가 있다. 그는 그동안 자신이 펼쳐온 시창작의 과정을 철저히 돌아본다. 그리하여 그는 그가 추구하려 했던 시들이 보여주었던 기교주의 시의 저급한 말재주와 인간이 본래부터 지니고 있었던 따뜻한 체온의 상실을 점차 위기로 깨닫게 된다. 이점은 한 단계 그의 시에 진전을 가져오게 한다.

---

19) 김기림, 『金起林 全集』2, 109~112쪽.

그의 제 3시집 『바다와 나비』는 8·15 광복 이전의 두 권 시집에 실리지
않은, 1935년 이후에 씌어진 작품들을 중심으로 엮고 있다. 「序詩」, 「知慧
에게 바치는 노래」, 「殉敎者」, 「어린 共和國이여」 등 8·15 광복의 기쁨을
노래한 시편들의 일부가 그 앞쪽에 수록되어 있다.
　이 시집 '머리말'에서 김기림은 다음과 같이 밝히고 있다.

　　이 새로운 世界 —「올더쓰·헉쓸레」가 빈정댄 그런 意味가 아니고
　眞正한 한 새로운 찬란한 世界 —가 완전히 人類의 것이 되기까지에는
　아직도 여러 가지 陣痛이 있을 는지 모른다. 그러나 먼저 黎明의 前哨에
　눈을 뜬 사람 또 먼저 먼 기이한 발자취에 귀가 밝은 사람들의 꾸준하고
　도 끈직한 努力만이 참말로 이 새로운 世界의 門을 열어 제낄 수 있을
　것이다.
　　詩의 問題도 실상은 이러한 人類의 問題속에 무처있는 것이다. 詩의
　問題만을 동따로 찾어 댕긴다든지 解決하려는 것은 쓸데없는 일 같다.
　人類의 問題를 거쳐서 그 속에서　詩의 問題도 解決해 나가는 것 그
　길밖에는 없을 상싶다.[20]

　이상에서 김기림은 매우 놀라운 변화를 보여준다. 즉, 시의 문제도 인류
의 문제를 거쳐서 해결해야만 된다고 주장하고 있는 것이다. 그러므로
김기림의 시에서 이 변화의 단계가 없다면 그의 시를 우리가 다시 읽어야
할 아무런 이유가 없었을 것이라는 주장도[21] 상당한 의미를 갖게 되는
것이다. 이전의 시들이 시 자체의 관심에서 받아들여진 것이라면, 이후의
시에서는 현실의 문제와 아울러 시의 문제를 사고하게 된 것이다.
　위에 인용한 '머리말'에서는 그의 시에 대한 견해가 고전주의적 입장에

---

20) 김기림, 『金起林 全集』1, 158쪽.
21) 이동순, 앞의 글, 117쪽

서 인본주의의 입장으로 복귀하고 있다는 중요한 단서들이 발견되고 있다. 그리하여 「바다와 나비」에 이르러 김기림은 그 이전의 시세계보다 한층 더 다듬어지고 성숙되어진 모더니즘 시의 완성도를 갖게 되는 것이다.

아모도 그에게 水深을 일러 준 일이 없기에
힌 나비는 도모지 바다가 무섭지 않다.

靑무우밭인가 해서 나려 갔다가는
어린 날개가 물결에 저러서
公主처럼 지처서 도라온다.

三月달 바다가 꽃이 피지 않어서 서거푼
나비 허리에 새파란 초생달이 시리다.

— 「바다와 나비」 전문

이 시에서 김기림은 이미지의 선명성을 성취하면서도 '바다'와 '나비' 사이의 거리를 통해서 당시의 시대 상황 속에 처해 있는 사람들의 정황을 잘 그려주고 있다. 당시의 우리 문학에 바다는 매우 빈번하게 등장하는 소재로 파악된다. 그것은 바다가 국내 상황에서 벗어난 공간으로서, 외국으로부터 직접적으로 연결되는 공간으로서, 육지의 어두운 현실을 벗어난 열린 공간으로서 색다른 소재로 다가왔기 때문이다.22) 이 시에서의 '나비'는 파도가 밀려오는 거대한 바다로 비유되는 현실 앞에서 선뜻 그것과 동화되지 못하고 있는 상황을 의미한다. 마지막 행의 "三月달 바다가 꽃이 피지 않어서 서거푼 / 나비 허리에 새파란 초생달이 시리다"는 표현은 '바다', '나비', '초생달'의 이미지들의 선명한 대조와 감각적인

---

22) 김완하, 『한국 현대시의 지평과 심층』(국학자료원, 1996), 295~296쪽.

표현이 대단히 돋보인다.

　　모-든 빛나는 것 아롱진 것을 빨아 버리고
　　못은 아닌 밤중 지친 瞳子처럼 눈을 감었다.
　　못은 수풀 한복판에 뱀처럼 서렸다
　　뭇 호화로운 것 찬란한 것을 녹여 삼키고
　　스스로 제 沈默에 놀라 소름친다
　　밑 모를 맑음에 저도 몰래 으슬거린다

　　휩쓰는 어둠 속에서 날(刀)처럼 홀김은
　　빛과 빛깔이 녹아 엉키다 못해 식은 때문이다

　　바람에 금이 가고 비빨에 뚫렸다가도
　　상한 곳 하나없이 먼동을 바라본다

— 「못」 전문

　　여보
　　내 마음은 유린가봐 겨울 한울처럼
　　이처럼 작은 한숨에도 흐려버리니……

　　만지면 무쇠같이 굳은 체하더니
　　하로밤 찬 서리에도 금이 갔구료

　　눈포래 부는 날은 소리치고 우오
　　밤이 물러간 뒤면 온 뺨에 눈물이 어리오

　　타지 못하는 情熱 박쥐들의 燈臺
　　밤마다 날어가는 별들이 부러워 처다보며 밝히오

여보
내 마음은 유린가봐
달빛에도 이렇게 부서지니

— 「유리窓」 전문

　8.15 광복의 체험은 우리 문인들에게 다시 한번 역사를 돌아보고 문학이 추구해야 할 것이 무엇인지를 깨닫게 해준다. 김기림도 역시 정당한 역사관을 갖는 계기가 되었으며, 그가 지녔던 인식의 불구성을 정상적인 것으로 바로잡는 계기가 마련된다. 그러므로 제 3시집이야말로 앞서 김기림이 걸어왔던 주지적 모더니즘의 방법론과 그것을 통한 정신적 추구의 성취를 이루고 있으며, 동시에 그의 시적인 성숙이 나타난다. 그러나 해방 후에 도래한 좌익과 우익의 분열과 갈등상황은 그의 문학적 성취를 더 이상 확대시키지 못하게 하는 결과로도 작용하게 되었다. 이점에서는 김기림도 정지용과의 유사성을 드러낸다. 다시 말하면 시인에게 시적 방법이란 단지 표현의 문제에 국한되는 것이 아니라, 그것은 표현 이전에 세계인식의 수단으로 작용하는 까닭이다. 인식과 표현은 동떨어져 있는 것이 아니기 때문이다. 즉, 시적 방법은 세계인식과 형상화를 매개하는 하나의 틀이다. 따라서 시인이 겪었던 시대와의 갈등과 그가 추구하려 했던 시적 방법과의 갈등은 그의 시세계의 변모양상으로 이어진 것이다.[23] 김기림의 시세계도 그가 추구하려 했던 방법과 시대의 갈등이 또 다른 갈등을 불러일으키게 했던 것이다.

　『바다와 나비』에 나타나는 김기림의 시적 성과는 시사적 측면에서는 새로운 바람을 일으켰다는 점을 인정할 수가 있을 것이다. 그러나 그의 시에서 보여주는 지적인 허구성은 그의 시적 인식이 조국의 현실로부터

---

23) 김창완 「정지용의 시세계와 변모양상」, 『한남어문학』28집(한남어문학회, 1989).

유리되었고, 그저 서구적인 것만을 선택의 기준도 없이 맹목적으로 수용한데서 기인하였다는 비판을 벗어나지 못하는 것이다.

4) 제 4시집 『새노래』(1945~1948)

제 4시집 『새노래』는 8·15 광복 이후에 씌어진 시편들로 구성되어 있다. 이 시집에 대해서 문덕수는 "작품의 예술적 가치가 거의 없는 좌경적인 정치주의 시집"24)이라고 혹평을 하기도 했다. 그러나 그의 시적 전개과정 속에서는 새롭게 받아들여야 할 여지를 남기고 있다. 김기림이 이미지즘과 모더니즘에 관심을 기울여온 시인이라는 관점을 전제한다면 『새노래』를 좀더 세밀하게 읽고 분석해야 할 것이다.

김기림은 이 시집의 발문인 "새노래에 대하야"에서 다음과 같이 밝히고 있다. 그는 이 글에서 이 시집에 실린 시와 함께 변모된 그의 시에 대한 입장을 밝혀놓고 있다.

> 世界와 人生에 대한 생각을 끊임없이 하나로 組織하고 바로 잡으며 또 거기 옳고 굵고 늠늠하게 살아가는 마음의 態勢를 가추어 가야한다는 것은 사람으로서의 한 무겁고 번거로운 負擔일세 옳다. 짐이 너무 무겁고 앞뒤가 하도 막막할 적에 우리는 때로는 차라리 저 들즘생의 生活의 無心하고 순순함을 부러워하기도 한다. 詩는 내게 있어서는 이러한 스스로의 살아가는 問題의 調整의 手段에 지나지 않는다. 詩人이란 사람의 사람으로서의 짐을 남달리 깊이 意識하고 自進하야 그것을 걸머지고 가는 무릇 미련하고 못나고 줄난 種族인 것 같다.
>
> (…중략…)

---

24) 文德守, 『韓國모더니즘詩硏究』(詩文學社, 1981), 154쪽.

우리는 일찌기 쎈티멘탈 로맨티시즘의 洪水 속에서 詩를 건저 냈다.
저 野獸的인 時代에 感傷에 살기가 싫었고 좀더 透明하게 살고 싶었던
것이다. 俗談대로 죽어가면서 제 精神만은 잃지말고저한 것이다. 그러
나 건저 내놓고 보니 그것은 淸潔하기는 하나 피가 흐르지 않는 한낱
「미이라」였다. 詩의 蘇生을 위하야는 역시 사람의 홀린 피와 더운 입김
이 적당히 다시 서껴야 했다.[25]

  이러한 상황에 이르면 김기림의 초기에 상당히 고압적이던 자세, 의기
양양하던 태도들은 이미 내면적으로 돌아앉고 있다. 그가 1920년대 시의
감정의 무절제한 방출이나 감상성을 뛰어넘어 모더니티를 구가하며 형식
주의적 시도를 꾀하던 때의 주장과는 매우 색다른 것이다. 김기림은 이제
시란 스스로 살아가는 문제의 조정의 수단에 지나지 않는다는 깨달음에
도달하고 있는 것이다. 그는 진정한 시정신이야말로 실천의 지혜와 정열
속에서 통일하는 노력 가운데서만 이뤄지며 "생활의 현실 속에서 우러나
오는 것"이고, "고독한 영혼의 독백이 아니라 새 역사를 맨드러가는 것"
임을 절실하게 깨닫게 되는 것이다.

  김기림은 이 시집의 맨 처음에 칼·쎈드벅(Karl Sandbug)의 시를 싣고
있다. 그것은 그의 시에 대한 입장에 이 시가 잘 맞는 것이기 때문이다.

  나는 새 都市와 새 백성들을 노래하는걸세
  참말이지 過去는 한줌 재일 따름
  참말이지 어저께는 지나간 바람결
  西天에 진 落日이네
  참말이지 세상엔 아모 것도 없느니
  오직 수없는 來日의 바다뿐

---

25) 김기림, 「金起林 全集」1, 264쪽.

수없는 來日의 蒼空뿐[26)

—칼·쌘드벅—

위 시에는 "새 都市와 새 백성들을 노래하는" 새로움을 지향하고 있음을 읽을 수 있다. 그에게 "過去는 한줌 재일 따름"이며 또한 "어저께는 지나간 바람결"이라 하여 철저히 과거를 부정하고 있다. "오직 수없는 來日의 바다뿐 / 수없는 來日의 蒼空뿐"에서는 미래에 대한 기대감만이 나타나고 있다. 이러한 점은 곧 김기림이 추구하려 했던 점들과 상통하였을 것이며, 또 그는 『새노래』의 제일 앞에 실린 「나의 노래」에서 그 변모를 더욱더 확연히 드러내주고 있다.

서투룬 내노래 속에서
헐벗고 괄시받던 나의 이웃들
그대 우룸을 울라 아낌업시 울라
憤을 뿜으라

내 목소리 무디고 더듬어
그대 앞은 사연 이루 옮기지 못하거덜랑
내 아둔을 채치라
목을 따리라

사치한 말과 멋진 말투
詩의 貴族도 한량도 아니라
그대 그슨 얼골 흙에 튼 팔뚝이 사로워
그대 속에 자라는 새날 목노아 부르리라

— 「나의 노래」 전문

---

26) 김기림, 『金起林 全集』1, 216쪽.

위 시에서는 김기림이 지향하고자 하는 시세계를 명확하게 보여주고 있다. 그것은 이미, 일상적 한숨이나 눈물, 비애, 절망 등을 떠날 것을 주장했던 그의 '오전의 시론'에 비유한다면 대단히 대조적인 성격을 나타내는 것이다.[27] 즉, 자신이 써온 노래 속에서 "헐벗고 괄시받던 나의 이웃들 / 그대 우름을 울라 아낌없이 울라 / 憤을 뿜으라"고 하였다. 그만큼 감정의 절제 보다는 사실적인 감정의 분출을 중요하게 생각하는 것처럼 보인다. 또한 시는 "사치한 말과 멋진 말투"도 아니며, "詩의 貴族도 한량도" 아니라는 점을 강조하는 것이다. 나아가서 "그대 그슨 얼골 흙에 튼 팔뚝이 사로워"라고도 한다. 일상의 진실된 체험이나 현실의 면모에 대한 신뢰를 드러내고 있는 것이다.

다음의 시를 살피게 되면, 그는 역사의식과 정치적 견해까지를 토로하고 있다.

> 나라를 판것은 언제고 백성이 아니라
> 벼스라치오 勢道댁이었다
>
> 四千年 오랜 세월을 두고
> 이겨본 일이 없는 백성이다
> 떳떳이 말해본 적이 없어
> 참고 견디기에 소처럼 목만 부었다
>
> 지금 백성은 무엔가 말하고 싶다
> 백성의 입을 막아서는 아니된다
> 백성의 소리는 구수하고 眞心이 들어 좋다

---

27) 김기림, 『金起林 全集』2, 155~170쪽.

그들의 머리 우에서 한울과 太陽을 가리지 마러라
三韓 新羅적 부터도 남의 것 아닌
본시 이나라 백성의 별이오 한울이 아니냐

인제사 그들의 역사가 시작하려는 것이다
이번은 백성들이 이겨야 하겠다
백성을 이기게 해야 하겠다
— 「데모크라시에 부치는 노래」 전문

위 시에서는 시의 주제가 거의 직설적으로 표출되고 있다. 정치적 입장도 드러나 있다. 어찌 보면 문덕수의 주장처럼 김기림이 자신의 정치적 입장을 밝힌 것에 지나지 않은 것처럼 보이기도 한다.[28] 이 시의 제목 '데모크라시에 부치는 노래'에서도 이미 김기림이 주장하던 모더니즘으로서의 시에 대한 생각은 거의 찾아볼 수가 없는 듯하다.

김기림은 『새노래』에서 엄청난 변모를 보인다. 그는 그가 추구했던 과거의 편협한 모더니즘을 비판적으로 반성하고 귀족주의, 특권의식, 예술지상주의로부터 벗어나기를 시도한다. 아울러 사회적 현실을 구체적으로 감싸 안으려는 노력을 시도하고 있다. 그리하여 혹자는 김기림에게는 이 『새노래』가 있기를 기대하며 앞의 세 권 시집이 있었는지도 모른다고 하면서 이 시집을 대단히 긍정적으로 평가하기도 한다.[29]

김기림은 소모적이고 단지 일회성의 가치로만 흘렀던 1930년대 모더니즘을 도입 초기의 부작용과 역사성에 대한 몰지각을 자각하고, 1948년경에 이르러 극복하게 되는 것이다. 김기림을 위시한 모더니스트들에게 이러한 체험의 변이 과정은 대단히 의미가 있으며 유심히 살펴볼 필요가 있다.

---

28) 문덕수, 『韓國 모더니즘 詩 硏究』, 앞의 책.
29) 이동순, 「한국 현대사의 변증법적 확충을 위하여」, 『월북문인연구』(문학사상사, 1989).

5) 새로 찾은 詩 (1930∼1950)

김기림의 새로 찾은 시는 1930년부터 1950년 사이에 씌어진 작품 57편
으로서 앞의 네 권 시집에 포함되지 않은 것과 세 번째 시집『새노래』
이후에 씌어진 것으로 추정된다. 따라서 아직 김기림의 유고가 더 잔존할
것으로 판단할 때, 앞에서 밝힌 그의 시 전체가 대략 233편이라는 사실은
유동적인 것으로 판단된다.

본고의 관심사는 김기림의 시세계의 변모과정을 중심으로 그의 시세계
를 살피는 것이므로 여기서는『새노래』이후의 시들을 대상으로 삼을 것
이다. 새로 찾은 시 57편에는 모두 그것이 발표된 지면과 발간 일자가
적혀 있기에 창작시기를 추정하는 일은 쉽다. 그것들이 발표된 지면은
대체로《朝鮮日報》,『三千里』,『新東亞』,『詩苑』,『가톨릭 靑年』등이다.

새로 찾은 시 57편 가운데서『새노래』이후의 시는「한 旗ㅅ발 받들고」,
「哭 白凡先生」과 번역시「窓 머리의 아츰」등 세편이다. 본고에서는 이
세 편을 중심을 살펴보기로 하겠다.

피 묻은 旗빨인데
갈래갈래 등지고 가는 行列은 웬일이냐.

너무나 急한 걸음
주저할 줄 모르는 매몰한 발길아.
골수에 매친 사슬 자욱 아직도 아물지 않었건만—

(…중략…)

찢어저 퍼덕이는 旗빨
가슴 앞은 손짓 쳐다보자.

傷하고 지친 나라와 백성이어늘
도라와 피 묻은 한 旗빨
껴안고 울지 않으려니.
함께 바뜰고 가지 않으려니.

「한 旗ㅅ발 받들고」 부분

이 시는 제목에서도 암시되어 있듯이, 8·15 광복 이후 좌우익이 대립하며 갈등에 휩싸인 상태에서 우리 민족이 서로 갈래갈래 흩어져 그 진로를 찾지 못하고 방황하는 가운데서도 하나의 깃발을 껴안고 나아가야 한다는 강한 주장을 담고 있다. 여기에 이르면 그의 시는 언어미학을 통해서 제작된 것이 아니라, 하나의 주장으로 자리한다. 그만큼 그의 시도 이제는 메시지에 관심을 갖게 되는 것이다. 현실에 대한 강한 참여의지를 되새기고 있다.

다음의 시에서도 이러한 점은 더 확대되어 나타나고 있다.

살 깍고 피 뿌린 四十년
돌아온 보람
금도 보석도 아닌
단 한알의 탄환

꿈에도 못 잊는
조국통일의 산 生理를 파헤치는
눈도 귀도 없는 몽매한 物理여!

동으로 동으로 목말라 찾던 어머니인 땅이
인제사 바치는 성찬은 이뿐이든가

저주받을 세월은 민족이로다

스스로 제 위대한 혈육에
아로새기는 박해가 어찌 이처럼 숙련하냐
(…중략…)

눈물을 아껴둬 무엇하랴
젊은 가슴마다 기념탑 또하나 묻어지는 소리
옳은 꿈 사랑하는 이 어던 멈춰서
가슴 쏟아 여기 통곡하자

눈물속 어리는
끝없는 조국의 어여쁜 얼굴
저마다 처다보며
거꾸러지며
그를 넘어 또다시 일어나 가리

— 「哭 白凡先生」 부분

　　이 시는 김기림이 白凡선생의 암살사건을 겪고 통곡하는 심정을 그대
로 쏟아놓았다. 앞의 시에서도 해방공간의 갈등은 김기림의 시적 전개에
또 하나의 갈등을 일으켰듯이, 그가 추구하고자 했던 이 민족의 하나됨이
여지없이 깨지고, 진정한 애국자이며 민족주의자였던 김구 선생마저 살
해당하자, 이러한 역사 앞에서 그의 시도 또한 갈 길을 잊고 만 것이다.
어쩌면 김기림이 그간의 편력 속에서 보여온 모더니스트로서의 시적 전
개는 내적 갈등과 역사적 전망의 불투명 속에서 몰아친 회오리바람을
헤쳐 나아가기에는 적절하지 않았던 것으로 파악된다. 따라서 김기림의
시도 그가 추구하려 했던 시적 방법과 시대로부터 야기된 갈등이나 비애
사이에서 수없이 방황하면서 전개해 간 것으로 파악된다.[30]

---

30) 김창완, 앞의 논문 참조.

그 이후의 김기림에 관한 사실은 모두 안개 속에 가려져 있다. 그러기에 그의 시적 전개과정의 이후 면모는 우리가 파악할 수 없다. 다만 정지용이 겪었던 시대와 창작 방법 사이의 갈등이 그의 시적 변모로 나타났듯이, 그러한 사실은 김기림에게도 그대로 나타났던 것으로 파악할 수 있다.

3. 맺음말

시인 김기림은 시창작과 함께 이론을 통한 한국 시의 새로움을 추구하였다. 그는 일찍이 1920년대의 애상적인 로맨티시즘의 기류에 반발하는 모더니스트로 출발하였다. 그는 '오전의 시론'이라는 맥락으로 이전의 전통적인 시들을 강하게 부정하고 새로움을 추구하기 위한 남다른 노력을 펼쳤다. 그러나 사실상 그의 초기 작품들은 기교주의와 재치로 경박성에 흐른 감이 없지 않다고 하겠다. 하지만 김기림은 자신의 시적 방법에 대한 부단한 반성과 고뇌로 하여 끝내는 기교주의를 극복하고, 모더니즘의 진정한 새로움에 도달했으며 그러한 노력으로 일관하였다. 그리하여 그가 성취한 네 번째 시집은 김기림의 개인사 속에서뿐만 아니라, 한국 현대시사의 확충과 개편을 위해서도 새롭게 인식되어야 할 것이다. 왜냐하면 문학 작품의 가치와 창작의 목적은 우리의 삶 속에 정체되어가는 문제들을 새롭게 인식하도록 자극함과 함께 긴장감을 불어넣어줄 수 있어야 하기 때문이다.

김기림의 시세계의 변모과정은 변증법적인 전개과정으로 파악되어야 하며, 그것이 시사해주는 바가 대단히 크다. 그의 시세계는 한 시인이 자신의 현재를 철저히 점검하며, 거기에서 발견되는 문제점들을 성실하게 극복해 나아가며 새로운 세계를 열어가려는 줄기찬 노력과 열정이었던 것이다.

또한, 서구문학의 이론적 적용이 채 자리가 잡히기도 전에 많은 작품과 이론을 읽고 구축한 김기림의 모더니즘 이론 및 '과학적 시학' 방법은 우리 근대 시사에서 바라볼 때 대단히 큰 공적이 아닐 수 없다. 그 시대 시학이론을 기초로 시작과 비평 활동을 병행시킨 예는 그리 많지 않은 까닭이다. 이론적인 면에서 불모지였던 당시 우리 문단에 서구 문학 이론을 본격적으로 수용하고 그것을 바탕으로 김기림은 시를 썼다. 그는 1930년대의 시인 가운데서 가장 열성적으로 시의 개혁을 부르짖었으며 또 그것을 실천하려 했다.

그는 한국 시의 후진성을 극복하기 위해서 두 가지를 부정하였다. 그 하나는 감상주의적인 시에 대한 부정이었으며, 다른 하나는 프로문학의 정치적 시에 대한 부정이었다. 이러한 점들은 당시의 상황에서는 피할 수 없는 당면과제였으며, 그 자체는 시사의 발전적인 의미에서 높이 평가되어야만 할 것이다. 그가 실천한 시는 종래의 한국시에 비해 싱싱하고 새롭고 건강해 보인다. 그러나 깊이 읽어보면 이국적인 의상을 통해서 몸치장을 했다는 정도의 인상을 넘어서지는 못한 듯하다.

김기림은 『氣象圖』에서 한국시에 색다른 면들을 과감하게 보여주었다. 그러나 그의 시에는 기지와 지적인 발랄함과 진기한 묘사력을 구사하며 독자를 매혹시키는 뛰어난 솜씨가 있었으면서도, 시 그 자체의 통일성을 제대로 살리지는 못했던 흠이 있다. 김기림은 그때까지 한국문단에 시와 시론을 전개한 유일한 문인이었으며, 『氣象圖』는 이 땅 최초의 모더니즘 작품이었다는 점을 시사적으로 높이 평가하지 않을 수 없는 것이다.

초기시의 분화 과정
– 서정주의 시세계

1. 머리말

미당 서정주(1915~2000)의 시가 차지하는 한국 현대시사의 위치는 재론의 여지가 없다. 그의 생존시 종반에 이루어진 시 창작활동은 대가의 풍모를 언뜻 비추어주기는 했을지언정 깊이 있는 그의 시적 역량을 보여주는 연장선은 아니었다,[1] 그러나 그의 詩歷 60년의 흐름은 곧 한국 현대시사의 흐름으로 직결되는 것이다. 이제 그는 이 세상을 떠남으로써 그의 시세계에 대한 종결을 고했다. 그러므로 미당의 시에 대한 평가는 새로운 차원에서 출발해야 한다고 판단한다. 이제 그의 시를 좀 더 자유로운 입장에서 바라보았으면 하는 것이다. 그것으로 대략 두 가지 이유를 들 수 있다. 우선 한 시인이 생존하는 상황에서 시작활동이 이어지고 있는 경우 어느 정도라도 그의 시적 변화와 새로운 전개를 예상할 수밖에 없다는 점이다. 따라서 그 시인의 평가를 어느 정도는 유보해야 하는 입장에 놓이기 마련이다. 이제 그러한 입장에서도 미당의 시는 안전지대로 들어선 것이다. 그의 시에 대한 평가는 이제부터 그 전모를 밝혀야 할 단계로 접어들었다 해도 과언이 아닐 터이다.

---

1) 서정주, 『80 소년 떠돌이의 시』(시와시학사, 1997).

또 하나 미당은 생존시에도 여러 정황으로 그의 시적 의미에 손상을 입기도 했다.[2] 이제 그의 시는 그러한 그늘로부터도 벗어나서 시대사와 개인사의 영향관계를 비우고 작품의 진정한 의미와 평가를 천착해야 하는 당위성 앞에 놓이게 되었다. 이러한 입장에서 미당의 시는 새롭게 연구되어야 한다고 믿는 것이다. 그것은 기존의 미당 시 연구가 그 가치를 전적으로 인정받을 수 있는 차원에서도 음으로나 양으로 그에게 드리워졌던 외적인 영향관계를 철저히 벗어날 수는 없었던 까닭이다. 앞으로 필자는 미당의 시에 대한 연구를 좀더 깊이 있게 전개해가기 위한 전단계로 그의 초기시의 대표작을 중심으로 초기시에 흐르는 시의식과 화자의 목소리를 중심으로 살피고자 한다. 이로써 그의 통시적인 시적 전개과정이 그의 초기시에 공존하여 나타나고 있음을 밝히려 하는 것이다. 한 시인의 시적 전개과정은 그의 초기시에 잠재되어 있는 다양한 시적 자질의 발현과정이라고 볼 수 있다. 이점은 미당의 시에서도 잘 드러나고 있다.

　미당은 1936년에 《동아일보》 신춘문예에 「壁」이 당선되어 문단에 등단하였다. 그의 데뷔작에서 '벽'이란 시적화자가 처한 현실에 대한 은유적 표현임은 말할 필요도 없다. 그 점에서 그의 시 쓰기는 그의 삶을 가로막고 있는 내적·외적인 '어둠'과 '벽'에 대한 인식이었으며, 그 '어둠' 속에서 '벽'을 허물기 위한 몸부림이었다는 판단이 가능하다. 또한 그의 초기 시집인 『花蛇集』(南蠻書庫 刊, 1941년)과 『歸蜀道』(宣文社 刊, 1946년)에 수록된 시들은 일제 강점기에 억눌린 민족적 비애감에서 비롯되는 到底한 저항적 에너지의 발현이라고 볼 수 있을 것이다. 그만큼 서정주의 초기 시세계를 규정하는 정서는 '벽'과 '어둠'의 인식과 갈등이었으며 그것에 대한 저항이었던 것이다. 이러한 점들은 「壁」과 「花蛇」, 「自畵像」

---

2) 윤여탁, 「서정주, 시의 논리와 시세계」, 『문예연구』17호 (문예연구사, 1998. 여름), 65쪽.

등에 잘 나타나고 있다. 그리고 이러한 시들에 잠재되어 있는 시의식은 「石窟庵觀世音의 노래」에 종합되어 나타난다. 「壁」, 「花蛇」, 「自畵像」, 「石窟庵觀世音의 노래」로 이어지는 시적 전개과정은 곧 미당 시의 중기와 후기로 이어지는 과정과도 맞닿는 것이다.[3] 미당의 초기시를 통해서 시의식과 시적담화를 살펴보는 일은 이후 그의 시를 연구해 가는데 하나의 시금석이 될 것으로 믿는다. 본고에서는 이점을 그의 시 「壁」, 「花蛇」, 「自畵像」, 「石窟庵觀世音의 노래」를 중심으로[4] 살피고자 한다.

2. 초기시와 시의식의 전개

한 시인에게 그의 시세계 전체를 관통하는 요소로는 여러 가지를 상정할 수 있다. 그것은 주제론적인 면이나 소재론적인 면에서도 나타나고, 기법적인 면이나 나아가서는 시인의 세계관에 이르기까지 다양하다. 한 시인이 그의 문학 활동 속에서 시세계를 이끌어나가는 데는 다양한 변모와 기복이 있을 수 있다. 그러나 그 한가운데를 가로지르는 시의식은 일관성을 갖는다고 판단한다.[5]

---

3) 미당의 초기 시는 첫 시집 『花蛇集』의 서시라고도 할 수 있는 「自畵像」과 표제작인 「花蛇」에서 잘 드러나며, 두 번째 시집 『歸蜀道』에서의 한국적 영원주의를 담고 있는 「石窟庵觀世音의 노래」에서 잘 파악된다.
   유성호, 「서정주의『花蛇集』연구」, 『문예연구』17집, 앞의 책, 86쪽.
   미당 시의 전개는 '반항과 일탈 지향에서 너그러운 긍정으로' 또는 '내적 갈등의 세계에서 관념의 형이상학을 통해 갈등이 해소되는 영원성의 시학으로' 진행되어 왔다고 파악한다.
4) 미당의 시는 초기에 젊은 날의 생명이 보여주는 실존적인 몸부림이라 할 수 있다. 중기에 이르면 역사의식과 영원주의로 나아가고 이어서 후기에는 인류의 보편적인 것과 한국적인 국선사상으로 확산되어 간다.

그러한 의미에서 한 시인에게 있어서 그의 초기시를 통해서 그의 시의
식과 담화를 바탕으로 하는 화자의 목소리에 주목할 필요가 있다.[6] 시도
화자와 청자 사이에 언어로 축조되는 의사소통의 일종이다. 시인은 끊임
없이 청자에게 무엇인가를 이야기하려고 시도한다.[7] 따라서 이점을 살피
면 시인이 궁극적으로 그의 시를 통해 지향하려 했던 점이 무엇인가를
확인할 수 있다. 이를 통해 미당 초기 시세계의 뿌리에 대한 이해와 이후의
시적 전개 과정을 내다볼 수 있을 것이다. 그것은 초기시의 대표적 양상이
바로 이후 시의 여러 갈래의 목소리로 분화되어가는 것이기도 하기 때문
이다. 초기시의 시의식은 한 시인의 생애 속에서 그의 시세계로 발휘되는
원동력이라 할 수 있다. 또한 시를 하나의 담화로 이해하고 시인이 화자에
게 무엇을 어떻게 전달하려고 했는가 하는 점은 한 시인의 시적 세계관에
도 해당하는 것이다. 그리고 이러한 점들을 밝히는 일은 미당 시의 특질에
대한 이해를 통해서 그에게 드리워진 탈역사적·몰역사적이라는 비판적
평가의 한계를 밝힐 수 있는 근거로 작용할 수도 있을 것이다.

시적담화 차원에서도 여러 가지 양상으로 시를 분석하고 있다. 시는
내적인 발화라고 할 수 있으며 적어도 그것은 어떠한 대상을 향한 메시지
전달을 위한 발언인 셈이다. 더욱이 한 시인의 젊은 날의 육성이 올곧게
배어 있는 시에서는 그것들이 대상을 향하여 강한 외침이나 메시지를

---

5) 유성호, 위의 논문, 86~87쪽.
　"초기시가 그 다음 시기 작품의 잣대로 남아서도 안되지만, 그보다는 한 시인의 변모를
　두고 퇴행이나 진전이라는 線條的 안목으로 쉽게 낙인찍는 것보다 그 사이에 일관되게
　흐르는 지속성의 요소를 성실히 검토하는 일이 훨씬 비평적 성실성을 보이는 것이라는
　이유 때문이다."
6) 김창완, 「신동엽 시의 담화구조」, 『한남어문학』제20집(한남어문학회, 1995. 4).
　시의 담화구조에 대한 자세한 내용은 이 논문을 참조할 것.
7) 일제 암흑기에 시를 썼던 윤동주 시인도 그가 쓰는 시가 지면에 발표될 기회를 예상할
　수 없었던 상황이었지만 잠재독자를 예상하고 시를 쓴 것이라고 할 수 있다.

형성하기도 한다. 서정주의 초기시에는 보들레르의 악마주의 같은 원시적인 생명력의 꿈틀거림이 있다.[8] 따라서 서정주의 초기시에서 그의 시의식과 시적 메시지는 무엇이며 그것이 어떠한 대상을 향하여 어떻게 발화되고 있는가를 살피는 것은 중요하다고 생각한다.

3. 서정주의 초기 시의식과 시적담화

서정주의 초기시에서 우리가 쉽게 파악할 수 있는 점은 강한 육성과 몸부림이라고 할 수 있다. 그것은 20대와 30대의 젊은 미당이 보여준 순수 열정의 몸부림이기도 하지만, 그 시대를 향한 우회적인 저항이라고 판단된다. 그 시대를 향한 직설적인 부정과 저항이 쉽지 않은 상황에서 시인은 내면의 몸부림을 강렬한 어조와 표현으로 보여줌으로써 시대에 대한 우회적인 저항을 보여준 것이라고 말할 수 있다. 20대 시인의 열정을 옥죄어 오는 외적 상황에 대한 시인의 민감한 반응은 자칫 감정의 절제를 잃어버리게 할 수도 있는 상황으로 파악된다. 그러나 이점에서도 서정주 시인은 그러한 것들을 안으로 끌어안는 의지를 보이고 있다.[9] 현실에 대하여 디테일한 표현이 아니라 시인의 육성이 짙게 배어있는 목소리를 통해서 그 시대에 대한 대응자세를 보여준다.

덧없이 바래보든 壁에 지치어
불과 時計를 나란히 죽이고

---

8) 김재홍, 「민족어 완성을 위해 진력해 온 노 시인의 '생명성'과 '영원성'을 위하여」, 『80소년 떠돌이의 詩』(시와시학사, 1997), 125쪽.
　윤여탁, 「서정주, 시의 논리와 시세계」, 앞의 책, 76쪽.
9) 김재홍, 『현대시와 역사의식』(인하대학교 출판부, 1988), 246~256쪽.

어제도 내일도 오늘도 아닌
여긔도 저긔도 거긔도 아닌

꺼저드는 어둠속 반딧불처럼 까물거려
靜止한 <나>의
<나>의 서름은 벙어리처럼…….

이제 진달래꽃 벼랑 햇빛에 붉게 타오르는 봄날이 오면
壁차고 나가 목매어 울리라! 벙어리처럼,
오— 壁아.

— 「壁」 전문

이 시는 1936년도 《동아일보》 신춘문예에 당선한 서정주의 문단 데뷔작이다. 이 시는 서정주의 데뷔작으로서 그가 데뷔 이전에 여러 편의 작품을 발표하였다고 해도 「壁」은 중요한 의미를 부여해야 한다.[10] 그것은 한 시인의 문단 데뷔작에는 시인이 스스로 새로운 시적 출발을 꾀하고자 하는 선언적 의미가 들어있는 까닭이다. 미당은 몇 편의 시를 발표한 상태에서 새로이 신춘문예에 응모하였는데, 이는 그가 시인으로서의 새로운 출발을 꾀하고자 한 것으로 파악된다.

이 시는 자신이 처해 있는 상황에 대한 인식을 바탕으로 하고 있다. 대상을 향한 메시지의 전달보다는 자신이 내면과의 대화를 통해서 시적 전개를 이룬다.

1연에서 시적화자는 '벽'에 대하여 인식하게 된다. 시인 앞에는 "덧없이 바래보든 壁"이 놓여 있다. 이로써 시적화자가 처해있는 상황을 말하고 있으며, 이를 통해서 자신의 존재상황을 밝히고 있다. 이 시에서 '벽'은

---

10) 미당은 신춘문예 당선 이전에 《東亞日報》, 『學燈』에 시 8편과 산문 2편을 발표하였다.

“덧없이 바래보든” ‘벽’으로서 자신에게 부여된 시대의 절망적 상황을 암시한다. 그것은 시적화자를 옥죄는 것으로 시대적이고 사회적인 어둠의 상징이 되는 것이다. 시인은 그 ‘벽’에 지친다. 그것은 너무나 힘겨운 상황으로 파악되기 때문이다. ‘벽’에 지쳐서 화자는 “불과 時計를 나란히 죽이”는 것이다. 이는 공간과 시간을 무화시킴으로써 어둠 속에 드는 행위이다. 시적화자가 자신의 존재를 둘러싸고 있는 힘겨운 외적 상황을 벗어나려는 노력인 것이다. 적극적인 대결의식보다는 회피하려는 성격이 강하다고 볼 수 있다. 그곳에서 시인은 “어제도 내일도 오늘도 아닌 / 여긔도 저긔도 거긔도 아닌 / 꺼져드는 어둠속”에 놓여있는 자아를 인식하는 것이다. 다시 말하면 “여긔도 저긔도 거긔도 아닌”에서는 공간을 부정하는 것이고, “어제도 내일도 오늘도 아닌”에서는 시간도 부정해 버리는 것이다. 바로 그러한 단계에서 시인은 “반딧불처럼 까물거려 / 靜止한 <나>”를 발견한다는 것이다. 숨가쁜 어둠 속에서 미미한 움직임을 밀고가면서 꺼질 듯 꺼질 듯 빛을 발하는 ‘반딧불’은 곧 시적자아의 표상인 셈이다. 반딧불과 어둠의 관계는 그 시대 우리 민족이 처한 상황의 메타포로 해석할 수 있는 것이다.

　이어서 시인은 “<나>의 서름은 벙어리처럼”이라는 부분에서 자신의 서러움을 벙어리의 것으로 환치시켜 놓았다. 그 시대적 상황에 대한 말할 수도 없는 절망의 상황을 벙어리와 연결시켜놓은 것이다. 어쩌면 이러한 상황이 서정주가 인식한 시인의 위치인지도 모른다. 우리 민족을 벙어리로 만들어버린 시대 상황 앞에서 그래도 언어를 통해서 표현해내야만 하는 존재는 곧 시인이기 때문이다. 해야 할 말이 너무나 많음에도 불구하고 벙어리가 되어 말을 하지 못하는 상황에 놓인 상태가 곧 시인의 위치로 이해될 수도 있다. 바로 이 지점에서 서정주의 시의식이 이해되어야 할 것이다. 그리고 시인은 공간을 부정하고 시간을 지향하고 있다. "이제 진달래꽃 벼랑 햇볕에 붉게 타오르는 봄날이 오면 / 壁차고 나가 목매어 울리라"고 함으로써 시인은 미래를 지향하고 있는 것이다. 자신을 가두고 있는 공간적 압박이 '벽'이라는 한계를 뛰어넘는 시간적 지향으로 나아간 다는 점이다. 이점에서 우리 민족의 정서가 대체적으로 과거 지향적이었 다는 점과는 상당히 다르다.[11] 「壁」에 나타난 미래지향적이라는 의식세 계는 미당 시의 한 특질로 해석할 수도 있다.

이 시에서 시인의 목소리는 자신의 내면을 향하고 있다. 이는 서정시로 서의 일반적인 원칙을 따르고 있는 경우로 이해할 수 있다.[12] 서정주의 초기시 양상의 대표적인 예의 하나라고 할 수 있다. 닫힌 시대의 벽을 향한 그의 시적 발화는 결국 내면의 벽을 향한 몸부림이자 저항이었던 것이다. 모든 것은 궁극적으로 자신 안에 갇혀 있는 벽이었으며 그것을 헐어냄으로써 외부로 나아갈 수 있다고 보았던 것이다. 마지막 연의 "오 — 壁아"에서 보여 지듯이 내적인 울분의 토로는 '벽'이라는 상징에 대한 몸부림으로 나타나고 있으며, 그것은 또한 "벙어리처럼"이라는 표현에서 미당 서정주가 놓여 있던 상황을 밝혀주는 것이다. 다시 말하면 서정주의 시 쓰기는 '벽' 앞에 선 '벙어리'의 관계로부터 출발하는 것이기 때문이다. 그리고 그의 시는 '벙어리'의 '울음' 그 자체였던 것이다.

> 麝香 薄荷의 뒤안길이다.
> 아름다운 베암…….
> 을마나 크다란 슬픔으로 태여났기에, 저리도 징그라운 몸둥아리냐

---

11) 이은봉, 「떠돌이의 의미망 혹은 정신기재」, 『문예연구』17호, 앞의 책, 118쪽.
12) E. Steiger, 李裕榮・吳鉉— 역, 『詩學의 根本槪念』(三中堂, 1978).
   슈타이거는 서정적 양식을 '回感'의 방식이라고 보았다.

꽃다님 같다.
너의 할아버지가 이브를 꼬여내던 達辯의 혓바닥이
소리잃은채 널룽그리는 붉은 아가리로
푸른 하눌이다. ……물어뜯어라, 원통히무러뜯어.

다라나거라, 저놈의 대가리!
돌 팔매를 쏘면서, 쏘면서, 麝香 芳草ㅅ길
저놈의 뒤를 따르는 것은
우리 할아버지의 안해가 이브라서 그러는게 아니라
石油 먹은듯…… 石油 먹은듯…… 가뿐 숨결이야
바눌에 꼬여 두를까부다. 꽃다님보단도 아름다운 빛……
크레오파투라의 피먹은양 붉게 타오르는 고흔 입설이다…… 슴
여라! 베암.
우리순네는 스믈난 색시, 고양이같이 고흔 입설…… 슴여라! 베암.

— 「花蛇」 전문

  이 시는 1936년 12월 『詩人部落』 2호에 발표된 작품이다. 이 시는 '꽃뱀'을 소재로 하고 있는데, 이점은 행의 길이가 일정치 않은 점이나 또 길게 이어지고 있는 것이 뱀의 긴 모양과 연관성을 갖는다고 하겠다. 이 시에는 서정주의 초기시의 육성과 몸부림이 그대로 노출되고 있다. 미당은 「壁」을 통해서 자신의 존재론적인 상황을 이해하고 이를 넘어서기 위한 몸부림을 「花蛇」에서 보여주고 있는 것이다. 이 시에 흐르고 있는 정서는 새디즘적[13] 요소로 읽히기도 하는데, 저돌적이고 당당한 육성의 저항적 어조가 비극적 현실을 용납하지 않고 끝까지 밀어붙이려는 의도로 파악된다. 그의 시 「壁」에서 '벽'이라는 싸늘한 존재로 표상된 시대인식 위에서 시인은 '화사'라는 원시적인 생명의 역동적인 대상에 대한 공격적 자세로

---

13) 서정주의 시에서 가학적 요소는 여러 편의 시에서 발견되고 있다.

나아간다. 이 시에는 인간으로서의 원죄의식을 종교적 의미인 뱀과의 관련성으로 해석해 가면서 내면으로 몰려드는 시대적이며 인간적으로 겪는 어둠을 몰아내려는 적극적인 의지가 도사리고 있는 것이다.

그러나 한 시인의 내면에서 솟구치는 육성의 몸부림이 시대를 정면으로 향하지 못하고 '뱀'이라는 상징에 대하여 퍼부어짐으로써 원시적 생명에 대한 탐닉을 동시에 꾀하고 있다. 이는 원시주의[14]를 지향하는 것으로서 그 자체가 철저히 현실에 대한 부정과 저항이라는 메타포로 이어지기도 한다. 원시주의는 원시의 상태 혹은 문명 이전의 상태로 되돌아가고 싶어하는 문명인의 향수라 할 수 있다. 이는 문명 자체의 역설적 산물로서, 문명화된 자아가 그것을 거부하고 변형시키려는 욕망 사이의 상호작용에서 발생한다.

이 시에 나타나는 화자의 목소리는 「壁」에서와는 상당히 다르다. 시인은 자신의 내면에 웅크리고 있는 절망의 응어리를 모아서 '뱀'에 대하여 증오와 저주를 퍼붓는다. 그러므로 이 시에서 시인을 어둠 속에 가두고 있는 외적상황은 '뱀'과 동일시되고 있다. 이로써 시인에게는 증오의 대상이 된다. 다시 말하면 시대적 상황을 뱀이라는 혐오스런 시적 상관물로 대치시켜 놓고 거기에 돌팔매를 날리고 있는 것이다. 이러한 행위는 심리적으로 대리행위라 할 수 있는 것이다.

또한 뱀에는 인간의 원죄의식에 대한 저항과 뱀이 지니고 있는 원시적 생명에 대한 관심이라는 면이 함께 들어있다. 그 점에서 이 시는 뱀에 대하여 시인의 양가적 감정을 드러내고 있는 것이다.[15] 그 시대의 어둠과 절망

---

14) Bell, M., 金聖坤 譯, 『原始主義』(서울 大學校 出版部, 1985), 103~104쪽.
15) 유성호, 앞의 논문, 96쪽.
　「花蛇」는 디오니소스적인 논리에 의해 씌어진 시로 보들레르적인 색채가 짙은 작품이다. 흔히 '뱀'에 대한 양가적 모순(ambivalance)을 보이는 것으로 유명한 이 작품은 그

스러운 상황을 향해서 퍼부을 수 없는 고통의 몸부림은 어느 사이에 뱀을 향한 탐닉이라는 역설로 나타나고 있는 것이다. 「花蛇」는 인간이 숙명적으로 지닌 존재론적 모순으로 영혼과 육체, 선과 악의 갈등을 '화사'라는 하나의 사물을 통해 드러낸 작품이다. 이 시에는 고독과 허무, 관능과 욕망에 뒤채이면서 원죄의식으로 갈등하는 젊은 날의 초상을 박진감 있게 그려냈다.[16)

이 시의 통사론적인 특이성은 행 처리와 일곱 번에 걸친 말줄임표의 사용에 있다. 시의 행은 정제되어 있지 않고 행의 길이가 일정치도 않다. 이점에서 뱀의 긴 모양을 연상시킨다. 가령 "꽃다님 같다"와 같이 아주 짧은 행과 "크레오파투라의 피먹은양 붉게 타오르는 고흔 입설이다…… 슴여라! 베암."처럼 길이가 긴 행이 한 행씩으로 자리하고 있는 점에서 이 시에서 행 처리 방식은 시창작 차원에서도 뱀의 이미지와 연관된다. 일곱 번이나 사용된 이 시의 말줄임표는 모든 것을 다 말할 수 없는 상황을 의미하기도 하며 숨가뿐 상황을 암시하기도 한다.

다음으로는 「自畵像」을 살펴보기로 하자.

    애비는 종이었다. 밤이기퍼도 오지않았다.
    파뿌리같이 늙은할머니와 대추꽃이 한주 서 있을뿐이었다.
    어매는 달을두고 풋살구가 꼭하나만 먹고 싶다하였으나…… 흙
    으로 바람벽한 호롱불밑에
    손톱이 깜한 에미의아들.

'뱀'을 통해 원시적 생명력과 짙은 감각성으로 생의 본원적 충동의 에너지인 리비도를 형상화하고 있다. 그러나 그 리비도라는 것이 혐오와 동경이라는 이율배반적 정서에 탐닉되어 일어나고 있다는 것이다.

16) 김재홍, 「민족어 완성을 위해 진력해 온 노시인의 '생명성'과 '영원성'을 위하여」, 앞의 글, 125쪽.

甲午年이라든가 바다에 나가서는 도라오지 않는다하는 싸할아
버지의 숯많은 머리털과
그 크다란눈이 나는 닮었다한다.
스믈세햇동안 나를 키운건 八割이 바람이다.
세상은 가도가도 부끄럽기만하드라
어떤이는 내눈에서 罪人을 읽고가고
어떤이는 내입에서 天痴를 읽고가나
나는 아무것도 뉘우치진 않을란다.

찰란히 티워오는 어느아침에도
이마우에 언친 詩의 이슬에는
몇방울의 피가 언제나 서꺼있어
볓이거나 그늘이거나 혓바닥 느러트린
병든 수캐만양 헐덕어리며 나는 왔다.

— 「自畵像」 전문

이 시는 1939년 10월에 『詩建設』 7호에 발표된 작품이다. 이 시에서
보여주고 있는 시적화자의 목소리는 안정되어 있고 다분히 독백적이라고
말할 수 있다. '자화상'이라는 것이 자신의 존재론적인 의미와 위상을
헤아려보는 고심의 결과물이라고 할 때 그것은 대단히 부담스러운 언술
이기도 한 것이다. 다시 말하면 자신의 뿌리로서의 역사를 돌아보고 그것
을 객관화해서 한 편의 시로 형상화한다는 것은 대단한 용기가 필요한
일이기도 한 까닭이다. 그러므로 차분한 어조의 분위기는 자신과의 연관
성을 가능한한 담담한 어조로 이끌어감으로써 모든 것을 객관화하려는
의도로 파악된다. 이는 시적 내용에 감정의 개입을 철저히 차단하려는
시인의 의도이기도 한데, 이러한 태도는 내용을 객관적으로 전달하고자
하는 의도로 읽히기도 한다.

서정주는 「花蛇」에서 절망의 응어리를 풀어내며 뜨거운 외침을 쏟아내 보았으나, 결국은 자신의 존재론적인 성찰로 나아가게 된다. 그리하여 그의 시는 「自畵像」으로 이어지는 것이다. '자화상'이 갖는 의미는 바로 이점에서 찾을 수 있다. 그러나 이 시에서의 자화상은 가족사적인 의미라 기보다는 시대사를 배경으로 하고 있는 바가 크다. 이 시에서도 어둠의 이미지는 대단히 강하다. 그것은 이 시의 시공간적 구조 속에서도 그대로 노출되어 있다. "밤이기퍼도 오지않"는 '애비'는 그 시대 우리 민족이 처해 있던 시대적 정황을 의미한다고 보는 것이 좋을 것이다.[17] 또한 이 시에서는 '할아버지'와 '아버지'의 부재를 암시하는데 이것은 바로 우리 의 근대사를 상징적으로 드러낸 것이다. 다시 말하면 그것은 부권의 결핍 이라 할 수 있기 때문이다.[18] 강한 유교적 가부장적 권위의 실추는 곧 일제의 지배라는 결과를 가져왔으며, "파뿌리 같이 늙은 할머니"와 "에 미"의 여성에 의해서 감싸여진 시적 화자의 유년은 곧 바람 앞에 놓여 있는 등불의 국면으로서 우리 민족 현실의 상황을 그대로 암시해준다.

「自畵像」은 바로 이 시가 씌어진 1936년 경에 우리 민족이 처해 있었던 상황을 드러낸 것이다. 시적화자는 자신의 모습을 "병든 숫 개"라고 압축 해서 제시하고 있거니와, 우리 민족이 처해 있는 상황은 주권을 빼앗긴 상태로서 병든 상황으로 비유할 수 있다. 이는 바로 남의 집에 머슴살이를 하고 있는 '애비'로 치환되고 있는 것이다. 시인은 바다에 나가 돌아오지 않는 "쓰할아버지"와 "밤이기퍼도 오지않"는 애비를 기다리고 있다. 시적

---

17) 실제로 미당의 부친은 중앙고보 설립자인 동복영감(인촌 김성수)의 양부인 김기중의 農監이었다.

18) 한국 문학 속에서 1950년대, 1960년대, 1970년대를 중심으로 나타나는 문학 속의 아비 부재의 현상에서 한 가정 속에서의 아비는 국가적으로는 국권이고, 시대적으로는 가치 와 권위를 상징한다. 따라서 이러한 아비의 부재란 주권의 상실, 가부장적 권위의 상실 등을 비유하는 것이다.

화자는 또한 "外할아버지의 숯많은 머리털과 / 그 크다란 눈이 나는 닮았다한다"고 함으로써 할아버지와 아버지 세대의 비극적 삶을 이어가게 될 암울한 운명에 대한 대물림의 힘겨운 상황이 암시되고 있다. 가족사적 흐름 속에서 화자는 할아버지와 아버지의 피를 이어받은 것이다. 이점에서 화자의 미래 또한 밝고 희망차기 보다는 우울하고 비극적인 것으로 예상된다.

　여기에 이르면 미당은 종교적인 세계로 눈을 돌리게 된다. 그것은 불교적 사유로서 그의 시세계 전체를 지배하고 있는 불교적 세계관인 것이다.[19] 거기에서 「石窟庵觀世音의 노래」가 씌어지게 된다. 그 점에서 이 시는 좀더 자기 내면에 대한 사유와 극복의 의지를 지니고 있다.

> 그리움으로 여기 섰노라
> 湖水와 같은 그리움으로,
>
> 이 싸늘한 돌과 돌 새이
> 얼크러지는 칙넌출 밑에
> 푸른 숨결은 내것이로다.
>
> 세월이 아조 나를 못쓰는 띠끌로서
> 허공에, 허공에, 돌리기까지는
> 부푸러오르는 가슴속에 波濤와
> 이 사랑은 내것이로다.
> 오고 가는 바람속에 지새는 나달이여.
> 땅속에 파무친 찬란헌 서라벌.
> 땅속에 파무친 꽃같은 男女들이여.

---

19) 구모룡, 「한국근대시와 불교적 상상력의 양면성」, 『한국시학연구』 제9호(한국시학회, 2003. 11), 15~20쪽.

오— 생겨 났으면, 생겨 났으면,
나보단도 더 나를 사랑하는 이

千年을, 千年을, 사랑하는 이
새로 해ㅅ볕에 생겨 났으면

새로 해ㅅ볕에 생겨 나와서
어둠속에 나ㄹ 가게 했으면,

사랑한다고……사랑한다고……
이 한마디ㅅ말 님께 아뢰고, 나도,
인제는 바다에 도라갔으면!

허나 나는 여기 섰노라.
앉어 게시는 釋迦의 곁에
허리에 쬐그만 香囊을 차고

이 싸늘한 바위ㅅ속에서
날이 날마닥 드리쉬고 내쉬이는
푸른 숨ㅅ결은
아, 아직도 내것이로다.

— 「石窟庵觀世音의 노래」 전문

　이 시는 1946년에 발간된 미당의 제 2시집 『歸蜀道』에 수록되어 있는 작품이다. 이 시는 장중한 울림과 호흡으로 전개되는 미당의 대작이라고 할 수 있다. 어조에서 보여주는 '하노라'의 의고체는 고전적 분위기를 자아냄으로써 미당의 시에서 웅장하고도 깊이 있는 시적 전개를 유감없이 보여주고 있다. 이 시는 미당의 초기시의 면모와 역량을 확인할 수 있는 작품이기도 하다.

이 시에 나타나고 있는 시의식과 목소리는 앞에서 살핀 바 있는 「壁」과 「花蛇」, 그리고 「自畫像」의 시세계에서 읽을 수 있었던 것과는 전혀 다르다. 그의 시 「壁」에서 보여주는 내면으로의 깊은 다짐과 「花蛇」에서 읽을 수 있는 외향적인 목소리, 「自畫像」에서 보여주는 자조적인 목소리와는 판이하게 차이가 나기 때문이다. 그만큼 서정주 시인의 초기시에 나타나고 있는 목소리들은 다양한 양상으로 드러난다. 이 시는 그러한 목소리들이 한데 모여서 시인의 내면을 휘감고 밖으로 나아가 대상을 향해서 육중하게 다가서는 것이다. 이 시의 목소리의 장중함은 종교적인 배경에서 연유하는 것이라고 할 수 있다. 그의 불교에 대한 관심은 이 시의 "땅속에 파무친 찬란헌 서라벌"처럼 신라로 이어지면서 그의 시세계의 막중한 부분을 차지하게 된다. 그것은 『新羅抄』 등의 시집에 귀결되고 있는 것이다.

이 시에서는 그가 정신적으로 바탕을 두고 있는 불교적 배경의 의미를 인간적 삶의 애환과 한계로 파악하면서 최선의 삶을 살고자 하지만, 또한 그 한계에 갇힐 수밖에 없는 자아의 협소한 세계를 밖으로 밀고 나아가려는 의지를 보이고 있다. 자신의 내면의 간절한 바람과 희망을 종교적으로 승화시키고 있다. 시인은 윤회에 따른 거듭남의 의미와 연결시켜놓고 있다. "이 싸늘한 돌과 돌 새이 / 얼크러진 칙넌출 밑에 / 푸른 숨결은 내것이로다", "이 싸늘한 바위ㅅ속에서 / 날이 날마닥 드리쉬고 내쉬이는 / 푸른 숨ㅅ결은 / 아, 아직도 내것이로다"에 새겨져 있듯이 "湖水와 같은 그리움으로" 서있는 '石窟庵觀世音'의 입장에서 노래하고 있다.

이 시는 전체 10연에 걸쳐서 28행으로 구성된 시로 한 연은 2행, 3행, 4행으로 짜여 있다. 10연은 2, 3, 4, 3, 2, 2, 2, 3, 3, 4행으로 구성되어 2, 3, 4행으로 작은 행수의 연에서 점점 많아졌다가 3, 2, 2행으로 작아지고

이어서 2, 3, 3, 4행으로 많아지며 가장 많은 4행의 연으로 종결됨으로써
이 시의 정서는 고조된 순간에 멈추어 있다. 이러한 호흡과 어조의 조화는
압축되고 확장되어가면서 시상을 풀었다가 휘감았다가 하면서 전반적인
흐름을 이끌고 있다. 「石窟庵觀世音의 노래」는 「壁」, 「花蛇」, 「自畵像」의
목소리를 끌어안고 있는 것이며, 현실의 갈등이나 가족사적 어려움을 넘
어서려는 시적화자가 불교적인 세계로 그것들을 포옹하고 있는 것이다.

4. 맺음말

본고는 그동안 미당 시의 연구에 장애로 다가오던 문제를 벗어나서
좀더 자유롭고 본격적인 연구를 위한 출발에 의미를 두고자 했다. 미당
시에 드리워져 있는 외적 상황은 그의 시 연구에 암암리에 작용함으로써
그의 시 실체를 온전히 밝히는데 미치지 못했다. 그러므로 그의 객관적인
연구의 정황은 상당한 의미를 갖는다. 그것은 기존연구의 결과를 고스란
히 인정하더라도 그러한 것이다. 시인이 생존해 있는 상황에서는 아무래
도 그의 시에 대한 평가에서 시인의 여러 이미지로부터 영향을 더 많이
받을 수밖에 없는 까닭이다. 그것은 그의 시적 변모의 가능성과 외적 영향
관계에 의해서이다. 이제 미당은 이 땅을 떠남으로써 그의 시와 삶의 모든
것을 객관적으로 바라보면서 현대 시사의 문맥으로 깊이 다가설 수 있다
고 판단한다.

미당의 시적 전개는 상당한 변화와 함께 진행되어 갔다. 그러나 이점도
초기 시에 나타나는 여러 양상들의 발현이라고 볼 수 있다. 이점에서 그의
초기 시의 대표작 「壁」, 「花蛇」, 「自畵像」, 「石窟庵觀世音의 노래」를 통해

서 살펴 본 것이다.

서정주의 시에서 그의 시의식과 시적화자의 목소리는 초기시로부터 다양한 모습으로 나타나 있다. 이점에서 미당은 생명파로서의 다양한 목소리를 그의 내면에 간직하고 있었던 것이다. 그러나 이러한 목소리는 시간적으로 전개되어가는 과정을 발견할 수 있는데, 그것은 향후에 미당 시의 전 영역으로 확산되어 갔다는 해석도 가능한 것이다.

미당의 데뷔작인 「壁」에는 외부로부터 다가오는 숨 가쁜 상황을 하나의 벽으로 인식하고 그것을 벗어나려는 노력을 펼친다. 그러므로 미당의 시창작의 원천은 '벽'과 '어둠'에 대한 인식이며 그것에 대한 저항과 거부라고 할 수 있다. 「壁」에서는 시적화자의 의지가 현실적 시간과 공간에 대한 무화(無化)를 넘어서 미래에 대한 기다림으로 이어지고 있다. 그것은 미래 지향적이라는 점에서 의미를 갖는다. 그러나 그러한 상황들은 쉽게 벗어날 수 있는 문제가 아니다. 여기에서 시인은 절망의 응어리를 밖으로 뿜어내면서 저주를 퍼붓는다.

「花蛇」에 나타난 목소리는 현실에 대한 저항의 의지를 뱀이라는 대상에게 우회적으로 토로하는 것이다. 종교적 비유로 읽히기도 하는 이 시는 시적화자가 놓인 현실을 인간으로서의 원죄의식으로 대체시켜 인류의 보편적 상황으로 확장시킴으로써 초역사적인 성격을 띠고 있다.

결국 「壁」과 「花蛇」의 세계는 「自畵像」으로 이어지면서 나아가는 것이다. 그것은 시인이 스스로를 돌아보고 자신의 존재에 대한 탐색을 다시 해야 한다고 판단했기 때문일 것이다. 그 결과 자신의 자화상을 그리고 거기에서 우리 민족이 처해 있는 현실을 돌아보는 것이다. 이어서 그의 시는 「石窟庵觀世音의 노래」를 통해서 불교적인 세계, 신라의 세계로 나아가게 된다. 이점에서 미당은 현실 지향적인 시인은 아니었다. 그의 자의

식 근저에 깔려 있는 암울한 현실에 대한 절망적 자세는 종교적 차원의
세계로 흡수되어 버리는 결과를 낳고 있는 것이다.

시의 상상력과 이미지

- 신동엽

1. 머리말

인간의 사유는 '개념사유'와 '형상사유'의 두 영역으로 나눌 수 있다. 전자는 주로 철학이나 과학, 논리학 등에서 개념을 통해 이루어지는 과학적 사유를 말하며, 후자는 형상을 통해 이루어지는 예술적 사유로서 모든 예술이 이에 속한다. 시에서 형상화를 이루는 '형상사유'[1]의 중요한 요소는 상상력과 이미지이다. 이미지는 독자의 상상력에 호소하는 방법으로서 시인의 상상력에 의해 그려지는 언어의 그림이기도 하다.[2] 그렇기 때문에 이미지는 상상력이 바탕이 되고, 상상력은 바로 이미지의 인식이며 문학의 구성력[3]으로 작용한다. 즉, 이미지는 '物象과 자아의 대응방식'이 되기도 한다.

시를 구성하는 요소로써 현대시는 이미지를 중시한다. 따라서 한 편의 시에서 이미지를 완전히 이해하고 그 기능을 파악하기 전에는 시를 옳게 읽었다고 할 수 없다.[4] 시는 여러 이미지의 상호 조화로운 결합상태로서 한 작품의 구조를 지배하는 복합적 관계로 나타난다. 즉, 시적 이미지란

---

1) 莊孔陽, 金一平 譯, 『形象과 元型』(사계절, 1987), 21~60쪽.
2) C. D. Lewis, *Poetry for You* (Oxford University press, 1948), p. 31.
3) 윤재근, 『文藝美學』(고려원, 1980), 227쪽.
4) J. R. Kreuzer, *Elements of Poetry* (The Macmillan Company, 1955), p. 134.

감각적 성질을 지니고 있는 생명적인 유기체라고 할 수 있는 것이다. 이미지는 시적 인식의 한 방법으로서 단순히 시각적인 것만이 아니라, 수많은 과거 감각의 지적인 재생을 의미하며 시적 인식에서 이룩된 유기적 생명 혹은 체험의 심상회화라고 할 수 있다.[5] 나아가서 이미지란 상상력의 발현 상태이며 상상력 그 자체라고도 하겠다. 곧 이미지는 시적사고와 인식의 기본 수단이 되므로, 모든 시는 그 자체가 하나의 이미지라고 할 수 있는 것이다. 이미지의 종류는 여러 가지로서 다른 요소들과 유기적인 결합을 이루어 시에 기능한다. 그러한 기능은 크게 제재의 환기, 화자의 정조, 사상의 외면화, 독자의 태도 지시[6] 등으로 파악할 수 있다.

　시어로서 이미지의 객관성은 그 자체의 독단적인 교감을 이루어 시인과 독자의 상상력을 연결해 준다. 독자의 문학적 상상력 속에서는 이미지가 스스로 새로운 뉘앙스를 만들어 내며 상징적 긴장체계를 형성하게 된다. 그러므로 이미지가 표현이나 표상으로 지속적으로 나타나면 상상력의 체계를 형성한다. 신동엽 시의 상상체계는 순환론적 세계관 위에서 드러나고 있다. 요컨대, 그는 인류의 고향인 원수성의 세계를 인류의 낙원으로 상징하고, 현실의 모순이 빚어내는 상황을 차수성의 세계 즉, 낙원상실로 인식한다. 그리하여 이를 딛고 다시 원수성의 세계로 돌아가기 위한 단계를 귀수성의 세계로 파악하였다. 이로써 우주의 순환론적 상상체계를 통해서 그의 시는 전개되었다.[7] 그러므로 그의 시에는 대지·신체·식물·광물·천체 이미지가 중심을 이룬다. 이들은 다시 대지와 신체 이미지의 대응, 식물과 광물 이미지의 대립, 천체 이미지의 의미로 나누어 볼 수 있다.

---

5) 김재홍, 『한국 현대시 형성론』(仁荷大學 出版部, 1985), 18쪽.
6) 李昇薰, 『詩論』(高麗苑, 1979), 24~23쪽.
7) 김창완, 「申東曄 詩 硏究」(한남대 대학원 박사논문, 1993. 12), 30~36쪽.

본고에서는 신동엽 시의 상상력과 이미지에 대하여 검토하도록 하겠다.

2.상상력과 이미지 구조

1) 대지와 신체 이미지의 대응

신동엽의 시에 가장 많이 나타나는 이미지는 대지적 상상력의 범주에 포함된다. 이 이미지군을 크게 나누면 정적인 '흙, 언덕, 산' 등의 계열과 수평 또는 하강적 움직임을 갖는 동적인 것으로 '바람, 강, 눈, 비' 등으로 구별할 수 있다. 그의 시에 대지 이미지가 많이 나타나는 것은 원수성의 토대인 대지지향성과 연관된다. 그는 인간이 대지 위에 발을 딛고 살아가는 모습을 가장 이상적인 삶의 모습으로 제시하였다.[8] 따라서 그의 대지 이미지는 신체 이미지와 긴밀히 대응한다. 대지 이미지는 물과 바람, 산과 바다, 대지와 광야 등 지상의 이미저리군을 광범위하게 지칭하는 개념이다. '대지'란 모성 또는 모태의 원형적 상징으로 생산과 풍요를 나타내며, 이러한 상징은 그의 시에 나타나는 '대지'의 하위 상징들에 의해서 보다 충만된 의미의 상징으로 승화되어 있다.[9]

신동엽은 '대지'를 인류의 고향이자 귀의처로 인식하였다. 따라서 '대지'는 생산력과 생명으로 충만된 세계, 무한한 가능성과 포용력이 내재

---

8) 위의 논문, 113~122쪽.
9) 신동엽 시의 '대지'에 속하는 하위의 상징들은 '흙', '흙가슴', '땅', '평야', '완충지대', '未開地', '논밭', '양지밭', '들', '벌판', '고향', '황토밭', '흙밭' 등으로 나타난다. 아울러 '대지'는 산의 상징 또는 솟아오름의 상승 지향성을 보여주기도 한다. 그러한 이미지는 '山', '山頂', '언덕', '丘陵', '능선', '고개', '高原', '등성이', '영', '봉우리' 등이다. 이러한 산의 상승 지향성은 깊이와 연관되어 상대적으로 높이의 정신이 강조된다. 여기에는 '강', '해협', '골짜기', '샘물', '산골', '개울', '동굴' 등이 포함된다.

하는 세계로서 인간이 맨발을 딛고 노동하는 삶의 현장이다. 그의 시에
나타나는 대지 이미지의 대표적인 것들은 '대지, 산, 바람, 강, 물(눈,
비)' 등으로 파악할 수 있다. 그에게 대지 이미지만큼 확신과 기대에
찬 세계는 없다. 그의 시에 중심 이미지인 '대지'는 다양한 하위 상징을
포괄하고 있다.

  ① 바심하기 좋은 이슬젖은 안마당.   「새로 열리는 땅」
  ② 맨발을 벗고 콩바심하던 차라리 그 未開地에로 가자. 「香아」
    고요한 새벽 丘陵이룬 處女地에 「… 싱싱한 瞳子를 爲하여…」
  ③ 우리들의 피는 大地와 함께 숨쉬고   「阿斯女」
  ④ 아름다운 논밭에서 움튼다   「봄은」
  ⑤ 그 넘편 골짜기 양지밭에선   「正本 文化史大系」
  ⑥ 이슬 열린 아직 새벽 벌판이에요 「힘이 있거든 그리로 가세요」
  ⑦ 비단 젖가슴 / 흙 밭 위에,   「山死」
  ⑧ 금강산 이르는 중심부엔 폭 십리의 / 완충지대,
           「술을 많이 마시고 잔 어젯밤은」
  ⑨ 구름이 가고 새봄이 와도 허기진 平野 「阿斯女의 울리는 祝鼓」
  ⑩ 산에도 들에도 噴水를   「山에도 噴水를」

 인용시에서 '대지'는 원수성의 세계가 된다. ①의 '안마당'은 대지 위에
서 노동으로 살아가는 쟁기꾼이 그 결실을 거두는 기쁨이 충만한 공간이
다. 이러한 점은 ②의 '未開地'에서도 확인된다. '미개지'는 시원적 공간
으로서 인류 문명에 의해 파괴되기 이전의 세계이다. 그러므로 이 시에서
"丘陵이룬 處女地"는 신성성과 순결성을 동시에 드러낸다. ③의 '大地'나
④의 '논밭', ⑤의 '양지밭'이나 ⑥의 '새벽 벌판', ⑦의 '흙 밭'은 모두
생명의 근원이 되는 공간을 표상한다. 이러한 '대지'의 세계에서는 이념
이나 갈등이 나타나지 않는다. 그러므로 ⑧에서는 '완충지대'로 표출하였

다. 이렇듯이 대지는 생산과 풍요의 원형적 상징이며 동시에 고향의 원형
상징이다. 대지는 골짜기, 들판, 밭과 함께 여성의 원형적 상징을 이룬다.
즉, 모든 것을 품안에 잉태하여 낳아 기르는 생산과 풍요의 모성, 또는
모태의 상징이 바로 그것들이다.

그러나 ⑨와 ⑩의 경우에는 다른 양상으로 드러난다. ⑨의 '平野'는
우리 민족의 가난과 소외의 공간을 표상하고 있다. 그러므로 이 시에는
민족의 비극적 역사성이 드러난다. '봄'이라는 활력과 출발의 시공간에서
도 대지는 '허기진' 곳으로 나타나기 때문이다. 또한 ⑩의 '산'과 '들'도
차수성의 모순이 팽배한 공간이다. 그렇지만 '산'이 내포하는 수직 상승
의 힘과 '들'의 생산과 풍요의 원형상징이 극복의지를 동시에 보여준다.
그의 시에 비록 '대지'는 차수성 세계에서 비극적으로 인식 될 경우에도
현실 극복의지를 지니고 있다. 이는 '대지'의 원형상징에 의한 것이다.

신동엽 시의 대지 이미지 가운데 하나는 '산'으로 드러난다.

① 노오란 무우꽃 핀 / 智異山 마을　　　　　　　　　　　　「풍경」
② 산에서 바다 / 묻에서 묻　　　　　　　　　　　　　　「阿斯女」
③ 유월의 산으로 올라 보아라　　　　　　　「阿斯女의 울리는 祝鼓」
④ 山頂을 걸어가고 있는 사람의,　　　　　　　　　「빛나는 눈동자」
⑤ 漢拏에서 白頭까지　　　　　　　　　　　　　　「껍데기는 가라」
⑥ 살아 있는 것은 / 바람과 / 山뿐이다　　　　　　　　　「살덩이」
⑦ 들에 언덕에 피어날지어이　　　　　　　　　　　「山에 언덕에」
⑧ 평야의 가슴 너머로 / 高原의 하늘 바다로　　　　　　　「風景」
⑨ 발 밑에 널려진 골짜기 / 저 높은 억만개의 산봉우리마다
　　　　　　　　　　　　　　　　　　　　　　「새해 새아침을」
⑩ 산골 물소리 만세소리 폭폭이 두 가슴 쥐어뜯으며
　　　　　　　　　　　　　　　　　　「阿斯女의 울리는 祝鼓」

일반적으로 '산'은 솟아오름의 상승 지향성을 갖는다. '산'은 인간의 삶 속에서 정신의 기둥이나 살아있는 정신의 한 상징으로 이해된다.[10] '산'은 현실의 고통스런 삶이나 혼돈으로부터 벗어날 수 있게 해주는 극복의 힘을 지니고 있다. '산'은 견딤과 일어섬을 통해서 지상의 흐트러지기 쉬운 삶, 고달픔과 외로움으로 무너지기 쉬운 육신의 삶에 정신적 기둥을 세우려는 인간 의지를 반영한다. '산'은 지상의 삶이 처한 고통과 속박을 벗어나서 더 높은 정신의 영역에 도달하려는 초극 의지를 나타낸다. 아울러 '산'은 '골짜기', '산골' 등의 깊이와 어울려 그 상대적 높이가 강조되기도 한다.

위 시 ①에서 '智異山'이나 ②의 '산', ③의 '六月의 산'은 '산'이 지니는 높이의 정신을 통해서 현실 극복의지를 드러낸다. 따라서 ④에서는 현실을 극복한 '山頂'으로 표출하였다. 이 시에서 '사람'은 '전경인'에 해당하며, '山頂'은 역사의 질곡을 넘어 새로운 세계로 나아가기 위해서 밭을 갈고 씨앗을 뿌리는, 곧 귀수성 세계의 쟁기꾼의 삶이 전개되는 공간이다.[11]

한편 '산'은 우리 민족을 상징하기도 하였다. 시 ⑤에서 '漢拏山'과 '白頭山'은 그 높이의 정신이 표상하는 민족의 정기를 통해서 한반도의 진정한 상징으로 전개된다. 이 시에서 '산'은 '껍데기'와 대립되는 민족의 '알맹이'를 의미한다. 즉 ⑥처럼 '바람'과 함께 "살아 있는 산"인 것이다.

신동엽 시에서 대지는 ⑦처럼 '들'과 '언덕'으로 넓이와 높이의 정신을 함께 드러낸다. ⑧에서는 '평야'와 '高原'이 '가슴'과 '하늘'로 연결됨으로써 공간적 확산을 엿볼 수 있다. ⑨의 '산'은 '발밑'과 '저 높은'에 대응하는 '골짜기'와 '산봉우리'의 조화로서, 높이와 그에 상반되는 낮음과

---

10) G. Bachelard, 민희식 譯, 『불의 정신분석 초의 불꽃』(삼성출판사, 1990), 454~468쪽.
11) 신동엽은 원수성의 세계로 돌아가기 위해서 귀수성의 세계에 출현하는 인간을 全耕人
   이라 하였다.

깊이를 인식한다. 이 시에서 화자는 "새해 새 아침"에 새로운 세계로의 열림을 갈망하고 있다. 이때 '산골'은 높이에 대응하는 깊이와 함께, 시 ⑩처럼 '물소리'와도 호응을 이룬다. 이로써 대지는 생명성과 역동성을 띠게 된다. 더욱이 이 시의 '산골'은 '만세소리'와 어울려 4·19 학생혁명의 거센 함성으로 제시된다. 신동엽은 대지를 철저히 삶의 현장으로 파악하고 있는 것이다.

신동엽의 시에는 '바람'도 중요한 대지 이미지의 하나로 나타나고 있다.

① 바람 따신 그 옛날　　　　　　　　　　　　　　「진달래 山川」
② 湖水 위엔 / 맑은 바람　　　　　　　　　　　　　　　「山死」
③ 맑은 바람을 / 마셨어요　　　　　　　　　　「어느 해의 遺言」
④ 하늘은 바람 / 大地 위 고요　　　　　　　　「노래하고 있었다」
⑤ 눈 녹아 바람 / 이 마을 저 마을 / 들썩여놓고 다닐 때, 「錦江」
⑥ 그대의 소맷 속 / 향기로운 바람 드나들거든　「담배 연기처럼」
⑦ 우리들은 한 우주 한 천지 한 바람 속에　　「달이 뜨거든」
⑧ 살아 있는 것은 / 바람과 / 山뿐이다　　　　　　　「살덩이」
⑨ 弔喪도 없이 옛 마을터엔 횡횡 오갈 헛 바람　　　「이곳은」
⑩ 타작마당을 휩쓰는 빈 바람　　　　　　　　　　「鐘路2街」
⑪ 바람만 재티처럼 날려가 버려요　　　　　　　「좋은 言語」

'바람'은 전통적 우주 진화론에 의한 4원소의 하나로서 공기의 움직임을 의미한다. 공기는 어디에나 스며들며 아주 조그만 빈 공간이라도 채울 수 있다. 그것은 활동하는 공기, 실체를 느낄 수 있는 공기인 것이다. '바람'은 확실히 있으나 붙잡을 수 없는 존재를 의미한다. '바람'은 숨쉬기와 더불어 정신을 나타내며, '부드러움', '순수성'과 '열광', '활기'를 주는 특성을 지니기도 한다.[12] '바람'은 형체가 없으나 공간을 지배하며 과거와 현재를 하나로 묶는 속성을 지닌다. 그러므로 시 ①에서 '바람'은 시원적 공간의 정신을 표상한다. 이 시의 '바람'은 역사 속에 살아 있는 생기를 품고 있다. 그러므로 ②와 ③에서는 '맑은 바람'으로 나타났다. 즉 '바람'은 살아있는 숨결로서 빈 공간을 채움으로써 생동감을 띠게 되어 '大地'의 '고요'와 대립된다. '바람'은 ⑤처럼 잠든 '마을'을 깨울 수 있다. 또한 '바람'은 시간을 초월하여 인간과 인간 사이를 이어주는 매체로 작용한다. 그리하여 ⑥에서는 "어느 사내의 숨결"이 되기도 하고, ⑦에서 "한 우주 한 천지 한 바람 속"에서 "같은 시간을 먹으며 영원을 살"도록 한다. 즉 ⑧에서 "살아 있는 것은 / 바람"뿐인 것이다.

신동엽은 '바람'에 남다른 상징을 부여하였다. 그의 시 "남자는 바람, 씨를 나르는 바람 / 여자는 집, 누워 있는 집"(「여자의 삶」)에서 '바람'은 '남자'로서 '씨'를 나르는 역할을 하며 '여자'는 '대지'로서 모성의 세계가 된다. 그러므로 '바람'은 '대지' 위에 씨를 뿌리는 존재이다. 궁극적으로 역사를 이끌어가는 주체로 작용한다. '바람'은 상대에 부딪혀서 자신의 존재를 드러내는, 대상을 움직이게 하는 역동성을 지니고 있기 때문이다. 이 점에서 「錦江」에 등장하는 '신하늬'는 서풍을 의미하는 '하늬바람'의 준말로 해석할 수 있다.13) 그는 바람을 역사 속을 헤쳐가며 끊임없이 씨앗을 뿌리는, 살아 있는 정신의 실체로 이해하였다. 그의 시에서 '바람'은 대지 위를 이리 저리 몰려다니며 '宇宙知의 정신', '理의 정신', '物性의 정신'을 일깨우는 실체로 작용한다.14) '바람'은 시간을 초월하여 존재하

---

12) 아지자·올리비에르·스크트릭, 장영수 역, 「문학의 상징·주제 사전」(청하, 1989), 19~23쪽.
13) 「錦江」에는 허구적 인물로서 '신하늬'가 등장하여 혁명에 가담하고 결정적 역할을 하였다. 따라서 '신하늬'는 역사의 주체로 작용하였는데 신동엽이 '바람'에 부여했던 상징성을 암시한다.
14) 신동엽, 「신동엽전집」(創作과批評社, 1980), 373쪽.

는 정신과 생명력으로서의 역사 속을 흘러가며 민중을 일깨우고 씨앗을 뿌리는 우주 속에 살아 숨쉬는 영혼의 실체라 할 수 있다.

그러나 신동엽은 시에서 '바람'을 부정적으로 표출하기도 했다. 왜냐하면 '바람'은 흥분하기도, 소침해지기도 하며 울기도 하고 하소연하기도 한다. 그것은 격정에서 낙담으로 옮겨가기도 하며 좌충우돌하면서도 무용한 성격으로 기진한 우울과는 달리 안절부절한 우울의 이미지도 주기 때문이다.[15] 위 시 ⑨의 "횡횡 오갈 헛 바람", ⑩의 "휩쓰는 빈 바람", ⑪의 "재티처럼 날려가 버"리는 '바람'은 부정적으로 인식된다. 즉, 차수성 세계에서는 '바람'도 부정적으로 작용하는 것이다.

'강' 또한 신동엽의 시에서 중요한 대지 이미지의 하나이다.

① 1960年代의 意志 앞에 눈은 나리고 / 人跡 없는 土幕 / 江이 흐른다
「…싱싱한 瞳子를 爲하여…」
② 수 천 수 백만의 아우성을 싣고 / 江물은 / 슬프게도 흘러갔고야
「빛나는 눈동자」
③ 눈물어린 / 호미의 江은 흘러가고 있었다　　　　「권투선수」
④ 줄줄이 살뼈는 흘러내려 江을 이루고　　　　　「불바다」
⑤ 긴 錦江 / 나의 사랑 / 나의 歷史여　　　「주린 땅의 指導原理」
⑥ 우리는 여기 이렇게 錦江 연변 / 무를 다듬고 있지 않은가 「祖國」
⑦ 錦江 연안 양지쪽 흙마루에서 새 순 돋은 무우를 다듬고 계실 눈어둔 어머니
「眞伊의 體溫」
⑧ 우리들의 눈동자는 江물과 함께 빛나 있었구나　　「阿斯女」
⑨ 노래가 흘러요 / 입술이 빛나요 우리의 강 기슭　　「별밭에」

'강'은 자연과 시간의 창조적인 힘과 연관되기 때문에 양가감정의 상징

---

15) G. Bachelard, 정영란 역, 「공기와 꿈」(民音社, 1993), 457쪽.

으로 드러난다. 한편으로는 토양에 대한 비옥함과 끊임없는 물의 공급을 의미하며, 다른 한편으로는 되돌릴 수 없는 시간을 표시하여 손실과 망각의 의미를 드러낸다.16) 신동엽의 시에서도 '강'은 이러한 속성으로 작용한다. '강'은 비극적 역사에 작용하여 역동적 생명력으로 밀고 나아가는 생동감을 부여한다. ①의 "1960年代의 意志"는 '강'과 등가 관계를 이루고, ②의 "수 천 수 백만의 아우성"과 ③의 '눈물'이, '강'과 동일시되어 있다. 그것은 ④처럼 "줄줄이 살뼈는 흘러내려 江을 이루고" 있는 역사적 배경으로 이해할 수 있다. '강'은 구체적으로 '금강'으로 환치되어 나타나기도 하는데, ⑤, ⑥, ⑦에서 그의 고향이자 우리 민족의 역사를 포괄하는 '금강'으로서 가난과 슬픔의 역사 속을 뚫고 흘러가는 시간의 상징성을 띤다. 아울러 '강'은 물의 원형상징으로서 정화기능과 생명을 지속시키는 기능을 함께 갖는 복합적 속성을 지닌다. 그래서 물은 순결과 새 생명을 상징하는데,17) 신동엽 시에서도 '강'은 이러한 의미를 표상한다. 그것은 위 시 ⑧과 ⑨에서 '빛나는 강'으로 나타나 있다.

신동엽의 시에서 '물'은 긍정적 가치를 드러낸다. 그것은 물이 지닌 흐름과 정화의 상징 때문이다. 그러나 그에게 '비'와 '눈'은 부정적으로 비쳐지고 있다.

① 후두둑 大地를 두드리는 여우비 // 급기야 洪水는 오고, 「이곳은」
② 祖國위를 쉬임없이 궂은비는 나리고   「주린 땅의 指導原理」
③ 文明높은 어둠 위에 눈은 나리고 「…싱싱한 瞳子를 爲하여…」
④ 바람이 불어요 / 눈보라 치어요 강 건너선   「별밭에」
⑤ 바다와 대륙 밖에서 / 그 매운 눈보라 몰고 왔지만   「봄은」

---

16) J. E. Cirlot, *A Dictionary of Symbols*(Routledge & Kegan, 1983), p. 274.
17) P. Wheelright, *Metaphor & Reality*(Indiana Univ. Press, 1968), p. 125.

⑥ 눈이 오는 날 / 소년은 쓰레기 통을 뒤졌다　　　　　「왜쏘아」
⑦ 쇠뭉치 같은 함박눈이 / 하늘 깊숙이서 수없이　　　　　「錦江」
⑧ 밑둥 긴 瀑布처럼 / 歷史는 철 철 흘러가 버린다

「새로 열리는 땅」
⑨ 太白山 地脈 속서 숫는 地下水로 수억만 개의 噴水 터 놨으면

「산에도 噴水를」

　인용시에서 '비'는 비극적 상황과 연결됨으로써 차수성의 모순을 심화하고 고통의 갈등을 고조시킨다. ①에서는 "大地를 두드리는 여우비"가 '洪水'로 이어져, 혼돈의 상태를 나타내고 있다.[18] ②에서도 "祖國위를 쉬임없이" 내리는 '궂은비'로 나타났다. 그러므로 '비'는 현실의 비극적 상황을 표상한다. 태초에 신의 숨결이 물을 갈라 우월한 무정형과 열등한 정형의 가능성들로 분리하였을 때 구름, 이슬, 비는 축복으로 나타났다.[19] 그러나 신동엽은 '하늘'로부터 지상으로 하강하는, 더욱이 홍수까지 동반하는 '비'는 부정적으로 인식하였다. 그것은 그의 궁극적 지향점이 '하늘'이었던 까닭이다.

　신동엽은 '눈(雪)'도 현실 제약의 한 표상으로서 차수성의 상관물로 표출한다. 일반적으로 '눈'은 긍정적인 면과 부정적인 면의 두 속성으로 드러난다. '눈'은 흰 색으로 인하여 순결이나 숭고함, 아름다움을 반영하기도 하지만, 동시에 畏敬과 공포, 어둠과 절망을 나타내기도 한다.[20] 또

---

18) M. Eliade, *Cosmos and History*(Princeton Univ. Press, 1974), p. 57.
　홍수는 새롭게 재생된 인간을 낳기 위하여 모든 인류를 멸절하는 것으로 이해되고 있다.
19) L. Benoist, 윤정선 譯, 『징표, 상징, 신화』(探求堂, 1984), 82~86쪽.
　더욱이 비가 그친 뒤의 무지개는 하늘과 땅을 이어주면서 감각세계로부터 초현실적 세계로 넘어가려는 빛의 다리(橋)에 비교된다.
20) 김영수, 「작품과 색채의 영상」, 『現代文學』(1974. 12), 287쪽.

한 '눈'은 겨울의 차가움으로 인식되어 시련이나 좌절, 죽음과 절망의 의미로 변용되기도 한다. 그의 시에서 '눈'은 현실의 모순을 상징하여 부정적 의미를 지닌다. 시 ③에서 '눈'은 차수성의 '文明'이나 '어둠'과 등가적이다. 따라서 ④에는 시련을 의미하는 '눈보라'로 ⑤에는 '매운 눈보라'로 표출하였다. '눈'은 추위와 고통을 동반함으로써 시 ⑥의 쓰레기통을 뒤지는 '소년'의 비애를 낳는다. 더욱이 ⑦에서 "쇠뭉치 같은 함박눈"으로 표현되어 정의를 억압하는 폭력을 의미하였다.

반면에, ⑧의 '瀑布'나 ⑨의 '噴水'는 매우 긍정적으로 나타난다. 그것은 '폭포'가 흘러가는 '역사'와 동일시되기 때문이다. '분수' 또한 하늘로 솟구치는 수직상승의 힘으로 외세에 대한 강력한 저항의지를 내포한다. 이것들의 공통성은 역동성을 지닌, 현실에 대한 대결의지가 이입된 매체로 기능한다는 점이다.

이상에서 살핀 신동엽 시의 대지 이미지는 신체 이미지와 밀접한 관련을 갖는다. 그는 대지와 인간의 진정한 만남을 꾀하였다. 그의 경우 신체 이미지는 '눈동자, 피, 젖가슴, 입술, 발' 등이 중심이 되며, 그것들은 다양하게 변용되어 대지와 대응하여 나타난다.

신동엽 시의 신체 이미지 '눈동자'는 중요한 상징으로 작용한다.

① 그 어두운 밤 / 너의 눈은 / 世紀의 待合室 속서 / 빛나고 있었다
「빛나는 눈동자」

② 새봄 오면 강산마다 피어날 / 칠흑 싱싱한 눈瞳子를 위하여
「…싱싱한 瞳子를 爲하여…」

③ 우리들의 눈동자는 江물과 함께 빛나 있었구나　　「阿斯女」

'눈'은 시각적 감각 기관으로 단숨에 그리고 상징적으로 지적인 인식

의 도구가 된다. '보다'와 '알다' 사이의 관계를 연결하는 '눈'은 두 가지 의미의 중첩과 연관을 나타낸다. '눈'의 상징은 깨달음, 핵심, 빛, 태양, 근원 등 다양한 의미를 담고 있다.[21] 위 시 ①에서 '눈동자'는 인간의 정신적 실체를 상징한다. 위 시 "밤깊은 얼굴앞에", "빛나고 있"는 '눈동자'는 시대의 어둠을 넘어서 항시 깨어 있는 정신을 표상한다. 이 시의 마지막 부분 "山頂을 걸어가고 있는 사람의, / 정신의 눈 / 말 없는 그 눈빛"에서 알 수 있듯이, '눈'은 오직 믿음과 신념 하나로써 "다만 억천만 쏟아지는 폭동을 헤치며" 걸어가는 인간의 상징이다. 그의 시에서 '눈'은 가장 찬란하게 용솟음치는 빛의 실제로서 의지와 죽음까지를 초월하는 단호한 결의를 보여준다.

시 ②의 '눈동자'는 인간 정신의 실체를 표상하며 '대지'와 연결된다. 이 시에서 화자는 시대의 어둠과 문명의 혼돈을 벗어나기 위해 '쟁기'를 준비한다. 그는 쟁기꾼으로서 현실을 상징하는 '역사밭' 위에 쟁기질을 하는 역사의 주체자로 역할한다. 그가 쟁기질을 통해서 추구하는 것은 "새봄 오면 江山마다 피어날 / 칠흑 싱싱한 눈瞳子"이다. 이 귀절은 대지적 상상력과 신체적 상상력이 결합되어 역사에 대한 새로운 실천적 결의를 보여준다.

시 ③에는 '눈동자'가 구체적인 역사적 사건을 통해 보다 확연히 드러나 있다. 이 시는 신동엽이 4·19 혁명을 겪고 나서 쓴 것으로서 그는 4·19 혁명을 동학농민전쟁에 이어지는 정신적 흐름으로 파악한다. 그것은 우리 민족의 모순된 역사에 대한 저항의지를 의미한다. 그는 "우리들의 눈동자는 江물과 함께 빛나 있"다는 귀절에서, 우리 민족의 피 속에 살아서 대지와 함께 숨쉬고 강물과 함께 빛나는 힘을 '눈동자'로 표현하

---

21) 아지자 · 올리비에리 · 스크트릭, 앞의 책, 258~261쪽.

였다. 이렇듯이 그의 시에서 '눈동자'는 모순된 역사 위에서도 참된 자세를 지니고 항시 깨어있으며 열려 있는 정신을 상징한다.

그의 시에 나타나는 '피' 또한 중요한 이미지의 하나이다. '피'는 그의 시에서 '알맹이'의 실체로 파악된다.

① 당신은 피 / 흘리고 있었어요
눈물비린 / 피의 강은 흘러가고 있었다   「진달래 山川」
② 피다순 쭉지 잡고 / 너의 눈동자 嶺넘으면   「새로 열리는 땅」
③ 발뿌리 닳게 손자국 피맺도록   「내 고향은 아니었었네」
젊은 阿斯達들의 아름다운 피꽃으로 채워버리는데요

「주린 땅의指導原理」

④ 곰나루서 피 터진 東學 함성,   「4月은 갈아 엎는 달」
⑤ 五月의 사람밭에 피먹젖은 앙가슴   「蠻地의 音樂」

휠라이트에 의하면 '피'는 유난히 긴장되고 역설적인 성격을 발휘할 수 있다. 그 전체적 의미 내용은 선과 악의 두 측면인데, 전자는 명확성을 띠지만 후자는 비교적 모호하고 그 모호성으로 더 불길하게 느껴진다. '피'의 긍정적인 의미는 삶을 뜻하고, 그래서 상속된 힘과 권위를 포함하는 여러 형태의 권력을 의미한다. 한편, 대부분의 사회에서 '피'는 좀더 불길한 의미를 지녀 금기로 여겼는데, '피'는 죽음의 상징이기도 하다. 또한 '피'는 삶, 죽음, 사춘기, 결혼에서의 육체성, 전쟁뿐 아니라 종족 생활의 건강과 체력이라는 일반적 개념과도 결부된다.[22] 이러한 점은 신동엽의 시에서도 발견할 수 있다.

위 시 ①에서 '피'는 죽음과 그 죽음을 초래하는 비극적 역사를 의미한다. 그러한 반면에 '피'는 이와 대조적인 의미로서 생명과 정열, 헌신

---

22) P. Wheelright, op. cit., p. 115.

등으로 나타나는데, 그 점은 시 ②에서 찾을 수 있다. "피는 대지와 함께 숨쉬고" 있다는 구절에서 '피'는 생명의 상징으로서 대지와 동일시된다. ③에서 '피'는 고통과 희생을 상징함으로써 비극적 세계에 대한 적극적 생의 의지를 표상한다. 나아가 ④의 '피'는 투쟁과 저항을 의미하고 있다. 이때의 '피'는 우리 민족의 '피' 속에 흐르는 저항의지나 대결정신뿐만 아니라 죽음까지를 포괄하고 있다.

신동엽의 시에서 '젖가슴'과 '가슴'은 대지 이미지와 매개되어 '흙가슴', '마음밭' 등의 이미지를 낳는다.

① 우리들 가슴 속에서 / 움트리라 「봄은」
② 슬기로운 가슴은 노래하리라 「水雲이 말하기를」
③ 고동치는 젖가슴 뿌리세우고 「새로 열리는 땅」
④ 흰 젖가슴의 물결치는 아우성 소리를 들어 보아라
「阿斯女의 울리는 祝鼓」
⑤ 비단 젖 가슴 / 흙 밭 위에 「山死」
⑥ 높은 산 울창커든 제 앞가슴 생각하셔요 「달이 뜨거든」
⑦ 온 마음 밭으로 깊이깊이 들여마셔 주고 있는 것이노라
「五月의 눈동자」
⑧ 냇물 구비치는 싱싱한 마음밭으로 돌아가자 「香아」
⑨ 향그러운 흙가슴만 남고 「껍데기는 가라」

인용 시 ①의 '가슴'은 움트는 생명력을 지니고, ②에서는 "슬기로운 가슴"으로 표현되었다. 이러한 것들은 인간의 정신을 드러낸다. 그러나 그의 시에서 '가슴'은 '젖가슴'으로 나타나 보다 풍부한 육체성과 생명성을 갖게 된다. 그것은 여성적 의미와 함께 대지의 생산성을 드러내주기 때문이다. '젖가슴'이 ③에서는 '뿌리'와 연결되고, ④에서는 '아우성 소

리'와 연관되어 생명력의 중심과 역동적 힘을 갖게 된다. ⑤에서 '젖가슴'은 '흙 밭'과 동일시되어 대지가 상징하는 여성과 모성의 생산성을 드러낸다. 더욱이 ⑥에서 '앞가슴'은 '숲'으로 비유되어 여성의 생산성과 포용성을 상징하기도 한다. 곧, '가슴'은 정신과 생명을 포괄하는 것이다. 따라서 ⑦과 ⑧에서는 '마음 밭'으로 표현되어 대지와 연관성을 띠고 나타난다. 나아가서 ⑨에서는 "향그러운 흙가슴"으로 표출되어 '대지'와 '가슴'은 동일시되어 있다.

그의 시에서 '입술'도 중요한 신체 이미지의 하나로 사용되었다.

① 노래가 흘러요 / 입술이 빛나요 우리의 강 기슭　　　「별밭에」
② 오늘 해는 또 얼마나 다숩게 그옛날 목홧단 말리던 아낙네 입술들을 속삭여 빛나고 있을 것인가　　　「眞伊의 體溫」
③ 이젠 살아남은 살꽃으로 너와 나 / 입술을 부비고
　　　　　　　　　　　　　　　「주린 땅의 指導原理」
④ 꽃이 피거든 제 입술을 느끼셔요　　　　「달이 뜨거든」
⑤ 즐겁고저 / 입술을 나누고　　　　　　　　「고향」
⑥ 태백줄기 옹달샘 물맛 / 너의 입술 안에 담기어 있었지 「보리밭」
⑦ 반도의 달밤 무너진 성터가의 입맞춤이며 푸짐한 타작소리
　　　　　　　　　　　　　　　「散文詩(1)」
⑧ 아랫도리 걷어올린 / 바람아 / 머릿다발 이겨 붙여 산막 뒷곁 다숩던 / 얼음꽃 / 입술의 맛이여　　　　　「눈 날리는 날」

'입술'은 신체 가운데 타인과 접촉하는 직접적 기관이다. 그것은 의사소통의 언어가 발성되고 미각을 체험하며, 입맞춤의 육체적 교감을 나누는 곳이다. 따라서 신동엽 시에서 '사랑'을 의미하는 하위 상징으로도 드러난다. 입술은 기쁨의 표현 행위인 웃음을 나타내고, 슬픔의 표현

행위인 울음을 터뜨리기도 한다. 그러나 이러한 양면성에도 불구하고 입술이 포괄하는 의미는 생의 순수성에 입각해 있다. 위의 시 ①과 ②의 '입술'은 '빛'과 연관됨으로써 삶의 기쁨과 건강성을 드러낸다. 이 시에서 '입술'은 노동의 즐거움을 노래한다. 위 시 ③, ④, ⑤에서 '입술'은 남녀의 만남을 의미하고 있다. ④에는 '꽃'이 지닌 붉은색의 정열이 '입술'과 감각적으로 결합하여 관능적으로 드러난다. 한편 ⑥의 '입술'은 변질되지 않는 생의 본질을 표상하며 사랑의 순수성과 기쁨이 '물맛'과 동일시되었다. ⑦과 ⑧에는 '입맞춤'으로 나타나서 인간의 만남을 포괄적으로 드러낸다. 그러므로 '입맞춤'의 상징은 노동, 남녀의 사랑, 인간의 만남을 통해서 공통체의 즐거움과 화해의 정신, 따뜻한 생의 교감을 표상하게 된다.

한편, 신동엽은 비극적 삶에 대한 극복의지를 지니고 있었다. 이와 연관되어 그의 시에 나타난 신체 이미지 '발'은 적극적인 생의 의지를 표상한다. 그리고 그것은 대지와 직접적인 연관성을 갖는다.

① 들菊花처럼 소박한 목숨을 가꾸기 위하여 맨발을 벗고 콩바심하던
「香아」

② 맨발을 디디고 / 大地에 나서라   「…싱싱한 瞳子를 爲하여…」

③ 민텅구리 죄 없는 백성들의 터진 맨발을 생각하여 보아라
「阿斯女의 울리는 祝鼓」

④ 맨발로 삼천리 누비며   「水雲이 말하기를」

⑤ 바람이 불어요 / 안개가 흘러요 우리의 발밑   「별밭에」

⑥ 발부리 닳게 손자국 부르트도록 / 등짐으로 넘나들던
「내 고향은 아니었었네」

⑦ 발은 다시 일으켜세우기 위하여 있는 것 / 발은 人類에의 길
「발」

신동엽 시의 '발'은 대지와 긴밀하게 접촉하는 부분이다. 그리하여 원수성의 대지 위에 '발'을 딛고 노동하는 쟁기꾼의 건강한 삶을 표상한다. 시 ①과 ②에서 '발'은 '맨발'로 표현되어 문명이나 가식, 허례를 벗어던진 순수한 모습으로 나타났다. 이 점은 그가 사용한 시어 '알몸'과 연관시켜 해석할 수 있다. 신동엽 시의 '발'은 노동하는 '맨발'로써 "소박한 목숨을 가꾸"는 '발'이다. 그러나 위 시 ③에는 '맨발'이 민중들의 가난과 고통을 암유하여 "백성들의 터진 맨발"로 표현되었다. 그의 시에서 '발'은 시련과 고난을 넘어서려는 삶의 의지를 상징한다. 따라서 ④에는 수운이 도를 얻기 위해 삼천리를 누비는 '맨발'로 나타나 인간의 삶이 실현되는 중심이라 하겠다. 또한 ⑤에서 '발'은 '발밑'이 표상하는 현실 세계의 변화를 감지하는 작용을 하기도 한다. ⑥의 '발'은 고통과 시련의 상관물인 '등짐'을 지고 생을 헤쳐 나아가는 의지로 드러난다. ⑦에서 '발'은 삶을 "다시 일으켜 세우기 위하여", "人類에의 길"을 여는 첫걸음을 시작한다. 이로써 자연적으로 '발'은 걷는 동작과 연관되어 '길'과 상징적으로 결합되고 있다. 신동엽 시에서 크게 '발'은 대지 위에 노동하는 '발', 현실을 딛고 일어서 나아가는 '발'로 드러난다. 전자는 원수성과 연관을 갖고, 후자는 차수성 및 귀수성과 연관된다 하겠다.

신동엽 시의 신체 이미지 가운데 '피'는 생명을 지님으로써 '눈동자'의 정신을, '가슴'의 사랑을, '발'의 '노동'을 통합하고 있다. 그의 시에 '입술'은 사랑과 연관되어 있다. 이러한 신체 이미지는 앞서 살핀 대지 이미지와 서로 대응한다. 인간의 '발'은 대지에의 노동을 통해서 밭의 경작, 역사 밭의 쟁기질, 현실 극복의지 등을 보여주었다. '대지'는 여성상징으로서 모성과 생산력의 토대이며 원수성의 세계이다. 따라서 인간의 신체가 '대지'와 긴밀히 연관될 때 바람직한 삶의 모습, 기쁨과 노래가 넘쳐나는 노동으로 펼쳐진다. 신동엽 시의 대지 이미지 가운데 '바람'은 시공간성을 넓게 지니고 있어 다른 이미지들을 포괄하고 있다. 그러한 점들은 다음과 같은 연관성으로 파악할 수 있다.

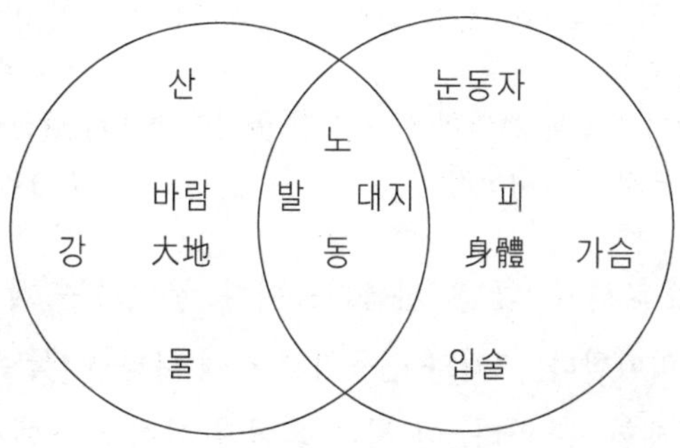

2) 식물과 광물 이미지의 대립

신동엽 시에서 식물 이미지는 다양할 뿐만 아니라 광물 이미지와 매우 분명한 대조적 성격을 드러낸다. 대개 식물 이미지는 긍정적 성격을 띠며 광물 이미지는 긍정과 부정의 두 가지 특성으로 나타난다. 이 점은 그의 대지에 대한 지향성과 관련이 깊다. 즉, 식물 이미지는 대지에 뿌리를 내리고 살아가며 수직 상승의 힘을 지니기 때문에 긍정적 의미를 갖는다. 반면에 광물 이미지의 부정적 측면은 무기로서 폭력과 전쟁을 상징한다. 따라서 광물 이미지는 식물과는 철저히 대립적이지만, 그것이 용도를 바꾸어 대지를 경작하는 농기구가 되면 긍정적으로 드러난다.

신동엽 시에서 식물 이미지는 다양한 종류를 포괄하는 '꽃'과 '나무' 등을 찾을 수 있다. 그의 시에서 '꽃'은 총칭으로서의 '꽃'과, 구체적인 '꽃'으로서 '진달래, 들국화, 무우꽃, 할미꽃' 등이 나타나고 있다.

또한 그의 시에는 '나무'도 중요한 이미지로 부각된다. 특히 그의 시에 나타나는 '둥그나무'는 상징성이 강하다. 그리고 그의 시에서 '보리'는 주목을 요한다. 먼저 '꽃'의 이미지부터 살펴보도록 하자.

① 그리운 그의 얼굴 다시 찾을 수 없어도 / 화사한 그의 꽃 山에 언덕에
  피어날지어이   「山에 언덕에」
② 學窓時節의 호밀밭 戰爭이 뭉개고 간 꽃잎의 촉촉한 밤하늘을 回想
  하고 있는 것도 아니노라   「五月의 눈동자」

　대부분 총칭으로서의 '꽃'은 아름다움이나, 봄이라는 계절 감각 또는
풍경의 일부를 의미한다. 그러나 신동엽의 시에 나타난 '꽃'은 ①에서 '그'
의 분신으로 이해할 수 있다. 이 시가 씌어진 외적 배경에서 파악할 때,
'그'는 민족의 모순된 역사 속에 목숨을 던져 아쉽게 사라져간, 한 떨기의
'꽃'으로 비유할 수 있다. 봄이면 피어나는 '꽃'은 인간의 봄을 추구하다
스러져간 영혼들이 다시 피어나는 것이다. 이 시에서 '꽃 = 영혼'이라는
등식이 성립한다. 시 ②에는 '꽃'이 '꽃잎'으로 구체화되어 전쟁의 파괴와
비인간성으로 인하여 생명과 순수성이 뭉개져버린 세계를 표상한다. 인간
세계를 '꽃밭'으로, 그 안에 살아가는 인간을 '꽃잎'에 비유하였다. 이처럼
'꽃밭'도 구체적인 역사의 현장 속에서 파괴되어진 현실로 인식됨으로써,
그 안에 피어있는 '꽃'이나 '꽃잎'은 비극적 역사 속에서 고통당하는 민중
을 표상한다.

　신동엽 시에서 '진달래, 들국화, 해바라기, 무우꽃, 배추꽃, 원추리, 자운
영, 독사풀, 감꽃, 코스모스' 등은 계절감각과 생명의 순수성을 의미하고
'할미꽃'은 죽음을 상징한다. 그의 시에서 '꽃'들은 모두 그의 고향 산야
에 핀 '꽃'으로 드러난다. '꽃'이 원수성 세계를 드러낼 경우는 소박함과
깨끗함으로 인식되지만, 차수성 세계를 드러낼 때는 가난과 고통으로 나
타난다. 전자의 '꽃'은 '들국화, 감꽃, 원추리'로 나타나고, 후자에는 '무우

꽃, 자운영, 독사풀' 등이 있다. 그러나 '꽃'의 아름다움에 의해 상대적으로 비극성이 강화되기도 하는데, 이러한 의미로 사용된 꽃은 '코스모스'이다. 그의 시에서 '꽃'은 대체적으로 화려함과 향기를 지니기 보다는 소박하고 순수한 의미를 드러낸다.

신동엽의 시에서 '진달래'는 우리의 전통 정서에 접맥되어 나타난다.

① 길가에 진달래 몇 뿌리 / 꽃 펴 있고 / 바위 그늘 밑엔 얼굴 고운 사람 하나 / 서늘히 잠들어 있었어요　　　　「진달래 山川」
② 너는 모르리라 / 진달래 피면 내 영혼 속에 / 미치는 두 마리 짐승의 울음　　　　「너는 모르리라」
③ 강산을 덮어 화창한 진달래는 피어나는데 그날이 오기까지는, 四月은 갈아엎는 달　　　　「四月은 갈아엎는 달」

'진달래꽃'이 우리 민족 정서인 한의 시적 상관물로 사용된다는 점은 보편화되어 있는 사실이다.23) 신동엽 또한 여기에 맥을 잇고 있다고 판단된다.

위 시 ①에는 봄에 '진달래꽃'이 피어 환기시키는 생명성이 "서늘히 잠들어 있"는 "얼굴 고운사람"의 죽음과 대조되어 있다. 이 시는 살아있는 화자와 전쟁 속에 죽어간 사람 사이의 비극적 역사를 환기한다. 그러므로 '진달래꽃'은 슬픈 역사에 뿌리내린 한국인의 원형적 이미지가 되는 것이다. 이러한 점은 시 ②에서 구체적으로 감지된다. 요컨대 "내 영혼 속에 / 미치는 두 마리 / 짐승의 울음"에서 두 대립된 감정은 한으로 이해된다. 그러나 시 ③에서는 이와 다른 의미로 드러난다. 이 시도 물론 위 시 ①, ②와 같은 맥락에서 파악되지만, 이 시의 '진달래'는 비극적 현실에 대한 거부와 대결 속에서 저항의지를 표상한다. 즉 현실 극복의지를 드러

---

23) 林永煥, 「金素月詩研究」, 『국어국문학』제96호(1986. 12), 75~78쪽.

넘으로써 우리 전통 정서 속에서 보여주던 순종의 미학을 넘어서고 있는 것이다.24)

　다음은 신동엽 시의 식물 이미지 가운데 '나무'에 대하여 살펴보자. 그의 시에서 식물 이미지 가운데 '나무'도 중요한 의미로 부각되는데, '森林, 숲, 정자나무, 古木, 原生林, 살구나무, 소나무' 등이다. 특히 그의 시에 나타나는 '둥그나무'는 상징성이 강하다. 그의 시에서 '나무'는 집단을 이루어 '숲'으로 나타나기도 한다.

　　① 고동치는 젖가슴 뿌리세우고 / 치솟은 森林 거니노라면
　　　　　　　　　　　　　　　　　　　　　　　　　「새로 열리는 땅」
　　② 숲 속에서 / 자라난 꽃 대가리　　　　　　　　　「원추리」
　　③ 들에 숲 속에 살아갈지어이　　　　　　　　　　「山에 언덕에」
　　④ 황진이 숲속선 /땅 즐겁게　　　　　　　　　　「여름 이야기」
　　⑤ 더위에 찌는 울창한 原生林　　　　　　　　　　「불바다」

　일반적으로 '나무'는 그 수직적 특성으로 공기의 상징적 음역의 일부를 만드는 반면에, 그 뿌리 내림으로 땅의 몸짓인 생생한 변천을 요약하고 있다. '나무'는 지속과 비옥의 상징이며, 계절의 변화에도 버티고 인간보다 오래 산다. 견고한 자애로움을 지니는 '나무'는 안정과 영원성을 부여하며 삶과 변신의 상징으로 인해 우주의 축소판25)이 된다. '숲'은 이러한 '나무'들이 자연적 상태로 모여 집단을 이룬 것이다. 위 시에서 '숲'은 문명이 침범하지 않은 가장 순수한 공간을 표상한다. '숲'이란 대지와 '나무'의 만남이 가장 풍부하게 나타나 조화로운 생명으로 가득한 곳이기 때문이다. 위 시 ①의 '森林'이나 ②, ③, ④의 '숲', '숲속', ⑤의 '울창한

---

24) 김창완, 「신동엽 詩에 나타난 恨」, 『韓南語文學』제17·18집(1992. 9), 333~348쪽.
25) 아지자·올리비에리·스크트릭, 앞의 책, 50~55쪽.

原生林’ 등은 ‘숲’이 지니는 상징을 통해서 원수성의 세계를 형상화한다.
그만큼 신동엽은 ‘숲’을 조화로운 삶의 공간으로 인식하였던 것이다.

　신동엽의 시에는 구체적인 ‘나무’들이 나타나고 있다.

　　① 黃眞伊 마당가 살구나무 무르익은 고렷땅　「阿斯女의 울리는 祝鼓」
　　② 살구나무 마을선 / 시절 모를 졸음　　　　　　　　　「여름 고개」
　　③ 물건 없는 山 / 소나무 곁을　　　　　　　　　　　　「살덩이」
　　④ 단풍은 내 山川 물들여 울었지　　　　　　　　　「丹楓아 산천」
　　⑤ 五月의 푸라타나스 街路 저 멀리 두고 온 보리밭 언덕을 생각하고
　　　 있는 것도 아니노라　　　　　　　　　　　　　「五月의 눈동자」

　위 시에서 ‘살구나무, 소나무, 단풍, 푸라타나스’를 긍정과 부정의 두
모습으로 형상화하였다. 이러한 ‘나무’들은 그것들이 자라는 시간과 공간
속에서 순수성과 생명의 소중함을 환기시킨다. 위 시 ①에서는 ‘고렷땅’
의 ‘살구나무’로서, 그가 이상 세계를 제시할 때 차용한 ‘고려’ 시대의
‘나무’이다. 그러므로 ‘나무’의 상징인 안정과 영원성을 그대로 지니고
있다. 즉, ‘나무’가 시 ②에선 ‘마을’을 지키고, 시 ③에서는 ‘산’을 지킨다.
그러나 ‘나무’에는 비극적 인식이 반영되어 나타나기도 하였다. 시 ④에
서 ‘나무’는 고통에 처한 현실을 드러내 준다. ‘나무’에는 ⑤처럼 상실한
고향의 그리움이 투사되어 있기도 하다. 그의 시에 ‘나무’는 수직상승의
역동적 상상력에 의해서 현실의 세계를 초월한다.[26] 지상으로부터 하늘
로 뻗어오르는 ‘나무’는 그 생명력을 통해서 비극적 현실을 벗어나 이상
세계를 지향하는 인간 내면의 의지를 표상하기도 한다. 아울러 신동엽은
모순된 현실과 결부시켜 비극적 현실인식을 ‘나무’에 투사하기도 하였다.

---

26) G. Bachelard, 정영란 譯, 앞의 책, 406~418쪽

그의 시에 드러난 '둥그나무'는 가장 중요한 이미지로 작용한다.

① 철따라 푸짐히 두레를 먹던 정자나무 마을로 돌아가자　「香아」
② 전혀 잊혀진 그쪽 황무지에서 노래치며 돋아나고 있을 쌨수 좋은
　둥그나무 새끼들을 발견할 거에요　「힘이 있거든 그리로 가세요」
③ 바위고 무쇠고 / 투구고 憎惡고 / 빨아들여 한 솥밥 / 樹液 만드는
　/ 나는 둥그나무　　　　　　　　　　　　　　「둥그나무」

'둥그나무'는 크고 오래된 '정자나무'를 말한다. 위 시 ①의 "철따라 푸짐히 두레를 먹던 정자나무 마을"이라는 귀절에서 평화로운 마을의 공동체적 삶을 상징하고 있다. 이 시의 '둥그나무'는 천상과 지상을 잇는 세계의 중심으로서 우주론적 상징을 띠는 '宇宙木'이라고 할 수 있다.[27] 나무는 지속과 肥沃의 상징으로서, 무수한 자손을 탄생시켜야 했던 인간의 형상을 구현하기 위해 만들어졌다. 그리하여 '나무'는 남근 형상를 지닌 부성적인 존재로서 여성의 자궁처럼 끊임없는 생산을 해냄으로써 안정성과 영원성을 드러낸다. 위 시 ②에서 나무는 '황무지'에 대립되는 "둥그나무 새끼들"로 나타나 황폐한 현실을 딛고 일어서는 강한 의지와 밝은 내일에 대한 확신을 표출한다. 이 시의 '둥그나무'가 '새끼들'로 표현된 것은 미래의 가능성을 나타내기 때문이다. 또한 시 ③에서는 "바위고 무쇠고 / 투구고 憎惡고 / 빨아 들여 한 솥밥 / 樹液 만드는" '둥그나무'로 표현하였다. 그의 시에서 '둥그나무'는 차수성을 극복하고 원수성으로 돌아가기 위한 귀수성의 전경인을 상징하기도 한다.

　한편, 신동엽의 시에서 '보리'는 중요한 상징적 의미를 나타낸다. 그것은 '밭'과 결합하여 '보리밭'이 되기도 하였다.

---

27) M. Eliade, *Patterns in Comparative Religion*(Sheed & Ward Inc., 1958), pp. 265~274.

① 부지런히 新武器를 신고 뛰어내리던 / 理由없는 발톱 // 보리밭을
　밟고 있었다
　　　　　　　　　　　　　　　　　　　　　　　　　　「발」
② 갈아엎은 漢江沿岸에다 / 보리를 뿌리면 비단처럼 물결칠, 아 푸른
　보리밭
　　　　　　　　　　　　　　　　　　　　「四月은 갈아엎는 달」
③ 저 고층 건물들을 갈아엎고 그 광활한 땅에 보리를 심으면 그 이랑이
　랑마다 얼마나 싱싱한 보리들이
　　　　　　　　　　　　　　　　　　　　　　　　　「서울」
④ 건, 보리밭서 / 강의 물결 타고 / 거슬러 올라가던 꿈이었지
　　　　　　　　　　　　　　　　　　　　　　　「보리밭」
⑤ 그리고 보리 이랑이 / 江과 마을을 물들이면 / 나는 떠나갈 것이다
　　　　　　　　　　　　　　　　　　　　　　　　　「影」
⑥ 두고 온 보리밭 언덕을 생각하고 있는 것도 아니노라
　　　　　　　　　　　　　　　　　　　　「五月의 눈동자」

　그의 시에서 '보리'는 원수성의 세계를 상징한다. 그것은 원수성의 대지
와 가장 밀접하게 연관되는 것이 '보리'이기 때문이다. 따라서 '보리'는
우리 민족의 생명력과 순수성을 지닌 상징으로도 작용한다. 위 시 ①에서
'보리'는 외세와 서구 문명을 의미하는 "新武器를 신고 뛰어내리던 / 理由
없는 발톱"에 의해 짓밟히는 민족의 순수성과 생명을 의미한다. 또한 '보
리'는 귀수성의 시적 상관물로도 기능한다. ②와 ③에서 '보리'는 차수성
의 현실을 시원적 공간으로 되돌리기 위해 생명력을 땅에 불어넣는 역할
을 하고 있다. 그리하여 위 시 ④와 ⑤처럼 '보리밭'은 생명과 풍요의
토대로서 귀수성의 이미지인 '바람'이 가미되면 보리밭의 '물결'로 역동
성을 띠게 된다. 따라서 '보리밭'은 이상적 공간으로서 삶의 건강성과
역동성을 갖는다. 한편 '보리밭'은 ⑥에서 '五月'과 연관되어 대지의 생명
력이 고도로 발휘되는 구체적인 고향을 표상하기도 한다.
　이상에서 살핀 바, 신동엽 시의 식물 이미지와 광물 이미지는 '알맹이'와
'껍데기'의 대립을 통해서 그의 시에 중심 이미지로 자리한다. 그의 시에서

중요한 광물 이미지는 '바위', '농기구', '무기', '쇠붙이' 등이다. 이 가운데 '무기'나 '쇠붙이'는 차수성 세계를 드러내는 대표적 상관물로 드러난다. 반면에 '농기구'는 매우 긍정적인 의미를 갖는다. 그것은 '농기구'가 인간의 노동을 통해서 대지와 연관되기 때문이다. 광물 이미지의 부정적인 측면은 딱딱하고 날카로운 속성으로 기계화되고 몰인정해진 현대적 삶의 비정함과 폭력성을 암유한다. 일반적으로 광물 이미지의 상징성은 그 견고함으로 인하여 대부분 인위적이고 공격적이며 저항적인 까닭이다.

신동엽의 시에서 대표적인 광물 이미지는 '바위'로 표상되었다.

① 의형제를 묻던, / 거기가 바로 / 그 바위라 하더군요　「진달래 山川」
② 六月의 하늘로 올라 보아라, / 바위를 굴려 보아라
　　　　　　　　　　　　　　　　　　「阿斯女의 울리는 祝鼓」
③ 쓸쓸하여도 이곳은 占領하라. 바위 그늘 밑, 맨 마음채 「이곳은」
④ 돌창을 / 던져라, / 꽂힌 / 바위　　　　　　　　「山死」
⑤ 바위고 무쇠고 / 투구고 憎惡고 / 빨아들려 한 솥밥 / 樹液 만드는
　　　　　　　　　　　　　　　　　　　　　「둥그나무」
⑥ 봄은 뒷동산 바위 밑에, 마을 앞 개울　　　「봄의 消息」

'돌'은 인류의 원시시대부터 의미심장한 종교적 상징으로 쓰여 왔다. 돌이 갖는 물질의 견고함과 항구성은 원시인의 종교에서 聖賢(hierophany)을 표상하였다.28) '돌'은 무엇보다 어느 것에도 의존하지 않고 스스로 존재하기 때문에, 인간 조건의 불안정성을 초월하는 절대적인 존재 양식을 암시해 준다. 또한 '돌'은 그것의 크기, 견고함, 형태 등을 통해 인간이 처한 속세와는 다른 세계의 實在, 즉 힘을 느끼게 한다.

신동엽의 시에서 '바위'는 주로 산에 위치하며 단단하여 부서지지 않는

---

28) M. Eliade, *Patterns in Comparative Religion*, op. cit., p. 216.

다는 점과 그리고 고정적으로 한 군데 붙박혀 있다는 자연적 속성을 충실히 반영하고 있다. 시 ①에서 '바위'는 "후고구렷적 장수들이 / 의형제를 묻던 / 거기"에 존재하여 현재까지 이른다. '바위'는 온갖 역사의 시련을 겪고도 부서지거나 다른 곳으로 굴러가지 않고 '거기'에 늘 존재함으로써 과거와 현재를 동시적 공간 속에 매개하고 있다. 시 ②에서는 '바위'가 비극적 역사 현실에 대하여 각성의 울림을 자아낸다. 이 때의 '바위'야말로 역사의 시련을 넘어 자신을 지켜온 민중들의 현실 극복의지를 상징한다. 이 시의 "바위를 굴려 보아라"는 구절에서 화자는 역사에 대하여 능동적이고도 적극적인 자세를 촉구한다. '바위'의 상징은 구르는 운동을 통해 차바퀴의 중앙에 자리하는 생명력의 원천에서 우주 만물을 향해 창조적 영향력을 발사[29]하기 때문이다.

그러나 위 시 ③에서 '바위'는 단단함과 요지부동의 성격을 견지하고 있어 부정적으로 인식되기도 한다. 즉, 황량한 대지 위에 생명과 활동이 정지되어 있는 현실의 시적 상관물로 등장한다. 그러므로 시 ④에서 '바위'는 돌창을 던져서 깨트려야 할 대상이 된다. 이 시에서 '바위'는 생동감을 잃어버린 역사를 의미하였다. 이 점은 시 ⑤에서도 발견할 수 있다. 즉, 타성과 낡은 세계를 부정하기 위해 화자는 돌창을 던지고, '등그나무'로 하여금 그 '바위'를 빨아들여 한솥밥을 짓게 하는 것이다. 시 ⑥에서는 '바위'가 자연물의 일부로 드러나기도 하였다.

신동엽의 시에 나타난 광물 이미지 중 '무기, 쇠붙이' 등은 예리한 의지와 硬性의 물질로서 도구의 공격적 성격[30]을 표상하는 차수성의 이미지이다. 그의 광물 이미지 가운데는 무기에 속하는 것이 가장 많고 다양하다. 그것들은 '長銃, 비행기, 탱크, 젯트기, 총칼, 총알, 탄피, 폭탄, 화살,

---

29) P. Wheelright, op. cit., pp. 125~126.
30) G. Bachelard, 민희식 譯, 앞의 책, 229~235쪽

창칼, 쇠항아리, 대포, 철조망, 지뢰' 등으로 나타난다. 이것들은 모두 인류를 대립과 반목, 살상과 파괴로 치닫게 하여 죽음으로 몰아가는, 철저히 거부되어야 할 차수성 세계의 대상들이다.

① 그 평화지대 양쪽에서 / 총부리 마주 겨누고 있던 탱크들이 일백팔십
　　도 뒤로 돌데　　　　　　　　　「술을 많이 마시고 잔 어제밤은」
② 불쌍한 原住民에게 銃쏘러 간건 / 우리가 아니다　　　　　「祖國」
③ 눈 사태속서 총겨냥한 / 낯선 병사의 호령을 듣고　　「왜 쏘아」
④ 꽃다운 산골 비행기가 / 지나다 / 기관포 쏟아 놓고 가버리더군요
　　　　　　　　　　　　　　　　　　　　　　「진달래 山川」
⑤ 이곳 저곳에서 / 탱크 부대는 지금 / 밥을 짓고 있을 것이다 「風景」
⑥ 너의 아들이 學校 가는 눈동자 속에 銃알을 박아 보았나? 「阿斯女」
⑦ 삼백 예순 날 날개 돋친 폭탄은 대양 중가운데　　　　「이곳은」
⑧ 異邦人들이 대포 끌고 와 / 江山의 이마 금그어 놓았을 때도 「祖國」
⑨ 한반도 허리에서 / 철조망 지뢰들도 / 씻겨갔으면 「새해 새 아침을」

신동엽은 무기를 현대 물질문명 가운데 가장 혐오스러운 대상으로 인식한다. 그것은 이데올로기의 대립과 전쟁을 야기시켜 인류를 파멸로 몰아가기 때문이다. 그것들은 전쟁의 주범으로서 우리 민족에게 동족상잔의 비극을 낳았으며, 강대국의 약소국에 대한 침략과 세계대전을 일으키기도 하였다. 위 시 ①의 '총뿌리', ②와 ③의 '총', ④의 '비행기', ⑤의 '탱크', ⑥의 '총알', ⑦의 '폭탄', ⑧의 '대포', ⑨의 '철조망' 등이 바로 그것이다. 그러므로 그의 시에 나타나는 '쇠붙이'는 부정적인 의미를 갖는다. 신동엽에게 전쟁은 차수성세계의 적나라한 모순으로서 그가 가장 증오했던 대상이기 때문이다.

① 향그러운 흙가슴만 남고 / 그, 모오든 쇠붙이는 가라

　　　　　　　　　　　　　　　　　　　　　「껍데기는 가라」
② 강산을 덮은 그 미움의 쇠붙이들　　　　　　　　「봄은」
③ 한반도에 와 있는 쇠붙이는 / 한반도의 쇠붙이가 아니어라
　　　　　　　　　　　　　　　　　　　　「水雲이 말하기를」
④ 그 모오든 쇠붙이는 말끔히 씻겨가고
　　　　　　　　　　　　　　「술을 많이 마시고 잔 어제밤은」
⑤ 바위고 무쇠고 / 투구고 憎惡고　　　　　　　「둥그나무」

　위 시 ①에서 '쇠붙이'는 '흙가슴'과 대립된다. ②에서는 '쇠붙이'가 '미움'과 동일시되어 '강산'과 대립되어 있다. ③의 '쇠붙이'는 외세를 상징하여 민족의 순수성을 파괴하는 강대국들의 무력을 의미한다. 이 시에서도 '쇠붙이'는 '한반도'와 대립적으로 파악된다. 그리고 시 ④와 ⑤는 이상의 모든 것을 포괄하는 부정적 의미를 암시한다.

　그러나, 광물 이미지가 형태와 용도를 바꾸면 긍정적 가치를 갖게 된다. 그것은 그의 시에서 가장 중심이 되는 대지 위에서 인간을 매개하는 '농기구'가 될 때이다. 그리하여 대지를 갈아엎고 그 '흙가슴'에 생명의 씨앗을 뿌려 삶의 건강성을 회복하는 공동체적인 삶, 생산과 풍요와 다산을 가져올 수 있기 때문이다.

① 창칼은 구워서 호미나 만들고요　　　　「주린 땅의 指導原理」
② 고요한 새벽 丘陵이룬 處女地에 / 쟁기를 차비하라
　　　　　　　　　　　　　「… 싱싱한 瞳子를 爲하여…」
③ 호미 쥔 손에서 / 쟁기 미는 姿勢에서 / 歷史밭을 갈고
　　　　　　　　　　　　　　　　「주린 땅의 指導原理」
④ 수수럭거리는 수수밭 사이 걸찍스런 웃음들 들려 나오며 호미와
　　바구니를 든 환한 얼굴 그림처럼 나타나던 석양　　　「香아」
⑤ 하늘 千萬개의 삽으로 퍽퍽 파헤쳐 버리란 말일세　　「機械야」

신동엽은 '무기'를 '농기구'로 만들고자 하였다. 위 시 ①에서 "창칼은 구워서 호미"로 만들려고 했는데, 이는 차수성을 거부하고 원수성으로 되돌아가려는 상징적 의미를 반영하는 것이다. 즉 그는 '농기구'가 행사하는 경작의 힘으로 현실을 새롭게 개척해 갈 수 있다고 믿었기 때문이다. 그리하여 시 ②에서는 '농기구'가 노동을 지향하며 대지로 나아가고 있다. 이 시에서 "새벽 丘陵이룬 處女地"란 구절은 아직 인간의 손길이 닿지 않은 시원적 공간을 의미한다. 그것은 인류의 시초를 열어 운명을 개척하는 노동의 첫 발이 딛게 될 신성스러운 곳이다. 이 시에서 '丘陵'은 돌출부로서 여성의 성기를, '쟁기'는 남성의 성기를 의미함으로써 남성과 여성의 성적결합으로 풍요와 다산을 상징한다. 이러한 대지의 생명력을 통해서 인류는 전쟁에서 평화로, 죽음에서 삶으로, 질병에서 건강으로, 가뭄에서 해갈로의 전이를 이룰 수 있는 것이다. 그것은 밭일이나 곡물의 성장에 대한 남근의 연관성은 성행위와 밭갈이 및 파종의 작업과 연관시켜 생각할 수 있기 때문이다.[31]

이 점은 다음 시에서도 확인된다. 시 ③은 '호미'와 '쟁기'로 벌이는 노동의 자세로 역사를 일구어 나가고자 한다. 2의 시에 나타나는 '역사밭'은 대지의 정신과 연관을 갖고 있다. '역사밭'에는 '역사'라는 시간적 의미와 '밭'이라는 공간적 의미가 결합되어, 그 위에서 이뤄지는 노동은 역사의 개척을 의미한다. 시 ④도 인간들이 공동으로 행하는 노동의 흥겨움을 펼쳐보인다. 이렇듯이 '쇠붙이'는 '농기구'로 바뀌어 노동에 쓰일 때만 가치를 갖게 된다. 그리하여 신동엽은 시 ⑤에서 '삽'은 '논밭, 山脈, 高原'을 파헤치는 노동의 현장으로 돌아가라고 경고하였다.

신동엽은 '호미', '쟁기', '삽' 등을 들고 대지로 나아가 노동하는 삶을

---

31) P. Wheelright, op. cit., pp. 115~116.

현대 인류가 추구할 자세로 파악하였다. 그것은 반목과 대립, 전쟁과 파괴를 거부하고 노동의 힘과 정직성에 기반을 둔 삶의 태도로서, 상호 협동하고 단결하는 공동체적 삶의 세계를 지향하는 것이다.

　이상에서 알 수 있듯이 신동엽의 시에서 식물과 광물 이미지는 대립적으로 드러나는 바, 그것은 '알맹이'와 '껍데기', '흙가슴'과 '쇠붙이'의 대립으로 파악된다. 따라서 '고대'와 '현대', '농촌'과 '도시', '원시성'과 '문명', '본질'과 '비본질', '생명'과 '죽음', '민족의 순수성'과 '외세의 개입' 등을 포괄하게 된다. 이때 이러한 대립 항목의 앞의 것들이 그의 시에서 '알맹이'로 상징되어 대지의 세계, 원수성의 세계와 연관된다. 반면에 뒤의 것들은 '껍데기'로 상징되며 현대 문명, 차수성 세계와 연관을 갖는다. 그러므로 그의 시에 나타나는 '쇠붙이'들은 차수성 세계의 모순을 상징한다. 그것은 '흙가슴'에 대립하는 것으로서 '쇠붙이'가 의미하는 생명상실, 대지의 황폐함, 모성과 공동체적 삶의 파괴를 드러내기 때문이다. 그러나 대지와 연관성을 갖지 못한 '쇠붙이'가 '농기구'로 변하여 노동에 쓰여지면 긍정적 가치를 얻게 된다. 그것은 대지와 인간을 노동으로 매개하여 풍요와 다산을 가져오기 때문이다.

　이상에서 살펴본 식물과 광물이미지의 대립을 종합하면 다음과 같이 나타낼 수 있다.

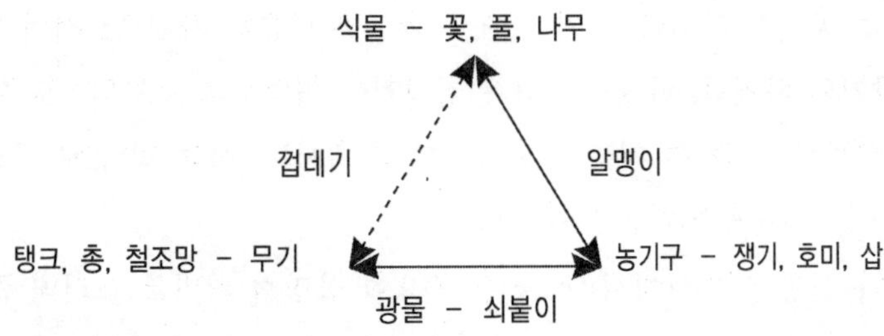

3) 천체 이미지의 의미

천체 이미지는 하늘과 해, 달과 별, 구름과 무지개 등 천상의 이미지군으로 이루어지는 상상력의 범주를 말한다. 신동엽 시에서 천체 이미지는 '하늘, 태양, 구름'이 중심을 이룬다. 그의 시에 나타난 '하늘'과 '태양' 그리고 '구름'은 주로 우리 민족의 역사 속에서 모순과 극복이라는 상징으로 드러나고 있다. 즉, '하늘'의 이 상징성은 신동엽의 의식세계를 가장 집약적으로 드러내 주는 것으로서 '태양'을 통해서 대지로 전달되는데, 그것을 차단하는 것이 '구름'이다. 그러므로 '하늘'은 그의 시 천체 이미지 가운데 최다 빈도수를 차지하고 있다.

> ① 한국 하늘, 어제 날아간 　　　　　　　　　　　　　　「風景」
> ② 등짐으로 넘나들던 / 저기 / 저 하늘가.
> 　　　　　　　　　　　　　　　　　　　　「내 고향은 아니었네」
> ③ 나비를 타고 / 하늘을 날아가다가
> 　　　　　　　　　　　　　　　　「술을 많이 마시고 잔 어젯밤은」
> ④ 하늘은 너무 빨리 / 나를 손짓했네　　　　　　「담배 연기처럼」
> ⑤ 아름다운 / 하늘 밑 / 너도야 왔다 가는구나　　　「그 사람에게」

인용시 ①, ②, ③의 '하늘'은 대지와 대립되어 있는 천상의 공간이다. 그곳은 현실의 모순과 혼돈스러운 삶의 속박을 벗어나 자유와 평화가 발휘되는 공간인 것이다. 그의 시에서 '하늘은 다분히 자연으로서의 의미를 지니기도 하지만, 인간의 죽음을 관장하는 영역으로 파악되기도 한다. 위 시 ④에서 '하늘'은 저승을 의미하고, ⑤에서는 '하늘 밑'으로 나타나 생에 대립하는 공간으로 드러난다.

그러나 신동엽의 시에서 '하늘'은 중요한 상징적 의미를 드러내 준다.

그것은 서사시 「錦江」에서도 매우 중요한 이미지로 파악된다. 그리하여 「錦江」의 '서화'와 '후화'에서 '하늘' 이미지는 이 작품이 의미구조와 주제의식을 적절히 함축하며, '제1장－26장'은 이러한 '하늘'의 이미지의 서사적 전개에 지나지 않는다[32]고 할 수도 있다.

   ① 누가 하늘을 보았다 하는가 / 누가 구름 한 송이 없이 맑은 하늘을
     보았다 하는가   「누가 하늘을 보았다 하는가」
   ② 돌 속의 하늘이여 / 우리는 역사의 그늘 소리없이 뜨개질하며 그날을
     기다리고 있나니   「祖國」
   ③ 보세요 / 上天 계신 한울님 / 만날 수 있을까요   「丹楓과 山川」
   ④ 지금 난 너의 눈동자를 보고 있지 않노라 / 지나온 하늘 草綠庭園에
     딩굴던 / 태양의 이야기에 귀기울이고 있는 것도 아니노라
                                「五月의 눈동자」

  위 시 ①에서 '하늘'은 신동엽의 시에서 가장 중심적 상징 표현이다. 이 시에서 '하늘'은 단순히 우리의 머리 위에 존재하는 공간이 아니다. 그것은 사람들이 마음을 닦고, 머리에 덮인 쇠항아리를 찢고 난 다음에야 볼 수 있다. '하늘'은 모순과 갈등, 허위와 비본질로 가득 찬 현실에서 사람들이 자각을 거친 다음에야 도달하게 되는 정신의 영역이다. '하늘'은 역사 속에 가장 빛나는 순간으로서 '껍데기'와 '쇠붙이' 등 모든 악의 요소를 벗어난 뒤에 이를 수 있는 경지이다. '하늘'은 보다 완전한 인간이 되어 눈뜰 때 바라볼 수 있는 영원하고 이상적인 세계로서, 동학사상에서

---

32) 민병욱, 『한국서서시의 비평적 성찰』(地平, 1987), 236~239쪽.
   첫째, 역사적 시간 이미지의 관련성에서, 4·19 학생혁명 3·1 독립운동, 동학농민전쟁
   이 그렇듯이, '하늘'은 민중 집단의 의식적 힘과 통제라는 의미를 내포한다.
   둘째, 얼굴, 가슴, 꽃의 이미지의 관련성에서, '하늘'은 현재의 익명적 집단인 우리에게
   '영원성, 감명성, 빛, 결실, 사랑' 등의 의미, 즉 공동체의 삶과 사랑을 의미한다.

말하는 바의 후천개벽의 새 세상이기도 하다.[33] 시 ②에서의 '하늘' 또한 ①의 '하늘' 의미망에 연결된다. 이 시의 '돌'은 모순에 처한 암담한 현실을 표상하지만 그 '돌' 속에서도 하늘은 맑게 개어 있고, 언젠가는 밝게 빛날 한 순간을 위하여 숨쉬며 살아있는 것이다. 그것은 가장 빛나는 역사의 그 순간을 위해서 '돌' 속에서도 빛을 잃지 않는 '하늘'이다. 즉, '하늘'은 인간에게 새로운 세상을 예고하는 믿음의 상징으로 작용한다.

위 시 ③에서 '天上'은 '한울님'이 계신 곳이다. '天上'이라는 표현은 '한울님'과 걸맞게 쓰인 것이다. 이 시에서 '하늘'은 '한울님'과 등가 관계를 이룬다. 동학사상에서 말하는 '事人如天'의 하늘이며, '後天開闢'과도 연관을 갖는다. 신동엽의 시에서 '한울'은 '한 집, 한 마을, 한겨레, 한 인류, 한 세계, 한 우주' 등으로 확산되어 大同體의 의미를 드러낸다. 따라서 '天上'은 차수성의 현실로부터 나아갈 귀수성의 상징적 의미를 보여준다. 그것은 보다 완전한 단계에 이르는 자각을 거친 뒤에 도달하는 정신의 영역이다. 이렇게 보면 그의 시에서 귀수성의 세계는 '현실→하늘'로 지향하는 단계임을 알 수 있다.

시 ④에서는 '하늘'이 공간적 의미뿐만 아니라 시간적 의미까지를 동반함으로써 역사를 상징한다. 이 시의 '하늘'은 시간의 공간화로 표상되어 있다. 신동엽은 역사를 살아있는 실체로 파악했고, 그 안에서 인간은 올바른 도리로 살아가야 하는데, 이 때 '하늘'은 인간이 추구할 절대적 가치를 지니는 이상적 세계를 상징한다. 즉, 그의 시에서 '하늘'이 상징하는 의미

---

33) 申福龍, 『東學思想과 甲午農民革命』(평민사, 1985), 213~218쪽.
혼돈스런 사회가 정신적으로나 물질적으로 병적일 때, 개벽사상은 그 사회를 구제하기 위해서 새로운 시대(上元甲)가 도래함을 의미한다. 개벽은 낡은 세상이 가고 새 세상이 도래하는 것으로서 민중이 고뇌에서 해탈하는 방법이다. 개벽사상은 정신의 개벽, 민족의 개벽, 사회의 개벽이 있다.

는 자유와 이상, 영원과 불변의 가치로서 현실에 얽매인 인간들이 참다운 역사를 이룩함으로써 도달해야 할 세계이다. 그래서 이 시에는 '태양'이 그것의 중심을 이루는 상징적 이미지로 드러난다. 그의 시에 나타나는 천체 이미지 가운데 '태양'이 지니는 비중이 큰 이유는 바로 여기에 있다.

'태양'은 신동엽의 시에서 '해, 햇빛, 夕陽' 등으로 다양하게 나타나고 있다. '태양'은 '하늘'과 함께 그의 시에서 인간 삶의 절대적 가치를 표상한다.

① 지나온 하늘 / 草綠庭園에 딩굴던 太陽의 이야기에 귀기울이고 있는
　것도 아니노라　　　　　　　　　　　　　　　「五月의 눈동자」
② 宇宙밖 窓을 여는 맑은 神明은 / 太陽빛 거느리며 태어날 것인가
　//太陽빛 거느리는 맑은 敍事의 江은 宇宙밖 窓을 열고 춤춰 흘러갈
　것인가?　　　　　　　　　　　　　　　　「이야기하는 쟁기꾼의 대지」
③ 그렇지요, 좀만 더 높아 보세요. 쏟아지는 햇빛 검깊은 하늘밭 부딪
　칠 거에요　　　　　　　　　　　　　　「힘이 있거든 그리로 가세요」
④ 산 마루 / 투명한 햇빛 쏟아지는데 / 차마 어둔 생각 했을 리야
　　　　　　　　　　　　　　　　　　　　　　　「아니요」

위 시에서 '태양'은 '하늘'과 긴밀한 연관성을 갖고 있다. '태양'은 사람이 마음 속 구름을 닦고서 하늘을 볼 때 하늘로부터 전달되어 오는 메세지이다. 따라서 시 ①에서 '태양'은 "太陽의 이야기"로, ②에서는 "太陽빛 거느리는 맑은 敍事의 江"으로 표현되었다. '태양'은 하늘 한 가운데에서 인간에게 빛을 보내준다. 그것은 인간 삶의 혼돈 위에 진리와 가치의 상징으로 자리한다. 일반적으로 달은 변화와 순환하는 반복의 특성을 지님으로써 그 근원에 있어 모든 시간의 척도가 된다면, '태양'은 그 반대로 불변성의 이미지를 부여해 준다.34) 날이 지나도 '태양'은 그 모양이 변하

---

34) 아지자 · 올리비에리 · 스크트릭, 앞의 책, 304~306쪽.

지 않는다. '태양'은 에너지를 베풀어 주는 역할 이상의 가치를 갖는데, 그것은 모든 유기체들에게 허용하는 삶을 위한 기본적 기능을 하기 때문이다. '태양'은 그 항구 불변성과 자율성으로 인하여 힘, 지성, 절대적 권력을 상징한다. 그러므로 '태양'은 신의 아들이나, 신이 그 자신을 닮도록 만들어 낸 것으로 이해된다. 이 시에서 '태양'은 인간에게 생명을 부여해 줄 뿐만 아니라, '이야기'를 전달해줌으로써 인간 삶의 절대적 가치를 제시하는 것이다. 이 시에서 '이야기 = 빛'의 등식이 성립하며 '빛'의 시각성과 '이야기'의 청각성이 결합된 공감각적 표현으로 나타난다. 시 ②에서는 '태양'이 세계를 거느리는 힘, 지성, 권력으로 작용하여 우주 전체를 관장하는 힘을 상징하고 있다. 그것은 인간이 추구해야 할 이상적 세계를 상징하는 '敍事의 江'을 지향하는 것이다.

위 시 ③과 ④에서 '태양'은 '햇빛'으로 나타난다. '햇빛'은 '태양'과 '빛'의 결합이다. 일반적으로 '태양'은 빛의 원형으로 자리한다. 예리한 빛줄기 앞에서는 어떠한 권위도 전통도 그 무엇도 저항할 수 없다. '빛'은 신이 우리에게 주었던 깨달음의 기능을 갖는다. '빛'은 불에 연관되어서는 눈부심, 불타는 태양, 빛남의 도식들을 부여해 준다. '빛'이 공기에 연관되면 상승의 상징인 성좌 속에 속하여 천사와 후광, 비둘기의 순수함, 독수리의 거대함, 음악적인 소리의 감동 깊은 순수한 전경 같은 것으로 드러나기도 한다.[35] 그리하여 위 시 ③에서 '햇빛'은 진리와 정의, 변질되지 않는 절대적 가치를 나타내고, ④에서는 혼돈의 세계로부터 새로운 열림의 세계로 이끌어가는 힘을 상징하였다. 이 때의 '햇빛'은 인간에게

롱사르는 다음과 같은 시(「목가」.1)를 쓰고 있다.
태양이여, 불의 원천, 저 높은 곳의 아름다운 둥근 것이여
태양이여, 세계의 영혼, 정신, 눈(目), 아름다움이여.
35) 위의 책, 231~237쪽.

주는 새로운 세계에 대한 계시의 의미를 지닌다. 이를 통해서 인간은 늘 '하늘'을 꿈꾸는 것이다.

한편, '태양'은 인간의 공동 생활에서 오는 평범한 수평적인 생활에 대한 억눌린 본능의 해방을 의미한다. '하늘'로 솟구치는 몽상은 모든 몽상 가운데서 인간을 가장 자유롭게 해주기 때문이다.[36] 우리의 꿈은 현실을 벗어나기를 추구하므로 '하늘'을 통하여 영원한 세계를 지향하는 것이다. 위 시 ④에서 강조된 '빛'의 투명함은 순수와 이상 세계를 상징하여 인간 삶의 가치를 촉구한다. 이 시에서 "투명한 햇빛"은 혼미한 세계 속에서도 전도될 수 없는 삶의 가치를 말해 준다.

그러나 '구름'은 '하늘'을 가려버리고 인간에게 '빛'이 전달되는 것을 차단하기 때문에 부정적으로 인식된다. 그의 시에서 '구름'은 천체 이미지 가운데 '하늘'과 '태양'에 대립된 의미를 표상한다. 즉, '하늘'과 '태양'을 가리고 역사의 시련과 모순을 가져오는 것으로 나타난다. '구름'은 인간들로 하여금 '하늘'과 '태양'을 볼 수 없게 하여 의식의 혼미함을 초래한다. 따라서 인간들은 마음속 '구름'을 닦은 뒤에야 '하늘'을 볼 수 있는 것이다.

① 구름이 가고 새 봄이 와도 허기진 平野 「阿斯女의 울리는 祝鼓」
② 아침 저녁 / 네 마음속 구름을 닦고 / 티 없는 맑은 永遠의 하늘
「누가 하늘을 보았다 하는가」
③ 가로수 위 / 구름 위 / 보이지 않는 영화로운 / 未來로의 소리로
// 거대한 神은 / 소맷깃 뿌리며 / 부처님같은 얼굴로
「노래하고 있었다」

---

36) G. Bachelard, 민희식 역, 앞의 책, 26쪽.

'구름'은 '사람'과 '하늘' 사이에서 서로를 차단시킨다. 그러기에 신동엽의 시에서 '구름'은 정체되어 있는 모순을 의미하여 부정적으로 인식된다. 위 시 ①의 '구름'은 '새 봄'과 대립적으로 드러난다. 이 시에는 '구름'이 흘러가고 '새 봄'이 와도 세상은 변함이 없다. '구름'은 인간 세상의 모순과 갈등을 반영함으로써 비극적 현실의 암담함을 보여준다. 시 ②에서 '구름'은 인간의 '마음속'에서 진리를 깨닫지 못하게 함으로써, 그것은 완전한 인간의 자각과 거듭남을 저해하는 요소들이다. 인간이 진리를 볼 수 없다는 것은 곧 인간 내부의 문제라 하겠다. 그러므로 이 시에서 '구름'은 인간 내면 속에 존재하는 모순을 의미한다. 시 ③에서 '하늘'은 "거대한 神"으로 비유되었는데, '구름'은 인간이 '하늘'을 깨닫지 못하고 비본질적인 삶에 처하도록 하는 것이다. 이 시에서 '하늘'은 "未來로의 소리", "부처님 같은 얼굴"로서 비유되어 시·공간을 초월하는 절대적 진리를 의미한다. 즉, '하늘'은 이상과 진리의 영역을 표상하고 있다.

한편, 신동엽의 시에는 '구름'이 긍정적 이미지로 나타나기도 하였다. 그것은 그의 시에서 '구름'이 역사와 결부되어 동적인 상상력과 결합되어 나타날 때이다. 그것은 비극적 현시로 침체되어 있던 역사가 역동성을 띠며 변모하기 시작하는 움직임의 시적 상관물로 쓰이는 경우이다.

① 한강 백사장 / 東學戰爭 삼베 구름   「주린 땅의 指導原理」
② 구름도 마려워서 / 저기 저 고개 턱에 걸려 있나 구름을 쏟아라 /
  역사의 하늘 / 벗겨져라   「마려운 사람들」

위의 시 ①에서 '구름'은 비로 변하여 지상을 공격할 수 있는 의미를 지닌다. 그의 시에서 하늘은 "역사의 하늘"로 '역사'와 '하늘'이 등가적인

데 '구름'이 "東學戰爭 삼베 구름 떼"를 표상하여 폭우 직전, 어떤 일이 완료되어 시작의 단계로 접어드는 상태를 의미한다. 그러므로 땅의 모순과 갈등, 비극적 역사의 공간에 대립되는 긍정적 공간인 '하늘'에서 '구름'은 역사를 올바로 잡기 위해서 뭉쳐 일어선 민중들의 힘을 의미한다. 이시에서 '구름'은 동학농민전쟁에서 농민들이 입었던 '삼베'옷으로 비유되고 있다. 시 ②의 '구름'도 ①과 같은 의미로 나타난다. 즉, "구름도 마려워서" 쏟기 직전의 상태로 "저기 저 고개턱에 걸려 있"는 것이다. 구름을 쏟을 때 "역사의 하늘"은 벗겨진다. '구름'은 "역사의 하늘"을 어둠 속에서 밝고 맑게 빛나는 하늘로 바꾸어나갈 수 있는 힘이다. 이 시에서 '구름'은 역사적 단계에서 새로운 변모를 이끄는 주체적 힘을 형상화하고 있는 것이다.

3. 맺음말

이상에서 살펴본 것처럼 신동엽 시의 중심 이미지들은 '대지 이미지', '신체 이미지', '식물 이미지', '광물 이미지', '천체 이미지'로 파악된다. 그의 시에는 이외에도 수많은 이미지들이 발견되지만, 그것들은 대개 이다섯 가지 이미지의 하위 부류이거나 보조적 연관성 위에서 나타난다. 따라서 이 다섯 이미지는 그의 시 전체 속에서 상상력의 체계를 형성하고 있다. 이 가운데 다른 네 종류의 이미지들은 대지 이미지를 중심으로 연관된다. 그의 시는 대지 이미지가 가장 중요한 부위를 점하고 있다. 이로써 그의 대지 정신과 밀접하게 관련되어 있다. 그의 시의 지향점은 대지 위에 설정되어 현실극복과 이상세계를 추구한다. 그의 시 이미지들의 상관관

계는 아래와 같은 도식으로 나타낼 수 있다. 이것은 각각의 이미지가 그의
시 전체 속에서 상관적으로 이루는 상상력의 구조가 될 것이다.

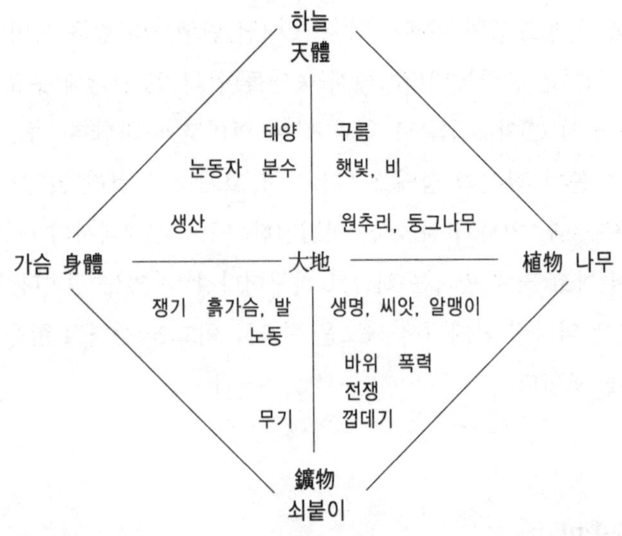

위의 도표를 통하여 신동엽 시 이미지의 체계와 상상력의 구조를 파악
할 수 있다. 그의 시에서 가장 중심이 되는 '대지' 이미지는 '신체·식물·
광물·천체' 이미지를 포괄하고 있다. 궁극적으로 대지 이미지는 이 네
부류의 이미지를 연결하여 그가 추구하고자 했던 '원수성 세계'를 형상화
한다. 따라서 대지 이미지는 매개항을 통해서 다른 네 이미지와의 통합을
지향한다. 그것은 '대지'와 '신체' 사이에 '흙가슴'을, '대지'와 '천체' 사
이에 '태양'과 '빛'을, '대지'와 '식물' 사이에는 '둥구나무'와 '씨앗'을 그
리고 '대지'와 '광물' 사이에서는 '바위'를 통하여 통합을 추구한다.
　한편 '대지'를 제외한 네 부류의 이미지 사이에도 매개항은 나타난다.
'신체'와 '천체' 사이에는 '눈동자'가 매개항으로 등장하여 인간이 영원을

지향하도록 하고 있다. 그것은 인간 정신의 살아있는 빛으로서 하늘을 향해 깨어 있고 열려 있는 인간의 실체를 상징한다. '신체'와 '광물' 사이에는 '쟁기'와 '무기'가 연관된다. 여기서 '쟁기'는 농기구로서 '인간'을 노동으로 '대지'와 매개시켜 주기 때문에 긍정적으로 나타나지만, 전쟁에 쓰이는 '무기'로 나타날 때는 '대지'를 죽음과 파괴로 몰아가는 부정적 측면을 반영한다. '광물'과 '식물' 사이에서는 '쇠붙이'를 매개항으로 '껍데기'와 '알맹이'의 대립을 보여준다. '천체'와 '식물' 사이에서는 '비'를 매개항으로 하여 차수성의 부정적 세계를 드러낸다.

이상의 사실을 종합해 보면, 그의 시 이미지는 대지와 신체 이미지가 대응함으로써 원수성의 세계를 드러내 준다. 그는 대지에 발을 딛고 노동으로 살아가는 원수성의 삶을 인간의 이상세계로 파악하였으며, 바로 이러한 삶의 모습은 대지와 신체 이미지의 결합으로 이뤄지기 때문이다. 그는 식물과 광물 이미지의 대립을 통해서 현실의 모순을 밝히며 차수성의 세계를 나타낸다. 그의 시에서 대지에 바탕을 둔 식물 이미지는 긍정적인 의미로 드러난다. 그러나 대지에 대립하는 광물 이미지로서 '무기'일 경우는 부정적으로 작용한다. 그렇지만 그것이 대지를 지향하는 '농기구'로 변하여 식물 이미지와 매개될 때 긍정적 가치를 갖게 된다. 이를 통해서 차수성의 모순을 드러내며, 원수성의 세계로 되돌아가기 위한 귀수성의 중요성을 보여준다. 그리고 천체 이미지를 통해서는 인간들이 지향해야 할 단계, 곧 귀수성 세계의 의미를 제시하고 있다.

시와 원형적 상상력

1. 시와 원형

　인류는 우주의 순환 속에서 본래의 세계로 되돌아가려는 의식을 지니고 있다. 이 점들은 해마다 반복되는 계절의 변화 속에서도 우주 창조의 의미를 되새기게 한다. 그런 의미에서 새해는 우주 창조를 재연하는 것으로 거기에는 시간을 그 시초에서부터 다시 한번 출발시키는 것, 즉 천지창조의 순간에 존재했던 원초적 시간, '순수한 시간'을 회복하는 의미가 내포되어 있다.[1] 천지창조는 신적인 것의 최고의 현현이며 힘, 넘쳐흐름, 창조성의 모범적 의미를 지니기 때문에, 인간은 주기적으로 그 경이로운 시간으로 되돌아가고자 한다. 다시 말하면 인간은 그 힘으로 낡은 세계를 새로이 거듭나게 할 수 있다고 믿는 까닭에 생성의 상태에(in statu nascendi) 있던 시간으로 돌아가려 하는 것이다.[2]

　인류는 궁극적으로 태초 시간으로의 회귀를 통한 재생을 추구한다. 태초의 시간은 거룩하고 강력한 시간으로서 곧 근원의 시간이며, 실재가 창조되고 처음으로 완전히 표현된 순간이므로, 인간은 주기적으로 그 근원적인 시간으로 돌아가기를 시도하는 것이다. 이처럼 실재가 처음으로 현현된 그 시간을 제의적으로 재현하는 것은 모든 성스러운 달력의 기초

---

1) M. Eliade, *The Saced & The Profane*(Harcourt, HBJ Book, 1959), p. 77.
2) Ibid., p. 80.

가 된다. 최고로 탁월한 근원의 시간은 우주 창조의 시간, 실재의 가장 위대한 모습으로서 세계가 최초로 출현하는 순간이다. 또한 우주 창조의 시간은 모든 거룩한 시간의 모델이 된다.[3] 그러므로 이러한 근원적 시간으로 복귀하는 것은 한번 더 삶을 시작하는 재생의 상징적 의미를 띤다. 이는 생명은 수선될 수 없고 단지 우주 창조의 상징적 반복을 통하여 재창조될 수밖에 없는 까닭이다.

신동엽의 시 세계를 포괄하는 궁극적인 지향점은 '원수성 세계로의 환원'이다.[4] 그는 우주의 생성 변화를 순환적으로 인식하는 '순환론적 세계관'을 가지고 있었다. 그는 이 세계가 인류의 고향인 대지의 세계, 즉 元數性의 세계로부터 현대문명의 세계인 次數性 세계로 이행되었고, 그 다음에 이어지는 歸數性 세계로 순환한다고 인식했던 것이다. 차수성 세계란 현대문명에 의해서 파괴되고 혼돈으로 팽배해 있는 모순의 단계이다. 인류는 이를 딛고 인간의 원초적 고향인 '대지'의 세계로 되돌아가야 한다. 이때 그 매개 과정이 귀수성의 세계이다. 이러한 측면에서 그는 '알맹이 정신구현', '대지와 인간 회복', '문명의 거부와 생명 지향'을 형상화하였다. 그 결과 신동엽의 시는 현실의 적나라한 모순을 극복하고 보다 완전한 대지의 세계를 지향했던 것이다.

원수성 세계로의 환원은 인류의 고향인 대지의 세계로 돌아가는 '낙원의 지향'으로 해석할 수 있다. 인간은 구체적 시간의 질곡으로부터 벗어나 신화적 시간에 안주하려는 의식을 지니고 있다. 그리하여 역사적 질곡에서 벗어나 인간이 원래 가졌던 낙원에의 귀의를 지향하는 것이다.[5] 그것은 참담한 역사적 현실에서 영원의 시간 속으로 회귀하려는 처절한

---

3) Ibid., pp. 81~82.
4) 金昌完, 『신동엽 시 연구』(시와시학사, 1995), 181~183쪽.
5) 신동욱 외, 『신화와 원형』(고려원, 1990), 209쪽.

인간 실존의 갈등이라 할 수 있다.

낭만주의 이후 예술 창작은 부서진 것을 다시 새롭게 만드는 일종의
再建의 성격을 띠게 되었다. 이는 난파된 예술가의 과거 파편 속에 매몰되
어 있는 정신 유산의 회복을 의미한다. 그것은 프로이드가 '현실의 상실'
과 그것에의 '복귀'라는 말로 특징지었던 고전적인 표현6)이라 할 수 있다.
인간은 세속적 시간과 거룩한 시간의 두 종류 속에서 살게 되는데, 그
중에서 더 큰 중요성을 갖는 거룩한 시간은 순환적이고 가역적이며 회복
가능한 역설적 시간이다. 그것은 제의라는 수단에 의해 주기적으로 회귀
하는 일종의 영원한 신화적 현재가 된다.7) 그때에 인류는 역사적 시간에
서 벗어나 언제나 동일한, 영원에 소속해 있는 원초적 시간을 회복하는
것이다. 이러한 시간은 세속적인 시간적 지속에 참여하지 않고, 영원한
현재로 구성되어 있는 무한히 회복 가능한 근원의 시간, 흐르지 않는 시간
으로 되돌아감을 의미하는 것이다.

2. 알맹이 정신 찾기

신동엽의 시를 이해하는데 '고정관념'8)으로 접근하면 그의 시가 포괄
하고 있는 의미 영역을 축소하거나 잘못 이해할 소지가 있다. 가령 그의
작품 속에서 쇼비니즘의 문제를 거론하며 비판적인 입장을 취하는 태도

---

6) A. Hauser, 황지우 역, 『예술사의 철학』(돌베개, 1984), 126~127쪽.

7) M. Eliade, *The Sacred & The Profane*, op. cit., pp. 68~71.

8) 여기서 말하는 고정관념은 '습관화된 반응(Stock response)'과 같은 의미이다. 그것은 작품
속에 일정한 낱말이 섞여 있다는 점을 통해서 긍정 또는 부정으로 반응하는 것을 의미한
다. 그 결과로 그 낱말들이 과연 좋은 뜻을 형성하도록 적절히 씌어졌는가를 확인하는
과정은 생략하게 된다.

나 그의 작품을 이분법적인 틀로 재단하는 태도, 그리고 이념위주의 획일
적으로 접근하려는 태도 등은 이 문제로부터 벗어나지 못한 결과이다.
신동엽의 시에서 중심적 의미를 지니고 있는 '알맹이 정신'은 결코 배타
적인 힘이 아니다. 오히려 그것은 현실과 역사 속의 모순이나 부정까지도
끌어안아 녹여낼 수 있는 포용력과 강한 생명력으로 작용하기 때문이다.

> 껍데기는 가라.
> 四月도 알맹이만 남고
> 껍데기는 가라.
>
> 껍데기는 가라.
> 東學年 곰나루의, 그 아우성만 살고
> 껍데기는 가라.
>
> 그리하여, 다시
> 껍데기는 가라.
> 이곳에선, 두 가슴과 그곳까지 내논
> 아사달 아사녀가
> 中立의 초례청 앞에 서서
> 부끄럼 빛내며
> 맞절할지니
>
> 껍데기는 가라.
> 漢拏에서 白頭까지
> 향그러운 흙가슴만 남고
> 그, 모오든 쇠붙이는 가라.

― 「껍데기는 가라」 전문

위 시는 신동엽의 시적 특성을 두루 갖추고 있는 대표작이라 할 수 있다. 첫째, 이 시는 강한 어조가 율격과 맞물려 즉각적으로 침투력을 형성할 만큼 직정적이다. 둘째, 이 시에는 '껍데기'와 '알맹이', '아사달'과 '아사녀', '중립의 초례청', '흙가슴'과 '쇠붙이' 등 그의 시 전반의 핵심어가 종합적으로 나타난다. 셋째, 이 시는 어조와 핵심어가 일체화되어 완벽한 시적 구조를 이룬다는 점이다.

이 시는 4연으로서 전형적인 기승전결의 구조를 보여준다. 시 전체가 서로 반대되는 개념의 분명한 대조를 통해 전개됨으로써 강력한 메시지를 전달한다. 그러한 점은 이 시에서 보여주는 어조의 강렬성에 기인하고 있다. 이 시에서 어조의 강렬성은 시인의 내면과 밀착되어 안정감을 준다. 그리고 그것은 시의 완벽한 구조에 의해 뒷받침되고 있다. 이 시 네 연은 각 연마다 통일성을 띠고 있다. 우선 1, 2, 4연은 같은 구조로 파악된다. 각 연의 '지배소'9)를 파악해 보면, 1연에서는 각 행의 지배소가 '껍데기', '알맹이', '껍데기'이며, 2연은 '껍데기', '아우성', '껍데기'이다. 또한 4연은 4행으로 구성되어 있으나 2, 3행은 연결되어 있다. 4연의 지배소는 1행의 '껍데기', 3행의 '흙가슴', 그리고 4행의 '쇠붙이'이다. 따라서 각기 첫 행의 지배소 '껍데기'는 동일하다. 1, 2연의 2행과 3연의 3행에서는 '알맹이', '아우성', '흙가슴'이 계열체로서 동일한 의미망을 형성한다. 마지막 행에서는 '껍데기', '쇠붙이'로서 이것들도 계열체에 해당한다. 각 연은 첫 행과 마지막 행이 감싸는 구조로서 1, 2, 4연은 각각 '껍데기 ─가라 / 알맹이 ─ 남고', '껍데기─가라 / 아우성─남고', '껍데기─가라 / 흙가슴─남고'가 대립되어 있다. 3연도 '껍데기─가라/아사달 아사녀의

---

9) J. Mukarovsky, 「On Poetic Language」, J. Burbank & Steiner ed., *The Word & Verbal Art*(YaleUniv. Press, 1977), p. 13.
　지배소(dominant)란 한 편의 시에서 그 시의 전개를 주도하는 요소를 의미한다.

맞절-(남고)'의 대립관계로 파악된다.

　전체적으로 첫 행과 마지막 행이 '껍데기'로 대체되고, 중간 부분은 '알맹이'로 대체할 수 있다. 그리하여 이 시는 '껍데기'가 '알맹이'를 둘러싸고 있는 열매나 씨앗을 자연스럽게 나타내며, 이를 통해 '알맹이'를 둘러싼 '껍데기'가 매우 두꺼움을 의미하게 된다. 그리고 1, 2, 4연의 동일한 의미구조의 반복을 통해서 그 점을 강조한다. 다시 말하면, 1, 2, 4연이 동일한 의미 구조를 지니지만, 1연의 '알맹이'가 2연의 '아우성'으로 좀더 구체화 되는 기와 승의 전개를 이루며, 전에 해당하는 3연에서 이 시의 중심 내용이 드러난다. 4연은 '흙가슴'과 '쇠붙이'의 대립으로 '알맹이'와 '껍데기'의 계열관계에 의한 결을 이룬다. 이 시에서 3연은 1, 2, 4연보다 더 많은 일탈 현상을 보여준다. 3연은 "그리하여, 다시"를 통해 1, 2연에서 전개되어 오던 의미를 이어받고 재차 강조하여, 1, 2, 4연의 첫 행과 동일한 "껍데기는 가라"로 연결된다. 이처럼 1, 2, 3, 4연의 반복 구조 속에서도 3연의 일탈에 의한 긴장감이 이 시의 호흡에 긴장감을 불어넣는다. 그리고 3연의 "이곳에선, 두 가슴과 그곳까지 내논 / 아사달 아사녀 / 中立의 초례청 앞에 서서 / 부끄럼 빛내며 / 맞절할지니"에서 이 시의 중심적 의미를 함축하고 있다.

　이 시의 시·공간은 연을 따라 달리 나타난다. 1연은 '四月'로서 시간만 나타나며, 2연은 시간으로 '東學年', 공간으로 '곰나루'가 드러난다. 3연에서는 '이곳', '中立의 초례청 앞'으로 공간이 구체화되고, 4연은 '漢挐에서 白頭까지' 공간이 확대된다. 그러므로 이 시에서 '껍데기'와 '알맹이'의 문제는 시간성으로부터 출발하여 공간성으로 확산되어 가는 것이다. 그 이유는 시간이 가변적임에 비해서 공간은 불변적인 까닭이다.[10]이 시

---

10) 이러한 점은 신동엽의 다른 시에서도 발견된다.

에서 공간은 '곰나루→이곳, 中立의 초례청 앞→漢拏에서 白頭까지'로서 '축소→확대'의 진행으로 나타났다. 시 구절 '이곳'은 '지금', '여기'라는 현실성을 동반하고 나타난다. 따라서 '이곳'은 현실적인 시·공간이며 이 것을 둘러싼 1, 2연의 과거 시간과 4연의 '漢拏에서 白頭까지'의 공간 확대는 이 시의 시·공간적 크기를 보여주는 것이다. 그리고 그것은 '이곳' 을 원점으로 하여 모이고 또한 확산되어 나간다. 이때 '이곳'은 '中立의 초례청 앞'에 의해서 '四月', '東學年'의 역사적 시간과 '곰나루', '漢拏에 서 白頭까지'의 역사적인 공간들을 매개하고 있다. 그리고 그 중심을 '오 늘'과 '여기'로 현실화 하였다.

이러한 사실을 도표로 나타내 보면 아래와 같다.

연	시간	공간
1	四月	
2	東學年	곰나루
3	(현재)	이곳, 中立의 초례청
4	(현재)	漢拏에서 白頭까지

위 도표는 「껍데기는 가라」에 나타난 시·공간의 관계이다. 이 시의 중심 공간은 '中立의 초례청'으로서 성스러운 공간을 표상하고 있다. 그 것은 속된 공간이나 인간이 만든 이데올로기나 문명, 모순들을 철저히 벗어난 공간으로서 일종의 창조의 신화 공간이다. 그리고 그곳의 시간은

"길가엔 진달래 몇 뿌리 / 꽃 펴 있고, / 바위 모서리엔 / 이름 모를 나비 하나 / 머물고 있었어요 // 잔디밭엔 長銃을 버려 던진 채 / 당신은 / 잠이 들었죠 // 햇빛 맑은 그 옛날 / 후고구렷적 장수들이 / 의형제를 묻던, / 거기가 바로 / 그 바위라 하더군요." 위 시는 「진달래 山川」의 전반부 세 연이다. 여기서도 비극적 역사 속에 지금 '당신'이 잠들어 있는 '거기'가 바로 "후고구렷적 장수들이 / 의형제를 묻던" '바위'이다. 따라서 시간의 변화 속에서도 공간의 불변성이 노래되었다.

영원과 동일시될 수 있는 거룩한 시간이다. 그곳은 우주 창조의 '중심'으로서의 성역에 해당하는 절대적인 실재의 영역[11]이자 성스러운 시·공간이라 할 수 있는 것이다.

이 시에서 시간은 '四月(1960. 4. 19)→동학년(1984)→현재(1960년대)'로 파악된다. 3연과 4연에서는 구체적인 시간 지시어가 등장하지 않으나, '현재'로 파악하여도 무리가 없다. 따라서 이 시에서는 '현재→과거'로의 시간적 이행이 이루어지며, '알맹이'를 둘러싸고 있는 구체적이고 역사적인 사건을 중심으로 형상화하였다. 이 점은 신동엽이 주장했던 차수성 세계의 표현인데,[12] 이 시에서 그의 역사적 사건에 대한 거부의식을 파악할 수 있다. 따라서 이 시의 '이곳'은 성스러운 시간과 성스러운 공간을 의미하게 된다.

이 시의 '껍데기'와 '알맹이' 관계를 동심원으로 나타내면 다음과 같다.

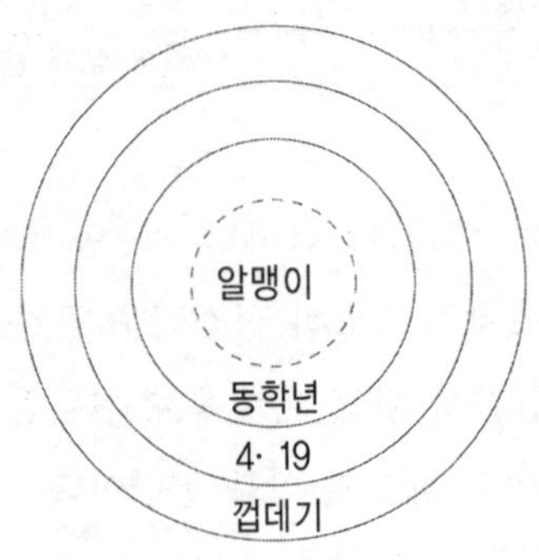

---

11) M. Eliade, *Cosmos and History*(Harper Torchbooks, 1959), p. 17.
　　————, The Sacred & The Profane, op. cit., pp. 20~24 & 68~72.
12) 『신동엽전집』, 364쪽.
　　"有史이후의 문명 역사 전체가 다름아닌 인종계의 여름철, 즉 次數性 世界 속의 연륜에 속한다"

이러한 동심원적 구조를 해석해 보면 '알맹이'는 시간적으로 과거로 거슬러 올라가서 존재하는 것이다. 이 시의 '알맹이'를 중심으로 하여 가장 밖에는 최근의 역사적 사실이 둘러싸고, 그 안으로 한 꺼풀씩 밖의 시간보다는 과거에 해당하는 역사적 사건이 '껍데기'를 두르고 있다. 밖의 '껍데기'인 현재로부터 껍질을 벗기며 과거로 돌아갈 때 '알맹이'는 자리하는 것이다. 그것은 역사적 전개 속에서도 변질되지 않는 순수한 정신으로서의 '알맹이'를 의미한다. 그것은 영원한 것으로서 연원한 현재의 시간적 가치를 갖는다. 이러한 점은 「錦江」의 '序話'에서도 다시 확인할 수 있다. 「錦江」은 액자구성으로써 도입부에 해당하는 '序話'에서 우리 민족의 전통과 생명력 속에서 지속적으로 전개된 역사에 대한 저항 의식을 형상화하였다. 그리고 '序話' 1에서는 그것이 조심스럽게 민중들의 입을 통해 전해 내려오고 있음을 강조하였다. 이어서 '序話' 2에서는 민중의 힘이 역사에 부딪쳐 전개되었던 면들을 표출한다. 그것이 1연에서는 "1960년 4월 / 歷史를 짓눌던, 검은 구름장을 찢고 / 永遠의 얼굴을 보았다"고 표현되었다. 3연은 "하늘 물 한아름 떠다, / 1919년 우리는 / 우리 얼굴 닦아놓았다"로, 4연에서는 "1894년쯤엔, 돌에도 나무등걸에도 당신의 얼굴은 전체가 하늘이었다."고 함으로써, '1960→1919→1894'로 거슬러 올라가서 "잠깐 빛났던 당신은 금새 가리워졌지만 / 꽃들은 해마다 / 江山을 채웠다"고 표출된다. 따라서 1, 3, 4연에서 시간의 역행적 진행과 5연에서의 순차적 시간 진행은 '빛났던 하늘'이라는 상징적 의미로 수렴된다. 따라서 '빛나는 하늘'은 '알맹이'에 해당하는 것으로 볼 수 있다.

이 시에서 '中立'은 '중도', '중용' 등의 어떤 궁극적인 덕성과 진리의 길을 뜻한다. 그렇지만 신동엽 자신이 이 땅은 중립이 되어서 어느 강대국과도 연결되지 않고, 우리들대로 평화롭게 살아가야 한다는 신념을 가졌

던 것이 사실이다. 국제 정치학적인 의미의 중립도 그에게는 절실한 문제
였으며 그것은 민족의 화해라는 사상, 반전, 자주 사상과 직결된다. 그러
나 이 시에서는 중립이 직접적인 정치적 주장이 아니라, 벌거벗은 삶의
아름다움과 소중함을 말하는 과정에서 암시된다.[13] 그러므로 '中立의 초
례청'이란 초역사적이며 초이데올로기적인 공간으로서 인류 창조의 시
원적 시·공간이라 할 수 있는 것이다.

  이 시에서 '아사달'과 '아사녀'의 만남은 상징적 의미를 갖는다. '아사
달'과 '아사녀'는 석가탑과 다보탑을 만든 석공과 그 아내이다. 여기에
단군 조선의 왕도가 아사달이었다는 의미도 함께 들어있다. 이들의 만남
은 순수한 민족의 화해와 결합의 상징적 표현이다. 이로써 신동엽은 그러
한 순수성과 화해의 정신으로 현실에 대처해야 함을 보여준다. 그러므로
그는 '껍데기'를 거부하고 '알맹이' 정신을 구현하고자 했던 것이다. 이
시에는 민족의 '알맹이'인 '아사달'과 '아사녀'의 만남과 출발로써 역사의
질곡을 넘어 새로운 생명 세계로 도약하려는 의지와 자세가 집약되어
있다. 이들의 만남은 제의적 성격으로 해석할 수 있는데, 이로써 비역사적
이며 거룩한 시간으로 역사의 질곡을 중단시키는 힘을 발휘할 수 있는
것이다. 그것은 이들의 만남이 의미하는 결혼이 개인적인 차원, 사회적인
차원, 우주적인 차원이라는 삼중 차원에서 가치를 부여받기 때문이다.[14] '아
사달'과 '아사녀'의 만남은 인류의 시원적 시·공간에서의 남성과 여성의 결
합을 상징한다. '이곳'에서의 '아사달'과 '아사녀'의 만남은 남녀의 성적 결합
이 의미하는 재생과 부활의 원형적 상징이다. 따라서 '초례청'은 인류가 현실
의 모순과 질곡으로부터 다시 되돌아가야 할 생명 본향적 세계를 의미한다.

---

13) 백낙청, 「살아있는 신동엽」, 『민족문학의 새단계』(창작과 비평사, 1990), 364~365쪽.
14) M. Eliade, *The Sacred & The Profane*, op. cit., p. 171.

3. 문학적 현실 대응의 넓이

「껍데기는 가라」는 보다 분명한 역사 사회적인 배경에서 창작되었다. 이 시는 1967년에 발간된 『52人詩集』에 실린 것으로, 4·19혁명에 창작의 직접적인 원천을 두고 있다. 4·19학생혁명이 일어나자 거의 모든 시인들이 그것을 기리는 시를 썼다. 그러나 대부분의 시들은 당시의 현실을 올바로 파악할 수 없을 만큼 지나치게 감격과 흥분에 들떠 있었다. 4·19학생혁명 직후 시인들은 당시의 현실을 올바로 바라보지 못했고, 그것이 갖는 의미와 성격에 대한 판단과 탐구도 제대로 이루어지지 않는 상태에서 소재주의적 차원으로 혁명에 접근했다는 한계를 보여준다. 그러한 사실은, 당시의 상황으로는 4·19학생혁명이 발생하기 전 2월 28일에도 그것이 일어나리라는 조짐을 발견할 수 없었으며, 다음해 5·16군사반란에 의해서 4·19학생혁명의 분위기가 경색되는 급변화의 상황에서 기인하였다. 다시 말하면 시인들은 4·19학생혁명이 갖는 의미와 성격에 대한 좀더 체계적이며 객관적인 판단을 내릴 수 있는 정신적 근거를 갖지 못했다는 것이다.[15] 그러나 김수영과 신동엽은 그렇지 않았다.

신동엽은 4·19학생혁명이 5·16군사반란으로 차단될 수밖에 없었던 비극의 원인으로 '알맹이'와 '껍데기'의 문제, 나아가서는 민족의 분단과 통일의 문제를 내다보았다. 이러한 태도는 우리 민족의 동질성 회복과 분단 극복의 절실함을 인식한 것으로 의식의 선진성을 보여 준다. 아울러 그것이 이념적 측면에만 국한되지 않고, 백낙청의 견해처럼 '시와 리얼리즘'의 관점에서도 하나의 긍정적 모델로 제시될 수 있다. 그것은 '알맹이'와 연결되는 '흙가슴', 그리고 "두 가슴과 그곳까지 내논 / 아사달 아사녀"

---

15) 金載弘, 『현대시와 역사의식』(仁荷大學校 出版部, 1988), 231~234쪽.

의 알몸의 사상에서 드러난다. 엘리아데에 의하면 낙원에는 의상이 없고 소모(시간의 원형적 이미지)가 없으며, 모든 제의상의 나체는 무시간적인 모델, 낙원의 이미지를 포함한다.[16] 이러한 점에서 아사달과 아사녀의 만남은 결혼으로 상징되는 하나의 제의가 된다. 결혼은 神婚이 세계와 인간의 재생(rebirth)을 구체적으로 실현하는 것[17]과 같은 의미이기 때문에, 그것은 우주 창조의 반복을 의미하며 부패와 타락을 새로운 생명력으로 되돌리는 가치를 발휘한다.[18]

궁극적으로 신동엽의 시에서 '알맹이'와 '흙가슴'은 인간과 대지의 순결한 만남을 의미한다. 인간으로서의 '알맹이' 모습은 바로 '아사달'과 '아사녀'이며 이들의 만남은 제의적 상징으로 나타난다. 이를 통해서 인류의 시원적 공간에서 새로운 세계를 재창조하고자 하는 것이다. 이 점은 원수성 세계의 환원을 위한 '알맹이 정신'의 구현을 의미한다. 차수성 세계의 모든 요소를 벗어난 인간의 모습은 나체로써[19] "그곳까지 내논" 으로 표현되어 있다. '그곳'이란 바로 남녀의 성기를 의미하는데 알몸이 상징하는 인간의 순수성을 나타낸다.[20] 이로써 그가 지향했던 이상향으로서의 세계는 의상이 없는 나체의 무시간적 모델, 낙원의 이미지를 나타내는 것이다.

---

16) M. Eliade, *The Sacred & The Profane*, op. cit., p. 135.
17) ————, *Cosmos and History*, op. cit., p. 135.
18) M. Eliade, *Myth and Reality*(Harper Colophon Books, 1963), p. 25.
19) 李光豊, 『現代小說의 元型的 研究』(集文堂, 1985), 129쪽.
　　　벌거벗는 행위는 통과의례의 '분리(seperation)'로써, 지금까지 입고 있던 옷을 벗고 신체를 씻는 행위로 이해할 수도 있다.
20) 『신동엽전집』, 399쪽.
　　　"황량한 大地 위에 우리의 터전을 마련하고 우리의 우리스런 精神을 영위하기 위해선 모든 이미 이뤄진 왕국·성주·문명탑등의 쏘아 붓는 습속적인 화살밭을 벗어나 우리의 어제까지의 의상·선입견·인습을 훌훌이 벗어던진 새빨간 알몸으로 돌아와 있을 수 있어야 하는 것이다."

신동엽의 시적 상상력은 대지와 식물에 의해서 매개되었다. 대지는 "향그러운 흙가슴"으로서 인류의 모성이나 모태로서의 원형상징으로 파악된다. 그리고 식물적 이미지 '알맹이'는 씨앗으로 대지 위에 뿌려질 때 역사의 새로운 시작을 의미한다. 대지는 여성적 의미로 '아사녀'와 연결되고 '알맹이'는 씨앗으로 남성적인 '아사달'과 연결되는데, '아사달'과 '아사녀'의 만남은 '껍데기'와 '쇠붙이'를 거부하고 '알맹이'와 '흙가슴'이 만나는 역사의 새로운 국면으로 전환을 꾀하는 것이다. 이들의 만남은 神婚으로서 제의적 상징에 의해 재생과 부활, 풍요와 다산을 의미한다. '알맹이 정신'은 역사밭에 뿌려지는 씨앗처럼 우리 민족의 정신세계 속에 내재하는 전통적 가치와 사상적 가치를 지닌다. 이를 통해서 신동엽은 역사의 시원적 공간으로 회귀하여 새롭게 역사를 시작하려는 의식을 보여 주는 것이다.

신동엽의 의식세계는 개인의 문제로부터 민족의 문제 그리고 인류의 문제까지 포괄하고 있다. 그의 인식체계는 현실에 바탕을 두면서도 우주적 차원으로 확대되었다. 그는 민족의 역사, 현실의 문제를 포괄하는 우주적 근원과 본질에 대한 관심과 탐구를 통해서 세계를 크고도 넓게 인식하는 자세를 보여주었다. 따라서 그의 우리 역사와 현실에 대한 시적 형상화는 민족 현실의 특수성 위에 굳게 서 있으면서도 인류의 보편성으로 확대되어 나타난다. 그만큼 그의 시는 풍부한 원형성에 바탕을 두고 있기 때문에 논리를 초월하여 독자들에게 현실 대응의 깊이와 넓이를 획득할 수 있었던 것이다. 그 결과 그의 시는 현실의 문제를 예리하게 드러내면서도, 인류 구원의 문제까지 아울러 보여주었다. 나아가서 조화로운 예술성을 함께 지님으로써 우리 현대 문학사 속에 뚜렷하게 자리하는 것이다.

삶의 진실과 역설의 미학
- 임영조 · 유안진 · 이수익

중견 시인의 시집 세 권을 읽었다. 그것은 임영조의 『지도에 없는 섬 하나를 안다』와 유안진의 『봄비 한 주머니』, 이수익의 『눈부신 마음으로 사랑했던』이다. 그들은 1940년대 초반에 출생하였고, 이제 60대의 초반에 도달하고 있다. 문단 경력 30여 년을 보냈으며 5권 이상의 시집을 간행하였다. 또한 이런저런 문학상 두 가지 이상의 수상 경력을 가지고 있기도 하다. 그러나 이러한 물리적인 기준보다는 그들이 일궈낸 시 세계와 그들이 도달한 인생의 연륜 속에서 생을 보는 독특한 시각을 읽어 낼 수 있었다. 그들은 이제 '이순'의 고지를 넘어서고 있다는 점에서 그들의 시를 읽는 우리들에게 자못 새로운 기대를 하도록 한다. 거기에는 분명히 생을 꿰뚫어 보는 안목들이 있을 터이기 때문이다.

우리의 삶이란 항시 모순된 두 세계와의 갈등 속에서 진행된다고 할 수 있다. 인간의 삶이 이상과 현실 사이의 갈등이나 대립 위에서 유지될 수밖에 없고, 우리가 직면하는 이 세계 자체가 서로 상반되는 것들의 모순이나 충돌 속에서 드러나기 때문이다. 그러기에 우리 삶의 진실이란 단순한 시각으로 그 깊은 의미를 천착해 낼 수는 없다. 삶의 진실은 모순된 세계의 실상을 간파하는 역설적 의미 속에서 드러날 수 있는 까닭이다. 이번에 시집을 낸 세 시인들의 시에서도 바로 그러한 점들이 형상화되어 관심을 끈다.

우리 인생은 그것을 겪고 난 다음에야 깨닫게 된다. 그러나 우리 삶은 일회적이라는 데에서 운명론적으로 한계를 갖는다. 그러므로 시인들은 자신이 처한 세계를 해석함으로써 삶의 의미를 밝히고자 노력한다. 그들은 시를 통해 세상을 보는 안목을 형상화하는 것이다. 임영조, 유안진, 이수익 시인은 그들이 살아온 인생의 무게로부터 삶의 내면에 존재하는 깨달음을 표출하고 있다. 그들은 이제 중년의 위상 속에서 인생을 돌아보는 통찰력을 발휘하는 것이다. 그들의 시는 삶의 반성이나 비판적 성찰을 담고 있다. 그리하여 우리들로 하여금 진정한 삶의 의미를 인식하도록 한다.

1

임영조의 시는 삶 속에서 접한 사물이나 사실을 통해 인생을 해석하고 거기에 시적 가치를 부여하는 남다른 장기를 보인다. 그것은 그의 소월시문학상 수상시집인 『갈대는 배후가 없다』에서 절정으로 보여 주었으며, 그 이후 이번 시집 『지도에 없는 섬 하나를 안다』까지도 그러한 점들이 강화되어 오고 있다. 그는 사물의 이미지보다는 체험한 사실의 시적 형상화에 주력하고 있다. 따라서 그의 시는 어렵지 않다. 우리에게 매우 친근하게 다가오는 것이 그의 작품이다. 그의 시는 우리가 다가서기 전에 한발 먼저 우리에게 다가온다. 그의 시는 독자들이 편안한 마음으로 읽도록 한다. 그만큼 그는 체험을 통한 삶의 보편성을 추구하고 있다. 그의 체험이란 우리가 체험하고 있는 것과 다르지 않다. 그러나 그것을 색다른 측면에서 바라보고 있는 점이 매우 이채롭다.

다음의 시도 그러한 예의 하나라 할 수 있다.

    땅을 박차고 하늘 높이 올라라
    올라가서 세상을 내려다보라
    검버섯 핀 손등으로 그네를 미는
    저 반백의 사내는 지금, 놓쳐버린 꿈
    흘리고 온 세월을 미는 것일까
    남은 생을 밀어내는 것일까

    생이란 무릇 그네 타기 같은 것
    아무리 밀어도 밀어올려도 그네는
    다시 제자리로 내려올 것이다
    정상으로 밀어올린 욕망은 곧
    땅으로 굴러 내릴 바윗돌인데
    계속 잔머리를 굴리는 시쉬포스들

    날마다 제 한 몸 밀어올리려
    아찔한 그넷줄 잡고 용쓰던 퇴역
    오늘은 등뼈가 휜 반백으로 돌아와
    어린이 놀이터 그네를 민다
    밀 때마다 손주는 멀리 떠나고
    허허로운 배경으로 홀로 남는다.

— 「그네」 부분

  이 시는 아파트단지의 놀이터에서 서너 살 손주를 그네 태우는 반백의 사내를 소재로 하고 있다. 그네가 높이 차 오를수록 해맑은 웃음소리를 쏟아내며 좋아하는 아이와, 등뼈가 휜 반백의 중년이 대조되면서 인생의 회한을 드러내고 있다. "날마다 제 한 몸 밀어올리려 / 아찔한 그넷줄

잡고 용쓰던 퇴역"의 중년과 "생이란 무릇 그네 타기 같은 것 / 아무리 밀어올려도 그네는 / 다시 제자리"라는 표현에서 인생의 모순을 읽을 수 있다. 시적 화자는 아이에게 "줄을 꼭 잡아라! 놓치지 마라!"고 외치는데, 이때의 '줄'이란 반백의 사내에게는 직장이자 사회적 관계이며 기득권이기도 하다. 나아가 사회와 연관시킬 때 돈, 권력, 지위, 명예 등 배경이라고도 할 수 있다. 시의 후반부에서 그는 그네를 "밀 때마다 손주는 멀리 떠나고 / 허허로운 배경으로 홀로 남는다"고 하였다. 그는 중년이 지나면서 이 사회의 중심으로부터 서서히 소외되어 가는 것이다.

'그네'는 인생의 의미를 함축하고 있다. 그네는 인간이 지상을 벗어나 좀더 하늘에 가까이 다가서려는 욕구로 만들어낸 도구이다. 그러나 그네에는 근본적으로 내재하는 갈등구조가 있다. 그것은 바로 우리 인간이 처한 운명과 숙명을 암시한다. 그네는 지상으로부터 공중으로 차 오른다. 그리고 올라간 그 높이에서 지상으로 하강하고, 다시 반대편 하늘로 솟구쳤다가 지상으로 내려온다. 그네는 이렇게 땅과 하늘 사이를 오가는 운동을 반복한다. 그네는 하늘을 향한 상승과 지상을 향한 하강의 두 운동축을 지니고 있다. 따라서 그네가 오가는 지점에서 지상은 현실이며 하늘은 이상이라 할 수 있다. 또한 그네의 운동은 땅을 중심으로 앞 뒤편의 하늘로 올라간다. 하늘의 양극 사이에 땅이 존재하는 것이다. 그만큼 땅은 현실로서 우리에게 중요한 것이라 하겠다.

우리 삶을 지탱시키는 것은 그넷줄이다. 그것은 구속이기도 한데, 그렇다고 그 줄을 끊어버리면 그네 타기는 불가능하듯이 우리 삶은 존립할 수 없다. 그네가 아니라면 우리는 하늘로 차 오를 수도 없다. 그러므로 그넷줄은 인간으로서의 숙명이며 타고난 운명이라 할 수 있는 것이다. 인간이기를 포기하지 않는 한 우리가 둘러쓰고 살아가야 하는 인간의 운명은 그네의 줄 같은 의미로 해석되기 때문이다. 그넷줄이라는 구속을 통해서만 우리의 그네 타기는 가능하다. 그리하여 지상으로부터 상승하여 하늘에 이를 수도 있는 것이다. 반면에 우리는 그넷줄 때문에 다시 지상으로 되돌아와야 한다. 이러한 모순적 의미가 그네에는 견고하게 자리잡고 있다. 그네로 밀어 올려 닿을 수 있는 하늘이 암시하는 이상세계와 지상으로 곤두박질쳐서 이르는 현실 사이의 거리를 쉬지 않고 끊임없이 왕복으로 운동하는 것이 그네이고, 그것이 우리 인생을 암시하기 때문이다. 이 시는 그네를 통해서 우리 삶의 갈등구조를 객관화시켜 보여주었다. 인간은 그넷줄에 의해서만 이상세계에 도달할 수 있으며, 그것에 의해서 다시 지상의 현실로 추락한다. 그러나 그네의 줄을 끊어버릴 수는 없다. 그러나 임영조 시인은 이러한 순리를 깨닫지 못하고 현실 속에서 발버둥치는 인간들을 "계속 잔머리 굴리는 시쉬포스들"이라고 하였다. 그네는 현실과 이상 사이를 오가면서 그 어느 속에도 머무를 수 없다. 그네가 지니고 있는 모순적 의미는 바로 인생이 지닌 아이러니와 닿는다.

그가 넌짓 말을 던진다
나도 조심조심 말을 섞는다
절대로 틈을 보이지 말자!
해도, 어느새 벌어지는 틈
그 틈을 비집고 그가 쳐들어온다
간질간질 능치듯 쉬슬어놓고
내 속을 갉아먹고 어디론가 날아가
역한 소문만 퍼뜨리는 쉬파리!

그를 보려는 내 눈과
그를 들으려는 내 귀와

그를 맡으려는 내 코와
그를 삼키려는 내 입이 곧
그가 비집고 쳐들어올 구멍이라니!
그게 바로 내 생의 틈이었다니!

(…중략…)

말의 틈은 홈이라지만
사람의 홈은 그의 생을 정독할
자상한 각주 같은 것이니
더러는 틈을 보이며 살 일이다
밖으로 나가려면 문을 열듯이
안으로 들이려면 틈을 내줄 일이다.

— 「틈」 부분

위 시는 우리 삶 가운데서 사람들과의 관계를 표현하고 있다. 우리는 살아가면서 스스로 남에게는 "절대로 틈을 보이지 말자!"라는 다짐을 하고 지낸다. 그리고 그것을 올바른 삶의 태도로 인식하고 있다. 그러나 시인은 인간관계의 틈만이 오히려 서로를 엮어준다는 점에 관심을 갖는다. 오늘날 사회가 삭막해져 가는 것은 바로 서로가 틈을 보이지 않으려는 자세에서 비롯되는 것이다. 대화 가운데 서로에게 남긴 마음의 상처를 시인은 "그가 쳐들어 온다"나 "능치듯 쉬슬어놓고", "내 속을 갉아먹고 어디론가 날아가 / 역한 소문만 퍼뜨리는 쉬파리!"라고 하였다. 그러나 상대를 예의 주시하려는 나의 '눈, 귀, 코, 입'이 곧 "그가 비집고 쳐들어올 구멍"이며 "그게 바로 내 생의 틈"이라는 역설이 성립되는 것이다. 그러기에 시인은 이 시의 마지막에서 "말의 틈은 홈이라지만 / 사람의 홈은 그의 생을 정독할 / 자상한 각주"라는 사실을 깨닫는 것이다. 시인은 우리

삶이 점점 삭막해져 가는 것은 서로에게 틈을 보이려 하지 않는 사실
때문이라는 점을 강조한다. 시인은 "밖으로 나가려면 문을 열 듯이 / 안으
로 들이려면 틈을 내줄" 줄 알아야 한다는 사실을 알고 있다. 틈을 보이며
산다는 것은 그만큼 서로에 대한 신뢰감과 인간적 진실이 살아있다는
것일 터이다.

2

　유안진 시인의 시집 『봄비 한 주머니』에 수록된 시들은 그가 살아온
생을 통한 반성과 깨달음에 초점이 놓여 있다. 그것은 상당 부분 스스로
순수성의 상실이라는 안타까움과 안팎을 이룬다. 그만큼 그의 시는 자신
의 나이에 대한 부담을 솔직하고도 비판적으로 표현한다. 우리는 살아온
시간의 부피만큼 삶에 대하여 깨닫기도 하지만, 오히려 진정성이 약화된
다는 사실로 인하여 그 이전의 순수한 상태를 지향하고자 한다는 점에서
매우 역설적이다. 그러므로 유안진 시인에게 생에 대한 깨달음이란 순수
성의 상실과 연관되어 있다.

　　금단의 과일을
　　따먹으라고 꾀이는
　　수많은 배암들이 우글거리는 동굴 속
　　제 몸뚱어리 속에서
　　가장 간교한 꽃뱀 한 마리를 특별히 기르고 싶은
　　바로 그 나이에요.

— 「몇살입니까」 전문

위의 시는 제목에서 암시하듯이 자신의 나이에 대한 성찰을 바탕으로 하였다. 이 시는 종교적 발상으로 이루어져 있다. 즉 "수많은 배암들이 우글거리는 동굴 속"은 현실을 지칭하는 것이며, 그 가운데서 시인 스스로도 "가장 간교한 꽃뱀 한 마리를 기르고 싶"다고 하였다. 시인은 스스로를 "금단의 과일을 / 따먹으라고 꾀이는 / 수많은 배암들" 가운데 놓인 "몸뚱어리"라고 표현했다. 유안진은 자신의 내면에 도사리고 있는 "간교한 꽃뱀"의 존재를 솔직하게 고백하였다. 이 사실은 시인이 「어깃장」이라는 시에서 "더 뜨거운 눈물로 참회하기 위하여 봄이 오면 다시 지을 죄도 마련하"고 싶다고 절실하게 토로한 역설과 같은 선상에서 이해할 수 있다. 우리는 삶을 깨우친 만큼 그것을 다스릴 줄도 알지만, 그러나 그것으로부터 벗어나고픈 충동 또한 따르는 것이 사실이다. 유안진 시인은 자신의 내면에 도사리고 있는 욕망을 표출하였다. 그만큼 시인은 자신의 내면을 숨김없이 들춰낼 만한 단계에 도달해 있다. 이제 그만한 용기와 여유를 갖게 되었는지도 모른다. 그것은 자신을 비울 수 있는 너그러움으로 가능한 것이다.

유안진은 "의문조차 희열이던 젊음은 언제였나 / 이름으로 가득 찬 세상처럼 꿈으로 가득 찼던 가슴에는 / 무모하고 성급하여 저질러온 / 잘못 부끄러움 수치 후회막급"(「변명」)하다고 한다. 인간은 나이가 들수록 지난 시간에 대한 아쉬움에서 과거를 지향한다. 그것은 인간이 유한한 생을 사는 까닭이다.

낙엽 좋은 가을 오후
가다 말고 되돌아오자니
무릎 정강이 뼛골 속에서
귀뚜라미가 울어쌓습니다

소리꾼 그이가
혼신을 다해 불러젖히는 목메인 이별가

— 「신경통」 부분

객기를 부려도
호탕해지지 못하고
용서를 거듭해도 복수가 되지 않아
마음은 비울수록 차오르는 허망감
차라리 단단한 뼛속을 비워야지
숭숭 구멍 뚫린 골다공증
바람아
알아서 네 멋대로 피리 불어봐.

— 「골다공증」 전문

위 시는 중년 이후의 육체적 쇠약을 다루고 있다. 일생을 살면서 신경의 통증이나 우리 몸을 세우는 뼈의 약화는 피할 수 없는 아픔인지 모른다. 그러나 육체의 아픔이란 육체적으로만 끝나는 것은 아니다. 사실 위의 시에서 뼈는 몸을 세우는 기둥이지만 그것보다 정신의 기둥을 의미하는 것이다. 삶의 의지와 생에 대한 도전의식이라 할 수도 있다. 시인은 우리 "마음은 비울수록 차오르는 허망감"뿐이기에, 몸이 뼛속을 비워 "숭숭 구멍 뚫린 골다공증"이 되었다는 역설을 보여준다. 시인은 "차라리 단단한 뼛속을 비워야지"라고 강조함으로써 인간 의지의 나약함을 간파하고 있다.

그러기에 그의 시에는 어린아이의 순수성으로 돌아가고픈 충동들이 역력하게 나타난다.

서영아파트 단지 내 녹슨 놀이터에서, 아이들의 쌈박질 시끄러운 소리
가, 문득 따라 부르고 싶은 동요 같아서, 멈춰 서서 한참이나 지켜보게
되어라요
— 「만행」 부분

사람인 것이 진정 자랑스런
天性의 참사람으로
미운 일곱 살이라 좋아라
아이로 돌아갔으면
제 손바닥 크기로 세상을 사는 아이로.
— 「아이로 돌아가」 부분

그러다간 마침내 아이가 되고 싶다
신선이 되는 법을 보고 배우는 아이들을
거꾸로 스승삼아 배우는
신선들처럼.
— 「내 공부」 부분

보는 만큼 듣는 만큼 세상이 재미나는
아이로 돌아가 설날을 기다리며
까치설날 눈썹 셀라 잠 못 자는 세 살짜리로.
— 「고운 세살배기로」 부분

　　이상의 시에서 유안진은 아이들의 동심세계를 절실하게 바라본다. 우
리 삶이란 너무 필요 이상으로 번잡스럽고 비본질적이기도 하다. 우리가
얽어놓은 사회구조란 기실 인간 관계를 복잡하게 함으로써 삶의 진실을
은폐하고 삶의 본질을 왜곡시키기도 한다. 그러므로 세상을 호기심과 동
경으로 보는 어린아이의 마음이야말로 가장 순수하고 진정한 것이라 할

수 있다. 시인은 "아이들의 쌈박질 시끄러운 소리"를 한참씩 지켜본다. 그리고 "손바닥 크기로 세상을 사는 아이", "신선이 되는 법을 보고 배우는 아이", "보는 만큼 듣는 만큼 세상이 재미나는 아이"를 통해 새롭게 생을 자각한다. 그만큼 유안진 시인은 그가 살아온 삶을 후회와 반성 속에서 되새겨보는 것이다. 거기에 자신의 삶이 진정성을 상실하였다는 죄의식까지 깔려 있다.

그러나 유안진의 시가 살아온 생에 대한 부담감만으로 나타나는 것은 아니다. 그것이 또한 역설적이기도 하다. 왜냐하면 우리 삶의 완성이란 끝내 닿을 수 없는 수평선의 절대적 거리에 놓여진 것과 같은 것이기 때문이다. 유안진 시인은 우리 생이 절대적인 가치 앞에서는 아무리 나이를 먹어도 어린아이처럼 미약한 존재라는 사실을 너무나도 잘 알고 있기 때문이다.

연꽃 피고 있는 돌에
웃음소리 들리는 돌에
온기 따스하게 묻어나는 돌에
아기스님들 자꾸 태어나는 돌에

경주 남쪽 금오산 절벽마다 기대어 서 계신 마애불상 품에
얼굴 파묻고 한없이 한없이 울고 싶은 오늘

이 무궁한 현재에서
오늘은 언제인가
나는 또 누구인가 무엇인가.

— 「오늘은 언제인가」 전문

위 시는 경주 남산 마애불상을 보고 느낀 시인의 존재론적 각성이 긴 여운으로 남는다. 천년의 시간에도 은은한 미소를 머금고 있는 마애불상 앞에 선 시인이 그간의 생으로 '나는 누구인가'조차 깨닫지 못한 삶을 안타깝게 여기고 있다. 중년의 삶 가운데서도 정작 그가 알고 있는 것은 무엇인가, 자기 스스로도 모르는 것은 아닌가 하는 의문을 제기한다. 그리하여 시인은 마치 어린아이처럼 "마애불상 품에 / 얼굴 파묻고 한없이 한없이 울고 싶은" 심정에 놓인다. 시인은 현실 삶에 찌든 일상의 자신을 벗어버리고 진정한 자아로 돌아가 순수 상태에 놓이고자 한다. 바로 그 순간 시인에게 오늘은 "무궁한 현재"로서의 시간이 되는 것이다. 시인은 불교적 세계관에 따른 영겁의 시간 위에서 현생의 자아를 돌아보고 있다. 그때 시인은 어린아이에 불과한 것이다. 생 가운데서 살아갈수록 알 수 없는 생의 역설을 향하여 자기 정체성의 물음을 던지는 것이다.

3

이수익의 시는 삶의 리얼리티보다는 존재론적인 측면에서 생의 역설적 의미를 날카롭게 포착해내고 있다. 그런 점에서 그의 시는 현실보다는 정신과 관념의 세계를 강하게 의식한다. 그의 시는 사유적이라 할 수 있다. 그의 언어는 간결하고 압축적이며 다의성을 지니고 있다. 따라서 독자들에게는 시를 읽는 즐거움을 준다. 이번 시집 『눈부신 마음으로 사랑했던』에서도 그의 시는 인생의 의미를 꿰뚫어 보는 통찰력으로 번뜩인다. 생을 관통하는 절대적 가치나 정신의 지향이 돋보이기도 한다. 그의 시는 관념적인 세계를 다루더라도 날카롭게 사물과 연결시켜 빼어난 형상화를 보여준다.

    대나무는 평생
    좀체로 꽃을 피우는 법 없지만
    만에 하나
    동지 섣달 꽃 본 듯, 꽃을 한 번
    피우기라도 할 양이면

    온 대밭의 대나무마다 일제히
    희대稀代의 소문처럼 꽃들 피어나지만,
    그 줄기와 잎은 차츰 마르고 시들어
    결국
    죽고 만다고 한다.

    꿈같은 개화의 한 순간을 위하여
    스스로 죽음을 선택해야 하는 대나무, 오오
    눈부신
    자멸自滅의 꽃.

                        ─ 「한 번 만의 꽃」 전문

  위의 시는 '대나무'를 매개로 하여 우리 인생의 역설적 의미를 새롭게
제기한다. 이수익은 대나무의 생태적 속성에서 우리 삶과 상통하는 면을
꿰뚫어 보고 있다. 시인은 "대나무는 평생 / 좀체로 꽃을 피우는 법 없"다
는 사실에서 일상화된 우리 삶을 문제제기 한다. 너무 쉽게 꽃을 피움으로
써 꽃의 의미조차 상투화해 버린 것이 아닌가 하는 비판적 인식이 깔려
있다. 생명체에게 꽃은 자신의 생에서 절정을 의미한다. 그렇지만 꽃의
절정은 곧 소멸이라는 단계와 연결된다. 그러므로 개화의 기쁨과 낙화의
상실감은 서로 등을 기대고 있는 것이다. 따라서 대나무는 꽃을 피우고

나면 "그 줄기와 잎은 차츰 마르고 시들어 / 결국 / 죽"게 된다. 대나무는 "꿈같은 개화의 한 순간을 위하여" 반드시 "스스로 죽음을 선택해야"만 한다. 그러기에 대나무의 꽃은 "눈부신 / 자멸의 꽃"인 것이다. 시인은 대나무의 꽃은 단 '한 번 만의 꽃'이라는 사실로 우리 생의 역설적 의미를 환기시켜 주고 있다. 우리 스스로 진정한 의미에서 꽃을 피우고 있는가, 우리에게 꽃이란 있는가 묻지 않을 수 없는 것이다. 우리 생은 두 가지를 동시에 성취할 수 없는지도 모른다. 그러기에 대나무는 '자멸의 꽃'이 되는 것이며, 역설적으로 그것이 대나무의 아름다움이기도 하다.

꽃을 피우고 일찍 죽어버릴 것인가, 아니면 꽃 피우지 않고 오래 살 것인가, 진정한 삶은 어떤 것인가. 거기에서 이수익 시인은 스스로 단호하고도 엄격한 삶의 가치를 제기하고 있다. 그것은 절대정신이나 지고한 가치를 지향하는 철저한 극기와 인내의 과정이기도 하다.

직립直立은
화해하지 않는다.

고고한 그의 전신이
타협을 거부한 채
오롯이
하늘을 향하여

날카로운 입지立志를 세우고 있다.
그가 주위를 버리는 것만큼
주위로부터 그가 버림받는 불행을,

그는 오히려
즐기고 있다.

위의 시는 '절벽'이 보여주는 '직립'의 정신을 형상화하였다. 절벽이 환기시키는 단호함이란 수직적 자세로서 하늘을 지향한다. 절벽은 발 아래의 번잡스런 현실을 외면한 채 이상세계로 눈을 돌리는데, 그것은 시인 자신의 세계관을 의미한다. 시인은 자신의 정신을 지키기 위해 주변의 모든 것과 화해하는 것은 아니다. 따라서 거기에는 어떠한 외로움을 수반할 수밖에 없다. 그것은 절벽이 "고고한 그의 전신이 / 타협을 거부한 채 / 오롯이 하늘을 향하여 // 날카로운 입지를 세우"기 위해서이다. 우리가 자신의 입지를 날카롭게 세우려면 주위와의 일정한 단절을 통해서만 가능하다. 또한 주위로부터의 "버림받는 불행을" 감수해야만 하기도 한다. 그 불행 가운데 오롯이 서있는 절벽처럼 우리 또한 그것을 "오히려 / 즐기"지 않고는 자신의 의지를 끝까지 관철시켜 나갈 수 없다.

우리의 삶은 어느 하나의 입지를 확립하기 위해서 반드시 자기 의지를 확고히 해야 한다. 쓰러져 가는 정신의 푯대를 꼿꼿하게 세우고 무기력해져 가는 의지와 삶에 대한 나태와 안일과도 싸우지 않으면 안 된다. 뿐만 아니라, 일상적 가치로 변질되어 가는 상투화와도 대결하지 않을 수 없다. 세속적 삶이란 중용의 미덕이라는 미명하에 또 얼마나 많은 사실들이 뒤얽혀 혼돈과 무질서를 연출하는가. 그런 점에서 위의 시는 무질서한 삶에 놓인 현대인들에게 보다 분명한 자세와 단호한 태도를 보여준 것이다.

그러나 이수익은 인간적 현실의 체험이나 갈등에 대해서는 전혀 무관심한가. 그렇지 않다. 그의 시가 보여주는 의지와 단호함이란 이 세계에 대한 부정으로부터 출발하는 것이 아니다. 그것은 오히려 애정으로부터 출발하고 있기 때문이다. 그의 시행마다 넘치는 신념에 찬 언어들은

절대로 배타적인 것이 아니며, 삶의 체험 위에 넉넉한 시선으로 자리잡
고 있는 까닭이다.

> 겨울, 문 밖에
> 허옇게 삭아 있는 연탄 한 장
> 검은 몸이 뜨겁게 열낸 다음
> 더 이상 열정도 희망도 없이 사그라져
> 담벼락 밑에 내다 버려진, 쭈그리고 앉은,
> 초라한 행색의 연탄 한 장
> 기온은 점차 떨어지고 오늘 밤엔
> 또다시 눈이 내릴 거라는데
> 허어연 삭신이 어찌 할 수도 없이
> 절망의 열아홉 구멍만 하늘로 열려 있는
> 오오, 늙어서 폐물 같은 나의 어머니!
>
> — 「연탄」 전문

이 시에서 이수익은 연탄 한 장으로 어머니의 삶을 매우 가슴 저리게
표출하였다. 마지막 남은 생의 온기 모두를 남김없이 뿌리고 사라져 가는
연탄은 생의 마지막까지도 이 세상을 향해 항시 열려 있는 어머니의 삶과
맞닿아 있는 것이다. 그만큼 이수익이 사물을 대하는 시선은 따뜻하며
열정적이다. 그 점에서 위의 시 「연탄」은 앞의 시 「한 번만의 꽃」이나
「절벽」과도 다른 것이 아니다. 그 점이 또한 역설적이라 하지 않을 수
없다고 본다.

시인의 삶과 시간의 무늬
— 임강빈 · 나태주

우리는 시가 너무 쉽게 씌어지는 시대를 살고 있다. 일제 강점기 윤동주는 일본에 유학을 가서 부모님이 보내준 학비를 내고 대학노트를 끼고 늙은 교수의 강의를 들으러 가는 매우 아이러니칼한 상황 속에서도 시가 너무 쉽게 씌어지고 있다는 처절한 반성을 보여주었다. 윤동주의 시 「쉽게 씌어진 詩」 가운데 "人生은 살기 어렵다는데 / 詩가 이렇게 쉽게 씌어지는 것은 / 부끄러운 일이다"라고 고통스러워했던 일을 생각해 본다. 어쩌면 그 숨가쁜 절망의 틈바구니에서 시 쓰는 일만이 유일한 희망이 될 수밖에 없었을 처절한 삶 가운데서도 윤동주는 시 쓰는 일의 엄격성을 떠올렸다니 가슴이 서늘해지지 않을 수 없다. 요즈음 우리는 그가 느꼈던 절망의 깊이와 빛나는 언어의 광채에 대하여 깊이 되새겨 보아야 한다.

이제 우리의 시도 산업사회의 양과 속도의 흐름에 압도되어 컴퓨터로 쏟아내는 대량복제의 시대가 되었다. 그러나 그러한 시대 변화를 전제한다고 하더라도 우리가 끝내 포기하지 말아야 할 문제에 대한 인식이 필요하다. 우리는 거듭 시와 시인의 길이란 무엇인가 하는 진지한 물음 앞에서 새롭게 출발해야 할 터이다. 그것은 시와 삶의 진실성이란 끝내 우리가 포기할 수 없는 사항이기 때문이다. 그런 점에서 시인으로서 일생을 꼿꼿하게 살아간다는 것은 매우 힘이 드는 일이라 하겠다. 거기에는 삶의 문제와 시의 문제가 동시에 수반된다. 사람의 순간마다 다가서는 갈등과 고뇌를 극복하고 자기 일생을 일관되게 살아가는 일과, 그 혼적을 결 고운 언어의 무늬로 펴내는 일을 동시에 짐 지고 가야 하는 것이 시인의 삶인 까닭이다.

이러한 사실을 떠올릴 때마다 생각나는 분이 임강빈 시인이다. 임강빈 시인은 언제나 조용히 일관되게 자기 시 세계를 전개해 오면서 항시 시에 대한 염결성을 잃지 않으려 노력하고 있다. 그의 시와 삶은 차분하면서 흔들리지 않고 정제되어 있는 단정함으로 드러난다. 또한 나태주 시인의 시적 삶도 눈여겨 보아야 한다. 그는 그의 고향 막동리를 지키며 올 곧게 서정시를 일구어 오고 있다. 이 점에서 두 시인의 삶은 시의 정신이 점점 약화되어 가고 있는 이 시대에 한번 되돌아 볼 만하다.

1. 시가 쉽게 씌어진 날

이번 시집 『비오는 날의 향기』에서도 임강빈 시인은 스스로 시를 쓰며 겪는 고뇌를 시로 형상화하고 있다. 그러한 사실들은 자못 젊은 세대들에게 시에 대한 자세를 돌아보고 새로운 마음가짐을 갖도록 하는 외침이 되어 다가온다. 사십 오 년에 가까운 문단 생활 가운데 아직도 그가 시를 대하는 자세는 매우 엄격하다고 할 수 있다.

> 요즘은 시가 통 되지를 않는다 / 빈둥거릴 뿐이다 / 다람쥐 쳇바퀴 돌듯 한다
>
> — 「晚年」 부분

가난한 시인으로 남기로 한다 / 아니 나직한 향기로 있을 거야
                                           - 「편지」 부분

시 한 편이 되었다 싶으면 / 천하를 얻은 날이다
                                           - 「나의 天下」 부분

여덟 번째 시집을 내기로 한다 / 매사에 느리다 / 시에 대해서
                                           - 「개운한 탄생」 부분

그대의 시는 중심이 서 있다 / 시 읽는 즐거움으로 / 무더운 세상을
견디며 산다
                                           - 「즐거움」 부분

떨어진 나뭇잎만큼의 / 짧은 시 / 그렇게 줄여서 쓰도록 하자
                                           - 「축제」 부분

아무래도 / 삼류 시인밖에 나는 될 수 없는가
                                           - 「삼류 시인」 부분

함량 미달의 시 / 표정 없는 시만 양산하는 셈이다
                                           - 「나의 시」 부분

너무 쉽게 시가 씌어진 날은 / 아무래도 불안하다
                                           - 「쉽게 시가 씌어진 날」 부분

　이상의 시들은 임강빈이 시인으로서의 삶과 시 쓰기에 대한 고심의
흔적을 역력히 담고 있다. 시인이 일흔이라는 나이에도 불구하고 문학
청년처럼 간직하고 있는 시에 대한 순수성과 성실성은 매우 아름다운
것이 아닐 수 없다. 오늘날 시 한 편 한 편을 각고의 노력으로 쓰며 시적

열정을 불사르는 젊은 시인들이 드문 때에 임강빈의 시에 대한 진실한 자세는 매우 값진 것이다. 그의 이러한 점은 또한 삶의 진실성과도 동떨어진 것이 아니기에 더욱 그러하다. 시인에게 시의 길이란 삶의 길과 하나일 수밖에 없는 터이다.

다음의 작품은 이번 시집 가운데서도 매우 아름다운 시의 하나이다.

나무가 모여 숲이 되고
숲은 잠시도 쉬는 일이 없다
수많은 이파리를
흔들어 깨우며 소리를 낸다
무뚝뚝한 수피(樹皮)도
그 껍질을 벗기면
여인의 속살보다 더 곱다
함부로 훔쳐봐도 되는 건지
목수는 묵묵히 대패질만 한다
살아서 숲이 되더니
떠나서는 무늬로 남는구나
단단한 나무일수록
이 선명한 물결무늬
겉과 속이 이렇게 달라도 되는가
목수의 손끝에서 나무 향기가 나온다

– 「물결무늬」 전문

이 시는 삶의 체험을 통해서 바라본 생의 의미가 나무의 물결무늬를 통해서 곡진하게 배어 나오고 있다. 나무는 그 둥치를 세워 계절에 따라서 꽃과 잎을 피웠다가 지운다. 화려한 나무의 일생을 바라보는 사람들도 그 나무 둥치가 끌어안고 살아가는 삶의 시련과 고통의 흔적에 대해서는 눈길을 돌리지 않는다. 시인은 그것을 나무가 안고 살아가는 물결무늬 속에서 바라보고 있다. 그러나 그 물결무늬는 나무가 살아서 화려한 꽃이나 싱그러운 잎을 피울 때는 볼 수 없고, 나무의 죽음 이후에나 모습을 드러낸다. 그것은 나무가 잘리고 생을 종결하였을 때, 그리하여 껍질이 벗겨지고 목수의 대패질에 의해서 깎여질 때만 그 실체가 살아난다. "살아서는 숲이 되더니 / 떠나서는 무늬로 남는구나"라는 부분에 집약되어 있는 의미는 바로 우리 생을 돌아보게 하는 압축된 경구처럼 여겨진다. 그것은 "살아서 숲이 되어야 죽어서 무늬를 남긴다"는 표현으로 바꾸어 볼 수 있는데, 숲이란 "나무가 모여" 이루는 것이며, 숲은 "잠시도 쉬는 일이 없"는 삶을 산다. 숲은 함께 나누며 진실하게 살아가는 삶의 아름다움이라 말할 수 있다. 또한 "단단한 나무일수록" "선명한 물결무늬"를 남길 수 있는 것이다. "단단한 나무"란 손쉬운 삶을 살아온 나무가 아니라 힘겨운 시련과 고뇌를 극복하고 살아온 나무인 것이다. 바로 이 나무란 시인의 삶을 의미하는 것이다. 시인은 정신적 나태나 편리, 안일에 대하여는 단호하게 거부 할 줄 알아야 한다. 쓰러져 가는 시대정신의 가파른 비탈에 서서 그것을 온몸으로 버티며 나아가려는 고통도 과감하게 끌어안을 줄 알아야 한다.

임강빈 시인은 자연물을 매개로 하여 우리 생의 의미를 형상화한다. 그것은 그가 자연의 흐름 속에서 우리 생의 의미와 질서를 발견하기 때문이다. 이렇듯이 그의 시는 전통 서정에 바탕을 두고 삶의 진실과 생의 의미를 매우 정갈한 언어로 표출하고 있다. 다음의 시도 그러한 예의 하나이다.

　　이정표 하나 없는데
　　훌쩍 날아가서는

어김없이 둥지로 돌아오고
발자국 남긴 일 없는데
다시 제자리로 찾아오는
새의 놀라운 기억

감각일지도 모른다
날개짓하며
기류 따라 향방을 잡고
참 용하구나
감각이 비범하구나
이보다 궁금한 것은 일상의 일이다

— 「무표정」 부분

이 시는 일상 속에서 항시 아쉬움에 처하는 자신의 삶을 돌아보고 있다. 우리의 삶이란 얼마나 계획과 질서를 추구하며 살아가는가. 그러면서도 번번이 오류 투성이며 엇갈림의 연속이기도 하다. 우리가 나아가는 만큼 돌아서면 아쉽고 허전하다. 그러나 허공을 나는 새는 "이정표 하나 없는 데 / 훌쩍 날아가서는 / 어김없이 둥지로 돌아오고 / 발자국 남긴 일 없는데 / 다시 제자리로 찾아오는" "놀라운 기억"을 보여준다. 우리의 길이란 편리를 위해서 만들어 놓은 하나의 제도일진데, 끝내는 그것들이 우리를 옥죄어 오고 있지 않은가. 반면에 새들의 비상이 보여주는 자유로움은 자연의 이치와 순리에 따르는 것으로서, 사실은 길이 정해져 있지 않은 까닭이라 해도 과언이 아닌 터이다. 어쩌면 길이 없는 것이 가장 참다운 길인지도 모른다. 그렇지 않은가. 항시 더 큰 진실은 역설적인 것이니까.

임강빈 시인은 다시 시인으로 거듭나고자 한다. 그는 시인으로서 그의 삶을 지배하는 고정관념에 빠지지 않고자 노력한다. 시인에게 시적 창조란 기존의 것을 종합하거나 재정리하는 차원이 아니라, 그것을 뛰어넘는 일인 터이다. 그 점에서 시인은 날로 새로이 거듭나려는 정신적 모습을 지녀야만 한다. 임강빈 시인은 그러한 열정을 다음의 시에서도 보여주고 있다.

풀무질하며
빨갛게 달군 쇠붙이를
힘자랑이라도 하듯 내려친다
조선낫, 곡괭이, 쇠스랑 등
어지간한 농기구가
그의 손을 거쳐 나왔다

그때의 대장간은 없다
만일 그 주인을 만날 수 있다면
이렇게 외치리라
너무나 굳어 단단한
나의 고정관념
그때처럼 꽝꽝 내리쳐 달라고
어리광하듯 부탁하리라

ー「대장간」 부분

　벌겋게 쇠를 달구어 두드리며 연장을 만들어 내던 대장간은 이미 자취를 감춘 지 오래다. 시인이 그러한 '대장간'을 떠올리며 그리워한다는 것은 한낱 향수에 젖는 일인지도 모른다. 그러나 거기에는 매우 의미깊은 성찰이 깔려 있다. 오늘날, 힘찬 노동과 땀이 배제된 채 만들어진 농기구는 그 출발부터 노동의 정신을 간과하였다는 아이러니를 지니고 있다. 그것은 바로 오늘의 시대정신을 상징적으로 보여주는 결과라 할 수 있다. 어쩌면 오늘날 쓰여지는 시에도 이러한 사실은 그대로 적용되는지 모른다. 이 시에는 참된 노동의 가치와 땀의 의미가 사라지고 양과 속도의 원리에 지배되고 있는 현대사회에 대한 비판적 인식이 깔려 있다고 하겠다. 시인은 '그때'의 대장장이가 달구어진 쇠를 힘찬 망치질로 두드려 만들어내던 연장들을 떠올리고, 그 망치질에 의해서 자신의 의식도 새롭게 태어나고자 한다. 시뻘건 불을 먹고 새로운 연장으로 깨어나는 쇠붙이처럼, 바로 그러한 정신으로 돌아가 시를 쓰고자 하는 것일 터이다.

임강빈 시인의 여덟 번째 시집을 읽으면서 일흔이라는 나이를 뛰어넘어 새롭게 시를 열어나가려는 그의 내적 다짐을 엿볼 수 있었다. 시인의 내면에 꼿꼿하게 서 있는 시정신과 시에 대한 열정은 그 자체만으로 뜨겁게 다가온다. 그는 "편지보다야 / 빠른 전화로 끝"(「편지」)내는 시대, "이제는 스스럼없이 컴퓨터로 쓴다 / 홍분을 죽인 지 이미 오래다 / A4용지에 / 툭툭 튀어나오는 활자"(「나의 시」)로 대변되는 "너무 쉽게 시가 씌어진 날"(「쉽게 시가 씌어진 날」)을 고통스러워하면서 살아간다. 그런 와중에도 그는 더욱더 "단단한 나무"이고자 한다. 그는 그 나무 내면에 더 "선명한 물결무늬"(「물결무늬」)를 새기려는 희망을 결코 지우지 않는 것이다. 앞으로 그의 시에 더 아름다운 물결무늬가 아로새겨지고 더욱더 그윽한 향기가 배어 나오기를 기대한다.

2. 자연과 시간의 의미

나태주의 시를 읽으면 아주 작고 여린 것들이 숨쉬고 있다. 그것은 그의 시 제목 「민들레」, 「들판끝」, 「개구리」, 「한 감사」, 「꽃」, 「돌멩이」, 「추석 지나 저녁 때」, 「좋았을 때」, 「개망초」, 「멀리까지 보이는 날」 등에서도 알 수 있다. 그것들을 살피면 두 가지 특성으로 해석된다. 그 하나는 ‘민들레’, ‘들판’, ‘개구리’, ‘꽃’, ‘돌멩이’, ‘개망초’ 등 자연적 이미지가 주류라는 사실이며, 다른 하나는 ‘추석 지나 저녁 때’, ‘좋았을 때’, ‘멀리까지 보이는 날’처럼 시간에 대한 관심이 나타난다는 점이다.

전자의 경우와 같이 자연적 이미지들이 주로 나타나는 시들은 그의 시가 일궈온 성과라 할 수 있다. 그리고 후자는 이제 시인의 나이가 지천명의 후반에 이르고 있다는 사실과 연관을 갖는다. 이 두 가지 사실의 결합적 의미가 곧 나태주의 시가 서 있는 시적 지형도라 할 수 있다. 그 사실은 그가 <시인의 詩話>에서 밝힌 내용과 맥을 같이 한다.

다시 초등학생의 마음, 그 언저리로 돌아가 보는 거야. 마침 때는 이른 봄. 연필을 들고 새하얀 도화지를 받쳐들었을 때 나의 발 밑에는 무수한 봄 풀꽃들이 피어 있었다. 마음의 눈이 열리지 않으면 보이지 않는 너무나 조그맣고 초라한 꽃들……
뛰는 10대, 달리는 20대, 걸어가는 30대, 앉아 있는 4·50대, 누워 있는 6·70대를 그대로 상징화해서 보여주는 장면이었다……
지금의 이 時刻이 또 나의 처지를 많이 닮아 있다는 생각이 들었다. 지금 내가 생명이 다하여 세상을 떠나야만 되는 사람이고 나의 어린것들이 이토록 울며 매달린다면 나는 어찌할 것인가……
그러한 정황 속에서 나의 시 쓰기는 이제 사물의 본질을 향하여 떠나는 여행, 그것이었던 것이다.

인용문 속에는 나태주 시인의 시세계에 대한 종합과 이후 시세계에 대한 구상이 함께 나타나 있다. 시인은 기존에 그가 관심 기울여온 자연을 새롭게 인식하면서 그 가운데서 시간의 의미와 자신의 존재를 깨닫는다. 그리고 이제 그가 생의 후반에 도달하여 자연을 어떻게 수용할 것인지

되새겨 보는 것이다. 그는 이제 '사물의 본질을 향하여 떠나는 여행'으로
그의 시 쓰기를 정리하고 있기 때문이다.

　나태주의 시에서 자연물은 생명의 소중함을 지닌다. 그의 시 「민들레」
에서 살피면 '민들레'는 "또 한번의 생애를 / 서둘러 완성하고 / 바람결에
제 울음을 멀리 / 멀리까지 날려보내고 있"는 것이다. 그리고 그것은 "따
스한 봄날의 하루 / 우주의 한 모퉁이"라는 공간의 극대화를 꾀하고 있다.
그에게 이제 공간은 우주라는 공간으로 확장되어 있는 것이며, 객관화된
시간으로 나타난다는 사실이다.

　그 점은 다음의 시에서도 확인되고 있다.

> 학명은 개망초, 사전에도 그렇게 나온다. 내가 어려서는 풍년초라 불렀
> 고 더러는 담배나물이라 불렀다. 풍년 들기를 바라는 마음들이 그런
> 이름을 생각해내게 했고 담배가 귀하던 시절이라 그리 불렀던가 보다.
> 그러나 요즘 아이들은 똑같은 풀을 계란꽃이라 부른다. 새하얀 꽃판이
> 계란의 흰자같이 보이고 노오란 꽃심이 노른자로 보였던 모양이다. 이
> 거야말로 계란이 귀하고 귀하던 우리들 어린날에는 상상조차 할 수
> 없던 꿈이요 유추가 아니던가. 하나의 꽃, 꽃이름을 두고서도 망설이고
> 꿈꾸는 바가 참으로 멀고도 가깝다.
>
> 　　　　　　　　　　　　　　　　　　　　　　　　－「개망초」 전문

　위의 시에서 '개망초'는 하나의 자연물로 존재하는 것이 아니라, 과거와
현재를 돌아보는 계기를 마련해 주고 있다. 그것은 앞에서 밝혔듯이 작고
여린 자연물과 시간에 대한 인식이 겹쳐져 있다는 점을 반영한다. 그리고
그는 결론적으로 "꽃이름을 두고서도 망설이고 꿈꾸는 바가 참으로 멀고
도 가깝다"고 하였다. 다시 말하면 자연이란 변모하지 않는 영원성을 지
니고 있지만 인간의 삶이나 거기에 기반한 가치판단은 변한다는 점이다.

다시 말하면 인간의 생명이란 유한하다는 인식이 자리하는 것이다. 이로
써 시인은 자연 속에서 생의 의미를 되짚어보는 계기를 마련하고 있다.
　나태주의 근작시에서 그는 지난 시간에 대한 회상을 보여주는데, 그것
은 그의 시 「한 감사」, 「꽃」, 「추석 지나 저녁 때」, 「좋았을 때」에서 아주
극명하게 드러난다. 그리고 거기에는 모성에 대한 회귀의식이 짙게 깔려
있기도 하다. 자연 자체의 속성이 그러하기도 하지만, 그의 자연은 여성이
나 모성으로 짙게 채색되어 나타난다.

　　남의 집 추녀 끝에
　　주저앉아 생각는다
　　날 저물 때까지

　　그 때는 할머니가 옆에
　　계셨는데
　　어머니도 계셨는데
　　어머니래도 젊고 이쁜
　　어머니가 계셨는데

　　그 때는 내가 바라보는
　　흰구름은 눈부셨는데
　　풀잎에 부서지는 바람은
　　속살이 파랗게
　　떨리기도 했는데

　　사람 많이 다니지 않는
　　골목길에 주저앉아 생각는다
　　달 떠 올 때까지.

— 「추석 지나 저녁 때」 전문

이 시에서 나태주 시인은 어린 날의 추억을 떠올리면서 그 때 살아계시던 할머니와 젊은 어머니를 회상한다. 그만큼 그의 의식세계는 모성에 기반하고 있다. 그것은 다른 시 "늙으신 어머니"(「한 감사」)나, "한숨 쉬던 젊으신 어머니", "해 저물녘의 지어미", "부풀어오른 옷 벗은 여인네"(「꽃」), "식모살이하는 사촌이모"(「좋았을 때」) 등에서도 확인할 수 있다. 그만큼 그의 시는 대지적 상상력에 깊이 닿아 있기도 하다.

위 시는 자연의 영원성 앞에 지상을 떠난 할머니나 어머니에 대한 그리움이 지배하고 있다. 자연의 영원성 앞에 유한하게 던져진 인간의 존재. 그래서 과거의 어머니나 할머니의 부재를 자각하고 앞으로 자신 또한 이 곳을 떠나야 한다는 깨달음에 도달한다. 이러한 것은 결국 인간이 극복할 수 없는 자연과의 거리감이라 할 터이다. 그러기에 시인은 "지금 내가 생명이 다하여 세상을 떠나야만 되는 사람이고 나의 어린것들이 이토록 울며 매달린다면 나는 어찌할 것인가"(시인의 詩話)라고 생각해 보는 것이다. 이제 그가 바라보는 자연은 순수한 생명과 사랑의 토대이기보다는 생의 순간성을 확인시켜 주며 끝내는 시인 자신도 떠날 수밖에 없다는 사실을 깨닫게 해준다.

인간의 존재란 유한할 수밖에 없다. 따라서 시인은 이제 자기 내면에 대해 깊은 관심을 기울인다. 그러한 사실은 「돌멩이」, 「멀리까지 보이는 날」에도 나타났다.

흐르는 맑은 물결 속에 잠겨
보일 듯 말 듯 일렁이는
얼룩무늬 돌멩이 하나
돌아가는 길에 가져가야지
집어 올려 바위 위에

놓아두고 잠시
다른 볼일보고 돌아와
찾으려니 도무지
어느 자리에 두었는지
찾을 수가 없다

혹시 그 돌멩이, 나 아니었을까.

— 「돌멩이」 전문

이 시는 어느 날 그가 물 속에서 건져낸 "얼룩무늬 돌멩이" 하나를 돌아
가는 길에 찾으려니 어디에 두었는지 알 수 없었다는 사실에 바탕을 두고
있다. 시인은 "혹시 그 돌멩이, 나 아니었을까" 하고 돌아본다. 어쩌면
우리는 자신에 대해 얼마나 애정을 갖는가. 또 자신에 대해 발견하는 사실
도 순간적일 뿐 우리 자신을 얼마나 안다고 하겠는가. 시인은 이제 돌멩이
하나로도 자신의 진정한 자아나, 존재에 대한 물음을 제기하고 있다.
　나태주 시인은 자연과 자아 사이의 일체화를 꿈꾸고 있는 것처럼 보인
다. 그는 "숨을 들이쉰다 / 초록의 들판 끝 미루나무 / 한 그루가 끌려
들어온다 // 숨을 더욱 깊이 들이쉰다 / 미루나무 잎새에 반짝이는 / 햇빛
이 들어오고 / 부서지는 바람소리까지 / 끌려들어온다"라고 함으로써 자
연과의 동화를 적극적으로 꾀한다. 그 때 시인에게는 "산 위에 두둥실
떠 있는 / 흰구름, 저 녀석 / 조금 전까지만 해도 내 몸 안에서 / 뛰어놀던
바로 그 숨결이다."(「멀리까지 보이는 날」)라는 표현이 가능해지는 것이
다. 이제 나태주 시인에게 자연은 따로이 존재하는 것이 아니다. 자신의
생이 처해있는 시간적 의미를 통해서 사물의 본질을 향하여 시적 여행을
떠나도록 촉구하는 깊은 유대감 위에 존재하는 대상이다.

삶의 통찰과 직관의 언어
— 최원규

1

사람이 천지 만물의 이치에 통달하여 세상의 어떤 일들에 대해 들어도 다 이해할 수 있다는 것이 이순(耳順)의 의미일 터이다. 또한 시인들에게 있어 이순은 그의 생 체험 속에서 우러나오는 원숙한 시의 광채가 기대되는 때이기도 하다. 그것을 일러서 노년기의 문학이라 하는 것이리라. 우리는 이순에 접어든 시인에게 그가 20대로부터 50대에 걸쳐 일궈온 시의 텃밭을 장식한 눈부신 언어들의 결집을 기대하는 데 주저하지 않는다. 그런 까닭으로 최원규 시인이 이순의 언덕에 서서 출간한 시집은 그 자체만으로도 기쁜 일이 아닐 수 없다. 더욱이 이번 시집에는 시인의 체험 속에서 솟아 나오는 진솔한 언어의 울림과 정서의 힘이 우리에게 깊은 감동으로 다가와 눈길을 끈다. 그곳에는 삶의 통찰과 직관의 언어가 펼쳐져 있기 때문이다.

최원규 시인은 시력(詩歷) 34년 동안에 첫 시집 『金彩赤』(1961)으로부터 대략 3년만에 한 권씩의 시집을 발간하는 정열을 보여왔다. 이번에 출간하는 『둔산에 와서』는 그의 제 12시집이 된다. 그간의 시세계는 그가 서정 시인임에도 사물 인식이 현상의 소묘나 현상이 암시하는 것을 넘어서,

그 본질에 육박하려는 끊임없는 추구였다(문덕수). 또한 고뇌와 환희, 생성과 소멸, 니힐과 쾌락적 감각들을 서구적인 기법에 의해 동양적 불교관으로 소화하려는 다양한 포오즈를 초기 시부터 변함없이 지켜왔다(송재영). 그리고 그의 시는 대상 그 자체에 당돌하리만큼 파고 들어가 내면세계로부터 그 존재를 탐구하고 있으며, 그것은 변증법적 전개과정을 통해서 새로운 시세계를 구축한다. 특히 그의 시는 화려하면서도 정감 어린 색채 이미지를 동원해 우리에게 감동을 주고 있다(박명용). 이번 그의 제 12시집에 오면, 우리는 이순에 도달한 시인으로서의 삶에 대한 통찰과 직관을 통하여 그가 보여주는 세상에 대한 혜안과 생의 의지를 눈여겨볼 수 있다.

시인의 『둔산에 와서』의 시세계는 이 시집 표제작인 「둔산에 와서」와 시집 맨 앞에 수록되어 있는 「고향에 와서」의 공간과 시간 의식 속에서 첨예하게 밝혀지고 있다. '둔산'과 '고향' 사이의 시·공간적 거리는 이 시집 전반에 드리워져 있는 시인의 시적 공간이자 인식의 폭으로 나타난다. 그 점에서 '둔산'과 '고향'은 여러 면이 대립적으로 드러난다. 가령 공간적으로는 '도시'와 '시골', '자연'과 '문명'으로, 시간적으로는 '현재'와 '과거'로 나타나고, '현대'와 '근대'의 차이로도 읽을 수 있다. 따라서 전자는 그의 시세계에 원심력으로 작용하고 후자는 그의 시에 구심력으로 작용한다. 이 두 힘 사이의 긴장 및 대립 속에서 진동하고 있는 것이 이 시집 전체의 정서적 자장(磁場)이라 할 수 있다.

둔산에 와서
나는 내 나이를 생각했네
저마다 솟은 고층건물의 숲
돌아보아도 푸른 산봉우리

시원한 들녘 보이지 않고
시멘트 모서리에 엉겨 있는
견고한 고독이 서려 있을 뿐
박람회가 열리고
정부청사 기공식이 시작되고
바둑판처럼 도로가 정비되고
갑천에선 밤마다 축제의 불꽃
밤하늘을 수놓는데
오랜 세월 뒤 이곳이 폐허화된
로마의 궁전쯤으로 생각되네

오늘은 오늘뿐인가, 내일과 내일의 끝
시멘트나 금속성
사람의 모습, 짐승의 모습, 어떻게 달라질까
나는 무엇이 될까,
어둠에 젖어드는 불빛처럼
헛된 꿈의 바람이 하늘로
바다로 날아갈 것이리

나는 태어난 이후
다섯 번째 이사로
버릴 것은 어지간히 버렸는데
아직도 버리지 못하는 몇 가지를
둔산에 들고 와서
내 머리를 괴롭히고
내 손을 무겁게 하고 있음이여.

— 「둔산에 와서」 전문

이 시에서 시인은 일차적으로 자신이 서 있는 '시간'과 '공간'에 대하여 인식한다. 그가 위치한 시간은 우선 개인적으로는 60대를 넘어서 있으며, 시대적으로는 1990년대 중반의 산업사회이다. 또한 시인이 서 있는 공간은 그가 태어난 시골에서 다섯 번의 이사로 도달한 대전시의 신개발지 '둔산'이라는 점이다. '둔산'은 자연과 생명을 파괴시키면서 급성장한 곳으로서 가시적 화려함이 두드러진다. '고층 건물'이나 '시멘트 모서리'가 '푸른 산봉우리'와 '시원한 들녘'을 밀어낸 것이 '둔산'의 전부이다. 그러기에 시인은 '박람회', '정부청사 기공식', '도로 정비', '축제의 불꽃' 등이 펼쳐지고 있으나, "오랜 세월 뒤 이곳이 폐허화된 / 로마의 궁전쯤으로 생각되네"라고 술회한다. 이렇게 볼 때 시인은 '둔산'이야말로 현대 사회의 문명이 안고 있는 모든 문제의 전시장으로 인식하고 있는 것이다. 시인이 '둔산'을 아주 부정적으로 바라볼 수밖에 없는 이유는 여러 가지의 상실을 배경으로 한다. 그 중심에 해체된 고향과 자연이 자리한다는 점은 쉽게 알 수 있다.

　시인은 이러한 외적 상황에도 불구하고 "오늘은 오늘뿐인가"라고 하며 미래와 더불어 생각한다. 그러나 그는 시간에 대한 불연속적 인식 속에서 "내일과 내일의 끝"이라 하여 미래를 철저히 부정적으로 바라본다. 즉, 그에게 미래는 문명의 금속성이고 자연과 고향의 상실이며, 사람과 사람 사이의 단절이며 대립이고 갈등인 까닭이다. 따라서 시인은 미래를 "어둠에 젖어드는 불빛처럼 / 헛된 꿈의 바람이 하늘로 / 바다로 날아갈 것이"라고 말한다. 그렇다면 시인은 이러한 상황에 스스로 어떻게 대처해 나아가려 하는가. 그것은 위 시에 드러나 있듯이 '버리는 것'이다. 즉, 인간의 욕망과 이기심, 물질적 풍요와 편리에 길든 일상적 삶의 태도를 비워내는 일이다. 그러기에 시인은 "다섯 번째 이사로 / 버릴 것은 어지간히 버렸는데 / 아직도 버리지 못하는 몇 가지를 / 둔산에 들고 와서 / 내 머리를 괴롭히고 / 내 손을 무겁게 하고 있"다고 고백한다. 그만큼 시인은 '둔산'

의 문명으로부터 벗어나 자연의 세계, 고향의 세계로 돌아가고자 한다.
　'둔산'은 인간의 욕망이 극대화되어 있는 공간이다. '둔산'은 그것이
펼쳐주는 편리성이나 도구성이 뛰어나도 인간이 지녀야 하는 자연과 생
명의 바탕이 철저히 파괴되어 버린 공간인 터이다. 시멘트 문화와 인스턴
트 문화가 지배해 버린 곳, 문명의 첨단을 지향하는 '둔산'은 현대 산업사
회의 산물이다. 그리고 현대 사회를 살아가는 우리 모두가 동시에 처한
상황이기도 하다. 그의 공간이동(이사)은 삶의 고귀한 가치를 찾아 자연과
생명에 밀접하게 다가서 온 과정이 아니라, 오히려 그 반대편으로 지향되
어 온 것이라 할 수 있다. 이 점은 그의 삶을 자꾸 자연과 고향 밖으로
밀어내는 원심력으로 그의 시에 작용한다.
　그러나 시인은 끊임없이 '고향'에 대한 구심력을 견지함으로써 삶의
중심을 세우고 그곳으로 다가가려 한다. 그러나 그의 고향은 또 어떠한가.

　　내가 어렸을 적
　　뛰놀던 고향 텃밭
　　아무데나 널려 피었던 들꽃
　　그 꽃의 이름은 모르나
　　노랗고 푸른 무지개 빛이었네.

　　어머니의 눈물이 고인
　　아버지의 기침이 배인
　　할머니의 자상한 음성
　　할아버지의 긴 수염처럼 휘날리는
　　다숫한 햇빛이 있었네.

　　그 대낮
　　간절한 뻐꾸기 울음 간 데 없고

황막한 비닐 하우스의 빈 꿈 속
텃밭으로 트인 아스팔트
바퀴에 깔려
산새 하나 피흘리며 스러져 있네.

— 「고향에 와서」 전문

이렇듯이 시인의 가장 근본적인 상실감은 '고향 상실'에 뿌리를 두고 있는 것이다. 그러기에 시인이 문명에 대하여 비판적 입장을 취하는 것은 너무도 당연한 귀결이라 하겠다. 그에게 고향은 공동체 삶의 원형으로 나타난다. '고향'은 시인의 '어머니', '아버지', '할머니', '할아버지'의 숨결이 꿈틀대는 곳이다. 그러나 그러한 '고향'은 이미 파괴되어 버렸다. 즉, "뻐꾸기 울음 간 데 없고"에서 자연 상실이 드러나며, "황막한 비닐 하우스의 빈 꿈 속 / 텃밭으로 트인 아스팔트 / 산새 하나 피흘리며 스러져 있"는 상황에서 어린 날 고향의 모습은 찾을 수 없기 때문이다.

이와 같이, 최원규 시인은 '둔산'과 '고향' 사이에서 갈등하며 그의 시에서 몇 가지의 지향점을 보여주고 있다. 첫째로 그는 자신이 처한 '이순'의 안목으로 인생을 성찰하고 삶의 결 속에 숨쉬는 진리를 표출한다. 둘째로 그의 시는 1990년대 중반에 처한 산업사회의 모순이 돌출시킨 문제들을 비판하며, '둔산'이 상실해 버린 '자연'과 '고향'의 의미를 환기시킨다. 셋째로는 삶의 시련과 고통 속에서도 새롭게 강인한 생의 의지를 표출하고 있다. 바로 이 점은 그의 이번 시집에서 가장 중요한 부분이기도 하다.

2

　최원규 시인의 시에는 우선 그가 당도한 이순의 언덕에서 바라다보는 세상에 대한 안목과 혜안이 눈에 띈다. 세상의 풍상을 겪은 자로서의 사물을 바라보는 따뜻한 시선은 자못 깊은 통찰을 바탕으로 한다. 이제 그의 시에는 세상 만물의 질서와 이법을 꿰뚫는 직관이 번뜩이고 있다. 가령 다음과 같은 시에서도 우리는 그 점을 충분히 살필 수 있다.

　　어려서부터
　　긴 세월 바라보던
　　감알 하나

　　친숙할 만큼
　　오랜 나이가 흘러
　　너의 속을 다 알것다만

　　푸른 빛에서 노란 빛으로 바뀌는 순간
　　고 애타는 마음
　　이 가을에 알 것 같구나.

— 「감을 바라보며」 전문

　이 시는 가을이 되어 노란 빛을 띠며 우리 앞에 다가서는 '감'을 통해서 인생 역정의 순리를 내다보고 있다. 얼핏 단순한 듯한 느낌을 주기도 하지만, 그것은 시인의 체험에 의한 깨달음이라는 점에서 울림이 크다. 그의 시선은 사물의 외양에 대한 관찰을 벗어나 그 내면의 의미까지 읽어내고 있다. 다시 말하면 '감'이 익는 것은 시간의 변화에 따라서 그 색깔이 푸른 빛에서 누런 빛으로 바뀌는 것이다. 그러나 시인은 '감'이 "푸른 빛에서 노란 빛으로 바뀌는 순간 / 고 애타는 마음"을 함께 읽어내고 있다. 이 점은 곧 시인의 내면의식을 비춰내는 표현이기도 하다. 왜냐하면 나뭇잎 또한 초록의 색상을 벗어버리고 붉게 물들다가 떨어져 내린다. 그러나 이러한 비움의 정신 뒤에 허공 속으로 눈부시게 드러나는 '감'의 광채를 바라볼 수 있듯이, 우리는 삶의 격정을 인내한 뒤에 시인의 가슴 속에 열리는 언어의 '감'(詩)을 볼 수 있기 때문이다.

> 응급실에서
> 옆에 누웠던 친구
> 이름도 얼굴도 모르지만
> 그 가족들이 그와 같이 울며 가는 것을 보니
> 그 친구는 이승을 떠난 모양이다
>
> 그 침대에
> 또 다른 친구가 들어온다
> 링겔도 꽂고 가족과 이야길하며
> 입원실로 올라간다
>
> 한 침대에서도
> 삶과 죽음이 계속
> 엇갈리는 밤과 낮
> 빈 침대에는 장미와 라일락
> 두 송이가 놓여있다.
>
> — 「빈 침대를 바라보며」 부분

위 시는 시인의 병원체험을 통해서 쓰여진 것이다. 이 시에서 시인은 이순에 이르러 죽음까지도 넉넉하게 바라볼 줄 아는 여유를 보여준다. 또한 이 세상을 떠나는 한 인간에게 보내는 시인의 연민의식이 짙게 깔려 있기도 하다. 같은 병실에 누워 있던 사람이 어느 날 가족들의 울음소리와 함께 떠난 뒤 그 자리를 다른 환자가 들어와 눕는다. 이 시에서 '병실'은 마치 인간 '세상'으로 비유됨으로써 우리 인생의 긴 여로를 압축적으로 보여준다. 이렇듯이 시인은 삶과 죽음의 대결이 첨예하게 부딪치는 병원 체험을 통해서 세상의 가치나 물욕으로부터 완전히 벗어나고 있는 것인지도 모를 일이다. 그 점은 시인이 이제 죽음 쪽에서 생을 바라보고, 죽음을 통해서 삶을 더 절실하게 받아들이게 되었기 때문일 터이다. 그러기에 시인은 빈 침대 위에서도 "장미와 라일락 / 두 송이가 놓여있"는 것을 발견하게 되는 것이다.

그리하여 시인은 이제 자신의 존재에 대하여서도 새로운 인식을 하고 있다.

언제부터인가
너는 절규하고 있었다
낮이나 밤이나
제 자리를 지키고 있었음을
새가 날아와 알려주었을 뿐이다.

비바람이 세차게 부는 날
너는 송두리째
흔들리고 있었다
발이 땅에 묻혀 있음을
너는 모르기 때문이다.

— 「모과나무」 전문

위 시에서 시인은 지난 생을 돌아보며 자신을 '모과나무'에 동일시하였다. 우리 인간에게 '나무'는 이상적 삶의 모델이 된다. '나무'는 지상과 천상의 간극이 의미하는 현실과 이상 사이의 갈등을 넘어서 조화로운 삶의 모습을 펼쳐 보여주기 때문이다. 우리들이 곧게 뻗어 오른 나무를 보고 느끼는 기쁨은 바로 여기에서 기인한다. 시인은 이 시에서 '모과나무'를 모델로 하여 자신의 존재에 대한 깨달음과 생의 의미를 암시해준다. 시인이 인식하는 '모과나무'의 강한 생명력은 시인의 생에 대한 깨달음으로 전이되고 있다. 시인은 그 동안 살아왔던 시간 속에서 자신의 삶을 이끌어온 것이 무엇인가를 돌아보고 있다. 그리하여 '모과나무'의 '절규'와 '제 자리 지킴'과 "비바람이 세차게 부는 날"도 "송두리째 / 흔들리고", "발이 땅에 묻혀 있(었)음"을 인식하는 것이다. 따라서 이 시의 '모과나무'는 곧 시인 자신인 터이다. 시인은 철저히 운명을 사랑하며 현실에 깊이 뿌리 묻는 삶의 자세를 최선의 선택으로 깨닫게 된다. 그는 이제 인생 역정의 순리를 깨닫고 죽음의 의미까지도 바라보게 되면서 인간 존재의 비극성을 인식하기에 이른다. 그것은 바로 참다운 운명애라 할 수 있다.

시인의 운명에 대한 뜨거운 애정은 곧 현실에 대한 관심으로 나타나게 된다. 그러나 우리의 현실은 삶의 편리나 속도의 성과를 담보로 되돌려 받을 수밖에 없었던 자연과 고향의 상실인 것이다. 그 결과가 우리에게 어떠한 문제로 다가와 있으며, 또 우리의 미래가 어떻게 도래할 것인가는 너무도 명약관화한 사실이다. 그러기에 그는 현대 사회에 대하여 가슴 아파하지 않을 수 없는 것이다.

최원규 시인은 현대 산업사회 속의 인간들이 처한 고통의 현장을 안타깝게 바라보고 있다. 그리고 그는 우리가 잃어 가는 자연과 고향의 의미를 새롭게 환기시킨다.

어지러이 쏟아지는

유월 소나기

더러운 흙먼지에 오염된 채
악성 핵구름에 시달린 채

산성 빗방울로 얼룩져
괴로움을 당하나니

맑은 강이 흐려지고
푸른 산이 얼룩져

산새나 들벌레가
두통으로 신음하나니

아! 뭉개져 주저앉을
눈물로 뒤엉킨 유월 소나기.

— 「유월 소나기」 전문

　위 시는 현대 산업사회가 안고 있는 문제를 자연의 상실과 생명의 파괴 현상으로 형상화하였다. 시인은 비극적 현실의 한 국면을 생태계 파괴와 공해 문제로 접근하고 있다. 우리가 처한 환경은 우리의 앞날을 총체적으로 불투명하게 만들고 있다. 이미 자연은 우리가 온몸으로 다가설 수 없을 만큼 우리와 멀어져 있다. 인간들이 만들어낸 "더러운 흙먼지", "악성 핵구름", "산성 빗방울"이 '맑은 강'과 '푸른 산'을 오염시켰고, 급기야 "산새나 들벌레가 / 두통으로 신음하"는 상황에 이르고 말았다. 우리 주변 어디를 둘러보아도 자연의 모습은 온전한 상태가 아니다. 뿐만 아니라, 자연은 오히려 인간에게 해악적으로 작용하기도 한다. 그럼에도 불구하고 우리의 주변은 도시 문명화 기로에 놓인 것이 사실이다.

새벽
산책길에 나서면
산 속의 신선한 내음과
이름 모를 새들이 어우러져 있고

아침에 수레바퀴를 밀고
가난한 이웃이나
바쁜 몸짓이나 손놀림 속에
점점 도심으로 확산되어
저 변두리로 줄무늬 치며 달리나니
그래서 바다에는
그 많은 사람들의 혼이 출렁이는 것일까.
그러나 지금 내가
이 산 위에 있어도
땅의 깊은 곳에서
언제 불길같이 死者의 넋이 솟아날지 몰라.

— 「산 위에서」 부분

이 시에서 시인은 상실해 가는 자연을 안타깝게 바라보고 있다. 하루하루 문명의 수레바퀴가 밀고 들어와 땅 위에 시멘트를 깔아버리는, 그리하여 땅이 숨쉴 수 없는 상태를 가속화해 가는 현대 문명의 양태를 시인은 '산' 위에 서서 근심스런 표정으로 읽는다. 시인이 안타까운 현실을 일정한 거리에서 바라볼 수 있는 방법은 단지 '산 위'에 오르는 일뿐이다. 그러기에 그가 시에서 자주 '산'이나 '언덕'을 오르는 행위는 자연과 고향에 대한 애착과 향수라 할 수 있다. 시인이 '산'을 오르는 행위는 현실의 질곡과 혼돈을 벗어나려는 삶의 의지가 수직 상승 행위로 나타나는 것이

다. 그리고 '산'은 가장 최후까지 자연의 생명력을 간직할 수 있는 공간이
기도 하다. 그런 점으로 시인이 '산'을 오르는 행위는, 현실을 벗어나 자연
과 고향에 대한 끝없는 애정과 관심으로 다가가려는 노력이라 할 수 있다.
그는 "땅의 깊은 곳에서 / 언제 불길같이 死者의 넋이 솟아날지" 모른다고
하였다. 그만큼 그에게 우리의 앞날은 철저히 비극적으로 인식되고 있는
것이다.

> 이상하게도 언덕에 오르기만 하면 마음이 가라앉고
> 세상만사가 시들해지는 까닭을 나는 모른다.
> 길가에서 서성이는 누구를 만나도
> 잘 아는 사이처럼 마음이 놓이고 넉넉해지는 까닭을 나는 모른다.
> 멍청히 까치집 머리에 이고 서 있는 미루나무 간 데 없고
> 빈 밭에 무심한 비닐조각 바람에 나부끼어도 쓸쓸하지 않는
> 까닭을 나는 모른다. 남새밭 사이로 들풀이 어우러져 풀벌레
> 소리 들려도 울적하지 않은 까닭을 나는 모른다. 풀섶에
> 함부로 나둥그러진 돌멩이 고것들마저 내가 한없이 마음
> 놓이는 것은 내 어린 날 호주머니에 넣었던 것처럼 내 살점과
> 맞닿았던 따슷함 때문일지 나는 모른다.
>
> — 「장원리에서」 전문

위 시에서 시인은 '언덕'에 올라가 자연과 고향의 의미를 되새긴다.
그가 세속적 가치에 몰입하여 바쁘게 살아가던 일상으로부터 벗어날 수
있는 곳은 장원리 '언덕'이다. 이 시에서 '언덕'은 현실의 고통과 시련으
로 갈등하는 시인을 풍요와 다산의 모성으로 품어안는 대지적 상징이면
서, 현실에 대한 극복이나 정신적 초월의 상징적 공간이다. 따라서 그곳에
서 시인은 일상의 고통스러운 삶으로부터 벗어나, 고단한 삶 자체에 대해
서도 여유를 갖고 바라다 볼 수 있게 된다. 시인은 장원리 '언덕'에 오름으

로써 비로소 마음의 평정을 찾게 된다. '장원리'는 아직도 살아있는 자연과 고향의 온기를 느끼게 해주는 공간이기 때문이다. 그리고 그곳에서 시인이 내려다보는 저 먼 곳에 해체된 자연과 고향이 있고, 거기 삭막한 아파트 숲이 수직으로 솟아 있는 것이다.

시인은 과거 시간으로 소급해 올라가 자연과 고향의 의미를 찾기도 한다.

> 그들이 떠난 뒤 아버지는 어린 자식 나에게 술잔을
> 건네며 술은 과음하면 안 되지만 한두 잔은
> 하여야 하느니 제 분수를 알고 족할 줄 알아야 하느니라
> 사람은 어질어야 하느니 봄날같이 다사롭게 행동할지며
> 사람과 더불어 앞서려 하지 말아야 마음이 항상 고요하고
> 공을 위하고 사를 없애야 꿈에서조차 한가로우니라. 가끔
> 산소에 들러 참배하고 풀냄새를 맡도록 하여라. 삶이란
> 흐르는 시내같이 어디론가 가버리니 촌음을 아끼거라
> 밤하늘 감나무 아래서 아버지 말씀은 어둠에 잠겨들고
> 별빛은 하나둘 빛나고 있었다.
>
> — 「감나무 아래서」 부분

이 시에는 '감나무'와 '아버지'에 대한 추억이 얽혀 있다. 그러므로 이 시의 '감나무'는 시간의 변화를 초월하여 시인에게 '아버지'를 떠올려주는 매개체 역할을 한다. 그만큼 '감나무'는 변질되지 않는 생명력을 지니는 상징인 것이다. 그 점은 곧 고향의 한 원형상징이기도 하다. 그러기에 '감나무'는 돌아가신 '아버지'를 일깨워주는 동시에 지난 생을 돌아보게 하며 삶의 의미를 깨우쳐주는 대상이 된다. 시인이 이순의 나이에도 불구하고 어린아이가 되어 '아버지'를 떠올릴 수 있는 것은 '감나무'를

매개로 다시 그의 유년으로 돌아갈 수 있기 때문이다. 그만큼 '감나무'는 자연의 상징으로서 시간까지도 무화시켜 시인을 어린아이로 돌아가게 한다. 시인은 '아버지'가 깨우쳐 주신 삶의 의미를 되새기면서 '감나무'의 생명력을 통해서 자연과 고향의 의미를 확인하는 것이다. 이 시는 곧 현대 사회가 안고 있는 모순과 병폐에 대한 비판적 의미로 작용하기도 한다.

3

최원규 시인의 시는 '둔산'과 '고향'의 거리에서 시간과 공간의 대립적 의미를 형상화하였다. 그러나 시간과 공간이란 궁극적으로 오늘을 살아 가는 우리에게는 곧 '현실'로 귀착될 수밖에 없다. 따라서 시인은 고통스 러운 현실 위에 다시 새롭게 서려는 생의 의지를 보여준다. 시인은 맑은 통찰력으로 세상을 굽어보게 된다. 그리하여 그는 이제 생의 시련과 고통 을 목전에 두고도 담담한 자세를 갖기에 이른다. 아울러 생의 깊이에서 솟아 나오는 삶의 지혜가 어떠한 시련을 당해서도 그것을 넘어설 수 있는 확고한 의지로 열리고 있다.

어깨를 기댄 채
잠든 들풀을 보라
얼마나 조용한 모습인가
찬 서리 내려
참기 어려웁다 하여도
서로 알몸을 의지한 채
포근히 새봄을 위하여
참고 견디는 힘이 있거늘

못사는 나라의 백성들아
굶어 죽어 가는 것은 아니어니
모래나 자갈밭
노랗게 말라 가는 것은
더구나 아니어니
등돌려 외면한 채 서로 욕질 말고
푸른 하늘 아래 더 튼튼한 햇빛으로
새싹이 터져나는 힘을 보아라.
— 「새날을 위하여」 전문

　시인은 이제 선지자의 목소리로써 우리에게 다가온다. 위 시에서 그는 새 날을 내다보고 있다. 그만큼 시인의 눈과 가슴은 따뜻함으로 세상을 향해 한껏 열려 있는 것이다. 그는 "어깨를 기댄 채 / 잠든 들풀을" 통해서 "찬 서리 내려 / 참기 어려웁다 하여도 / 서로 알몸을 의지한 채 / 포근히 새봄을 위하여 / 참고 견디는 힘"을 깨닫는다. 이로써 최원규 시인은 우리 인간의 삶 자세를 비춰주고 있다. 그는 인간 세상에서도 "등돌려 외면한 채 서로 욕질 말고 / 푸른 하늘 아래 더 튼튼한 햇빛으로 / 새싹이 터져나는 힘"을 기원하게 된다. 이 시에는 용서와 화해의 정신이 굽이치고 있다. 인간사의 자질구레한 감정들로 인하여 서로 등을 돌린 채 살아가는 사람들에게 시인은 어깨를 기대고 살아가는 '들풀'의 모습을 보여줌으로써, 인간들의 왜곡된 삶에 경종을 울린다. 그는 사랑과 용서, 화해와 수용이 더 큰 생의 가치임을 촉구한다. 아울러 그는 이제 그것을 자신의 삶에 대한 자세로 굳게 받아들이고 있다. 이는 세상의 풍파를 모두 경험한 자가 깨달음의 경지에서 보여주는 점이기에 우리에게는 숙연함으로 다가온다. 시인은 현실의 모순과 질곡, 갈등 속에서도 운명을 깊이 받아들이며 인내와 용기를 지닌 채 살아가려함을 새롭게 보여주었다.

그러한 의미는 다음의 시에도 압축되어 나타나고 있다.

<blockquote>
하늘의 숲 가득히 살아 숨쉬는
햇빛은 여울져 흐르고
산새 깨어나 노래 부르나니
간밤, 흰눈이 어둠을 멀리한 채
눈부신 물살 강을 이루고
그리움은 쌓여 흐르리
천파만파 빛나는 아침
하늘이 내려주신 갈대밭
서로를 의지한 채
손잡고 춤추며 기쁨을 나누리
아! 뿌리를 땅에 묻은 채
다시 일어서는 저 맑은 풀잎들
어서 따라오라고 소리치는
아침 눈발 속에 내가 서 있네.
</blockquote>

— 「아침 눈발 속에」 전문

우리가 현실에 발을 딛고 살아가야 하는 한 공간을 벗어날 수 없다. 따라서 우리에게는 정신적 극복과 초월의지가 필요한 것이다. 아픔과 시련이 다가올지라도 그것을 끌어안거나 짐지고 나아갈 수밖에 없는 것이 인간의 운명이기 때문이다. 바로 이 점을 시인은 위 시에서 보여주고 있다. 시인은 어떠한 고통 속에서라도 "뿌리를 땅에 묻은 채 / 다시 일어서는 저 맑은 풀잎들"을 바라보는 것이다. 결국 우리 삶이 끝없는 고통과 갈등의 연속이라 해도 우리는 그 위에 서야만 한다. 이렇듯이 그의 시는 '둔산'과 '고향' 사이에서 갈등하지만, 궁극적으로는 생에 대한 또 다른 의지로 표출되는 것이다. 우리는 시인의 체험에서 우러나는 나오는 진솔한 언어

속에서 삶을 통찰하는 직관의 언어로 뜨겁게 다가오는 시적 감동을 놓쳐
서는 안 된다. 그만큼 그의 시는 삶의 깊이에서 솟구치는 언어의 큰 울림
으로 가득차 있다.

   최원규는 시인으로서의 길을 줄기차게 개척해온 시인이다. 그의 시력
(詩歷) 34년만에 펴내는 열두 번째 시집은 그 자체만으로도 가치가 있는
것이다. 그것은 시인으로서 한 곳에 멈춰 서지 않으려는 창조정신의 한
표징으로도 이해할 수 있기 때문이다. 우리는 그의 이번 시집에서 인생론
적 성찰의 깊이를 눈여겨볼 수 있다. 그는 이순을 넘어선 시인으로서 우리
에게 또 다른 시의 원숙미를 보여주었다. 그의 시는 삶의 통찰과 직관으로
빚어낸 언어의 진실한 울림으로 솟구친다. 이러한 면모는 앞으로 더욱
더 예리해져 가고 뜨거워지기를 기대해도 좋을 것이다. 여기에 그 점을
확인시켜 주기에 충분한 시 한 편을 인용하며 글을 마감한다.

　　　저녁이면
　　　돌아온 새를 본다

　　　마당 한 귀퉁이에서
　　　서성거리다가
　　　저쪽가지에서
　　　이쪽으로 날아온 새

　　　몇 해 동안
　　　내 옆을 떠나지 않고 맴도는 새

　　　날아갈 듯
　　　떠나지 않고 두리번거리는

날개를 활짝 피었다
다시 접는 새
그러다가
밤이 오면 어디론가 숨는 새를 본다.

— 「돌아온 새」 전문

두 개의 공간

- 고진하 · 홍신선

　공간은 시간과 함께 인간 경험의 궁극적이며 필연적인 요소이다. 인간은 공간과 시간 없이는 어떠한 경험도 인식할 수 없다. 우리가 어떤 것을 지각할 때마다 그것은 시간과 공간에 의해서 정위되는(located) 것이다. 공간과 시간은 동시에 인간의 경험을 지각하는 틀이 된다. 바슐라르에 의하면 공간이 내부의 수많은 벌집 같은 구멍 속에 시간을 압축해서 간직한다. 존재가 지속적으로 유지되기 위해서는 과거의 시간까지 현재의 공간 속에 함께 간직하고 있어야 한다.

　시인들은 공간을 통해서 구체성과 현실성을 드러낸다. 공간은 어떤 역사적 사건이나 경험을 구체화 할 수 있으며 그것을 기억하기 위하여 전제되는 틀이다. 어떤 상황도 공간이라는 장에서 펼쳐지기 때문에 공간을 공유한 사람들에게는 동일한 경험으로 인식되는 것이다. 공간은 탄생과 더불어 주어지는 환경 속의 공간, 즉 주거 공간과 생활 공간, 자연 공간 등이 있다. 우리는 그 공간을 지각하는 주체인 나와 또 그 공간을 공유하는 타인, 사물과의 관계를 가진다. 인간의 감정 상태와 경험에 따라 이들 공간은 친밀한 공간이 되기도 하고 또는 두려운 공간, 기억하고 싶은 공간, 돌아가고 싶은 공간, 머물고 싶은 공간이 되며, 성스러운 공간이나 세속의 공간이 되기도 한다.

시인은 전달하고자 하는 것을 묘사와 상징을 통해 표출한다. 이때 묘사되는 대상은 시각을 통해서 지각되며, 그 대상은 공간 속에 존재한다. 따라서 공간은 시가 지시하는 대상을 명확하게 보여 주는 기능을 하는 것이다. 인간 역시 공간 속에서 삶을 지속시키므로 시와 공간, 그리고 삶은 유기적인 관계에 있다. 시에서 공간은 시인이 말하고자 하는 것을 가시적으로 보여줌으로써 은유와 상징의 기능을 한다. 각각의 공간은 환기하는 독특한 이미지를 통해 상징적인 의미를 띠며, 그것은 시의 이해에 중요한 열쇠가 된다. 우리가 최근의 시집 고진하의 『얼음수도원』과 홍신선의 『서벽당집』에서 공간에 관심을 가져야 하는 까닭도 거기에 있다.

1

고진하의 시집 『얼음수도원』 앞에서 독자들은 다소 머뭇거림을 경험할지 모른다. 그것은 '얼음수도원'이라는 낯선 공간에서 풍기는 두 가지의 느낌에서 연유한다. 그 느낌은 '수도원'이라는 종교적 성소가 주는 거리감과 그것을 덮고 있는 '얼음'이라는 차가운 촉감에서 발생한다. 그러나 그러한 망설임을 벗어나 그의 '얼음수도원'으로 걸어 들어가면 그러한 예상은 여지없이 전복된다. 여기에서 우리는 『얼음수도원』을 읽는 기쁨을 맛볼 수 있게 된다. 그렇다. 볼프강 이저가 독서를 일컬어 '예상과 기억의 변증법'이라고 하지 않았던가.

이 시집은 표제에서 단적으로 드러나듯이 고진하 시인이 직분으로 삼고 있는 성직자의 체험을 담고 있다. 시인이 성직자로 살아가면서 세상을 바라보는 시각과 생에 대한 입장이 펼쳐져 있다. 그러나 우리가 그의 시를

성직자의 체험을 전제로 읽을 때 그 기대감은 또다시 여지없이 무너지고
만다. 그는 끊임없이 종교적 시각으로 고정되는 것을 허용하지 않기 때문
이다. 그의 시는 무엇보다도 종교적인 색채나 어조를 고집하지 않는다.
그의 시각은 수도사로서의 삶에 대한 성찰이나 관심을 벗어나 세상 전체
를 아우르는 시선으로 확장되어 간다.

> 돋을볕에 기대어 뾰족뾰족 연둣빛 잎들을 토해 내는
> 너의 자태가 수줍어 보인다.
>
> 무수히 돋는 잎새마다 쿵, 쿵, 코를 대보다가
> 천 개의 눈과 천 개의 손을 가졌다는
> 천수관음보살을 떠올렸다.
>
> 하지만 세상의 어떤 지극한 보살이 있어
> 천 개의 눈과 손마다
> 향낭(香囊)을
> 움켜쥐고 나와
> 천지를 그윽하게 물들이는
> 너의 공양을 따를 수 있으랴.
>
> — 「라일락」 전문

　위의 시에서 시인은 라일락의 "무수히 돋는 잎새"를 통해서 "천수관음
보살을 떠올"리고, 활짝 핀 꽃송이에서 나는 향기를 통해 불교적 의미의
'공양'을 환기시킨다. 그가 사물을 보는 시각에는 작은 생명에 대한 무한
한 사랑이 짙게 깔려 있다. 고진하는 종교와 일상의 삶 사이의 거리를
구분하려 하지 않는다. 또한 그는 종교간의 단절이나 대립을 벗어나 통합
적인 시각을 가지려 한다. 그는 목사로서 살아가지만 그의 시에는 '천수

관음보살', '보살', '공양', '스님'이나 '범종소리', '수도승', '다비식', '절', '고해소', '미사' 등 다양한 종교적 용어들이 등장하고 있다. 그만큼 그는 종교적 입장에서도 어느 한 쪽에 묶여있지 않다. 그는 종교 자체도 수도원에만 있는 것이 아니라 인간들이 살아가며 행하는 삶의 수련이나 깨달음 가운데 있는 것으로 이해한다. 그에게 제시하는 종교적 가치도 절대 우리 일상과 동떨어진 것이 아니다. 그러므로 그의 시는 우리에게 삶의 보편적 진리나 가치로 다가온다.

고진하는 '얼음수도원'이라는 상징적 공간을 보여주고 있다. 그의 '얼음수도원'은 속된 공간이 아니라 성스러운 공간이다. '얼음수도원'에는 두 가지 의미가 결합되어 있다. 하나는 '수도원'이 암시하는 종교적 의미이며, 다른 하나는 시인이 상상력으로 결부시킨 '얼음'의 상징이다. 얼음의 속성은 차갑고 맑고 투명하며, 또 시간이 지나면 녹아 물로 흘러서 사라지고 만다. 이 점에서 얼음은 고집과 아집, 욕심과 다툼 등의 영역으로부터 철저하게 벗어나려는 시인의 의식이 반영된 이미지라 할 수 있다.

> 하얀 콧김과
> 하얀 입김이 날리며
> 수도사들의
> 긴 머리칼과
> 눈썹과
> 수염에
> 고드름이 맺히게 했다.
>
> 저녁미사 시간,
> 수도사들이 바치는
> 비나리의 뜨거운 숨결이

피어오르더니,
순식간에 얼음집을 다 녹였다.
얼음수도원은
온데간데없이 사라지고
수도사들도 사라졌다.

— 「얼음수도원 1」 부분

고진하는 '얼음수도원'이라는 상징적 공간을 축조해 냈다. 위 시에서 시인은 수도원이란 높이 쌓아올리는 아성이나 권위, 권력을 상징하는 곳이 아님을 강조한다. "저녁미사 시간, / 수도사들의 뜨거운 숨결이 / 피어오르더니, / 순식간에 얼음집을 다 녹였다"고 하듯이, 얼음수도원은 황금으로 화려하게 치장한 곳이 아니며, 많은 금전이 쌓이는 곳도 아니다. 그것은 깨끗하고 맑고 투명한 얼음으로 이루어져 있으며, 다만 "수도사들이 바치는 / 비나리의 뜨거운 숨결"만이 피어오르는 곳이다. 그것은 진정한 미사를 위한 곳이지, 종교적 상징으로 권위를 뽐내며 서 있는 싸늘한 공간이 아니라는 것이다. 그리고 "수도사들도 사라졌다"는 표현에서 수도사들 또한 성스러운 미사만을 위해 존재하는 것이라는 점을 알 수 있다. 시인은 '얼음수도원'이야말로 "무념무상의 설원(雪原)"이라고 압축하고 있다. 그는 고지식하게 교리를 강조하고 사사건건 종교적 시각으로 대상을 고착시키지 않는다. 뿐만 아니라 수도원, 미사 등도 종교적 형식일 뿐, 중요한 것은 각자의 깨달음과 삶에 대한 진실이며 기쁨이라고 할 수 있는 것이다.

고진하 시인은 미사라는 종교적 행위를 다음과 같이 표현하고 있다. 그는 절대 성직자로서의 권위나 형식을 강조하지 않는다. 오히려 그러한 것들을 부정한다.

화목보일러 아궁이 속의 불탄 잔해,
제 몸에서 피어오르는 연기에 질식되어
밀봉된 항아리 속에서 숯이 되었다
톱과
도끼와
모탕과
함께 피흘리던 기억을 단번에 사르고
미래의 불꽃만 간직한 채 숯으로 변한
순교자!

재로 가는 성급한 소멸이 아니라
타자를 위해 검은 우회로를 밟도록 선택된
그댈 위해

나는 한 개비 인화물(引火物)이 되고 싶다
이글이글 그대가 피워 올릴 최후의 황홀한 미사를 위해.
- 「숯의 미사」 전문

　시인은 '숯'이라는 이미지를 동원하여 미사에서 자신의 역할을 다짐하고 있다. '숯'을 두고 시인은 "미래의 불꽃만 간직한 채 숯으로 변한 / 순교자"라고 했다. 그것은 또한 "재로 가는 성급한 소멸이 아니라 / 타자를 위해 검은 우회로를 밟도록 선택된" 것이라 하였다. 시인이 진정으로 꿈꾸는 것은 "이글이글 그대가 피워 올릴 최후의 황홀한 미사를 위해" 자신은 스스로 "한 개비 인화물(引火物)이 되고 싶"은 것이다. 이 시에서 '숯'은 바로 수도사라 할 수 있다. 수도사는 "제 몸에서 피어오르는 연기에 질식되어 / 밀봉된 항아리 속에서 숯이 되었다"고 하여, 고통스러운 자기단련 속에서 세상을 향해 넓게 열린 가슴을 갖게 된 자라고 말할 수 있다.

  그렇다면 고진하 시인이 『얼음수도원』에서 추구하고자 하는 가치는 무엇인가. 그것은 바로 사랑이다. 그의 사랑은 결코 종교적 표정을 보이거나 수도사적 포즈를 취하고 있지 않다.

　　올망졸망한 흥부네 새끼들처럼
　　무수한 잔가지들을 하늘 가득 거느리고 있었다

　　그 잔가지들을 다 품을 수 없어 나는
　　한아름도 넘는 나무 밑동을 힘껏 끌어안았다

　　그렇게, 사랑은, 그렇게 하는 거라고
　　어린 은행잎에 듣는 빗방울이 속삭여주었다.
　　　　　　　　　　　　　　　　　─「구룡사 은행나무」 전문

  위의 시는 한편의 아름다운 서정시로 시인이 사랑이라는 의미를 형상화하고 있다. 시인은 "무수한 잔가지들을 하늘 가득 거느리고 있"는 구룡사 은행나무의 "다 품을 수 없어" "한아름도 넘는 밑동을 힘껏 끌어안"는 것이 바로 사랑이라고 했다. 어찌 보면 이 세상의 갖가지 일들은 기실 하나의 뿌리에 맞닿아 있다고 하겠다. 그러므로 하나 하나의 일들을 우리가 다 행할 수 없을 지라도 작은 노력 하나라도 그것이 곧 큰사랑에 닿는 일이며, 사랑의 실천이 될 수 있다는 것이다.

  고진하 시인에게 종교와 일상은 크게 다른 것이 아니다. 그는 종교와 일상의 구분도 무화시키고자 하며 자신의 종교와 타종교간의 구분도 부정하고 있다. 그렇지 않은가. 종교란 그것을 믿지 않는 자들이나 그것을 부정하려는 자들도 더 크게 포용할 수 있는 넓이와 아량이 있어야 하지 않겠는가. '얼음수도원', 그것은 절대로 싸늘한 공간이 아니다. 그것은 맑고 투명하고 깨끗한 공간, 미사를 위해서 성스럽게 쌓아올려졌다가 미사가 끝나면 얼음이 녹으며 사라져 버리는 공간이다. 시인은 이 지상의 권위를 위해서 세우는 우상에 대하여 철저히 반대편에 선다. '얼음수도원'은 모든 대립이나 단절이 무화되어 하나로 커다랗게 조화되는 세계이다. 그것은 매우 따뜻하고 부드러우며 더욱이 우리의 일상 속에 세워질 수 있는 공간인 것이다.

2

홍신선의 시집 『서벽당집』도 낯선 공간이라 할 수 있다. 이 시집이 우리에게 낯설게 다가오는 이유는 두 가지의 거리감에서 연유한다. 그것은 '서벽당집'과 현대적 감각의 거리감이며 이 시집의 주된 정서와 오늘의 정서와의 거리감이다. 『서벽당집』은 1973년 시인의 나이 서른이 되는 시점에 발간된 시집으로, 그의 20대 청춘이 직면한 사회 현실과 시인의 자의식이 결합되어 있다. 이번에 새롭게 펴내면서 다소의 수정을 거쳤겠지만, 애초의 시집에 흐르던 정서와 상상력은 그대로 간직하고 있다. 지난 시대의 시집을 다시 읽을 때 우리는 그 시대의 시적 의미와 오늘의 의미가 일으키는 충돌 속에 상호텍스트적인 의미까지 발견할 수 있다. 시집『서벽당집』이 주는 낯설음도 여기에서 기인하는 바가 크다.

그의 시의 낯설음은 시어의 운용과 세계에 대한 대응방식에서 발견할 수 있다. 홍신선은 현실에 대한 객관적 인식에 초점을 두고 있기보다 그것에 대한 정서적 반응에 더 큰 중심을 두고 있다. 20대 젊음을 둘러싸고 있는 외부 문제에 사실적 접근이 아니라, 그것에 대한 시인의 정서적 분위

기가 시 전반을 지배한다. 그것은 일차적으로 시어를 통해 분명히 드러나
있다. 우선 그의 시에 흐르는 정서적 색채는 어두움이라 말할 수 있다.
이는 그 시대적 정황을 의미하며, 그것에 대한 시인의 정서적 반향이라
하겠다. 그 점은 시에 '밤'이나 '어둠', '어스름', '칠흑' 등의 시어를 통해
직접적으로 드러난다.

> 허위허위 달려서 한동안도 끝나는가.
> 지나온 어스름 속에는
> 땀 흘려 퍼내버린 하늘이며 절망이며
> 갈대의 얼굴이
> 사위어버린 한 마지기 시간으로 떨어져 있다.
> 광대한 어두운 입으로 땅거미들도
> 허망을 울고 있다.
> 이제 앞에는
> 귀때기 하얀 달빛들이 쓸다 놓은
> 한두 마당의 허공이 희부옇게 걸려 있다.
> 마저 쓸어가야 할
> 회뿌연 죽음만이 보인다.
>
> — 「서른 나이에」 전문

　위의 시에서 시인은 나이 서른에 겪는 내면의 정서를 드러내고 있다.
시인의 내면에는 "지나온 어스름", "퍼내버린 하늘이며 절망", "어두운 입",
"허망을 울고", "허공이 희부옇게", "회뿌연 죽음" 등에서 우울한 정서가
짙게 깔려 있다. 또한 그것들은 그의 시에 다양한 관념어로 나타나 '절망,
허망, 허공, 죽음, 침묵, 적막, 공허, 체념, 허기, 허무, 설움' 등으로 표출되어
있다. 시인은 외적 상황을 받아들일 뿐, 분노하거나 크게 소리 높여 거부하
지 않는다. 이러한 점들은 그의 시에 등장하는 동사들에서도 발견된다.

즉, '끝나다, 뒹굴고 있다, 죽는다, 떨어지다, 헤어지다, 돌아가다, 쓰러져
있다, 누워 있다, 버린다, 쓸다, 돌려주다, 작파하다, 털어 내다, 빼앗기다,
울다, 헤매다' 등에서 볼 수 있듯이 희망적이기보다 매우 어둡고 침울한
분위기를 나타낸다.

그의 시는 현실에 대한 적극적 개입과 그에 대한 대결이나 도전보다,
그것을 바라보며 시적 발화를 통해 감정을 풀어내고 있다. 이점은 그의
시 어조에서도 나타난다. 즉, '끝나는가, 퍼냈느니, 보러 가야지, 보이리라,
나와 쉬느니, 쓸으리, 보겠네, 우느냐, 본다 하네, 보려느니, 꿈어리누나,
져내느니, 채워 내는가' 등에서 외부를 향한 단정이나 결의보다 자기 내면
다짐과 기원에 기울어 있다.

홍신선은 '서벽당집'이라는 공간을 통해 그가 궁극적으로 돌아가고자
했던 공간을 보여준다.

가야지, 옛 마을
앞벌에 그 보막이 뚝에
공허 하나 하얀 앙가슴을 풀어헤치고 쉬느니
논 귀퉁이에 버리고 왔던
죽은 시속(時俗)들을 보러 가야지.

멀리 돌아가는 언덕 뒤로 하늘도
민대머리를 젖혀 들고
첫잠 속에 묻혀 누웠고

이제 하루의 잘잘못을 헤치며
품꾼들이 놋대접만한 입으로
무안을 웃는 고향.
버젓하던 포부도 길 〔丈〕로 다 개켜서 치웠느니

그 전답에는
묵은 그루터기와
고단한 거구의 몸을 뒤척이는
저녁 어스름이 보이리라.

- 「능안 동리-棲碧堂에서-」 부분

홍신선은 절망과 허망으로 가득찬 세계를 인내하고 정신적으로 극복하고자 한다. 그는 현실에 대한 비판적 입장에서 적극적으로 모순과의 대결을 추구하지 않는다. 현실로부터 눈을 돌려 고향의 '서벽당'으로 돌아가고자 한다. 그는 현실의 모순 속에서는 어떠한 전망도 기대할 수 없다고 생각했던 듯하다. 그는 '서벽당'으로 "죽은 시속(時俗)들을 보러 가"고자 한다. 시인은 현실 속의 절망이나 허망, 고통과 좌절의 치유를 위해 고향으로 돌아가 그곳에 버리고 왔던 죽은 시속들을 새롭게 만나려 한다. 즉, 고향의 공동체 속에서 지니고 살아가던 시대의 인정과 풍속들을 새롭게 확인하고자 하는 것이다. 시인은 '서벽당'이야말로 절망스런 현실로부터 되돌아가야 할 공간으로 상정하고 있다. 그곳에는 변질되지 않는 가치와 건강한 삶의 모습들이 살아 숨쉬고 있기 때문이다.

'서벽당'은 문명보다는 자연, 도시보다는 농촌이며 시간적으로는 과거 지향적이라 하겠다. 그곳은 문명의 폐해로부터 벗어난, 공동체적 삶의 원형이 존재하고 있다. 모성을 상징하는 '논 귀퉁이', '전답', '앞벌' 등 대지 위에서 노동과 땀으로 채워지는 건강한 삶이 펼쳐지는 곳이다. 그만큼 시인의 관심은 문명이나 도시적 삶을 벗어나고자 한다.

뜰 앞에 내려 들으리
무색(無色) 하늘 속에 꿈틀대는 긴 여울
어느 구비쯤

어려서 내가 쳐놓은 통발 위엔
켜켜로 얹히는 소리
물비늘로 아잇적의 얼굴이
얹히는 소리 들으리

마음은
본성의 어두운 한 채 절간에 앉아
그 뇌성 속으로
피난해 들어가는 한 떼 나무들의
영혼을 불러내리리
불러내려
내 한평생
님의 눈썹 사이 흩어진 어둠을 쓸으리

— 「마음」 전문

　홍신선이 돌아가고자 하는 곳은 기억 속에 존재하는 유년의 공간으로
비쳐진다. 그것은 '마음' 속에 영원히 간직되어 있으며 시인이 정신적으로
뿌리를 묻고 있는 순수 공간이다. 그곳에서 시인은 "어려서 내가 쳐놓은
통발 위엔 / 켜켜로 얹히는 소리 / 물비늘로 아잇적의 얼굴이 / 얹히는 소리"
를 듣고자 한다. 그곳은 그의 '마음' 속에 살아있는 곳이다. 그곳에서 시인
은 "본성의 어두운 한 채 절간에 앉아 / 그 뇌성 속으로 / 피난해 들어가는
한 떼 나무들의 / 영혼을 불러내"려 한다. 시인은 그의 마음 속에 가장
순수하게 살아있는 곳으로 돌아가 "내 한평생 / 님의 눈썹 사이 흩어진
어둠을 쓸"고 "발자국마다 청정한 뭇 별들이 / 뜨는 재미로 쓸"려고 다짐한
다. 그곳은 구체적으로 '서벽당'으로 이해되며, '서벽당집'은 물리적 공간
이기보다 '마음' 속의 공간이라 하겠다. 시간이 소모되고 변모해도 변질되
지 않는 가치를 간직하고 있는 순정의 세계라 할 수 있다.

　홍신선의 시는 고조된 감정이나 강렬한 외침보다 독백이나 내면을 향한 다짐으로 나타난다. 그리고 그는 가슴속에 꺼지지 않는 등불 하나를 간직하고 있다. 그것을 간직하기 위해 그는 '서벽당'으로 가려는 것이며, 시를 쓰는 주된 이유도 여기에 있다.

> 사기 등잔 속에서 덜그럭이는 한 덩이의 내 영혼.
> 어둠을 물고 혼드는 불빛 배암의 잔등 우흐론
> 징그러운 수성(獸性)의 허울이 벗겨져 내려,
> 내려서 길로 쌓이는 미신의 그림자를 헤치며
> 불꽃이여
> 깊고 넓은 이 사색의 헛간을 밝히며
> 천리의 시름을 자로 끊는가.
> 그림자 속 허허 실수로
> 꿈에 붙들린 나무들은 자라고
> 자라며 내 나이 서른의 공간을 밀어내고 있다.
> 어둠과 불길의 싸움 속에 갇힌 나를 불러내고 있다.
>
> — 「등불」 부분

　「등불」에서도 알 수 있듯이, 홍신선의 시는 외부에 대한 강한 부정의 행동으로 나타나기보다 내면 의지를 다지고 감싸안는 것으로 펼쳐진다. 그에게 둘러쳐져 있는 외부의 어둠이 강하면 강할수록 "한 덩이의 내 영혼"은 "어둠을 물고 혼"들린다. 또한 그는 "깊고 넓은 이 사색의 헛간을 밝히"고 "어둠과 불길의 싸움 속에 갇힌 나를 불러내"려는 것이다. 시인은 자신만의 독특한 공간적 의미를 간직하게 된다. '서벽당집'은 바로 시인의 의식 속에 자리잡고 있는 고향이다. 그곳은 현실의 모순으로부터 돌아가 안기면 고통을 치유할 수 있는 곳이며, 시인 자신의 정신적 외상을 벗어나 보다 온전한 존재로 거듭날 수 있는 풍부한 모성으로서의 고향인 것이다.

전생의 고향을 찾아가는 길
- 이동순

1

이동순이 『시와정신』 2003년 겨울호에 발표한 신작시 5편 「북방의 길」,
「몽골 사내」, 「말과 더불어」, 「너밍」, 「바양 고비 가는 길」 등은 그 제목에
서도 알 수 있듯이 몽골 기행 시의 일종이다. 그 점에서 시인이 체험한
색다른 공간에 대한 호기심이나 관심 등이 나타나 독자들로 하여금 시를
읽는 흥미를 갖게 한다. 그러나 시인의 몽골 기행은 유유자적하는 여행만
은 아니다. 그것은 적어도 우리 민족의 뿌리를 찾아 떠나는 여행이며,
머언 전생의 고향으로부터 우리 조상들이 걸어왔던 그 길을 거슬러 오르
며 조상들의 삶의 숨결이나 발자국을 찾아 느껴보려는 분명한 의도를
갖고 가는 과정이다. 이점에서 자칫하면 분명한 의도를 지닌 목적시로
전락해버릴 수 있는 위험을 안고 있겠으나, 이동순의 시들은 그것을 적절
하게 비껴가면서 시적 의미를 전달해 주고 있다.

2

이동순의 시 가운데 첫 번째 수록된 「북방의 길」은 몽골기행의 '서시'

역할을 하는 작품이다. 시인은 이 시에서 몽골을 찾아가는 마음가짐을 드러내고 있다. 그것은 단지 삶이 무료하여 '여기'를 떠나 '저기'로 가서 새로운 풍물을 보고 즐기며 심신의 피로를 풀고 휴식을 취하려는 자세가 아니다. 이 시에는 낯선 곳으로 떠나는 시적화자의 설렘보다 먼 전생의 고향을 찾아가는 자의 숙연함이 간직되어 있다.

<blockquote>
나는
북으로 간다
저 북방은
머언 전생의 고향
내 아득한 할머니와 할아버지는
일찌감치 떠나온 고향
말 타고
산과 바위골짜기
대초원과 사막을 건너
이곳 바닷가 모래톱까지 내려오셨으리
이제 나는
그 길 거꾸로 더듬으며
모래 위에 찍혀있을
발자국 찾아서
한 마리 낙타처럼 터벅터벅
저 북방 길
</blockquote>

― 「북방의 길」 전문

위 시에서 읽을 수 있듯이 시인이 몽골을 향해서 가는 행위는 "머언 전생의 고향 / 내 아득한 할머니와 할아버지"께서 "일찍감치 떠나온 고향"을 찾아가는 길인 것이다. 따라서 시인은 조상들이 내려왔을 "그 길 거꾸로 더듬으며 / 모래 위에 찍혀있을 / 발자국 찾아서 / 한 마리 낙타처럼 터벅터벅 / 저 북방"으로 민족의 뿌리를 찾아가는 길이라 할 수 있는 것이다.

친구 만나러 가는가
저 멀리 아득한 초원 한 가운데
혼자 맹렬하게 말달리는
한 사내가 있다.
보이는 것은 온 하늘에 가득한 뭉게구름
그 아래로 펼쳐진 대초원
초록 들판에
작은 갈색 점으로 찍혀진
몽골 사내
잠깐 넋을 놓고 있는 사이에 그는
벌판의 이쪽 끝에서
저쪽 끝으로
한 줄기 선을 획 그으며
순식간에 달려가고 보이지 않는다

- 「몽골 사내」 전문

이동순의 시에서 중심 소재가 되는 것은 '말'과 '초원', '들판'이다. 그러므로 시인의 의식 속에는 말을 타고 달리면서 화살을 날리던 기마민족 후예로서의 자긍심을 확인하려는 노력이 깔려 있다고 하겠다. 시인은 "아득한 초원 한 가운데 / 혼자 맹렬하게 말달리는 / 한 사내"를 통해서 민족으로서의 동질성을 확인하려 한다. 시인은 우리 민족은 기마민족으로서 북방 기질을 지니고 있었다고 생각한다. 그리하여 매우 호전적이고 전투적이기도 했던 사내들, 말 타고 달리며 화살을 날리고 짐승을 사냥하던 사내의 후예를 떠올린다. 시인은 오늘날 일상에 길들여지고 너무나도 온순해져버린 우리들을 안타깝게 생각하고 있는 것이다. 시인은 "벌판의

이쪽 끝에서 / 저쪽 끝으로 / 한 줄기 선을 휙 그으며 / 순식간에 달려가고
보이지 않는다"는 표현 속에서 몽골 사내의 기백을 드러낸다.

> 말젖을 짜서
> 마른 목을 축이고
> 말 젖에 침 뱉어서 술을 빚고
> 그 술 마시고 취해
> 말 등에서 앞뒤로 흔들거리며
> 말 노래 부른다
> 그러다가 다시 흥이 일면
> 말머리 조각한 馬頭琴(마두금) 들고 나와
> 악기 연주하며
> 밤 꼬박 지새우는데
> 이때 말들은
> 초원에 선 채로 뒷굽을 차면서
> 콧김 푸르륵거리며
> 주인 노래 잘 듣고 있다는 표시를 한다
> 이윽고 새벽이 되면
> 잘 마른 말똥에 불 지펴
> 뜨끈뜨끈한 천막집 불기운 옆에서
> 코 골며 잠잔다

- 「말과 더불어」 전문

　초원에서 살아가는 몽골인들에게 말은 생활에 가장 필요한 대상이 되
고 있다. 그들의 생활에서 모든 것은 말과의 연관성을 갖는다. 말의 젖을
짜서 목을 축이고, 그것으로 술을 빚어 마시고 취해 가무를 즐긴다. 또한
말의 마른 똥은 땔감이 되기도 한다. 말은 사람들과 교감을 나누는 동반자
이다. 이때 말은 단순한 동물이 아니라, 몽골 사람들의 삶속에 가족과도

같은 의미를 지니는 존재이다.

웃을 적에
덧니가 살짝 드러나던 여인
이마의 고운 앞머리
미풍에 나풀거리던 여인
추운 새벽을
양털천막에서 다리 오그리고 잔 아침
산책길에 나선 이에게
풀밭 실안개처럼 은은히 미소짓던 여인
아득한 기억 속에서
내 전생 고향이 대초원이었을 적
어여쁜 이에게
두근거리며 속마음 고백하던
첫사랑의 기억이
아직도 아지랑이처럼 아른아른 남아있는
어디선가 만난 듯한 얼굴
몽골 처녀 너밍

- 「너밍」 전문

　이 시에서 시인은 "몽골 처녀 너밍"에게 우리 민족과 같은 뿌리를 간직하고 있는 여인으로서의 동질성에 대하여 확인 하고 있다. "아득한 기억 속에서 / 내 전생 고향이 대초원이었을 적 / 어여쁜 이에게 / 두근거리며 속마음 고백하던 / 첫사랑의 기억이 / 아직도 아지랑이처럼 아른아른 남아 있는 / 어디선가 만난 듯한 얼굴 / 몽골 처녀 너밍"이라는 부분에서 시인은 이국 여인에 대한 친근감을 넘어서 너밍과 전생에서의 만남까지 되새겨 보고 있다. 그만큼 너밍은 "어디선가 만난 듯한 얼굴"을 간직하고 있다.

마을에 무슨 잔치라도
앞두고 있는가
주민들 모두 마을 앞 공터에 나와
소를 잡고
잡은 양을 손질한다
쓰러진 짐승은
이제 들판의 자유를 아주 포기한
체념의 자세로
칼끝에 몸을 맡기고 있다.
비린내 물씬한 곳 다가가 보니
재빠른 손놀림으로 각을 뜨는
저 몽골 청년의 솜씨
그 옆에서
개와 소년들은
구별 없이 어울려 풀밭을 뒹굴고
독수리는
황혼 물든 하늘에 비잉빙 돈다
나는 장승처럼 서서
사방을 물끄러미 둘러본다
나는 어디에서 왔는가
나는 누구인가

- 「바양고비 가는 길」 전문

이 시에서도 읽을 수 있듯이, 마을의 잔치를 두고 짐승을 잡는 과정은 마치 우리가 추석이나 명절을 맞으면서 준비하는 과정을 떠올리게 한다. 이를 두고 "개와 소년들은 / 구별 없이 어울려 풀밭을 뒹굴고 / 독수리는 / 황혼 물든 하늘에 비잉빙 돈다"는 부분에서는 지상과 하늘이 역동적으로 묘사되면서 장차 벌어질 잔치에 대한 기대감을 한껏 강화시켜 주고 있다. 이러한 상황에서 시인은 "나는 어디에서 왔는가 / 나는 누구인가"라고 거듭 묻는다. 이점은 서두에서도 말했지만, 이동순 시인의 몽골 기행은 애초부터 우리 민족의 뿌리 찾기라는 의식을 거느리고 나아가는 과정임을 확인하는 것이다. 그러기에 그곳의 풍물을 보고 거기에 도취되는 순간 자신의 뿌리 의식을 되새기며 그 관심을 환기시키려는 것이다.

3

이동순의 신작시 5편은 그동안 그가 보여 왔던 시적 관심으로부터 벗어나 우리 민족의 뿌리 찾기라는 새로운 차원으로 나아가고 있다. 그러기에 그의 시는 몽골 기행에서 얻어진 것이라기보다 의도되어진 여행 속에서 씌어진 것이라고 하는 것이 더 적절하다. 대체적으로 20행 안팎의 짧은 시 형식을 통해 주로 초원에서 펼쳐지고 있는 몽골인들의 삶을 형상화하고 있지만, 시인이 깊이 관심 두고 있는 것은 민족의 근원으로서의 동질감에 대한 확인이다. 몽골인들이 대초원에서 말과 함께 펼치는 풍물을 전경화함으로써, 몽골인들의 삶 속에서 우리 조상들의 숨결과 뿌리를 확인하려는 의도를 후경화하고 있다. 그가 시적 수사를 동원하는 풍물시로 접근하지 않고, 민족과의 동질성이라는 맥락에 깊이 다가설 수 있기 위해서는 시적 형식의 단순성으로 보여주는 것이 더욱 적절할 것이기 때문이다.

시인의 개성과 다양한 목소리
- 김혜순 · 정끝별 · 조용미 · 정영선

1. 상상력과 언어의 힘

김혜순 시인의 일곱 번째 시집『달력 공장 공장장님 보세요』는 그 동안 그가 펼쳐왔던 독특한 시적 스타일의 연장선상에서 세련된 언어의 미학을 보여주고 있다. 그의 시는 독특한 상상력과 언어미학에 의해서 긴장하고 있다. 조금도 나태함을 보여주지 않는다. 그만큼 그의 시는 그것을 읽는 독자들로 하여금 당혹스럽게 한다. 단순히 수동적 자세로만 관망하려는 독자들에게 그의 시는 쉽게 깊은 의미와 속살을 보여주지 않는다. 그의 시를 읽기에 우리에게는 다소의 인내심이 요구된다. 그러나 그러한 인내를 통해서 그의 시에 다가설 때 그의 시는 언어의 경계를 허물고 새로운 기쁨의 영역으로 우리를 이끌어 간다. 한마디로 그의 시는 매우 낯설다. 쉬클로브스키의 언어를 빌릴 때 그러한 '낯설게 하기'는 김혜순 시인의 시적 전략이다. 그만큼 시인은 자동화, 상투화, 일상화되어 있는 세계에 대한 긴장관계를 유지하기 위해서 비자동화와 일탈을 꾀하는 것이다. 그가 수상했던 소월시문학상의 대상 수상작이기도 한 다음의 시 한편을 보아도 그 점을 잘 알 수 있다.

백 마리 여치가 한꺼번에 우는 소리

내 자전거 바퀴가 치르르치르르 도는 소리
보랏빛 가을 찬바람이 정미소에 실려온 나락들처럼
바퀴살 아래에서 자꾸만 빻아지는 소리
처녀 엄마의 눈물만 받아먹고 살다가
유모차에 실려 먼 나라로 입양 가는
아가의 뺨보다 더 차가운 한 송이 구름이
하늘에서 내려와 내 손등을 덮어주고 가네요
그 작은 구름에게선 천 년 동안 아직도
아가인 그 사람의 냄새가 나네요
내 자전거 바퀴는 골목의 모퉁이를 만날 때마다
둥글게 둥글게 길을 깎아내고 있어요
그럴 때마다 나 돌아온 고향 마을만큼
큰 사과가 소리없이 깎이고 있네요
구멍가게 노망든 할머니가 평상에 앉아
그렇게 큰 사과를 숟가락으로 파내서
잇몸으로 오물오물 잘도 잡수시네요

— 「잘 익은 사과」 전문

　김혜순의 시는 놀라운 순발력과 역동적인 상상력 위에서 탄생한다. 그는 하나의 사물을 색다른 시각에서 바라보며 연상작용을 통해서 새롭고도 독특한 이미지로 전개시켜 나아간다. 위 시는 가을날의 여유로운 고향 마을을 자전거를 타고 돌아보는 과정에서 씌어졌다. 이 시는 청각적 이미지, 시각적 이미지. 촉각적 이미지, 후각적 이미지가 어우러지면서 다채롭게 전개되고 있다. 이 시는 '여치의 울음소리', '자전거 바퀴 소리', '나락들이 빻아지는 소리'로 가을의 여유로움을 연상시킨다. "먼 나라로 입양 가는 / 아가"와 가을이 드리우는 소멸의 이미지가 가슴 저리게 다가온다. '잘 익은 사과'란 가을의 완성을 나타내 주는 시적 상관물로서 사과가 둥글게 깎이는 과정과 시인이 자전거를 타고 고향마을을 도는 과정을 포개어 놓았다. 그리고 시의 후반부에 "구멍가게 노망든 할머니가 평상에 앉아 / 큰 사과를 숟가락으로 파내서 / 잇몸으로 오물오물 잘도 잡수시"는 현실의 한 장면을 제시하였다. 위 작품은 둥근 세계와 둥글게 순환하는 세계를 노래하고 있다. 그것은 고향이라는 둥그런 세계, 자연의 반복적인 순환과 가을이 의미하는 완성으로서의 둥그런 세계, 잘 익은 사과의 둥그런 세계 그리고 둥그런 자전거 바퀴와 그것이 돌아가는 순환의 세계이다. 또한 이 시는 "입양 가는 / 아가"로부터 "노망든 할머니"로 이어지는 인생 흐름의 둥그런 세계를 절묘하게 결합시켜 놓았다. 그만큼 고향은 우리들 의 상상력과 감수성이 살아 꿈틀대는 모성의 힘을 지니고 있는 것이다. 김혜순은 '잘 익은 사과' 한 알을 통해서 고향의 시·공간성을 극대화하여 자유로운 상상력을 발휘하고 있다.

> 손바닥을 가만히 들여다보면
> 몸 속에 나무 한 그루 있다는 거
> 대번에 알 수 있다
> 잎맥처럼 가는 홈이 손바닥을 비집고
> 이리저리 흐르고 있다
> 아버지가 심어준 나무일까
> 나는 아버지와 손금이 닮았다
> 나는 두 장의 나뭇잎 같은 손바닥을 맞대고 기도 드린다
> 아버지, 내 몸에서 나와주세요
>   ―「나는 나의 그림자 속에 심겨진 한 그루 나무」 부분

위의 시는 매우 기발한 착상에서 비롯되고 있다. 시인의 범상치 않은 상상력이 이 시를 매우 신선하게 이끌어가고 있다. '나는 나의 그림자 속에 심겨진 한 그루 나무'라는 제목 자체가 우리의 상상력을 자극한다. 우선 시인은 "손바닥을 가만히 들여다보면"서 "잎맥처럼 가는 홈이 손바

닥을 비집고 / 이리저리 흐르고 있"는 것을 발견한다. 그리고 그것은 "아버지가 심어준 나무일까"라고 생각한다. 시인은 "나는 아버지와 손금이 닮았다"는 사실을 떠올리며 그 사실 속에서 자신의 존재를 새롭게 확인해 보고자 한다. 시인 스스로 자신의 몸에서 아버지의 흔적을 볼 수 있는 것은 아버지와 닮은 '손금'뿐인지도 모른다. 그래서 시인은 "그 손바닥 지문을 따라 내려가면 / 우리집을 벗어나는 길이 나오"기도 한다고 했다. 손금이야말로 자신이 살아온 시간의 흔적이며 아버지가 남긴 피의 흔적 이다. 시인은 자신이 그 동안 잊고 있던 그 사실을 떠올리고 아버지를 생각한다. 그 동안 자신의 몸 속에 묻어둔 아버지를 생각하며 "아버지, 내 몸에서 나와주세요"라고 기도하는 것이다.

김혜순 시인의 시는 매우 낯설다. 그렇지만 그의 시는 아주 구체적인 이미지를 통해서 형상화되기 때문에 그 이미지가 거느리고 있는 상상력 의 흐름을 타고 들어가면 매우 신선한 의미로 우리에게 출렁이며 다가오 는 것이다. 김혜순은 우리 시단에서 매우 유니크한 상상력과 언어의 감각 을 지닌 시인이다. 그는 이번 시집에서도 사물을 색다른 상상력으로 바라 보고 신선한 언어의 영역으로 이끌어 내는 역량을 유감없이 펼쳐 보여 주고 있다. 우리 문단이 그를 2001년의 소월시문학상 수상자로 선정한 까닭도 거기에 있을 것이다.

2. 집에 대한 그리움과 삶의 성찰

정끝별 시인의 두 번 째 시집 『흰 책』은 집에 대한 그리움을 통해서 삶의 성찰을 보여준다. 그의 시는 주로 힘겨운 늪을 헤쳐 나가면서 부딪쳐

오는 세상의 곤고함을 표출하고 있다. '집'으로 상징되는 삶의 울타리 속에서 그는 아내로서, 엄마로서, 주부로서 또 시인으로서, 대학 강사로서의 다층적 삶을 살아내며 겪는 어려움이 깊이 있게 사유되고 있다. 그의 시 도처에는 '집'이 등장하고 있다. 그의 시 제목 「달집」, 「우리 집에 온 곰」, 「한 집 사랑」, 「두 문 두 집」, 「한 집 눈물」, 「그리운 한 집」, 「고집」, 「아我집을 관棺통하다」 등에서도 읽을 수 있다. 그의 '집'은 일상생활 위에 둥지를 트는 것이다. 그가 강조하고 있는 '집'의 의미는 가족을 바탕으로 하는 삶의 여유와 애정이 살아 숨쉬는 생활공간으로부터 상징으로 확대되어 간다. 그의 시 「시 속에서 쉬는 시인」, 「시인의 일식」, 「집필을 선언한 시인」에서 그는 살아가며 생활인으로서 겪는 일상의 어려움과 새로운 가치를 추구하고자 하는 시인으로서의 삶이 부딪치며 충돌하는 경험을 한다. 그는 자신의 의지를 억누르고 그를 일상 속에 빠져 힘들게 하는 고뇌의 한가운데 당당히 서있다. 그것은 인간으로서의 가장 실존적인 고뇌이기도 한 터이다.

참새는 천적인 솔개네 둥지 밑에 몰래 집을 짓는다
무덤새는 뜨거운 모래 밑에 제 몸 수백 배 집을 짓는다
고릴라는 잠이 오면 그제서야 숲속 하룻밤 집을 짓는다
너구리는 오소리 집을 슬쩍 빌려서 산다
날다람쥐는 나무의 상처 속 구멍집을 짓는다
꿀벌과 흰개미는 집과 집을 이어 끝없는 떼집을 짓는다
수달은 물과 물 중간에 굴집을 짓는다
물거미는 물속에 텅 빈 공기집을 짓는다
바퀴벌레는 사람들 집 틈새에 빌붙어 산다
집게는 소라 껍데기에 들고 다니는 집을 짓는다

세상 모든 짐승들은
제 몸을 지붕으로 덮고
제 몸을 벽으로 세워
제 몸에 맞는 집을 짓고 산다
제 몸이 원하는 대로
제 몸이 기억하는 대로

큰직한 집을 짓느라 살아 있는 하루가 끔찍하다
하나 더 들여놓고 한 평 더 늘리느라 오늘도 나는
— 「고 집」 전문

  이 작품은 일종의 언어유희를 동반하고 있다. 제목은 '고집(固執)'으로도 읽을 수 있으며 '고 집'에서 '고'는 '집'을 얕잡아 지시하는 시니컬한 뉘앙스를 지니기도 한다. 시인은 '참새, 무덤새, 너구리, 날다람쥐, 꿀벌과 흰개미, 수달, 물거미, 바퀴벌레, 집게' 등이 집을 짓는 자연적 사실을 열거해 놓고 있다. 그러나 그것은 자연 생태학적인 사실을 나타내기 위한 것이 아니다. 2연과 3연의 의미에 이어지며 우리에게 매우 중요한 메시지로 다가오고 있다. 시인은 그 사실들을 통해서 "세상 모든 짐승들은 / 제 몸을 지붕으로 덮고 / 제 몸을 벽으로 세워 / 제 몸에 맞는 집을 짓고 산다"는 점을 드러내고자 하는 것이다. 그것들은 "제 몸이 원하는 대로 / 제 몸이 기억하는 대로" 집을 짓고 산다는 점을 강조하기 위한 것이다. 짐승들은 "몸에 맞는 집"을 짓고 "제 몸이 원하는 대로" 집을 짓는다. 그러나 인간들은 자기의 몸보다 더 "큰직한 집을 짓느라 살아 있는 하루가 끔찍하다". 또한 "하나 더 들여놓고 한 평 더 늘리느라" 아주 힘겨운 삶을 살아가는 것이다. 반면에 '솔개, 오소리, 소라 껍데기' 등은 상대의 집이 되어주기도 하고 그것들과 조화를 이루어 서로의 힘이 되기도 한다.

그러나 우리 사회에서는 '집'이 주거의 개념보다는 소유의 개념이 되고 부의 상징이 되어 필요 이상으로 치장해야 하는 대상이 됨으로써 우리 삶을 숨가쁘게 만들고 있다. 인간들이야말로 자유롭고 휴식이 있어야 할 '집'에 갇히고 '집'을 통해서 서로를 가르고 나누며 단절되어 가고 있다는 사실을 시인은 절실하게 울려주고 있다.

> 집이 기침을 하면 나 한 집 약 먹는다
> 집이 오줌 누고 싶어하면 나 한 집 똥 눈다
> 집이 술잔을 들면 나 한 집 담배를 피워 문다
> 집이 단추를 풀면 나 한 집 속옷까지 벗는다
> 집이 심심해하니 나 한 집 아이 낳아준다
>
> 집은 날로 의기양양 나 한 집 업신여기고
> 나 한 집 더럽히고 나 한 집 깔아뭉개고
> 너 나가 너 나가 다 나가 나 한 집 내치네
> 집을 쫓아다니느라 빚더미에 오른 나 한 집
> 나 한 집 옹골차게 등쳐먹은 잔인한 집에
> 내쫓긴 가엾은 나 한 집시
>
> — 「한 집 눈물」 부분

이 시는 '집'이 지니고 있는 모순을 아이러니로 접근하고 있다. 이 시에는 '집'과 '나 한 집'이라는 두 가지 '집'이 등장한다. 어찌보면 인간도 하나의 '집'이다. 그것은 굳이 인간을 소우주라 하는 사실을 상기시키지 않아도 될 터이다. '나 한 집'들이 모여 '집'이 되는 것이다. '나 한 집'은 '집'을 위하여 헌신적으로 노력하고 희생한다. 그러나 그 결과는 '집'이 '나 한 집'을 업신여긴다. 급기야는 "나 한 집 더럽히고 나 한 집 깔아뭉개 고 / 너 나가 너 나가 다 나가 나 한 집 내치네"에서 '집' 속에서 '나 한 집'인 자신의 삶이 해체되어버리고 마는 상황을 보여준다. 이 시는 삶의 가장 기초 단위인 '집'을 비판적으로 형상화하고 있으나. 그것은 우리 사회 전체의 모습으로 확산되는 울림을 갖고 있다.

정끝별은 이번 시집에서 사랑의 의미에 대해서도 몇 편의 시를 쓰고 있다. 그는 사랑을 "나오는 문은 있어도 들어가는 문이 없는 // 너를 향해 한없이 녹아내리는 / 몸의 꽃이 만든 / 한번 열려 닫힐 줄 모르는" "들어가는 문은 있어도 나오는 문이 없는"(「사랑」)것으로 표현하고 있다. 그는 사랑도 집의 비유로 표출하고 있다. 그만큼 그의 시와 삶은 '집'이라는 메타포 위에서 진지하게 고민하며 지어진 또 하나의 '집'인 것이다.

3. 동백의 붉은 빛과 존재의 심연

조용미 시인의 두 번째 시집 『일만 마리 물고기가 山을 날아오르다』는 제목 자체에서도 일상생활에 대한 관심보다는 탈속의 세계에 대한 관심을 읽을 수 있다. '일만 마리 물고기'가 암시하는 바나 '물고기'와 '山', '물고기'와 '날아오르다'의 매우 이질적인 결합들은 일상적 가치를 뛰어 넘어 초월적 세계를 지향하고 있는 듯하다. 뿐만 아니라, 그의 시들에서는 매우 직관적이라 할 수 있는 깨달음과 생에 대한 통찰을 발견할 수 있다. 그는 절을 찾아 산을 오르고, 동백꽃이나 영산홍을 보기 위해서 산길을 걸으며 그 노정에서 행한 오랜 사유의 과정 속에서 그가 도달한 삶의 깨우침을 직관적인 언어들로 표출하였다. 그가 걸어간 길은 주로 세상의 한복판이 아니라, 속세를 떠난 산 속이나 자연으로 나타난다. 이 점은 그의 시집 소재들이 자주 '절'이나, '동백', '영산홍', '매화' 등을 차용하고

있는 사실에서도 드러난다. 조용미는 삶의 구체적 실상보다는 탈속이나
자연의 순리 속에서 우리 생을 보는 지혜를 발견하려는 노력을 보여주고
있다.

— 「봄볕」 전문

위의 시는 봄볕이 화창한 날 대원사 원통보전 앞 다층석탑 주변에 만개
하고 있는 매화와 동백을 보고 와서 쓴 시이다. 자연의 꽃들은 봄볕을
받아 스스로 붉고 또 흰 동백으로 피기도 한다. 시인은 '흰 동백'과 '다층
석탑'의 '붉은 녹'을 대비시켜 놓았다. 시적 자아는 내면으로 생이 드리우
는 그늘을 거두어들이면서 "탑이 몸을 붉히는 까닭을 자꾸 흰 동백에게
물어본다". 이 시의 공간은 매우 성스러운 공간이다. 그러나 시인은 세속

적인 세계에 젖어 있기에 그것들과는 결코 하나가 될 수 없다. '봄볕'과
'동백'과 '다층석탑'이 어우러져 자연스럽게 펼쳐내는 성스러운 공간 속
에서 시인은 "눈밑이 검은 病이 깊은 사람"으로 "나와 앉아 / 영산홍 그늘
에 몸을 맡긴다". 시인 또한 동백의 붉은 빛깔이 그의 내면으로 스미어
그의 생을 온통 붉은 빛깔로 물들일 수 있기를 바란다. 시인은 '동백'이
그 붉은 빛을 온통 쏟아내어 '흰 동백'이 되었다고 믿는다. 그는 생의
한순간을 환하게 밝히는 동백의 꽃잎을 보면서 자신의 생을 돌아보고
있다. 그래서 시인은 떨어진 동백꽃잎을 손에 쥐어보는 것인지도 모른다.
'봄볕'의 조화 속에서 시인은 동백의 붉은 빛깔로 그의 생에 대한 열정을
더욱 붉게 물들이고 싶은 것이다.

<blockquote>

손에 얹어 온 동백잎을 들여다본다
나는 자주 나뭇잎이나 꽃잎 한 장에서
내 운명을 읽어내려는 버릇이 있는 사람,
옥룡사터에는 탑도 부도비도 깨어진 부처도 없다
다만 수천 그루 동백이
탑과 부도비를 대신해 백계산을 뒤덮고 있을 뿐
동백 보려면 옥룡사를 찾지 마라 도선을 불러내지도 마라
심장을 꺼내어 보면 된다
나는 동백잎에 이 말을 새겨두고 내려왔다

동백숲은 어둡고 붉고 소란하다
벌들 잉잉거린다
바람은 붉은 꽃잎 갈피마다 깊숙이 스며든다
동백숲은 합장한 무덤을 삼장처럼 품고 있다

</blockquote>

― 「붉은 숲」 부분

시인은 "손에 얹어 온 동백잎을 들여다본다". 이미 저버린 꽃잎에 보내는 따사로운 시선, 그러나 시인은 "나는 자주 나뭇잎이나 꽃잎 한 자에서 / 내 운명을 읽어내려는 버릇이 있는 사람"이라고 말한다. 동백꽃은 생을 통해서 자신의 빛깔을 온통 드러내어 붉게 피었다가 진다. 그러나 우리 인간들은 언제 한번이라도 생을 온통 붉게 물들여 본 적이 있었던가. 그래서 시인은 그나마 '동백'을 보려고 절을 찾는 것이리라. 그러나 그는 "동백 보려면 옥룡사를 찾지 마라 도선을 불러내지도 마라 / 심장을 꺼내어 보면 된다"고 한다. 시인은 그 말만을 '동백잎'에 새겨두고 내려오는 것이다. 시인에게 동백은 살아있는 심장이며 붉은 피의 이미지이다. '동백' 속에는 생과 사를 넘나드는 순간적 의미가 숨어 있는 것이다. 그러기에 "동백숲은 합장한 무덤을 심장처럼 품고 있다"고 한다. 생이란 동백이 붉게 피었다가 지는 짧은 순간에 지나지 않다는 것이 그의 생각일 터이다.

조용미의 시들은 애써 주장하거나 강요하지 않는다. 그의 시집 도처에 피어있는 '동백'을 통해서 넌지시 우리에게 암시해 준다. 어쩌면 우리는 그것을 염화시중의 미소로 답해야 하는 것은 아닐까. 조용미 시의 미덕은 그것들이 우리 삶의 성찰의 끈을 긴장시키는데 있다고 할 것이다.

4. 사물과 언어의 본질 탐색

정영선 시인의 시집 『장미라는 이름의 돌멩이를 가지고 있다』는 그의 첫 시집이다. 시인들의 첫 시집을 굳이 처녀시집이라고도 한다. 그러기에 거기에는 다소 덜 익은 듯 하지만 매우 싱그럽고 풋풋한 감성들이 나타나는 것이 아닌가. 그러나 정영선의 첫 시집은 그렇지 않다. 그의 첫 시집은 매우 잘 익은 상태로 세련미와 함께 어느 정도의 노련미도 거느리고 있는 것이 사실이다. 물론 그것은 그의 인생 연륜이 짧지 않다는 사실과도 맥이 닿아 있지만, 그만큼 그는 오랜 기간동안 한 시인으로 태어나기 위해서 '장미'라는 이름을 '돌멩이' 속에 새기고 새겨왔던 것이라 할 수 있을 것이다. 그의 시는 언어와 존재에 대한 새로운 물음 앞에서 출발하고 있다. 그리고 사물에 대한 예리한 관찰을 통해 절묘한 언어와의 결합을 성취해 낸다. 그는 일상의 체험 속에서도 새로운 사실을 날카롭게 발견하고 참신한 언어들로 그것을 형상화해내고자 한다. 또한 그의 시에는 우리 생에 대한 해석과 깨달음도 담겨져 있다. 이점에서 그는 이제 등단 10년 안팎의 신인이면서도 매우 단단하게 자기 시세계를 구축하고 있는 시인 이다.

> 내 손안에 든 돌멩이 하나, 빤질빤질한 이마를 하고 있다. 깜깜하게 눈감고 있다. 나는 돌멩이에게 말 건다. 내 말들을 잡아먹고 묵묵하다. 침묵을 거느린다. 침묵이 거느리는 둘레는 무겁다. 둘레는 둘레의 그림 자를 거느린다. 그 둘레 안에 나는 산다. 몸을 오므린다. 돌멩이가 꿈꾸 는 꿈을 꾼다. 돌멩이가 피리 불고, 덩실덩실 춤추고, 노래하는 꿈을 꾼다. 오래 깨고 싶지 않아 몸을 더 오므린다. 장미라는 이름을 붙여준 다. 아침마다 내 마음 울타리에 한 송이씩 속엣말을 빨갛게 토하는 덩굴 장미. 울타리 가득 번지는 붉은 말들의 잔치 흥겹다. 나는 돌멩이를 버리고 싶어서 돌멩이를 꼬옥 쥐고 꿈꾼다.
> — 「장미라는 이름의 돌멩이를 가지고 있다」 전문

위 작품은 정영선의 이번 시집의 표제작이다. 그러한 만큼 이 시에서는 그의 시집 전체의 방향과 분위기를 읽어낼 수 있는 단초를 발견할 수 있을 것이다. 이 시는 시인의 시 창작과정을 비유적으로 나타내고 있다.

시인은 "내 손안에 든 돌멩이 하나"에게 말을 건다. 그러나 그 돌멩이는 "말들을 잡아먹고 묵묵하다". "침묵을 거느"리기도 하고, "그림자를 거느"리기도 한다. 그래도 시인은 그 둘레 안에 살며 "돌멩이가 꿈꾸는 꿈을 꾼다". 이렇게 그 '돌멩이' 하나에게 다가가려는 열정을 온몸으로 보여준다. 그리고 그 '돌멩이'에게 "장미라는 이름을 붙여" 주기도 한다. 이러한 시인의 애정과 열정, 상상력과 감수성에 의해서 이윽고, "장미라는 이름의 돌멩이"는 '덩굴장미'로 변하여 "아침마다 내 마음 울타리에 한 송이씩 속엣말을 빨갛게 토"한다. 그리고 시인에게 "울타리 가득 번지는 붉은 말들의 잔치 흥겹"게 한다. 이제 '돌멩이' 하나가 생명을 품고 감동을 주는 시로 살아나는 것이다. 시인은 역설적으로 "나는 돌멩이를 버리고 싶어서 돌멩이를 꼬옥 쥐고 꿈꾼다"고 시를 마무리 짓고 있다.

'돌멩이'는 하나의 사물에 지나지 않는다. 그러기에 시인은 그것을 '장미'라는 이름으로 부르고 그것과의 대화를 시도한다. 대상에 이름을 붙여준다는 것은 대상을 이름 부르는 행위이다. 하나의 잠든 존재를 발견하고 그것을 일깨워 거기에 의미를 부여하는 것은, 한 시인이 무정물의 대상을 유정물의 세계로 이끌어내는 시적 창조 과정이라 할 수 있는 것이다. 정영선의 시적 열정 앞에서는 차갑고 딱딱한 '돌멩이' 하나도 '덩굴장미' 수천 송이로 꽃피어나는 것이다.

정영선은 언어의 의미로부터 그것이 지시하는 대상 그 자체를 향하여 끊임없이 회귀한다. 그것은 기존의 언어들이 지니고 있는 선입관이나 편견, 이데올로기 등을 벗어버리고 순수 상태로 돌아가서 텅 비어버린 그 언어의 내면에 새로운 상상력과 감수성을 부여하는 일이다. 거기에서 그의 시는 새로운 언어의 옷을 입고 맑고도 싱싱한 샘물로 다시 차오르는 것이다.

징그럽다, 혹은 간지럽다 라는 언어가 없는 나무의 나라. 그 나무나라의
가지 위를 노래기 한 마리가 열심히 기어간다 천개의 발을 첫발이 '고'
하면 다음 발이 '물' 받아 고물고물 기어간다 첫 번째의 발이 움직여
그 몸길이만큼 나간다 그 발밑의 나뭇가지는 간질간질, 근질근질 재채
기라도 크게 할 법한데, 아무 데고 북북 긁고 싶을 텐데 가렵다는 말이
없는 나무나라에는 가려움이 없다

사람나라에는 막무가내 보자기 같은 '사랑'이란 말이 있어 솎아내도
자꾸 싹터 오는 미움을 그대로 덮어가며 산다
— 「말들이 마음에 길을 낸다」 전문

　이 시에서 시인은 언어의 본질에 대한 사유를 보여준다. 인간은 언어로
세계를 인식한다. 그런 점에서 언어가 존재의 집이라는 하이데거의 고전
적 명제는 이 시에서 절묘하게 맞아떨어지고 있는 셈이다. 시인은 언어를
통해서 모든 것을 표현해내야 하는 숙명 앞에 놓여있는 존재이다. 따라서
시인은 그가 흔히 쓰는 언어를 다시 새롭게 바라보아야만 한다. 이점에서
시어는 메타언어를 지향한다. 위의 시에서 보여주듯이 정영선의 시적 노
력은 매우 신선하다. 이 시는 '징그럽다', '간지럽다'는 말이 지니고 있는
감각적 이미지에 대하여 새로운 사고를 보여준다. '노래기 한 마리'가 기
어가는 현상을 "천개의 발을 첫발이 '고' 하면 다음 발이 '물' 받아 고물고
물 기어간다"는 표현은 매우 절묘하기까지 하다. 그것을 보고 우리는 가려
움까지 느낀다. 그러나 "가렵다는 말이 없는 나무나라에는 가려움이 없
다". 언어가 없이는 사유가 불가능하기 때문이다. 이 시는 동화적 발상으
로 볼 수도 있을 듯하다. 그러나 이러한 착상은 기실 마지막 부분을 강조하
기 위한 하나의 전제일 뿐이다. 즉, "사람나라에는 막무가내 보자기 같은
'사랑'이란 말이 있어 솎아내도 자꾸 싹터오는 미움을 그대로 덮어가며

산다"는 것이다. 나무들은 온 몸으로 살고 몸 그 자체가 나무의 언어라 할 수 있다. 그러나 인간들은 느낌으로만 살고 생각으로만 살고 언어로만 사는 것은 아닐까. 그러기에 말들이 마음에 길을 내는 것이 아닐까.

정영선은 언어와 존재에 대한 새로운 탐색으로 시를 쓰고 있다. 그가 보여주는 사물에 대한 예리한 관찰이나 절묘한 언어의 표출은 매우 새롭고도 신선하다. 언어는 시의 출발점이자 마지막 도착점이기도 하다. 그는 대상을 날카롭게 포착하고 참신한 언어로 옷을 입힌다. '돌멩이' 하나도 '장미'로 꽃피워내는 그의 시적 열정, 그러나 거기에는 우리 생에 대한 날카로운 통찰 또한 담겨져 있다.

회상과 성찰의 시간
- 도종환 · 강형철

　지난 연대 현실변혁에 깊은 관심을 두고 리얼리즘의 시를 써왔으며, 이제 40대 후반에 도달한 두 시인. 이들의 시에서 우리는 시인이 서있는 공간과 거기에 채워진 물의 이미지에 주목하게 된다. 그것은 도종환의 '강 마을'과 강형철의 '도선장'이다. 이들의 시는 지난 연대의 격변과 함께 달려왔던 숨가쁜 시간들을 조용히 회상해 보면서 자신들의 삶을 성찰하고 있다. 서서히 깊어져 가면서 제 흐름을 늦추지 않는 물살처럼, 이들의 시에서도 새롭게 준비하는 마음을 읽을 수 있다.

　물은 '處弱不爭(처약부쟁)'이라 하여 먼저 낮은 곳으로 자리하여 서로 다투지 않음으로써 덕의 표상이 되어 왔다. 시간과 잇닿을 때는 끊임없는 변화와 생성, 소멸과 망각의 양가적 의미를 나타낸다. 물은 흐름을 멈추지 않으면서 서서히 거대한 힘으로 결집되어 간다. 물은 그 힘으로 강을 이루고 마침내 바다에 이른다. 두 시인에게 물 이미지는 지난 시기의 급격한 흐름으로부터 이완기를 맞으며 새로운 탐색의 과정을 반영하고 있다.

1

도종환의 여덟 번째 시집 『슬픔의 뿌리』는 회상과 성찰의 시간들로
가득차 있다. 어조에서도 그렇고 종결어미에서도 그의 시는 지난 시간에
대한 회상의 포오즈를 짙게 보여준다. '합니다', '싶다', '겠다', '했나보
다', '같았다', '못하였다', '했었네' 등의 어조에서도 알 수 있듯이 과거를
돌아보는데 그의 시 핵심은 놓여 있다. 그의 시들은 이 세상 슬픔의 뿌리
에 관심을 갖는다. 그의 시에서 '슬픔'과 '젖는다'는 것은 물의 이미지로
통한다.

> 우리 청춘의 가장 빛나던 시절을 바쳐
> 내 가장 소중한 것들 아낌없이 다 바쳐
> 아름다운 세상을 꿈꾸던 뜨거운 날들은 가도
> 잘못 걸어오지 않았는데
>
> — 「들 끝에서」 부분

> 버리지 못하는 것들로 내 안은 가득했어
> 수없이 버리고 또 비우며 왔다 했는데
> 뿌리에서 물오르듯 다시 가득 차 있곤 했어
> 못 버린 것들의 무게 때문에 이렇게
>
> — 「풀잎 한 촉」 부분

이상의 시편들에서 시인은 지난 시간을 반문해 본다. 시인은 "청춘의
가장 빛나던 시절을 바쳐"서 "잘 못 걸어오지 않았는데"도 "무슨 죄나
지은 듯"(「들 끝에서」)이 살아간다. 또 "수없이 버리고 도 비우며 왔다
했는데"도 "못 버린 것들의 무게 때문에"(「풀잎 한 촉」)혼들리고 있다.
이러한 반성 가운데 시인은 다시 강을 떠올리고 있다. 이는 시인이 물의

흐름과 자연의 리듬 속에서 새로운 마음가짐을 갖고자 하는 것이다. 시인은 그 동안의 급격한 물살을 돌아보며 이제 "욕심을 버려서 편안한 물빛을 따라 흐르고 싶다"는 의지, "급하게 달려가는 사나운 물살이 아니라 / 여유 있게 흐르면서도 온 들을 다 적시며 가는 물줄기"(「그리운 강」)가 되려는 마음가짐을 다음 같이 펼쳐 보인다.

> 사람들은 늘 바다로 떠날 일을 꿈꾸지만
> 나는 아무래도 강으로 가야겠다
> 가없이 넓고 크고 자유로운 세계에 대한 꿈을
> 버린 것은 아니지만 작고 따뜻한 물소리에서 다시 출발해야 할 것 같다
> (중략)
> 할 수만 있다면 한적한 강 마을로 돌아가
> 외로워서 여유롭고 평화로워서 쓸쓸한 집 한 채 짓고
> 맑고 때묻지 않은 청년으로 돌아가고 싶다
>
>   ― 「그리운 강」 부분

위의 시에서 시인은 시간을 거슬러 올라가 그곳에서부터 새롭게 출발하고자 한다. 그것은 시간의 消去(소거)로 이해할 수 있다. 소모되고 닳았던 지난 시간을 무화시키고 본래의 "맑고 때묻지 않은" 시간으로부터 새롭게 출발하려는 신화적 상상력의 소산인 것이다. 이 시에서 '강'은 김소월이 노래한 '강변'과 같은 차원에서 파악해도 무리가 없다. 그것은 순수한 자연, 인간과 자연의 총체성이 살아 숨쉬는 공간이다. 자연은 순환 반복으로 이루어져 계절의 변화를 보인다. 닳고 소모되는 인간의 시간과 달리 자연의 흐름은 계절의 변화라는 주기적 순환을 통해서 거듭 새로워져 간다. 시인이 자연으로 돌아가고자 하는 것도 결국은 자연에 동화되고자 하는 욕구인 터이다.

　도종환 시인은 자연의 순환 속에서 우리 생의 질서를 읽어내고 있다. 그는 자연을 통해 삶의 지혜와 진리를 발견하고 깨닫는다. 우리 인간사의 흐름도 자연의 순환과 동화시켜 파악하려 한다.

　　버려야 할 것이
　　무엇인지를 아는 순간부터
　　나무는 가장 아름답게 불탄다

　　제 삶의 이유였던 것
　　제 몸의 전부였던 것
　　아낌없이 버리기로 결심하면서
　　나무는 생의 절정에 선다

— 「단풍 드는 날」 부분

　이 시는 단풍에 비유하여 생에 대한 깨달음을 드러내 놓았다. 매우 간결하지만 도종환의 시집 『슬픔의 뿌리』에서 그의 시정신을 잘 밝혀주는 작품이다. 시인은 "버려야 할 것이 / 무엇인지를 아는 순간부터 / 나무는 가장 아름답게 불탄다"고 하였다. 우리 삶의 허영과 욕망의 무모함을 비판적으로 제기한다. 시인은 우리 삶의 경쟁과 대결, 다툼과 불화를 털어내고 "아낌없이 버리기로 결심하"는 순간부터 우리들의 생도 "절정에 선다"고 간파하였다. 지난 시간을 돌아보며 시인은 너무 많은 것을 가지려 했고, 너무나 많은 것들을 급히 이루려했음을 고백한다.

　도종환 시인의 지난 시간에 대한 회상은 다음 같은 내일의 성찰 속에서 새로운 활력을 얻고 있다. 이번 시집의 진정한 의미는 여기에서 찾아야 한다.

새로운 세상이 온다면 꼭 사월 나뭇잎처럼
한순간에 세상을 바꾸고 사람을 바꾸었으면 싶다
이 세상 모든 나무들이 가지마다 빛나는 창을 들어
대지를 덮었던 죽음의 장막을 걷어내고 환호하듯
우리도 실의와 낙망을 걷어내고
사월 나뭇잎처럼 손사래 쳤으면 좋겠다
— 「나뭇잎의 꿈」 부분

이제 도종환 시인은 새로운 희망을 향해서 잎을 틔우고 있다. 그가 보여준 지난 시간에 대한 회상과 성찰은 곧 과거에 대한 의미부여가 아니다. 그것은 앞으로의 시간에 대한 적극적인 관심으로 나아간다. "우리도 실의와 낙망을 걷어내고 / 사월 나뭇잎처럼" 시인의 삶도 새로운 활력으로 가득 차 오를 것을 간절히 기원하는 것이다.

2

강형철의 세 번째 시집 『도선장 불빛 아래 서 있다』도 지나간 시간에 대한 아쉬움과 함께 한다. 그의 시는 무엇보다도 자신의 삶에 대한 반성과 성찰에 초점을 둔다. 그의 시 표제작 「도선장 불빛 아래」도 '도선장'이라는 물 이미지가 지배적인 공간에서 지난 시간에 대한 반성과 새로운 모색을 시도한다. 그의 시에서 때로는 그것을 부정하면서도 어쩔 수 없이 받아들이며 살아 온 시간을 반성하고 그것들을 버리고자 한다.

그는 지난 시간에 대한 회상과 함께 삶을 떠올려 본다.

10년 전에 중단한 일기장에

오늘 일기를 계속하여 써도 전혀 어색지 않구나
강산도 변하고 만나는 사람도 바뀌어야 옳은 텐데
세월은 뒤집어 놓으면 똑같은 모래시계
　　　　　　(…중략…)

머리카락만 성성해졌고 약간 배가 나와
달리기가 힘들다는 것
하지만 이 긴 경주가 얼마 남지 않았다는 것이 위안일까
　　　　　　　　　　　　　　− 「10년 전의 일기장에」 부분

　이 시에는 그 동안 우리가 근대화, 민주화를 외치며 줄기차게 달려왔지만 지금 돌아보면, 그것은 마치 모래시계를 엎어놓은 것처럼 별다른 차이가 없다는 자괴감을 동반한다. 그 사이에 시인의 머리카락은 빠지고 배가 나왔으며, 달리기는 힘이 들어졌다. 시인에게 지난 시간은 육체의 소모를 가져 왔다. 그리하여 시인은 "이 긴 경주가 얼마 남지 않았다는 것이 위안일까"라며 다소 성급하게 죽음을 떠올려 보는 나약함도 보인다. 그의 여러 시편에서 우리는 그가 유독 '머리칼'에 집착을 보이는 점을 흥미롭게 읽을 수 있다.

　　20여 년 만에 만난 친구가
　　깔깔거린다
　　머리털 다 얻다 뒀냐고
　　물론 그 뒤론 화장실에서
　　거울을 두 개나 들고
　　어떻게 위장이 안될까
　　좌측의 머리를 심하게 우측으로 빗질도 한다

　　아하 그런데 그놈의 바람이

그냥 놔둬야 말이지
—「나쁜 바람은 진실을 드러낸다」부분

이 시에서 지난 시간에 대한 성찰은 자신의 **빠진** 머리칼을 통해 이루어진다. 시인이 머리칼에 대한 관심을 보이는 것은 아이러니라 할 수 있다. 그것은 지나온 시간과 자신의 삶 사이의 이질감을 의미한다. 삶이란 우리의 노력과 의지에 일치하지만은 않는다. 그것과는 무관하게 나타나는 삶에 대해 시인은 자신의 머리칼로 시선을 옮겨 희화시켜 놓았다. 시인은 일신의 안일이나 생각하고 머리칼 **빠진** 자신의 모습을 가장하려고만 한 것에 대해 부끄러운 고백을 하고 있는 것이다. 또한 시인은 자신의 **빠진** 머리칼을 떠올리며 그것을 우리사회 모습으로 확산시켜 보여주고자 한다. 스스로 간직하지 못한 머리칼을 자신이 잃어버린 순수성과 열정으로 환치시켜 놓았다.

시인은 자신이 40대 후반에 이르러서도 아직 철들지 않은 면들에 대해 "버릴 줄도 모르고 / 계통 세워 정리도 못하는 / 내 불혹의 未忘"(「집착」부분)이라고 지적하고 있다고 믿는 까닭이다. 그리고 시인은 그 동안 삶 속에서 길들여져 온 집착에서 벗어나려는 의지를 보인다.

시인의 시선은 현실의 틈바구니에서 스스로 자꾸만 작아져 가고 순수성을 상실해 가는 자신을 발견한다.

마음 속에 젖어드는 평안
오래 길어난 것은 손톱만이 아니다

어느새 쫌쫌 입을 내민 은행잎
안쪽으로 **빠르게** 숨는 사내의 짧은 비애

마침내 그는 손톱을 다 깎고
손가락 끝을 후후 불며
다가올 버스를 기다린다
그 긴 휴식을 아무도 눈치채지 못한다
― 「손톱 깎는 남자」 부분

위의 시에서 시인은 자신을 '그'라는 3인칭으로 객관화하여 등장시킨다. 시인은 바쁜 일상에 쫓기며 삶의 중심을 확보하지 못한 채 시간에 따라 흘러가는 자신의 소시민적 모습을 표출했다. "도심으로 향하는 버스정류장에 서서" 손톱을 깎고 "다가올 버스를 기다"리는 순간의 짧은 여유를 시인은 아이러니하게도 "그 긴 휴식"이라고 표현했다. 그만큼 자신만의 시간 위에서 서지 못하고 흐르는 시간 속에 부유하는 것이 바로 시인의 삶인 것이다. 강형철은 "안쪽으로 빠르게 숨는 사내의 짧은 비애"에 젖어 있다. 그러나 이러한 비애도 결국은 삶을 향한 애정과 의지에서 출발한 것이다.

다음 시에서 우리는 강형철이 자신의 내면에 새로운 희망을 품고 있음을 알게 된다. 그 점에서 강형철의 시는 현실에 대한 아이러니 위에 놓여 있다.

거기 길가 걸어가다 선홍빛 장미넝쿨에 눈이 부시고 가슴이 답답하여
담장에 등을 대고 숨을 몰아쉬던 은행원 시절을 생각합니다. 도루묵
몇 마리와 새우 넣은 계란찜을 들고 문을 열던 하숙집을 할머니. 밥상을
책상 삼아 형광램프 아래 톨스토이 인생독본을 읽으면 인생은 성실한
자의 것이라는 말에 밑줄을 긋고 가슴 벅차던 날들.

이제 마흔살, 대책 없는 내일 앞에 우두커니 서서 몇 올 남은 머리카락
손에 쥐며 체면 차릴 궁리나 하다가 넝쿨장미 앞에서 다시 가슴이 더워

집니다.

— 「소격동에서」 부분

　이 시에서 우리는 강형철 시인이 새롭게 나아갈 방향을 엿볼 수 있다. 단지 과거를 정리하는 차원에서 미래가 없는 고민이나 성찰은 무의미하다고 하겠다. 역사란 과거와 현재의 대화라 하는 것도 바로 거기에 의미가 있는 터이다. 강형철 시인은 그 동안 "대책 없는 내일 앞에 서서 몇 올 남은 머리카락 손에 쥐며 체면 차릴 궁리나 하"면서 지내오다가 "넝쿨장미 앞에서 다시 가슴이 더워" 진다고 하였다. "넝쿨장미"의 강렬한 붉은 빛이 일깨워준 생명력과 열정에 동화되어 내면에 간직되어 있던 의지를 다시 되찾은 것이다. 다소 소박해 보이는 이번 시집에서도 바로 이점이 있기에 우리는 강형철에게 또 다른 내일과 그의 시에 대하여 기대를 걸게 되는 것이다.

시간의 그물, 세월의 물살
— 이재무의 시세계

1

이재무의 시는 그의 성장 배경과 밀접한 관련성을 갖고 있다. 그의 시는 그가 태어나 자란 농촌의 체험에 상상력과 감수성의 바탕을 깔고 있다. 그의 시에 돌출하는 신선한 이미지와 건강한 힘의 미학은 농촌의 정서에서 나오는 것이다. 그의 시는 이러한 독특한 상상력으로 현실문제에 접근하기 때문에 독자들에게 시 읽는 즐거움을 주고 있다. 그의 시는 그만큼 예리한 현실 인식과 역동적인 상상력으로 형상화되어 있다. 이재무는 사물의 속성이나 질서를 통해서 현실의 문제를 비판적으로 환기시킨다.

그는 현실의 고통스러운 문제에 갈등하고 고민하기보다는, 역동적인 상상력으로 현실에 활력을 불어넣어 우리를 새롭게 깨어나도록 촉구한다. 그러기에 그의 시 앞에서 우리는 긴장하게 된다. 그의 시는 일상의 느슨해진 우리에게 다가와 삶의 자세를 새롭게 가다듬도록 요구하며, 우리가 서 있는 현실을 돌아보도록 자극한다. 그의 시가 우리에게 주는 이러한 긴장감, 그것은 바로 이재무가 갖고 있는 현실인식과 역동적 상상력에서 나온다. 그 결과 그의 시는 일상에 젖어 나태해진 우리를 뒤흔들어 안일한 삶으로부터 거듭 깨어나게 할 수 있는 것이다.

이재무는 시를 통해서 우리 현실을 비판적으로 돌아보게 하며, 우리가 삶의 중심을 어디에 두고 어떻게 살아야 하는가 생각하도록 한다. 그의 시는 일상화, 자동화, 상투화되어 가는 세계에 충격을 가하여 정체된 현실에 역동적인 힘을 불어넣는다. 이로써 우리들의 안일한 의식태도를 붕괴시켜 항시 새로운 자세로 이 세계와 맞서도록 일깨운다. 그의 시는 현실을 딛고 일어서려는 의지가 밖으로 지향하는 원심력과 현실의 모순으로부터 안으로 옥죄어 오는 구심력이 부딪히는 공간에서 번뜩이는 상상력과 삶의 건강한 의지가 맞물려 빚어지고 있다.

2

이재무의 시집 『온다던 사람 오지 않고』는 첫시집 『섣달 그믐』의 정서를 토대로 하여 더 큰 시적 성취를 보여주었다. 이들 시집에는 매우 독특하면서도 신선함을 전달해 주는 시적 방법들이 나타난다. 그의 시는 직설적이지 않으며, 생경한 구호나 과장을 배제한다. 그는 농촌 체험에서 터득한 노동의 정직성과 건강성을 시의 모티브로 삼아 사물의 속성이나 자연적 질서를 그 반대편에 서 있는 현실에 대립시킨다.

> 여름 땡볕 / 옳게 이기는 놈일수록 / 떫다 / 떫은 놈일수록 / 가을 햇살 푸짐한 날에 / 단맛 그득 품을 수 있다 // 떫은 놈일수록 / 벌레에 강하다 / 비바람 이길 수 있다 // 덜 떫은 놈일수록 / 홍시로 가지 못한다 // 아, 둘러보아도 둘러보아도 / 이 여름 땡볕 세월에 / 땡감처럼 단단한 놈들이 없다 / 떫은 놈들이 없다
>
> — 「땡감」 전문

이 시는 이재무의 현실인식과 역동적 상상력이 가장 돋보이는 작품이다. 이 시를 읽으며 우리 가슴에 강하게 와 박히는 시인의 당당한 외침을 듣게 되는 것은 이 시에 압축되어 있는 시인의 의지 때문이다. 그것은 우리들의 나태한 삶으로 다가서며 반성을 촉구한다. 이렇듯이 이재무는 어떤 단순성에 바탕을 둔 자연의 질서나 사물의 속성을 현실에 대비시켜 문제를 제기하여 명쾌함과 함께 삶의 지혜를 암시해준다. 그는 '땡감'을 통해서 현실에 대처하는 지혜를 일깨웠다. 이 시는 현실의 고통과 시련을 의미하는 "여름 땡볕 세월에" 대처하기 위해서 우리는 '땡감'의 '떫은 맛'을 지녀야 함을 강조한다. 이 시가 짧고 간결한 행으로 구성되어 있는 것은 고도의 비유와 상징을 통해서 나타나기 때문이다.

그의 시는 비유의 원칙을 철저히 고수하고 있다. 그리고 그가 비유를 위해서 끌어들이는 사물은 평범하지만 그가 추구하려는 메시지를 적절히 포괄하여 신선한 호소력을 자아낸다. 이재무 시의 간결함과 명쾌함은 그가 터득한 삶의 지혜와 깨달음이 압축된 힘으로 나타나기 때문이다. 그 힘에 의해서 이재무는 현실과 팽팽하게 맞서는 것이다. 그러나 그의 이러한 자세는 역설적으로는 그것을 품어안으려는 넉넉함과 당당함인 것이다. 그것은 현실에 대한 더 큰 사랑으로 파악할 수 있다. 그는 이러한 당당함과 넉넉함으로 현실과의 긴장을 넘어 역동적 힘으로 현실을 헤쳐 나가려 하고 있다.

3

이재무의 3시집 『벌초』를 거쳐 4시집 『몸에 피는 꽃』에 이르면 이전의 시세계와 다른 면모를 보여준다. 우선 그의 시는 한결 더 간결한 형태로 드러난다. 또한 그의 힘찬 어조들은 차분히 가라앉아 있다. 이러한 사실은 그의 인식이 한 차원 깊이를 획득함으로써 보다 확고한 자기성찰 위에 표출되기 때문이다. 그의 시는 생략과 압축의 간결성을 보이면서도 더욱 폭넓은 의미로 확산되고 있다. 또한 대상을 향하여 외치던 어조가 자신의 내면으로 고개를 돌리면서 더 큰 포용력으로 우리를 끌어들인다.

> 갓 지어낼 적엔 / 서로가 서로에게 / 끈적이던 사랑이더니 / 평등이더니
> / 찬밥되어 물에 말리니 / 서로 흩어져 끈기도 잃고 / 제 몸만 불리는구나
> — 「밥알」 부분

이 시는 '밥알'을 통해서 오늘날 우리 삶을 비판적으로 제기하고 있다. 이 시는 공동체를 지향하며 살아가야 할 인간들이 서로를 감싸며 받아들이려는 자세가 사라져 버림으로써, 인간들이 자신의 이해관계만을 위주로 조화롭지 못한 모습으로 생활하고 있음을 보여준다. 이재무는 이 시에서 '사랑'과 '평등'으로 어울려 살아갈 참다운 사회를 촉구하고 있다. 그것은 건강한 노동을 바탕으로 협동을 지향하는 공동체를 의미한다. 이렇듯이 그는 '밥알'이라는 친근한 소재를 통해서도 우리 삶을 예리하게 들춰낸다. 그러기에 이 시의 감동이 우리에게 더 직접적이며 크게 다가오는 것이다.

1980년대는 그래도 우리가 역사와 현실이라는 공동의 관심사를 통해서 함께 뭉칠 수 있었다. 그러나 요즈음은 우리 모두 개인의 삶 속으로만 깊이 빠져들고 있다. "갓 지어낼 적"과 "찬밥되어 물에 말리니"의 차이는 "끈적이던 사랑이니"와 "서로 흩어져 끈기도 잃고 / 제 몸만 불리는"의 차이로 나타난다. '밥알'을 통해서 우리 삶의 모습을 알레고리로 보여주

었다. 결국 인간은 '사랑'과 '평등'의 정신으로 살아야 한다는 것이 이재무가 사회를 보는 눈이다. 그는 공동체 사회에 대한 관심과 이해를 무엇보다도 소중하게 생각하는 것이다.

어떤 시련과 고통을 당할 때나 홀로 되는 순간에, 우리는 비로소 자신의 위상을 깨닫고 그동안의 삶을 되돌아보게 되는 것이다. 그때 우리는 새로운 삶의 의지를 되새기면서 주변 이웃들의 삶과 함께 하려는 자세를 갖게 된다. 이재무도 그동안 자신이 추구해 왔던 삶을 비판적으로 돌아보고, 앞만 보며 달려오던 자세에서 벗어나 자신의 주변을 돌아보기에 이른다. 그 결과 그의 시는 한층 깊어진 모습으로 나타난다.

> 어느날 너는 내 속으로 들어와 / 나를 한없이 눈부시게 하더니 / 어느새 지금은 내 속을 여러 해 살다 간 이들의 / 그 많은 흔적들 지워내고 있구나 / 이 겨울, 내 몸의 묵은 가지에 / 새잎 돋는 아픔이여, 기쁨이여
> — 「삶」 전문

이재무는 자신의 내면을 돌아보고 있다. 이전에 그의 시는 다소 저돌적이기까지 하였다. 이제는 그러한 자세들이 서서히 자기 내면으로 관심을 돌리면서 삶을 깊이 있게 인식하기에 이른다. 그는 "내 몸의 묵은 가지"로 그에게 다가왔던 시간들을 비유하였다. 그리고 "새잎 돋는 아픔이여, 기쁨이여"라는 시귀절에서 삶에 대한 인식의 깊이를 보여준다. 지난 연대는 역사의 격변기로 현실에 대한 비판과 고발에 시적 관심이 놓이기도 하였다. 이재무 또한 이러한 시세계의 몫을 충분히 담당하기도 했다. 이제 그때와 다른 상황에서 그가 지나간 시간을 되돌아보면 거기에는 어떠한 허전함도 있는 것이 사실일 것이다. 그러나 이재무는 거기에서 '아픔'과 '기쁨'을 동시에 발견하는 정신적 성숙을 보여주고 있다. 그는 이제 우리 삶의 양면을 동시에 바라볼 수 있게 된 것이다.

4

제 5시집 『시간의 그물』에 이르러 그의 시는 더욱 간결한 모습을 띤다. 그만큼 그의 시는 오랜 사고의 과정을 거치며 걸러지고 매만져진 후에 비로소 언어로 드러난 것이다. 그러한 면이 보다 더 집약적으로 나타나는 다음 시를 살펴 보자.

　① 신발의 문수 바꾸지 않아도 되던 날부터
　　하나 둘씩 내 곁을 떠나간 친구여
　　하나 둘씩 내 곁을 떠나간 꿈이여

– 「신발」 전문

　② 몸에 난 상처조차 쉽게 아물어주지 않는다
　　그러니 마음이 겪는 아픔이야 오죽하겠는가
　　유혹은 많고 녹스는 몸 무겁구나

– 「마흔」 전문

위 시 두 편은 이재무의 이번 시집 『시간의 그물』에서도 가장 짧은 시들이다. 각각 3행씩으로 시조보다 더 간결한 형식으로 나타난다. 이재무의 시가 전반적으로 짧아졌다는 것은 그만큼 그의 시가 자기 주장이나 대상의 비판보다는 자기 체험이나 깨달음의 압축으로 드러남을 의미한다. 그러므로 그의 시에서는 시간이 매우 중요한 인식의 대상으로 작용한다. 다시 말하면 이재무 시의 변화 요인은 시대적 변화뿐만이 아니라, 그가 살아온 시간의 차이에서 발생하고 있다는 사실이다. 시 ①이나 ②는 모두 '시간'의 의미를 통해서 삶을 깨닫고 있기 때문이다. 시 ①에서는 "신발의 문수 바꾸지 않아도 되던 날" 즉, 성장을 멈추고부터 "하나 둘씩 내 곁을 떠나간" '친구'와 '꿈'을 상기시킨다.

시 ②에서는 불혹(不惑)에 다다른 시인의 깨달음을 담고 있다. "몸에 난 상처조차 쉽게 아물어주지 않는" 나이에 "마음이 겪는 아픔이야 오죽하겠는가" 라는 문제 제기와 함께 '불혹'에도 불구하고 "유혹은 많고 녹스는 몸 무겁"다고 하였다. 어쩌면 '불혹'의 의미를 더 새기라는 의미로 '마흔'의 나이를 일러 '불혹'이라 부른지도 모른다.

이번 이재무의 시에는 '다녀간'이라는 표현이 많이 등장한다.

나를 다녀간 아, 그리운 얼굴들.　　　　　　　　「무덤에 누워」
그대의 푸른 눈 내 몸을 다녀가는 동안　　　　　　「사월」
아, 그리고 나를 다녀간 애인들　　　　　　　　　「버려진 꽃」
햇볕과 바람과 꽃그늘 다녀가는 동안　　　　　　　「죽음」
어쩌다 햇살이라도 잠깐 다녀가면　　　　　　　　「음지식물」
등속이 다녀갈 것이고 크고 작은 인연들이 다녀갈 것이다
　　　　　　　　　　　　　　　　　　　　　　　「아파트」
그러므로, 누군가 이미 다녀간,　　　　　　　「끊어진 길 위에서」
사계(四季)가 몇 번을 다녀가도록　　　　「발자국마다 고인 물」

이상의 여러 시에 나타난 '다녀간'이라는 시어는 시인이 과거를 인식하는 회상의 의미를 드러내고 있다. 그리고 다녀가기 이전과 이후는 대략 몇 가지의 사실을 포괄하고 있다. 그것은 1980년대와 1990년대, 20대로부터 30대에 이르는 과정과 30대에서 40대로 이어지는 과정, 그리고 젊음의 패기와 도전의식이 인생 체험에 의한 깨달음으로의 변화를 의미한다. 이렇듯이 그의 시집 『시간의 그물』은 시간의 그물과 세월의 물살 속에서 그 시간을 체감하는 의식의 변화가 뚜렷하게 엿보인다. 그것은 살아온 시간의 깊이 만큼 삶의 깊이를 인식하고 있다는 의미로 해석할 때, 이재무

의 시는 의미심장해진 것이 사실이다. 그러나 삶의 인식이 깊어진다는
것은 또한 삶을 더 지혜롭고 힘차게 짐지고 가려는 의지로도 열려야 한다.
깨달음은 단지 초월만을 의미하는 것은 아니기 때문이다. 그러기에 진정
한 깨달음이란 삶으로 나타나야 하는 것이다.

<blockquote>

아무도 돌보지 않고
오랜 비바람에 시달려
쓰러질 듯 가까스로 서 있는
비탈밭 한가운데 원두막
그대 사각의 몸 안으로
고이는 그늘
땀 절은 몸 함부로 부려놓고
한 사흘 정처없고 싶어라

</blockquote>

— 「원두막」 전문

『시간의 그물』에서 이재무는 시간을 의식하며 그가 살아온 날들을 점
검해 보면서 사십이라는 나이에 부담을 갖고 있는 듯하다. 위 시 「원두막」
에서도 볼 수 있듯이 이재무는 다소 정신적인 힘이 이완된 듯한 분위기를
보이기도 한다. 뿐만 아니라, "오를수록 내려올 일이 아득하기만 하다"(「
산행」에서)나 "베란다 밖으로 펼쳐진 세상을 읽기에도 / 나는 힘이 부쳤
다 / 나라의 기둥이 무너지고 서까래가 날아가도 / 나는 아프지 않았다"에
서는 현실과의 대결의식이나 긴장관계가 풀어진 것처럼 보이기도 한다.
그렇다면 이재무는 이제 어깨의 힘과 가슴의 열기가 떨어진 것일까. 그러
나 다음의 시는 그러한 점을 충분히 불식시켜 주고 있다. 따라서 우리는
이재무의 시를 굳게 믿어도 좋을 것이다. 그는 이제 새로운 단계로 나아가
고 있기 때문이다.

보는가, 단단한 껍질 속 웅크린
화약같은 푸른 욕망을
어느 날 다순 햇살 다녀가서
일순 폭발하는,
저 강렬한 순녹의 빛다발
몸 안의 모오든 실핏줄
팽팽히 당겨지는 내연의 숨가쁨
아는가, 참나무는 죽어서도
왜 숯이 되는가를

— 「봄 참나무」 전문

이재무는 세월의 물살, 시간의 그물 안에서도 참나무 "단단한 껍질 속에서 웅크린" "화약같은 푸른 욕망"과 "일순 폭발하는" "강렬한 순녹의 빛다발"을 품고 있다. 그렇다. 이재무는 그 '참나무'가 갖고 있는 "팽팽히 당겨지는 내연의 숨가쁨"이야말로 '참나무'가 '숯'이 되도록 한다는 것을 잘 알고 있는 것이다. 왜냐하면 '참나무'가 '숯'이 되어야 비로소 그것은 싯뻘건 불덩어리로 달아오를 수 있기 때문이다.

이제야 말로 이재무는 그가 초기로부터 추구해온 시세계에서 새로운 단계로 나아갈 준비를 완료한 것처럼 보인다. 그의 시는 농촌 체험에 바탕을 둔 상상력과 감수성으로 사물의 속성을 예리하게 파악하여 현실 삶의 모순과 대비시키고 있다. 그의 이러한 대비시켜 내는 비판 의식은 그 깊이를 획득하면서 삶에 대한 성찰과 날카로운 해석으로 나아가 무서운 폭발력을 보이리라 믿는다. 그가 초기로부터 이끌어온 시세계의 완성과 새로운 도약의 기대감이 가득찬 이번 시집 『시간의 그물』에서 우리는 힘차게 그 잎과 줄기를 뿜어낼 '참나무'의 눈부신 '봄'을 기대한다.

세 개의 가족사

- 이면우 · 반칠환 · 정영숙

  최근에 발간된 이면우의 『아무도 울지 않는 밤은 없다』, 반칠환의 『뜯채로 죽은 별을 건지는 사랑』, 정영숙의 『옹딘느의 집』 등 세 권의 시집에서 시인들은 그들의 가족사적 배경을 통해 시적 성과를 보여주고 있어 관심을 끈다. 이들의 가족사의 중심은 공통적으로 '어머니'나 '아내' 등 여성으로 드러난다. 그러나 시인들이 보여주는 가족사의 시적 형상화는 상당히 다르다. 가난 속에서도 노동의 진정한 의미를 깨달으며 올곧게 살아가려는 이면우 시인의 애정어린 가족사나, 반칠환의 경우 유년기 가난으로 점철된 가운데 어머니와 아버지의 대조적인 삶 가운데서 자신의 뿌리를 되돌아보는 자세나, 정영숙의 여성으로서 어머니에 대하여 느끼는 애정과 연민의 시선 등은 서로 다른 모습을 보여주기에 충분하다. 그렇지만 그것들은 모두 현대를 살아가는 우리들에게 가족의 소중한 의미를 따뜻하게 일깨워주면서 우리를 하나의 가족애로 감싸안고 어깨를 두드려준다. 세 시인이 보여주는 서로 다른 시세계는 가족이라는 하나의 맥락에 접근해 가는 다양한 목소리로 다가온다. 그리하여 가족이야말로 얼마나 소중한 것인지를 우리에게 묻고 있는 것이다.

1

이면우의 시집 『아무도 울지 않는 밤은 없다』는 가족들 간의 일상사를
소재로 하여 따뜻하고 건강한 삶의 둥지를 형상화하고 있다. 그의 시에는
가족간의 신뢰와 사랑을 바탕으로 따뜻한 생의 울림들이 출렁거린다.
그의 가족사는 어머니를 중심으로 하는 기억 속의 공간과 아내를 중심으
로 하는 현실의 공간이 모두 따뜻하고도 포근하게 나타난다. 그에게 가족
은 삶의 출발점이자 궁극적인 도달점으로 인식되고 있다. 우리의 현실
삶은 힘겹고 삭막하다. 그러기에 가족은 더욱 소중한 우리의 보금자리인
것이다.

무우 속에 도마질 소리 꽉 들어찼다
배추꼬랑이 된장국 안에 달큰해졌다
어둔 부엌에서 어머니, 가마솥 뚜껑 열고 밥 푸신다
김이 어머니 몸 뭉게구름 둘렀다 우리는
올망졸망 둘러 앉아 한 대접씩 차례를 기다린다
숟가락 한번 들었다 놓고 젓가락 줄 맞추고
크고 둥그런 상에서 가만히 기다린다
근데 오늘 저녁은 왜 이리 더니냐

현관 문 찰칵 열리며 찬바람 휘이익 들어오고
다녀왔습니다 외치며 아이가 따라 들어선다 그때
주방 김 말끔히 걷히자 거기, 아내가 구부정이 서서
등 보이며 압력솥 뚜껑을 열고 있다

— 「입동」 전문

위 시는 어린 날 시장기를 누르고 저녁상을 기다리며 어머니의 저녁상

준비에 분주하던 모습들을 떠올리고 있다. 어머니는 한 가족의 중심에서 가족들을 모성으로 넉넉하게 품고 있다. 가난하지만 정이 넘치고 함께 사랑으로 어우러진 분위기가 입동을 맞으며 예감하는 겨울 추위 앞에 서늘하게 다가와 젖는다. 어머니가 마련하는 저녁상은 "크고 둥그런 상"으로 표현되어 모성의 둥그런 세계, 풍요와 건강미 넘치는 세계로 표현되고 있다. 이때의 시장기는 노동 뒤에 오는 생의 강한 활력이라 하겠다. 시인은 "근데 오늘 저녁은 왜이리 더디냐"라는 1연 마지막 행에서 과거와 현재를 연결시켜 놓았다.

2연에 이르면 현실로 돌아와, 이제 막 학교에서 공부를 마치고 시장기를 몰고 오는 아들이 현관문을 열어 젖힌다. 그리하여 시인의 추억을 현실로 일깨우며 찬바람이 주방의 김을 걷어낸다. 그곳에 어머니 대신 "아내가 구부정이 서서" 있다. 이제 시인은 기억 속의 아들에서 현실 공간의 아버지 위치로 돌아와 옛날의 자신과 어머니의 관계를 아내와 아들의 관계 속에서 새롭게 인식하고 있는 것이다. 시인에게 가족은 그가 살아가는 가장 중요한 의미이며 큰 힘으로 나타난다. 따라서 이면우 시인은 퇴근 시간이면 버스정류장으로 달려가며 지난 날 아내와 가난 속에서도 서로가 의지하며 사랑을 키우던 순간을 떠올리고, 그 시간의 소중함을 되새기며 귀가를 서두른다.

이면우 시의 미덕은 부성애와 아버지 의식을 여실하게 보여준다는 점이다. 부권결핍의 시대, 아버지 상실의 시대에 그의 시는 남다른 애정과 포용력으로 이 세상을 감싸 안는다. 따라서 그의 시를 읽으면 든든한 아버지의 어깨가 떠오르고 아버지의 따뜻한 손길이 우리에게 와 닿는다. 이면우의 시에는 아름다운 삶이 피워 올리는 무지개의 빛깔들이 선명하다.

그 결과 울며 돌아앉았던 이 세상의 많은 손길들도 다가와 함께 손을
잡으며 하나의 가족애로 이어지고 있다.

> 늦은 밤 아이가 현관 자물통을 거듭 확인한다
> 가져갈 게 없으니 우리 집엔 도둑이 오지 않는다고 말해주자
> 아이 눈 동그래지며, 엄마가 계시잖아요 한다
> 그래 그렇구나, 하는 데까지 삼 초쯤 뒤 아이 엄마를 보니
> 얼굴에 붉은 꽃, 소리 없이 지나가는 중이다
>
> — 「봄밤」 전문

이면우의 시집을 펼치면 그의 시는 한사코 세상을 향하여 푸른 잎을 피우
고 줄기를 뻗으며 우리 삶을 위해 둥그런 울타리를 친다. 때로는 시인의
기억 속에 걸려있는 유년을 떠올리고, 그가 살아가는 주변 사람의 삶을
환하게 밝혀 서로의 등을 두드려 준다. 「봄밤」에서 보이듯이 그의 집에는
"늦은 밤 현관 자물통을 거듭 확인"하는 아이가 있고, 가져갈 게 없으니
"우리 집엔 도둑이 오지 않는다"고 농담하는 아버지가 있다. 또 눈이 동그래
지며 "엄마가 계시잖아요" 하는 아이와 "얼굴에 붉은 꽃, 소리 없이 지나가
는" 아내가 함께 하는 짙푸른 생이 있다. 이들이 펼치는 사랑과 신뢰는 따뜻
한 가족애로 어우러진다. 이면우의 시에 기본적으로 깔려있는 시선은 이
세상에 대한 사랑과 연민이라 할 수 있다. 그것은 시인이 세상을 살아가는
많은 사람들의 고통과 함께 할 수 없다는 안타까움을 수반하고 나타난다.

> 깊은 밤 남자 우는 소리를 들었다 현관, 복도, 계단에 서서 에이 울음소
> 리 아니잖아 그렇게 가다 서다 놀이터까지 갔다 거기, 한 사내 모래바닥
> 에 머리 처박고 엄니, 엄니, 가로등 없는 데서 제 속에 성냥불 켜대듯
> 깜박깜박 운다 한참 묵묵히 섰다 돌아와 뒤척대다 잠들었다

아침 상머리 아이도 엄마도 웬 울음소리냐는 거다 말 꺼낸 나머지
문득 그게 그럼 꿈이었나 했다 그러나 손 내밀까 말까 망설이며 끝내
깎지 못 푼 팔뚝에 오소소 돋던 소름 안 지워져 아침길에 슬쩍 보니
바로 거기, 한 사내 머리로 땅을 뚫고 나가려던 흔적, 동그마니 패였다
　　　　　　　　　　 ― 「아무도 울지 않는 밤은 없다」 전문

　위 시에서 사내는 흐느끼며 엄니, 엄니 하고 운다. 그러기에 그의 세상
에 대한 좌절이나 울분도 모두 '엄니'의 품안에서 해소될 수 있는 것이다.
가족 속에서 엄니의 역할은 우리를 이 땅에 세워주는 근거가 되기도 한다.
뿐만 아니라 삶의 기둥이 무너진 한 사내를 다시 일으켜 세우기도 하는
것이다. 이 시에서 "한 사내 머리로 땅을 뚫고 나가려던 흔적"이란 지난밤
에 한 사내가 울면서 몸부림친 것이다. 그러나 시인은, 그래도 그 사내의
울음은 세상을 향한 온몸의 열정이었다고 말하고 싶은 것이다. 그만큼
이면우 시인의 이 세상을 향한 시선은 올곧으며 뜨겁다고 할 수 있다.
그러한 힘의 근원에는 바로 가족애가 자리하고 있는 것이다.

　이면우의 시집에는 가족들의 정겨움이 따뜻하게 물결치고 있다. 가난
하지만 정직하게 살아가며 건강한 노동으로 일구어 가는 그의 삶과, 그러
한 아버지를 믿고 살아가는 가족의 생활사가 감동적으로 형상화되어 있
다. 오늘날 가정 해체라는 경고의 말이 넘쳐나는 때에 그의 시들은 가족이
얼마나 소중하고 아름다운 삶의 바탕인가 절실하게 보여준다. 그의 시를
읽으며 입가에 미소가 떠오르고 가슴이 따뜻해지는 까닭은 바로 여기에
있다. 그의 시는 삶의 일상이나 그의 추억 그리고 그에게 보여지는 주변의
사물들 어디에서도 정감어린 세계를 펼쳐 보인다. 그의 시에는 그가 이 세상
삶을 바라보는 시각이 뚜렷하게 나타나 있다. 그의 시에는 결코 어디에도 절망의
그림자가 없다. 삶을 바라보는 진지하고도 푸근한 시선만이 아로새겨져 있다.

2

반칠환의 첫 시집 『뜰채로 죽은 별을 건지는 사랑』은 유년의 가족사를 중심으로 형상화하고 있다. 그의 어린 날은 무엇보다도 가난의 시련에 처한 고통의 시간으로 인식되고 있다. 아버지의 병으로 인한 가난과 어머니의 혹독한 노동의 기억이 그의 의식세계를 지배하고 있다. 그의 시집 맨 앞에 수록되어 있는 시 「지킴이의 노래」에는 '지킴이'의 목소리를 통해서 시인의 가족사를 총체적으로 집약하고 있다. 그 가운데서도 자식들은 건강하게 성장해간다. 그것은 바로 어머니의 피나는 노력으로 가능했다고 할 수 있다. 그 동안 시인은 유년의 그 시간대로부터 의식적으로 벗어나고자 했을 것이다. 이제 그것으로부터 심리적 거리를 확보한 시인은 그때를 회상하면서 그 시간과 화해하고 있다. 시인은 그때를 단지 되짚어 생각하기 싫은 가난의 시간으로서가 아니라, 오늘이 있기까지의 과정으로 바라보면서 이제 그것을 고이 간직해야 할 삶의 참다운 순간으로 형상화하는 것이다.

> 즌데만 디뎌온 것은 아니었으리라. 더러는 마른 땅을 밟아 보기도 했으리라. 시린 눈밭에 얼기만 한 것은 아니었으리라. 더러는 따스한 아랫목에 지져보기도 했으리라. 구멍 난 흙양말을 신기만 한 것은 아니었으리라. 더러는 보드라운 버선코를 오똑 세워보기도 했으리라. 종종걸음만 친 것은 아니었으리라. 더러는 덩실 어깨춤을 실어보기도 했으리라. 아니 혼곤한 낮잠 사이로 비어져 나온, 뒷꿈치가 풀뿌리처럼 갈라진.
>
> — 「어머니 1」 전문

이 시는 백제의 여인이 썼던 「정읍사」에 나타난 여인의 삶에 어머니의 삶을 겹쳐 놓았다. 시인은 "즌데만 디뎌온 것은 아니었으리라"고 함으로써 한국의 여인들이 전형적으로 "즌데만 디뎌온" 순종하는 삶과 힘든 노동에 눌려 살아왔다는 점을 역설적으로 강조하고 있다. 어머니의 삶이란 힘겨운 가정을 지켜내는 마지막 보루로써 자신의 삶이란 존재하지도 않는 시간을 견뎌왔다. 그러한 어머니의 일생을 시인은 추측형으로 표현하여 두 가지의 효과를 꾀하고 있다. 하나는 "아니었으리라"로 '아니었다'보다도 강한 부정을 의미한다. 또 하나는 시인이 그렇게 부정하는 이면에 어머니의 더 큰 삶이 존재했던 것은 아닐까 하는 추측을 통해 어머니의 삶에 대한 강한 애착을 드러내는 것이다.

 시를 쓴다는 것은 고통을 더 큰 고통으로 껴안는 일이다. 시인은 절망이나 슬픔도 철저히 끌어안아 새로운 언어 미학을 성취할 수 있어야 한다. 반칠환은 첫 시집에서 어머니의 고통스러운 삶을 새로운 영역으로 승화시키고 있다. 시인은 그 시절을 형상화함으로써 그 고통을 새로운 감동과 진실을 일깨우는 시적 성취로 보여준다. 이제 그 시절은 시인에게 현실을 강하게 살아나가게 하는 힘으로 작용한다. 그 결과 인간의 삶이란 다 미래로 열려있는 것이며, 고통도 참답게 받아들이면 삶을 강화시키는 힘이 될 수 있다는 사실을 넌지시 일깨워 준다. 역설적으로 그의 시를 읽으며 우리는 모든 희망과 기쁨은 고통과 슬픔을 잘 참고 인내할 때 열리는 것이라는 사실을 알 수 있다. 반칠환의 시에서 유년의 가족사는 슬픔의 의미를 넘어 삶에 대한 강렬한 힘으로 뿜어져 나온다. 그는 주어진 상황 속에 함몰되지 않고 생의 한복판으로 당당하게 다가서려는 자세를 보여준다. 그것은 바로 반칠환이 그의 고통스러웠던 가족사에서 체득한 것이다.

산나물 캐고 버섯 따러다니던 산지기 아내
허리 굽고, 눈물 괴는 노안이 흐려오자

마루에 걸터앉아 먼산 바라보신다
칠십 년 산그늘이 이마를 적신다
버섯은 습생 음지 식물
어머니, 온몸을 빌어 검버섯 재배하신다
뿌리지 않아도 날아오는 홀씨
주름진 핏줄마다 뿌리내린다
아무도 따거나 훔칠 수 없는 검버섯
어머니, 비로소 혼자만의 밭을 일구신다

— 「어머니 5」 전문

시인은 어머니의 숨돌릴 틈 없이 이어져온 삶을 극도로 절제된 표현으로 형상화시켜 놓았다. 이 시에서 어머니는 스스로 늙어가며 자신은 "아무도 따거나 훔칠 수 없는 검버섯"을 키우며 "비로소 혼자만의 밭을 일구신다"고 하였다. 노년에 이르러 어머니의 얼굴에 피어난 '검버섯'은 '저승꽃'이다. 하지만 반칠환의 시가 우리에게 정감 있게 다가오는 것은 그가 가난 속에서도 어머니가 스스로 일구었던 어머니만의 세계를 깨닫고, 그곳으로 열려있던 또 하나의 하늘을 보기 때문이다.

시인에게 아버지의 삶은 어머니와 대조되어 매우 상반된 모습으로 나타난다. 그의 시에서 아버지는 연민의 대상일 뿐이다. 어쩌면 가족사에 슬픔과 고통을 안겨준 장본인으로 인식되고 있는지도 모른다. 그의 가족사에서는 아버지의 역할이 부재한다. 그것은 지난 시대 우리 민족이 겪었던 전형적인 삶이기도 했다. 아비상실이나 부권의 결핍, 바로 그것이다.

풍으로 떨던 아버지, 나 하나도 슬프지 않았네
내 나이 다섯 살, 지팽이 짚은 아버지 허리춤 풀어주며
오줌 시중 들어도 나 하나도 가엾지 않았네
어머니는 일하러 나가는 사람, 아버지는 그저 방 안에 있는 사람

이따금 콜록거리는 기침과 긴 한숨이 문턱을 넘어왔지만, 나 무시했네
나를 사로잡는 건 그보다 능구렁이나, 다람쥐 울음소리였다네
어느 날 아버지, 잠자리 꼬리 밀짚 꿰어 시집 보내던 나를 불렀네
막내야, 산내끼 좀 가져다 다오―
고무신 뀀 아버지 댓돌 아래 나오시네
아부지, 산내끼 여기
가까스로 헛간으로 오신 아버지, 새끼줄로 목을 매시네
나 말리지 않았네
발버둥치던 아버지, 새끼줄이 끊어지자 청뜰에 떨어져 피투성이가 되
 었네
나 그제서야 앙 하고 울었네 아버지는 그 후로 일 년을 더 사셨네
― 「아버지 1」 전문

　시인은 이 시를 쓰기까지 숱한 시간이 필요했을지 모른다. 어린 날 그가 바라본 아버지, 아버지의 존재 그리고 시인이 아버지에 대하여 느꼈던 기억을 시로 쓰기까지 많은 주저와 고민이 필요했을 것이다. 그것은 자신의 너무나도 아픈 과거이기 때문이지만, 역설적으로 가족은 그만큼 소중한 것이기에 자신이 아버지에 품었던 감정을 담담하게 바라볼 수 있기까지 많은 시간이 필요했을 터이기 때문이다. 이 시에서 시인은 부권의 결핍을 그대로 보여준다. 아버지의 삶이란 어머니의 삶과 극단적으로 대조되어 나타난다. 한 가족을 강력하게 지탱해야 할 부권이 부재함으로써 어머니가 감당해야 했던 힘겨움, 그것은 지난 시대 한국사회의 모습으로 이해되기도 한다.

　반칠환은 이번 시집 제 2부 '속도에 대한 명상'에서 현대 사회에 대한 비판적 입장을 보여준다. "질주하는 바퀴가 청개구리를 터뜨리고 달려갔다 / ………… / 나는 한 생명이 바퀴를 멈추는 데 / 아무런 제동도 되지

못하는 것을 보았다"(「목격」-속도에 대한 명상 1)나, "당신은, / 봅슬레이
를 타고 인생에 대해 반성하는 선수를 본 적이 있는가"(「반성」-속도에
대한 명상 9) 등 짧고 간결한 표현 속에서 현대문명의 모순을 날카롭게
지적하고 있다. 그러면서 "나는 언제나 나를 멈추게 한 힘으로 다시 걷는
다"(「나를 멈추게 하는 것들」-속도에 대한 명상 13)고 하였다. 그가 속도
에 휩쓸릴 때 멈추게 하는 힘은 그의 유년의 기억이 되기도 하는 것이다.
그의 유년을 둘러싸고 있는 지독한 가난과 가족의 슬픔에도 불구하고
그의 현실에 대한 시선은 분노나 절망이 아니라, 참다운 고뇌와 연민으로
나타난다. 그것은 바로 그의 시련이 그를 단련시켰던 결과라고 생각한다.
고통도 잘 받아들이면 힘이 된다. 슬픔도 잘 참고 인내하면 이 세상을
향해 열리는 따뜻한 정신이 된다는 것을 알 수 있다. 바로 이점이 반칠환
의 시집이 보여주는 참다운 의미라 할 수 있다.

3

정영숙의 시집 『옹딘느의 집』은 특이한 제목이 눈길을 끈다. 그의 시집에
수록되어 있는 시들은 종교적인 심상을 바탕에 깔고 노래된다. 가족사가
등장하는 「어머니」 연작시에서도 그의 시는 종교적 의미와 이미지를 떠올
려준다. 앞의 두 시인 이면우와 반칠환의 시가 가족사의 사실성을 바탕으
로 하여 드러난다면 정영숙의 시는 사실성이 은유나 비유적 의미로 번지며
시적 울림을 자아낸다. 그의 시집에서 제목들이 암시하고 있듯이, 「佛頭片」,
「佛身片」, 「목서」, 「투르판의 高僧을 찾아서」, 「華嚴寺 가는 길」, 「부다
앞에서」, 「禪雲寺에서」, 「蓮花文」, 「東大寺池」, 「사순절, 그 어느날 만찬」,

「봄날 하느님을 만나다」 등 여러 편에서 종교적인 표정이 구체적으로 드러나 있다.

그의 시 「어머니」 연작에는 노환으로 병석에 누워 있는 어머니가 등장한다. 그 동안 시인의 삶에 큰 가르침을 주었으며 정신적 지주로 자리해 왔던 어머니가 이제 서서히 죽음 쪽으로 다가서고 있다. 시인은 어머니의 모습을 '옹이', '얼음꽃', '아침이슬', '벚꽃' 등의 이미지를 통해서 드러낸다. 그간의 어머니 삶은 자식들을 위해서 보내온 힘겨운 과정이었다. 시인은 "어머니 이제 두꺼운 껍질 속에 갇혀있던 몸을 풀고 자유롭게 날아보세요"(「어머니 1」)라며, 어머니의 삶은 죽음 이후에라도 비로소 참된 자유를 누리기를 기원한다. 이 점은 종교적 시각에서 이해할 수 있을 것이다.

일어서지도 제대로 앉지도 못하는 어머니를 보고 온 날이면 내 몸이 맥없이 풀어졌다 어머니는 내게 벼루에 먹을 가는 법 붓을 쥐는 법 밥풀 먹인 붓 끝을 물에 살며시 풀었다 먹물에 묻히라는 등 ㄱㄴ…부터 아야어여…까지 똑 같은 글씨를 마음에 들 때까지 수십번 쓰게 했었다. 덧칠은 절대로 하면 안된다는 등 습자지를 햇빛에 높이 쳐들고 보지 않아도 잘 쓰는 사람 눈에는 금방 알아차린다는 등 어머니가 살아오면서 어떻게 정도를 벗어날 수 있었으랴 어머니가 내게 가르쳐 준 삶의 화선지 안에도 개칠이란 있을 수 없었다 매란국죽 중에서도 특히 대나무 잎을 칠 때 어머니의 서슬 퍼런 기상이란

거실 벽에 걸린 대나무 그림이 세찬 바람에 윙윙 울고 있다 달팽이 한 마리 필사적으로 쓰러져가는 댓잎에 매달려 있다 나는 달팽이를 집어 가만히 물 속에 넣어준다 풀어진 내 등에 업고 저기 저 넓은 바다를 향해 헤엄쳐가려나
어머니 이제 두꺼운 껍질 속에 갇혀있는 몸을 풀고 자유롭게 날아보세요

— 「어머니 1」 전문

시인은 어머니에게 배운 서예를 떠올리며 서예에 임하는 여러 마음가짐을 되새겨본다. 붓글씨를 쓸 때 취해야 하는 마음가짐과 몸가짐은 이 세상을 살아가는 자세와 일치한다. 그간의 어머니의 삶은 '어머니'라는 붓으로 '자식'이라는 백지 위에 글씨를 남긴 것과 같다고 할 수 있다. 어머니는 '나'에게 서예를 할 때 가져야 할 여러 마음가짐과 몸가짐을 일러주셨다. 그리고 그동안 어머니가 살아온 삶은 바로 그러한 가르침의 실천이었다. 그러기에 "어머니가 내게 가르쳐 준 삶의 화선지 안에도 개칠이란 있을 수 없었"던 것이다. 어머니는 모든 것을 몸으로 자식들에게 일깨워주신 분이다. 그분이 깨우쳐 주신 것은 올바른 삶에 대한 자세와 바르게 살아가는 법이다. 정영숙의 시에는 아버지의 모습이 보이지 않는다. 오히려 "매란국죽 중에서도 특히 대나무 잎을 칠 때 어머니의 서슬 퍼런 기상"이 드러나, 어머니가 아버지의 역할도 감당하고 있다고 하겠다.

초정병원을 갔다 오는 길에
벚꽃 지는 소리 들었네
소리없이 피었다 소리없이 지는 벚꽃의
허연 울음소리 들었네
예수를 사월의 한 퀴통이에 목 매달게 한
희한의 울음 소리 들었네
물기 빠진 꽃잎 흐느적 흐느적
황사바람에 밀려 하늘로 오르고 있었네
우린 얼마나 더 울어야
몸 속에 남아있는 물기를 얼마나 더 빼야
저리도 가벼운 몸짓으로 날 수 있을까
하늘을 날기 위해
몸에 있는 수분이란 수분을 다 빼고 있는

예수를 십자가에 매달게 한 죄값으로
눈물을 하염없이 흘리고 있는

— 「어머니 5」 부분

이 시는 어머니를 문병하고 돌아오면서 꽃이 환기시키는 생성과 소멸의 의미를 연상적으로 전개시킨다. 초정병원에서 서서히 생의 시간을 비워가고 있는 어머니를 보고 돌아오는 길, 시인은 "소리없이 지는 벚꽃"을 생각한다. 이 시는 '벚꽃 지는 소리'→'허연 울음소리'→'회한의 울음소리'로 시상이 전개되어 가면서 자연사와 인간사를 대조적으로 바라보았다. 벚꽃은 화려하게 피었다가 질 때는 "물기 빠진 꽃잎"으로 하늘로 날린다. 벚꽃은 최후의 모습도 여유있고 평화스럽기까지 하다. 그러나 어머니의 노년은 움직임조차 자유롭지 못하다. 시인은 예수의 죽음과 부활을 떠올리며 인간의 삶의 최후도 벚꽃처럼 평화롭게 날 수 있기를 기대한다. 인간의 생은 살아가면서 죄 값으로 점점 무거워지는 것이다. 그러나 벚꽃은 최후를 가벼이 맞이하며 하늘로 날아오른다. 그것들은 비로소 이 세상의 속박을 풀고 자유를 찾는 것이다. 이러한 사실 앞에서 시인은 어머니의 삶을 뼈저리게 돌아보고 있는 것이다.

나무는 무게를 견딜 수 없어
가장 안쓰러운 곳으로 가지를 구부린다
늘 마음을 주고 싶던 곳을 향해
매달렸던 열매를 떨어뜨린다
하늘은 휘어지면서
늘 슬퍼 물보라를 일으키는 바다를 향해
온채로 마음을 붉힌다
우리는 늘 못견디게 닿고 싶은 곳

그리움의 나이테로 싸여진
심장을 향해 시위를 날린다
그 무게를 견딜 수 없어
늘 슬픔을 간직한 곳으로
구부러진다

(… 중략 …)

슬픔을 향해
구부러지는 것들의 뒷모습은
모두 아름답다
— 「슬픔을 향해 구부러지는 것은」 부분

이 작품은 정영숙의 이번 시집에서 꼽을 수 있는 수작이다. 이 시에서
"슬픔을 향해 구부러지는 것"이란 생명을 향한 온정이라 하겠다. 이 세상
의 모든 생명에게는 살아가면서 겪어야 하는 아픔과 고통이 있다. 나뭇가
지가 가지를 구부리는 것이나 열매를 떨어뜨리는 것 등은 다 그 아픔이
있는 쪽을 향해서라고 시인은 말한다. 그리고 시인은 그것이 곧 아름다움
이라고 하였다. 아픔이 있는 쪽을 향하는 것은 바로 모성의 힘이라 할
수 있다. 나무가 가장 안쓰러운 곳으로 가지를 구부리는 것은 가장 안쓰러
운 그곳을 감싸 안기 위한 것이다. 빛보다는 어둠을, 강한 것보다는 약한
것을 품어 안으려는 것이 모성의 힘이라 할 수 있다. 정영숙의 시집에는
모성의 힘, 여성성이 밑바탕을 이루고 있다. 그것은 시인이 어머니의 삶을
통해서 깨닫게 된 모성의 눈으로 이 세상을 바라보기 때문이라 할 수 있다.

올곧고 견고한 시정신
— 주용일 · 설동원

1. 문자들의 다비식

주용일 시인은 1994년 6월 『현대문학』으로 문단에 나왔다. 『문자들의 다비식은 따뜻하다』는 그가 데뷔한 후 9년만의 첫 시집이니 과작인 셈이다. 그러나 그는 그동안 꾸준하게 시를 써왔으며, 시를 발표할 때마다 여러 차례 평자들의 비평 대상이 되기도 했다. 근년에 들어서면서 그의 창작 활동이 다소 침제기를 맞는 듯해, 그를 아끼는 한 사람으로서 좀 더 활발하게 시작 활동을 해주기를 바랐던 필자는 몇 차례 그에게 서둘러 시집을 낼 것을 촉구하기도 했다. 그러나 그는 서둘지도 않고, 또 그것에 대해 연연하지도 않았으며 조급해 하지도 않았다. 다만 자신이 생각하는 시를 향해 꾸준하게 걸어갈 뿐이었다.

이번에 그의 첫 시집 교정쇄를 읽어가면서 그동안 그가 보여왔던 다소 느린 시적 행보 속에서도 그가 얼마나 치열하게 시 창작의 고통을 감당해 왔는가 하는 점을 실감할 수가 있었다. 그의 시는 무엇보다도 '올곧고 견고한 시정신'을 보여주고 있다. 마치 그의 시는 정교하게 그려진 밑그림 위에 한 바늘 한 바늘 수를 놓은 듯하고, 예리한 칼끝으로 새겨놓은 조각 작품 같은 느낌이 든다. 그만큼 주용일의 시는 절제되어 있다는 것이다. 그의 시를 읽으며 그가 펼쳐놓은 언어의 성찬(盛饌) 속에서 그의 빛나는 시적 성취를 느낄 수 있었던 것은 큰 기쁨이었다.

그의 시는 세상의 허튼 생각들을 용납하지 않는다. 깊은 고심 속에서 길어 올려진 그의 시정신은 우리 삶의 중심을 꿰뚫어 본질에 이르게 한다. 그의 시는 오랜 사유 과정 속에서 압축되고 정제되어 언어의 옷을 입고 살아난다. 시 한 편 한 편마다 들인 그의 공력은 시적 긴장을 유지하며 독자들의 가슴으로 파고든다.

> 빈터에 누렇게 바랜 책들을 태운다.
> 책장마다 깃들었던 태양의 날숨이
> 노랗게 토해진다, 불꽃 속에서
> 활자로 박힌 숱한 영혼의 흔적들이 날아오른다
> 찰나와도 같은 생의 마지막 길에서
> 활자들이 꼼지락거리며 뒤척이며
> 뜨거워라 무서워라 소멸로 가는 길을 묻는다
> 이승과 저승의 뒤바뀜처럼
> 검은 활자가 희게 되고 흰 종이가 검게 변한다
> 많은 정신들이 종이 위 검은 육신을 얻었다가
> 하얀 사리를 남기며 사라지고 있다
> 불꽃 주위로 아이들이 모여들어
> 벌겋게 얼굴 익히며 둘러선다
> 한때 세상을 풍미했던 정신들,
> 푸석이는 한줌 재로 감나무 밑거름이 될
> 불타는 문자들의 다비식은 따뜻하다
>
> — 「문자들의 다비식은 따뜻하다」 전문

주용일의 시는 현실을 넘어선 곳에서 피어나고 있다. 그의 시는 일상의 사실을 대상으로 할지라도 삶의 리얼리티나 생의 자잘한 숨결을 지향하

지 않는다. 그는 이 세상의 "많은 정신들이 종이 위 검은 육신을 얻었다가
/ 하얀 사리를 남기며 사라지"는 "문자들의 다비식은 따뜻하다"고 했다.
그의 시는 사물보다는 정신을 지향하지만 그 정신에 갇히는 것이 아니라
오히려 정신을 넘어서는 곳에서 새롭게 열린다고 말할 수 있다. 우리가
글을 쓰는 것은 활자가 갖는 지속성을 인정하는 것일 터이다. 그러나 주용
일은 어쩌면 "검은 활자가 희게 되고 흰 종이가 검게 변"하는 '뒤바뀜'을
통해서 "한때 세상을 풍미했던 정신들, / 푸석이는 한줌 재로 감나무 밑거
름이" 되는 순간이 참답다고 판단하고 있다. 그렇다면 그가 시를 쓰는
행위는 언어를 통한 의미의 한계를 넘어서 진정한 깨달음으로 나아가는
것이라고 말할 수 있다.

『문자들의 다비식은 따뜻하다』에는 주용일 시인이 시를 쓰려고 하는
근본 목적과 의도가 배어 있다. 주용일이 '문자들의 다비식'에 관심을
갖는 것은 정신이란 책 속에 갇혀 있는 것이 아니라, 그것을 가두는 종이
등의 틀이나 제도를 벗어나 대상에 온전하게 스며드는 것이라는 점을
의미한다. "활자로 박힌 숱한 영혼의 흔적들"이 타고 남아 "하얀 사리"로
변하는 것이 바로 '문자들의 다비식'이기 때문이다. 이 시가 불교에서
말하는 불립문자(不立文字)를 떠올리게 하는 점과 아울러 그의 시 전반에
는 불교적인 상상력이 깔려 있음을 부인할 수 없다.

돌을 던져보면 안다, 강물의 깊이
켜켜이 쌓인 강바닥의 뜨거운 울림이
물 표면 빠져나와 가슴으로 쏜살같이 달려오며
오래도록 우리 몸을 물 동그라미로 전율케 함을,
돌은 물살에 미끄러지며 반짝 튀어 오르다
제 무게로 흔들리며 강바닥 닿아

무겁게 퇴적된 세월을 낮은 소리로 퍼 올린다
한 번도 수면 위로 솟아오르지 못했던
층층의 시간들이 웅얼웅얼 떠오른다
풍덩하며 울리는 낯선 시간의 파장,
강은 세월이 남긴 흔적들을 낱낱이 품어
그 소리를 바닥 깊숙이 숨기고 있다
누군가 아프게 돌 던져주지 않으면
질긴 시간과 시간의 사슬 매듭 풀어
제 가슴의 소리 들려줄 수 없다
던져진 돌의 상처 기쁘게 보듬으며
강은 돌과 함께 신생의 세월을 받아들여
천천히 제 가슴 한켠에 쌓아간다

– 「강」 전문

　주용일의 시는 매우 깊이 있는 비유 속에서 우리 생에 대한 통찰을
보여준다. 그의 시는 매우 폭이 넓은 메타포를 형성하면서 우리에게 다가
온다. 누군가 삶이 무료하고 갈피를 잡을 수 없어 강물을 향해서 작은
돌멩이라도 던져본 사람은 알 것이다. 돌멩이 하나가 허공을 가르며 날아
가 그 힘이 다해 강물에 '풍덩' 소리를 내며 가라앉지만, 작은 돌멩이
하나가 "무겁게 퇴적된 세월", "한 번도 수면 위로 솟아오르지 못했던
/ 층층의 시간들"을 일깨운다는 사실을. 이 시에서 '강물'이란 거대한 삶
의 세계를 의미하고, '돌멩이'는 우리 각자의 작은 생을 나타내는 것이다.
우리 앞에 가로 놓인 이 세계도 우리의 작은 숨결들이 함께하지 않으면
잠든 것이나 마찬가지다. 강(이 세상)은 "누군가 아프게 돌 던져주지 않으
면 / 질긴 시간과 시간의 사슬 매듭 풀어 / 제 가슴의 소리 들려줄 수
없"는 것이다. 이 세상은 우리들 삶의 작은 돌멩이들이 무수하게 날아가
"천천히 (강의) 제 가슴 한켠에 쌓아"가는 과정인 셈이다. 이 시는 고요한

강의 울림 안으로 독자들을 끌어들이면서 강의 흐름과 거기에 던져지는 작은 돌멩이의 존재를 통해서 우리 생의 진정한 의미에 대해 생각하도록 촉구한다.

그러나 주용일의 시는 다음과 같은 절창에 이르러 우리들에게 현실 삶의 숨결에 대해서도 간과하지 않는다는 확신을 심어주고 있다.

> 어스름녘,
> 일을 끝내고 돌아가는 버스 안에서
> 꾸벅꾸벅 졸다가 어깨에 얹혀 오는
> 옆 사람의 혼곤한 머리,
> 나는 슬그머니 어깨를 내어준다
> 항상 허세만 부리던 내 어깨가
> 오랜만에 제대로 쓰였다
> 그래, 우리가 세상을 함께 산다는 건
> 서로가 서로의 어깨에
> 피로한 머리를 기댄다는 것 아니겠느냐
> 서로의 따뜻한 위로가 된다는 것 아니겠느냐
>
> — 「어깨의 쓸모」 전문

시인은 하루의 일과를 마치고 "돌아가는 버스 안에서 / 꾸벅꾸벅 졸다가 어깨에 얹혀 오는 / 옆 사람의 혼곤한 머리"에 자신의 어깨를 내어주며 "우리가 세상을 함께 산다는" 의미를 깨닫는다. 인간들의 관계조차 파편화되고 단절과 소외감으로 팽배해 있는 현대사회 속에서 진정한 '어깨의 쓸모'는 바로 다른 사람의 머리를 받쳐주는 것이라는 표현 속에서 주용일의 사회적 시각을 읽을 수 있다. 주용일 시인의 시집에는 이렇듯이 사회학적 상상력으로 읽어야 할 시들도 많다. 사회 속에서 모든 사람들은 각자 상대의 몸과 마음의 어깨에 기대어 그리고 상대에게 그것을 내어주며

살아가는 것이 진정한 삶의 모습이라는 점은 다시 말할 필요조차 없는
것이다.

요즈음 우리 시의 문제점으로는 느슨해져 가는 시정신과 산문성으로,
이 시대의 혼돈스러운 정서 앞에서 긴장을 잃고 깊은 감동을 주지 못하고
있다는 지적이 많다. 상투화해 있는 언어의 벽 앞에서 그것을 뚫고 나아가
려는 치열한 노력이 부족하다고 한다. 무질서한 세계 속에서 시는 언어의
정수와 견고한 시정신을 통해서 이 세계의 허상을 날카롭게 파헤쳐 내야
한다. 주용일의 시는 바로 그 지점에서 우리에게 새롭게 다가오고 있는
것이다.

> 시절 만난 연꽃 피었다
> 그 연꽃 아름답다 하지 마라
> 더러움 딛지 않고 피는 꽃 어디 있으랴
> 오욕 속에서 이루어지지 않는 삶 어디 있으랴
> 생각해 보면 우리도 음부에 피어난 꽃송이다
>
> 애초 생명의 자리는
> 늪이거나 뻘이거나 자궁이거나
> 얼마쯤 질척이고 얼마쯤 더럽고
> 얼마쯤 냄새나고 얼마쯤 성스러운 곳이다
>
> 진흙 속의 연꽃 성스럽다 하지 마라
> 진흙 구렁에 처박히지 않고
> 진흙 구렁에 뿌리박지 않은 생 어디 있으랴
>
> — 「팔월 연못에서」 전문

이 시에는 주용일이 세상을 보는 눈이 확연하게 나타나 있다. 주용일은

생에 대한 역설적 인식을 보여준다. 그는 한송이 ‘연꽃’이 피었다고 그 꽃을 아름답다고 말하지 말라고 이른다. 또한 “더러움 딛지 않고 피는 꽃”이 어디 있으며, “오욕 속에서 이루어지지 않는 삶”이 어디 있으며, “생각해 보면 우리도 음부에서 피어난 꽃송이”라는 것이다. 주용일 시인은 “얼마쯤 성스러운 곳”이 바로 우리들 “생명의 자리”라고 인식한다. 우리 생의 세계란 성(聖)과 속(俗)의 세계가 함께 등을 대고 있는 것이라고 할 수 있다. 그렇다면 결국 연꽃이 아름다운 것은 “진흙 구렁에 처박”혀 있기 때문이다. 나아가 우리 삶이 가치 있는 것은 현실의 질곡 속에서 그것을 아름답게 승화시켜 나가는 데서 가능한 것이다. 그 결과 우리 생의 그늘과 깊은 고뇌도 그 위로 꽃대궁을 밀어 올릴 수 있는 토양으로 자리하면서 새로운 의미를 갖게 되는 것이다. 그러한 이치에서 현실의 고통이나 절망도 넘어설 용기를 얻는 것이며 암담한 현실 가운데서도 우리는 꿈을 꿀 수 있게 된다.

　주용일의 시가 우리에게 깊이 다가오는 것은 그의 시적 역량 때문이다. 그는 시를 완성시키는 차원에서 어느 것 하나도 소홀하게 생각하지 않는다. 그 점에서 그는 지독한 유미주의자이기도 하다. 시란 본시 음악성이 중요한 요소의 하나라고 할 수 있다. 운문의 핵심적 요소는 바로 리듬과 운율이기도 한 것이다. 이 점은 최근의 시들이 거의 간과하고 있는 부분이기도 한데, 주용일의 시는 이 점에서도 세심한 배려를 보여주고 있다.

봄바람 휘몰이로 감아 돌아라
머리엔 꽃다지 하늘 받쳐 이고
님 소식 아린 내음 이즐망 이즐망
아지랑이 허공길 푸른 신명 지펴라
꽃잎 지천으로 날아오르는 하늘가

봄 꼬리를 밟아라, 천궁지궁
돌연 곡조도 바꿔 타고
삼단 댕기머리 나풀대며
열두구비 치맛자락 떠받치는
섬섬옥수 길을 풀어
사분사뿐 뛰어라,
싹 오른 흙살 위 맨발바닥으로
맘 가득 봄물 스미어 들어
새 피 도는 봄기운으로
나비 따라 날아라, 천궁지궁

― 「踏春曲」 전문

위 시에는 "이즐망 이즐망", "천궁지궁", "사뿐사뿐"등의 시어들이 지니
고 있는 리듬감이 시 전체에 활력을 불어넣으면서 시상의 전개에 기여한
다. 이 시의 바탕은 리듬과 음악성에 있다고 할 수 있다. 새롭게 펼쳐지는
봄의 생동감을 느끼며 봄길을 걷는 시인의 감흥이 역동적인 리듬을 타고
전개된다. 봄기운이 스미는 대지의 신명 속으로 '맨발바닥'으로 달려가고
픈 시인의 열망이 짙게 배어 나온다. 이 시는 3음보 무용의 리듬으로 시
전체를 감싸고 돌면서 "싹 오른 흙살 위 맨발바닥으로" "새 피 도는 봄기
운"을 풀어내는 답춘곡(踏春曲)을 노래하고 있다.

이상에서 알 수 있듯이 주용일은 올곧은 시정신을 매우 정련된 언어로
형상화해 내고 있다. 그의 시는 생에 대한 인식과 정신을 추적하지만 거기
에 갇히지 않는다. 또한 그는 세상의 삶에 대해서도 세세한 관심과 배려를
잃지 않고 있다. 뿐만 아니라 그의 시는 운율과 리듬, 소리의 조화 등에
대해서도 결코 소홀히 생각하지 않는다. 이 점에서 주용일이야말로 시정
신이 희박해져 가고 있는 이 시대에 '올곧고 견고한 시정신'을 지닌 시인

으로서 귀감이 된다고 할 수 있다. 깊은 사색과 언어에 대한 진지한 탐색
이 맞물리면서 온전한 시정신으로 승화되어 나타나는 것이 그의 시다.
주용일의 첫 시집『문자들의 다비식은 따뜻하다』의 발간을 축하하며 앞으
로 그의 시창작 활동이 활기차게 이어질 것을 크게 기대한다.

2. 숨은 꽃

　아무리 눈이 부신 꽃송이일지라도 그것은 꽃이 피기까지의 역경을 전
제로 하여 아름답다. 드세게 부는 바람 속에 꽃 대궁을 곧게 밀어올리고
그 꽃 이파리들을 활짝 펼 때 그 꽃잎 안으로 하늘도 숨을 멈추고 내려앉
는 것이리라. 어느 날 순간적으로 열리는 듯한 꽃잎도 실은 몇 날 밤을
지새우는 고심으로 진한 향기를 드러낼 수 있는 것이다. 도시 한복판 화려
하게 장식된 꽃집에 비닐하우스에서 재배되어 와 꽂혀 있는 꽃보다 들녘
에 홀로 피어서 제 향기를 머금고 있는 꽃이 아름다운 까닭이 거기 있다.
숨은 꽃이 진실로 아름다운 것은 시련을 고스란히 물리치고 피어나 스스
로의 생에 충실하기 때문이다.
　설동원 시인은 20대부터 시를 써왔으니 그의 詩歷(시력)은 30여년이
넘는다. 그의 시적 노력과 열정에 비해서 그는 문단과 철저히 거리를 두고
살아왔다. 나는 10여 년 전에 그를 알게 되면서 하루 빨리 그가 문단에
올라 작품 활동을 활발하게 펼칠 것을 권유하기도 했다. 그러나 그것은
섣부른 판단이었음을 이제 솔직히 고백하지 않을 수 없다. 1999년 가을
어느날 설동원 시인은 나에게 엄청난 양의 시를 보여주었다. 그것을 읽어
가면서 나는 놀라지 않을 수 없었다. 그의 시에는 이 세상의 소란스런

문단을 기웃대지 않은, 문학 판의 때가 전혀 묻지 않은 시정신이 싱싱하게 살아있었기 때문이다. 그의 시, 그것은 바로 숨은 꽃이었다.

그 직후 설동원 시인은 몇 편의 시로 아무 연관이 없는『정신과표현』에 투고하여 오세영 시인의 심사로 시단에 조용히 고개를 내민다. 그리고 올 가을에는 정리된 시집 네 권 분량의 원고를 내게 가지고 왔다. 그에게는 아직도 정리되지 않은 300여 편의 원고가 있다고 하니 설 시인의 시적 열정 앞에서 나는 많은 것을 느끼곤 한다. 그는 이제 50대이지만 아직도 시에 관한 한 30대의 청년정신으로 무장되어 있다. 그의 시에는 시정신이 푸르게 살아 있다.

그의 시집『눈부신 것들은 잠들고』에 수록되어 있는 60여 편의 시에는 첫 시집으로서의 풋풋함과 아울러 시적 열정이 고스란히 간직되어 있다. 그의 시는 세상의 때가 묻지 않은 신선한 언어들로 가득 차 있다. 그의 시에는 시를 향한 설렘이 스며있고 대상을 향한 애정이 살아 숨쉰다.

바람 자고 간 곳에 하늘 이불 깔려 있다.
풀들 늦잠을 자고
귀먹은 문고리 구부린 채 묵상에 들고
쇠스랑은 옛 주인 손길 잊지 못하고
호미, 삽, 괭이 한 촉의 꿈 버리지 못하고 있다.
여기 건네기 어려운 말이 있고
건너기 어려운 강이 흐르고 있다 심심찮게
뒷마당 장독대에 옛 주인 체온 스며들고
툇마루에서 작은 기침 소리가 썰린다
담배 부스러기처럼 옛이야기가 날리고
제 그림자에 놀라 달을 보고 짖어대던
개의 밥그릇에는 얼지 않은 눈물 고여 있다
눈부신 것들은 잠들고

빛을 잃은 것들만 남아 빈집을 지킨다
새들 그리움의 날개 짓하며 울다 떠나고
풀벌레 빈집 막장 그늘에 남아
서러움을 뜯질하면
내 마음 밑뿌리부터 아파 온다

— 「빈집」 전문

이 시는 그의 데뷔작 가운데 한편이다. 묘사를 바탕으로 하는 서경적 요소에 생에 대한 연민의식이 짙게 배어 있다. 매우 감성적으로 사물을 바라보고 있는 시인의 시선이 우리 가슴으로 깊게 파고든다. 설동원의 시는 사회적 관심으로 접근하지는 않는다. 그의 시는 개인의 고통이나 그리움, 연민과 애정으로 접근한다. 그러나 그의 시는 「빈집」에서처럼 시적 표현의 높은 성취 속에서 리얼리티를 획득하고 있다. "뒷마당 장독대에 옛 주인 체온 스며들고 / 툇마루에서 작은 기침 소리가 썰린다 / 담배 부스러기처럼 옛이야기가 날리고 / 제 그림자에 놀라 달을 보고 짖어대던 / 개의 밥그릇에는 얼지 않은 눈물 고여 있다 / 눈부신 것들은 잠들고 / 빛을 잃은 것들만 남아 빈집을 지킨다"에서 알 수 있듯이, 대상에 대한 정교한 표현이 '빈집'에 드리워져 있는 삶의 그늘을 들춰낸다. 이로 써 '빈집'의 사회사적 의미까지 파헤치고 있는 것이다. 다시 말하면 설동원이 성취한 시적 표현력이 개인사적 관심의 한계를 극복하고 있다는 사실이다.

설동원 시인의 시적 지향은 따뜻한 삶에 대한 관심이다. 그것은 주변의 사람들과 단절된 삶을 연결시켜 내려는 의지라고 말할 수 있다. 그는 이 세상에서 소외되어 있는 것들에게 손을 뻗는다. 그리하여 그것들과 닿고 자 한다.

길을 내고 살아야 하리
마음에 간선도로
그대와 사랑의 밀거래 할 골목
사랑의 회선 하나쯤
때로는 밀려드는 쓸쓸과 물소 떼 같은
소외의 침입을 물리치고 가벼워질 수 있는
소주에 막국수 낡은 등불 하나쯤
언제라도
고독의 감옥으로부터 탈출할 수 있는
비상구 하나쯤 열어 두고 살아가야 하리
속이 답답하고 우울할 때 이야기 나눌
별자리 하나 익혀두고
아픈 영혼과 만나 이야기를 나눌 수 있는
조용한 찻집 하나쯤 알아두어야 하리
세월의 층계 밑에 묻어둘
금빛 이야기 하나쯤

— 「都市生活」 전문

　이 시는 도시에서 살아가는 현대인들 각자의 삶이 단절되어 있으며, 그들이 소시민의 삶을 살아가고 있다는데 대한 반성을 제기한다. 시인은 진정한 삶이란 "고독의 감옥으로부터 탈출할 수 있는 / 비상구 하나쯤 열어 두고 살아가야 하리 / 속이 답답하고 우울할 때 이야기 나눌 / 별자리 하나 익혀두고 / 아픈 영혼과 만나 이야기를 나눌 수 있는 / 조용한 찻집 하나쯤 알아두어야" 한다고 강조하였다. 이 시에 동원된 시어 '고독의 감옥', '비상구', '별자리', '영혼', '찻집' 등은 낭만적인 분위기를 드러내고 있다. 이점에서 설동원은 로맨스트라고도 할 수 있다. 그러기에 시인이 추구하는 것은 다소 일상의 삶과는 괴리되어 있기도 하다. 그러나 그의

시는 충실한 비유에 바탕을 두고 있어 재미있게 읽힌다. "마음에 간선도
로", "사랑의 밀거래 할 골목", "사랑의 회선" 등의 표현은 매우 적절한
언어구사로 보인다.

　설동원 시인의 시는 삶에 대한 반성과 성찰을 지향한다. 그러기에 삶에
대한 자세는 다소 시니컬하다.

> 쨍 해가 웃는 아침, 나
> 이사 간다 낡은 가구랑, 반쯤 마시다 남은
> 소주병을 챙겨 떠난다. 유리창아 안녕,
> 벽도 안녕, 아파트 층계야 그 동안 미안했다. 우리 집
> 베란다에서 굴뚝만 쳐다보던 화초야, 밤이면
> 몸살나던 창살아, 닳아진 미닫이 門아, 나
> 떠난다, 정든 천정아, 마른 가슴 쓸어 웃어주던
> 벗나무야, 나
> 이사간다, 신발장아, 고생했다 고마웠다
> 정들었던 바퀴벌레야, 나
> 이사간다
>
> 　　　　　　　　　　　　　　　　　　　　　－ 「이사」 전문

　이 시는 통사론적으로 매우 특이한 형식을 취하고 있다. 행과 행 사이가
모두 행걸림으로 전개되어 가면서 15개의 쉼표를 통해서 짧게 분절되어
있다. 정들어 살던 공간을 떠나 다른 곳으로 가는 화자가 "나 이사간다"는
마지막 인사를 '유리창', '벽', '층계', '화초', '창살', '미닫이 門', '천장',
'벗나무', '신발장', '방바닥', '바퀴벌레'에게 전한다. 시인은 그간의 삶과
함께 했던 공간의 사소한 사물에게도 애정으로 다가선다. 이점에서 설동
원은 애정의 시인, 사랑의 시인이라고 할 수 있다. 그의 삶에 대한 다소
시니컬한 자세는 부정이나 거부의 정신이 아니다. 오히려 그것은 진정한

사랑의 한 방편으로 전개되고 있다. 비판 없는 애정은 맹목으로 흐를 수 있다고 할 때, 대상을 향한 일단의 부정은 깊은 사랑으로 나아가는 출발이기도 한 까닭이다. 설동원의 시는 여기에 기반을 두고 있다고 판단된다.

다음의 시에서 우리는 설동원 시인의 삶에 대한 자세를 파악할 수 있다.

> 숫돌이 되어 달라고
> 그렇게 하겠다
> 내가 닳아져 너의 희망이
> 푸르게 빛날 수 있다면
> 숫돌이 되겠다
> 내가 닳아져 너의 상처가
> 치유될 수 있다면
> 그렇게 하겠다
>
> — 「숫돌」 전문

이 시에서 시인은 '숫돌'을 매개로 하여 삶의 자세를 형상화한다. 어쩌면 우리 인간의 삶은 숫돌처럼 닳아 없어지는 것이 아닌가 한다. 우리가 태어날 때 가지고 온 시간도 소모하는 것이고, 젊음도 소모하는 것이며 우리의 열정도 닳아 없어져 가는 것이다. "내가 닳아져 너의 희망이 / 푸르게 빛날 수 있다면", "내가 닳아져 너의 상처가 / 치유될 수 있다면" 시인은 "그렇게 하겠다"고 한다. 이 시에서 '너'란 무엇을 의미하는가. 그것은 시적화자인 숫돌에 의해서 "푸르게 빛날 수 있"는 것이며, "상처가 / 치유될 수 있"는 것들이다. 우선 시인과 함께 살아가는 사람들을 떠올릴 수 있다. 사랑하는 사람, 가족, 이 사회에 사는 모든 사람이라고 할 수 있다. 그리고 설동원 시인에게 '너'는 무엇보다도 시라고 말 할 수 있다. 그는 지금껏 자신의 언어를 갈고 닦아서 시를 써왔듯이 앞으로도 끊임없이 숫돌이 되어서 시를 쓸 것이다.

설동원 시인은 50대 중반을 넘어서야 첫 시집을 내고 있다. 그러나 그의 시는 시간이 갈수록 점점 더 향기 나는 꽃잎으로 피어날 것을 믿는다. 설 시인은 조금 늦게야 문학 활동을 펼쳤다고 할 수 있겠으나, 이미 그는 30여년의 詩歷(시력) 속에 몇 권 분량의 시를 정리해 놓고 있다. 이제 용기를 내서 첫 시집을 내는 설동원 시인에게 거듭 축하의 박수를 보내며 조속한 시일 내에 두 번째 시집도 펼 수 있기를 기대한다. 그의 숫돌은 '너'에 의해서 닳아지는 순간에 스스로 빛나는 언어로 거듭 살아나 시로 맺히는 것이기 때문이다.

4 부

정신의 높이와 영혼의 깊이
위대한 시정신
시를 읽는 즐거움
신인들의 시세계

정신의 높이와 영혼의 깊이

불란서의 시인 말라르메는 '백지의 공포'라는 말을 통해서 스스로 시인으로 살아가는 삶의 고통스러움을 고백하였다. 그가 공포를 느끼며 바라볼 수밖에 없었던 '백지'는 시인들이 붓을 들어 한 자 한 자 칸을 메워 나가야 하는 종이에 해당하지만, 그것은 시인들이 짐지고 살아가야 할 삶의 백지를 의미한다고 할 수 있다. 그러므로 시인들에게는 그들이 살아갈 시간의 '백지'와 시가 씌어질 원고지의 '백지' 사이의 변증법적 관계가 설정되는 것이다. 그렇기 때문에 시인들은 삶의 고통과 시적 창조의 고통을 동시에 짐지고 살아가게 된다. 그러나 그러한 사실은 시인들에게 역설로 작용한다. 바로 그 고통을 시인들은 기쁨이자 영광으로 받아들여야 하는 까닭이다. 시인들은 오히려 불행한 현실 위에서도 그것을 딛고, 더욱 빛나는 언어의 광채를 보여주어야 하기 때문이다. 진정한 역설의 의미와 예술적 승화의 가치가 바로 그것이다. 그리하여 시인들은 혼미한 삶, 전망이 부재하는 시대, 가치가 전도된 세계 속에서도 꿈을 꿀 수 있는 것이다. 그런 까닭에 문학이론가 바흐친은 이미 서정시를 쇠퇴해버린 장르라고 단언한 바도 있지만, 시인들이 컴퓨터의 칩(chip) 속에 들어앉는 일이 있을지라도 그들이 영원히 꿈을 잃지 않는 한, 시는 끊임없이 씌어질 것이라고 확신할 수 있다.

우리 시대는 도구적 세계관으로 전락한 시대이다. 그러나 삶의 가치 척도가 양과 속도의 개념으로 전환되어버린 현대 산업사회 속에서도 시인들은 시 한 줄을 갈고 닦기 위해서 몇 날 밤을 지새운다. 시인들은 고통스러운 세계로부터 상상력의 두레박으로 길어 올린 시의 정신을 펼쳐내기 위해서 '피를 잉크 삼아'(Blood in ink) 쓰고 또 쓴다. 그들은 대량 복제의 규격화된 사회에서도 자신만의 내밀한 공간에 촛불을 밝히고 시 쓰는 일을 멈추지 않는 것이다. 여기에서 우리는 시인들이 '백지의 공포'와 싸우는 참된 의미를 깨닫게 된다. C. D. 루이스도 참된 시인이라면 그들은 자만에 떨어지지 않고, 어디까지나 보다 더 좋은 시를 쓰기 위해서 평생을 노력한다고 하였다. 그래서 여느 사람들이라면 직업이나 일을 그만두고 여생을 즐길 나이에도 시인들은 그가 숨을 거두기까지 그의 몸에서 최후한 방울의 시라도 짜내고자 마냥 고된 작업을 계속한다고 했다.

그러나 시인들이 이렇게 고통을 기꺼이 받아들여 가면서도 시를 쓰는 이유는 결코 자신만의 안위를 위한 것이 아니다. 시인들은 자신과의 싸움을 통해서 세계와의 싸움을 보여주기 때문이다. 시인들은 자신의 절망과 어둠을 넘어서는 용기와 결단을 통해서 이 세계의 절망이나 어둠과 대결하는 지혜를 보여주어야 한다. 그리하여 시인들은 한 시대의 빛과 어둠을 동시에 인식하며 그것들 사이의 조화를 꾀하며 새로운 세계로 도약해 가려는 꿈과 의지를 펼쳐 보여 주는 것이다.

시인들은 미래에 대한 전망이 부재하는 불확정성의 시대, 인간에 대한 신뢰가 극도로 상실되어 가는 세계 속에서도 새로운 시적 가치를 추구하며 꿈의 세계를 펼쳐 보인다. 그들은 이미 상투화, 자동화, 일상화된 자아와 세계 사이에 시정신을 주입시켜 낡고 분열된 세계를 새롭게 정립시킨다. 그들은 모순된 상황을 해체시키고, 갈고 닦은 언어를 통해서 새로운 창조적 이미지의 공간을 축조해낸다. 이는 무질서한 현실에 발을 딛고 사는 인간들의 생명을 지켜내는 참다운 일이면서, 그 생명이 생명답게 발휘될 수 있도록 꿈의 세계를 그려 보여주는 일이라고 할 수 있다.

　최근 어느 계간지의 신인공모에 응모된 시작품을 심사한 결과 거기에는 수천 편에 달하는 작품이 응모되어 있었다. 단지 2~3편의 시를 투고하는 것이 아니라, 오랜 동안의 습작을 통해 갈고 다듬는 과정을 거쳐서 걸러진 작품 10편 이상을 정성들여 묶어 보낸 20대의 젊은이들로부터 50대나 60대 장년에 이르기까지 끊임없이 언어와의 고독한 싸움을 벌이고 있었다. 이들 예비 시인들을 대하며 시를 쓴다는 의미가 무엇인가를 거듭 되새겨 보지 않을 수 없었다. 바로 그들로 하여금 시를 쓰게 하는 것이 우리 시대의 시정신이고 시가 이 땅에서 씌어지게 하는 힘일 터이기 때문이다. 한마디로 시를 쓴다는 일은 물질적 욕구나 권력에 대한 관심과는 전혀 다른 방향으로 가면서 더 큰 고뇌와 절망의 깊이에서 차오르는 빛으로 이 세상을 비추는 촛불 한 자루의 역할을 하는 것이 아닌가 생각해 보았다. 그것은 어둠 속에서도 생의 온기와 사랑의 빛을 잃지 않으려는 시정신인 것이다.

　요즈음 우리 사회에는 인문학의 위기와 함께 일반적으로 문학에 대한 관심이나, 시에 대한 관심이 저조해지는 것은 사실인 듯하다. 그러나 그것과는 달리, 신인 등단 시 응모작들을 통해서 살펴보면 우리 주변에서 시를 쓰려고 하는 사람들은 분명히 더 많아지고 있는 것도 사실이다. 그들의 노력 또한 대단히 치열하게 벌어지고 있는 것을 발견하게 된다. 그때마다 이러한 현상을 어떻게 해석해야 할 것인지 자못 난감해지기도 한다. 어찌 보면 그것은 문화향유의 세분화 현상이 아닌가 하는 생각이 들기도 한다. 그러기에 일반의 시에 대한 관심의 저조라는 평가에는 일정 부분이 출판

유통 및 독서시장의 상업성과 연관되어 있는 해석이 아닌가 하는 생각이 들기도 한다. 그러기에 이 땅에서 그래도 행복한 일은 문학이 돈이 되지 않는다는 사실이라고 말한 어느 시인의 역설을 떠올려 본다. 그렇기 때문에 시인은 경제적인 것을 염두에 두지 않고서 자신이 하고 싶은 문학을 열심히 할 수 있다는 것이다. 다시 말하면 문학이 돈이 된다면 모두 돈이 되는 문학만 하고 본격적인 문학은 하지 않을 것이라는 판단인 것이다.

신인 응모작들 가운데서는 어느 경우 세간의 베스트셀러 시집처럼 단순한 감정으로 시적 분위기를 풍기려는 것들도 없지는 않았다. 그렇지만 놀라운 것은 전체적으로 응모자들의 작품이 모두 일정한 어느 수준을 유지하고 있다는 점이다. 그들의 작품에는 단어 하나라도 함부로 쓰지 않으려고 고심하며 퇴고한 흔적들이 역력했다. 서정성에서부터 현실에 대한 날카로운 풍자와 비판까지 담아내고 있는 역작들도 보였다. 또한 새로운 시도를 통해서 기성의 권위에 도전하려는 작품들도 많았다. 물론 실험정신이 너무 강해서 서투른 결과로 읽히는 시편들도 있었으나, 이러한 움직임 모두가 한국시단을 든든하게 떠받치는 힘이 될 수 있다고 믿기에는 부족함이 없었다. 그만큼 우리 주변에서 이루어지는 시 창작의 모색은 엄청난 것이기도 하다.

시를 쓰기 위해서는 우리가 생을 통해서 도전해 볼 것인가, 말 것인가 하는 인생관과 연관되는 큰 문제의 선택과, 조사助詞 하나라도 어떻게 처리할 것인가 하는 작품 완성을 향한 아주 작은 선택 사이에 서서 끊임없이 갈등하고 고민할 수밖에 없다. 그러나 그러한 고통이야말로 우리 삶을 어떻게 성취할 것인가, 한 편의 시를 어떻게 완성시킬 것인가 하는 참다운 모색으로 연결되는 것이다. 이점에서 작품의 성패를 떠나서라도 시에 관심을 갖는 일 자체는 대단히 소중한 것이다. 바로 그것이 시정신인 까닭이다.

요즈음 점차로 시의 위상이 약화되어 가고 있다. 그럼에도 불구하고 시를 쓰고자 하는 사람들은 날로 많아지고 있으며, 실제로 시가 많이 씌어지고 있다. 그렇다면 이러한 아이러니는 어떻게 이해해야 할 것인가. 이러한 기현상 속에서도 우리 시대의 시정신을 확인할 수 있을 것이다. 누구나 시의 독자보다는 시 창작의 주체로 서려는 것이 아닐까. 그럴 수 있다고 본다. 또 한편으로 시가 점점 하향식 평준화되어 가고 있는 것은 아닐까. 그렇다고도 판단된다. 그리하여 생에 대한 폭넓은 성찰과 깊은 감동을 주는 시들이 적어지는 것이다. 요즈음 시 창작의 주체들은 대다수가 30대나 40대의 사람들이다. 이들은 일단 생활이라는 문제의 압박을 벗어난 세대들이다. 그 점에서 우리는 생활과 시 창작 사이의 갈등을 제기할 수 있다. 또한 생활의 고민을 벗어난 30대, 40대에 이르면 시 창작에 대한 필요성을 절감하게 된다는 사실을 상기할 수도 있다. 그러고 보면 인간은 생활의 부유함만으로는 삶의 만족을 느끼지 못하고, 시를 읽고 쓰는 정신적 영역이 동시에 필요하다는 것을 확인할 수 있는 것이다. 그런 만큼 앞으로도 강한 감동으로 독자들을 사로잡는 시가 나온다면 시의 가치는 제자리를 찾을 수 있을 것으로 확신한다.

그러나 우리는 시가 가로 놓여 있는 현실을 직시하고 그곳에서부터 새롭게 우리 시를 돌아보며 점검하고 모색해 나가는 지혜가 필요하다. 문학 가운데서 시란 본래 다소 어려운 문학 장르라고 말할 수 있다. 시는 고급예술이라 하듯이 모든 사람들이 시에 관심을 갖고 시를 생활화하는 양상으로 가기는 어려울 것이다. 그러므로 시인들은 독자들의 반응이나 독서시장의 동향으로부터 일정한 거리를 두고 자기만의 세계를 끊임없이 추구해 가는 것이 중요하다고 믿는다. 그렇지만 삶과 시, 이 사이에는 경제성의 원리라는 현실 문제가 버티고 있다는 사실을 인정하지 않을 수 없다.

그러나 시를 쓰고자 하는 사람들은 생이란 좀더 다른 차원에서 접근해 볼 수도 있다는 점을 인정해야 한다. 물질적 풍요나 부의 축적보다는 정신의 높이와 영혼의 깊이를 추구해 가는 삶의 소중함을 인정해야 한다는 것이다. 바로 그 점이 시정신의 핵심이자 요체라고 할 수 있는 까닭이다. 우리 삶은 현실적 이해관계가 아니라, 정신적 가치를 향한 자기 몰입과 그것을 추구하기 위하여 치열하게 밀고 나아가는 데서도 큰 의미를 찾을 수 있는 것이다. 이를 통해서 우리 삶은 얼마든지 풍요로워질 수 있다는 사실이다.

시는 결코 우리 삶의 일차적인 문제를 해결해 주거나 거기에 기여하는 것이 아니다. 시는 우리 삶의 이차적인 문제 즉, 진리와 정신을 지향하는 것이다. 그러므로 시정신을 통해서 자기만의 진실을 펼쳐 내려는 시창작의 노력은 마음의 풍요를 누리는 삶으로서 진정으로 아름다운 것이다. 자본주의 앞에 굴복해 버린 정신, 생명에 대한 외경과 존중의 자세가 희박해진 시대에 그것들을 단호하게 부정하는 것이 시정신이다. 또한 그러한 의지를 갖는 사람들만이 시를 쓸 수 있는 것이다. 시정신, 그것을 간직하는 것만으로도 우리들의 삶은 얼마든지 가치 있고 새로워질 수 있다고 믿는다.

위대한 시정신

최근의 우리 시단을 돌아보면 가히 시의 전성시대라는 느낌이 들기도 한다. 모든 지역마다 새로운 시전문 계간 문예지들이 튼튼하게 자리를 잡아가고 있다. 거기에 수록되어 발표되는 시들과 줄기차게 발간되는 시집들을 살펴보면, 가히 섬뜩한 생각이 들 때도 있다. 살아가기가 이다지 어려운 때에도 이렇게 많은 시들이 가열차게도 씌어지고 있다니! 시인들은 왜 밤을 새워가며 원고지 한 칸을 메우기 위한 백지의 공포 앞에서 물러나지 않는 것인가. 그것은 우리 시대가 그만큼 시정신이 간절하게 필요하고도 긴요한 때라는 반증이 되는 것이다. 이토록 무미건조한 시대 속에서도 시정신이 살아있는 까닭으로 우리 삶은 이만큼이라도 유지되는 것이리라. 그러기에 시정신은 위대한 것이다.

이러한 중에도 우리 시단의 병폐 가운데 하나인 소외된 곳에 있는 시인들에 대한 관심과 새로운 발굴이라는 문제는 쉽게 지워지지 않는 듯하다. 문예지들마다 기존의 유명세를 지닌 시인들을 모시기 위한 경쟁이 과열되면서 시단에도 빈익빈 부익부의 골은 더욱 깊어만 가고 있다. 이러한 문제를 좀더 극복하고 보완해보자는 차원에서 창간된 것이 바로 『시를 사랑하는 사람들』일 것이다. 그동안 12호에 이르면서 많은 역할을 했고 상당한 성과를 낳았다고 판단한다. 전국을 아우르는 공동주간과 편집기

획위원제도를 통해서 각 지역마다 능력 있는 신인들을 찾아내고 그늘에 가려져 있는 시인들에게도 작품 활동의 기회를 부여하여 새로운 문학적 전기를 마련해주고 있다. 앞으로도 『시를 사랑하는 사람들』은 이러한 역할을 더 활발하게 해나감으로써 "모든 시인들의 운동장"이라는 슬로건에 한층 충실하기를 기대한다.

이번 호의 신작시는 풍성하게 장식되어 있다.

> 수수꽃다리 같던 호박꽃송이 같던, 두루뭉수리하던, 길쭉하기도 하고 펑퍼짐하기도 하던, 더러는 아리잠직하니 곱때정하던, 고향의 아주머니라 불리던 아낙들. 애야, 이 사람은 누구의 처가 되는 사람이고 너한테 촌수로는 어떻게 되고 또 누구의 엄마 되는 사람인데…일년에 한두 번씩 객지에서 돌아와 받던 특별수업의 진도가 쉬이 나갈 리 없다. 그러나 나는 분별이 잘 안 서는 마음으로도 낯선 아낙들 앞에 번번이 고개 수그린 채 어벙벙하니 서 있는 것이 그렇게 수줍으면서도 한편으로 좋기만 했었는데…모처럼 고향에 들러도 이제는 그 많던 아주머니라 불리던 아낙들 다 어디로 가버렸는지 찾을 길 없게 되었다. 그것은 사라진 것들의 목록 가운데 하나다. 이미 오래 전의 일이다.
>
> — 나태주, 「오래 전의 일」 전문

가장 앞자리에 놓여 있는 나태주의 시가 눈에 끌린다. 나태주 시인은 그동안 고집스러울 정도로 서정성을 탐구해 온 이 시대의 서정시인이라 할 수 있다. 작고 여린 것에 대한 관심과 탐구, 전통 서정성에 대한 천착은 은은한 힘으로 그의 시를 밀고 온 힘이라 할 수 있다. 이러한 나태주 시인의 시작 태도는 오늘날 유행에 민감한 젊은 세대들이 눈여겨 새겨볼 필요가 있다고 하겠다. 이 시는 "수수꽃다리 같던 호박꽃송이 같던, 두루뭉수리하던, 길쭉하기도 하고 펑퍼짐하기도 하던, 더러는 아리잠직하니 곱때정하던, 고향의 아주머니라 불리던 아낙들"에서 보여준 정감어린 언어 표현미를 강조함으로써 그러한 삶을 잃어버린 현실의 삭막함을 비판적으로 드러내고 있다. 이 시는 이야기요소를 지닌 작품으로서 토속적인 언어 표현이 돋보이는 경우이다. 요컨대 시어가 지닌 기표의 우위성을 보여주고 있다. 이 시는 바로 그러한 정감어린 언어들의 상실까지를 문제제기하면서 우리에게 다가서는 것이다. 우리가 잃어버린 것은 단지 이것뿐일까.

이번의 『시를 사랑하는 사람들』 12호에 수록된 작품들 가운데 다소 침체기를 맞고 있다가 새롭게 시작 활동을 펼치고 있는 시인을 만나는 것은 대단히 반가운 일이다. 그들의 시에서 서정성을 품고 따듯하게 다가오는 여러 편의 작품들을 접할 수가 있었다.

  비 내리니
  나무의 모든 잎들이 개안開眼을 한다
  그 푸른 손바닥 위에 어리는
  천수관음의 미소
  세상 저리도
  곱게 씻겨야
  만개滿開하는 것이다
  마음 밝아지는 것이다

  나무의 아래 서니
  온통 눈물 자국이다
  하늘로 올리는
  지상의 기도,
  미처 올리지 못한
  마음의 탄식들

  비 그친 팔월의 폭염 속
  지렁이 하나

온 몸으로
아스팔트를 밀어내고 있다.

― 이태관, 「우중 세한도」 전문

이태관은 한동안의 침묵을 털고 첫 시집을 내면서 최근에 이르러 활발한 활동 모습을 보여준다. 그의 시는 맑고 선명한 이미지를 통해서 형상화하고 있다. 요즈음의 시가 보여주는 복잡함과 뒤틀린 시어들을 생각할 때 그의 시는 너무 선명한 듯하다. 그의 시는 「우중 세한도」라는 제목에서도 알 수 있듯이 비가 오고 나서 맑게 씻겨진 풍경을 담아내고 있다. 비 온 뒤에 펼쳐지는 세상의 또 다른 활력을 서경적으로 묘사함으로써 생명의 깊이 있는 전개 속에 우러나는 종교적 희열까지를 담아냈다.

또한 지난해에 등단한 신인들의 시도 관심을 끌었다. 그 가운데서 김희정의 시와 박수서의 시가 눈에 들어온다.

열쇠 하나를 주웠다
처량하게 비를 맞고 있었다
어떤 비밀을 품고 있을까
숨기고 싶은 비밀이 버거워
주인이 버린 것은 아닐까
누구나 살아가면서 마음 속 깊이
한두 개의 열쇠는 가지고 있다

(…중략…)

무럭무럭 자라나는 비밀은
또 다른 열쇠를 먹고 자란다
기억에는 없는 열쇠들이

내 몸에 문신이 되어 박혀 있다
꼭 필요한 문을 열고 싶을 때 열리지 않는다
어릴 적 숨겨 두었던 열쇠는
끝내 그림자도 찾지 못했다
지금 내 몸 어디에선
형체도 알 수 없는 열쇠들이
나를 잠그고 있다

— 김희정, 「열쇠」 부분

2003년에 데뷔한 신인 김희정 시인은 열쇠라는 이미지를 통해서 현대를 살아가는 우리들의 삶의 모습을 반성케 하고 있다. 이 시는 열쇠라는 중심이미지를 통해서 현대 사회의 삶과 인간들의 닫힌 삶의 속성을 알레고리로 보여준다. 그의 시는 새로운 것에 대한 추구보다는 정통적인 방법을 추구하고 있다. 그의 시는 크게 재주부리지 않으면서 우리 내면에 옹고집처럼 굳어있는 편견들의 고리를 푸는데 기여한다. 앞으로 더욱 더 왕성한 시작활동을 기대해본다.

박수서의 시도 눈여겨볼 만했다.

학교가 절대금연구역으로 지정되면서
나는 자주 경계말뚝 너머 조선소나무 아래서
담배를 핀다
그 나무에 묶여 있는 소는
이제 나를 보고도 눈알을 굴리지 않는다
귀를 총 세우고 가볍게 나비 날갯짓만 한다
소의 귀는 부드러운 솜뭉치처럼
외부의 파장을 먹어버린다
몇 번 신호가 잡힌 것들에게는 무심하게
받아들이는 귀

나도 이제 놈에게는 경계가 풀린 악당이다
애인처럼,
놈의 귀를 보며 눈인사를 하는 내가
풋, 웃기다

내 시의 실마리를 훔쳐듣는 소의 귀는
언제부터 되새김질을 하기 시작했다

— 박수서, 「牛耳」 전문

  박수서는 지역에서 외롭게 시를 쓰며 살고 있다. 그의 외로움이야말로 바로 시를 쓰게 하는 힘이 된다. 위의 시에서도 드러나듯이 그는 "자주 경계말뚝 너머 조선소나무 아래서 / 담배를 핀다". 그리고 "그 나무에 묶여 있는 소"와 대화를 나누고 그곳에서 시를 구상한다. 박수서는 그 소를 통해서 자신의 모습을 보고 있는 것이다. 소나무 아래서 담배를 피우며 시를 생각하는 자신과 느긋하게 되새김질을 하고 있는 소와의 일체감을 통해서 마지막 부분의 "내 시의 실마리를 훔쳐듣는 소의 귀는 / 언제부터 되새김질을 하기 시작했다"는 표현이 가능한 것이다. 외롭지만 그것을 여유로 되돌릴 줄 아는 박수서의 시세계에 더 큰 진전이 있으리라 확신한다.
  이번 『시를 사랑하는 사람들』 12호에는 세 명의 신인이 발표되고 있다. 세 명 모두 만만치 않은 습작의 역량을 지니고 있다는 판단이 든다. 신인으로 문단에 얼굴을 내민다는 것은 출발선에 선다는 것을 의미한다. 이제 그들은 거기서부터 새롭게 시의 길을 열어나갈 기회를 부여받고 힘차게 달려 나가야만 하는 것이다. 그러므로 그들에게는 현란한 미사여구보다는 시를 향한 진지하고도 뜨거운 열정이 더 필요한 것이다. 우리는 그들에게서 평생을 통한 시적 노력과 성취를 기대하는 까닭이다. 신인들에게는 한순간에 스러지는 하루살이의 존재가 아니라, 끝까지 포기하지 않고 시를 사랑하려는 자세가 간절히 요구된다.

　세 명의 신인 가운데서 윤선아의 시를 관심 있게 읽었다. 어쩌면 그의 시는 자신의 세대에 비해서 전통 쪽에 기울어져 있는 점이 역설적으로 인상적이라 하겠다. 추천위원인 유안진 시인도 신인으로서 빨리 알려지려 안달하는 세태를 비판하면서 윤선아의 시는 그런 것에 기울지 않고 담담하게 자기 세계를 펼치고 있다는 평을 내렸다. 윤선아는 생소하지 않은 시어의 선택, 맑고 정갈한 시상으로 그의 시는 최근 경향으로부터도 독자적인 고집과 신념이 느껴진다.

　　공사 중 불편을 드려 대단히 죄송합니다
　　푯말 앞에 발을 헛디뎌
　　바짓가랑이 흙탕물 잔뜩 튀었다

　　새롭게 길 걷는 아침
　　단단히 발목 부여잡는 흙탕물,
　　사흘 내 내린 빗물을
　　아가리 벌려 담고 있는 웅덩이
　　천만 근 무거운 몸
　　검은 내 얼굴까지 삼키고 나면
　　막막한 시간 홀로 깊어 가는가

　　번잡한 공사장 길 뒤편에
　　짓다 만 아파트 설계도를 지우는 비
　　나도 저 빗줄기에 갇혀
　　젖어 가는 설계도면 바라보고 있다

　　일상의 틈을 타고

스며드는 흙탕물
아무리 정비된 길을 찾아 걸어도
어두운 밤 돌아오며 다시 만나는 건
공사 중 불편을 드려 대단히 죄송합니다
야광의 눈을 번뜩이는
지금은 공사 중.

— 윤선아, 「웅덩이에 갇히다」 전문

　우리 삶의 분주함 속에서 맞닥트리는 생의 아이러니를 포착하는 시선
이 평이하면서도, 생각의 여운을 길게 끌고 가는 점이 이 시의 장점이라
하겠다. 하루를 보내고 돌아오면서, 즉 하루를 완성하고 돌아오면서도
우리는 또 다른 미완의 웅덩이에 갇히고 만다. 현대인들 모두 불확정성의
시대, 불연속성의 시대를 살아가고 있다는 삶의 내면을 보여주고 있는
것이다. 매일 만나는 일상의 번거로움 속에 갇히면서도 그것을 벗어날
수 없는 것이 우리의 삶이라는 사실을 일러주는 것이 이 시의 의도일
터이다. 앞으로 윤선아는 한층 언어미학 쪽으로 강화하면서 좀더 서정성
을 담아간다면 반드시 좋은 시인으로 우리 시단에 기록될 수 있을 것으로
기대된다.

　오늘날 가파른 삶의 고뇌 속에서도 수없이 많은 시와 시집들이 쏟아지
고 있다. 많은 시인들은 밤을 새우며 언어와의 고독한 싸움을 벌이고 있
다. 또한 많은 시인지망생들은 시인을 꿈꾸며 시를 습작하고 있다. 바로
그러한 나라에 살고 있다는 사실이 나에게는 가장 행복한 것이다. 나는
반드시 이 시의 물결이 언젠가는 이 땅을 새롭게 일으켜 깨울 것이라는
예상을 굳게 믿고 있다.

시를 읽는 즐거움

　수많은 시가 쉬지 않고 씌어지고 있다. 다채로운 상상력과 언어 표현, 다양한 체험과 인식의 폭으로 분출되는 시들. 그러나 모든 시들이 다 감동을 자아내는 것은 아니다. 유종호 교수는 그의 저서 『시란 무엇인가』(민음사)에서 훌륭한 시는 독자들에게 인지의 충격을 준다고 하였다. 좋은 문학 작품은 인지적 가치나 요소를 가지고 있으며 시적 순간을 준다고 하였다. 그는 인지적 가치나 요소를 가지고 있으며 시적 순간을 풍부하게 가지고 있는 작품이 명판이요 걸작이라고 하였다. 시는 다양한 방식으로 드러날지라도 그 안에 새로운 깨달음을 통한 충격과 기쁨을 간직하고 있어야 한다. 어떠한 문학적 장치 속에도 인지의 충격을 줄 수 있는 요소들을 내장하고 독자들에게 다가서야 한다. 그런 점에서 형식주의 차원의 '낯설게 하기'도 그것은 단지 형식에 대한 새로움을 말하는 것이 아니라, 독자들에게 시를 읽는 즐거움을 통해 진실에 대한 큰 울림과 생에 대한 깨달음을 주기 위한 방편인 것이다.

　시가 갖는 최고의 가치는 '창조적 상상력'이라 할 수 있을 것이다. 그러므로 좋은 시란 이를 통해서 새로운 의미를 환기하고 형성시켜 주는 데 있다고 하겠다. 작품을 읽으면서 마주치는 표현미나 문학적 장치 속에서 발견하는 아름다움도 종국에는 우리 생의 진실과 삶의 진정한 의미를 일깨울 수 있어야 한다. 그러기 위해서는 시인이 일상의 시각을 벗어나 좀더 색다른 영역으로 나아가려는 노력을 부단히 시도해야 할 것이다. 현대사회는 시의 창조적 상상력을 고양시키는 일이 무엇보다도 긴요하다. 시를 읽는 즐거움은 고도로 표현된 언어의 묘미를 터득하고, 그 시어들이 교직되며 엮어내는 심상을 통해서 시인의 시적 정서와 분위기를 느끼고, 그 정서를 향유하는 일이다. 그러한 과정에서 우리들의 생이 좀 더 풍요로워지는 것이다.

지난 호의 『시를 사랑하는 사람들』에도 좋은 작품들이 많이 수록되어 있다. 그 가운데서 쉽게 와 닿으면서도 즐거움을 주는 몇 편의 시를 다시 읽어보기로 한다. 그것들은 우리 생에 대한 본질적 물음을 통해서 깨달음을 주고 있다.

> 늘 오른발이 먼저 가고 그 뒤를 따른다
> 앞서 가고 싶은 마음이야 없을까만
> 그런 속내도 드러내지 못하는 왼발은
> 외출을 위해 신발을 신거나
> 온탕에 들어 설 때도 습관처럼 밀렸다.
> 험하거나 진 데가 아니더라도
> 왼발을 먼저 놓는 때면 어김없이
> 넘어지거나 부딪혀 몸에도 상처가 났다
> 왼발은 천덕꾸러기로 마구 굴러서
> 무좀도 생기고 새끼발톱도 찌그러진 채다
>
> 내세울 일 하나 없는 나의 왼발은
>
> 주눅 들어 3미리쯤 작아졌다
> 서 있을 때는 왼편으로 기울어져
> 세상도 3미리쯤 기울어져 보였다
>
> — 강영환, 「나의 왼발」 부분

강영환의 시는 누구에게나 있기 마련인 작은 습관이 우리 삶 전체를 어떻게 한쪽으로 몰고 가는가를 예리하게 짚어주고 있다. 표면적으로 습관이란 몸의 일이기 십상이다. 그러나 그 몸의 패턴이 굳어지면 사고를 지배하고 의식의 편향성까지 고착시킨다. 강영환 시인은 자신이 움직일 때 늘 오른발이 먼저 나간다는 사실에서 비롯된 삶의 외곬 속성을 반성적으로 제기해 준다. '나의 왼발'은 항상 밀린다. 그리하여 "왼발을 먼저 놓는다면 / 넘어지거나 부딪혀 몸에도 상처가 났다"고 한다.

강영환의 「나의 왼발」은 대단히 단순한 사실에서부터 출발한다. 누구나 당연히 여기며 의식하지 않는 사실을 바탕으로 그 안에 깊이 있는 성찰을 보여주었다. 사고와 인식 그리고 사상의 면에서도 한쪽으로 편향되기보다는 양쪽이 고루 균형을 유지해야 한다. 시인은 자신의 왼발에 대한 관심을 통해서 우리 사회의 편향성을 제기해 주었다. 이로써 그의 시는 인지의 충격을 주기에 충분하다.

> 불편한 것, 불편해 보이는 것, 아니 일부러 불편하게 만든 것은 모두
> 아름답다. 엄청나게 길게 휘어진 손톱. 그녀의 손이 감미로운 권태감으
> 로 불편하고 불안해 보인다. 무지무지하게 굽이 높은 하이힐. 너무 좁고
> 꽉 껴 걸어 다니기도 불편할 정도의 초미니 타이트 스커트. 팔을 움직이
> 기가 힘들 정도의 무거운 팔찌. 모가지가 기형적으로 가늘고 긴 여인.
> 그 여인의 목에 꽉 조이게 매어져 있어 목을 마음대로 돌릴 수 없을
> 만큼 무겁고 폭이 넓은 개목걸이. 여인의 두 발목 사이를 이어놓아 불편
> 하지만 우아한 걸음걸이를 도와주는 족쇄 모양의 발찌.
> — 마광수, 「불편한 것은 아름답다」 전문

마광수의 시는 "불편한 것은 아름답다는" 관점에서 미에 접근하고 있다. 그리하여 "불편한 것, 불편해 보이는 것, 아니 일부러 불편하게 만든

것은 모두 아름답다"는 것이다. 이 시에서 말하고자 하는 바는 아름다움
이란 자연스러운 것이기보다는 강하게 의도된 어떤 것이라는 사실이다.
마광수가 이전에 썼던 산문집의 『나는 야한 여자가 좋다』는 것도 바로
이점에 연루하고 있을 터이다. 칸트 식의 미에 대한 입장으로 무목적의
목적성이 아니라, 마광수는 강력한 목적성만이 아름다운 것이라는 견해
로 드러난다. 그의 생각은 너무나도 모든 것이 획일화해가면서 미적인
가치관과 기준도 보편화한 현실에 대한 강한 불만일 것이다. 이점에서
그의 시는 우리에게 공감을 자아내게 한다. 미는 각자의 개성과 다양한
의도가 표출되어 나타나는 것이라는 깨달음을 불러일으키고 있다.

　　전신주 위의 애자가 몸을 떨고 있네
　　기지촌에 비는 내리고
　　먼 데서 달려온 뜨거운 전기가
　　쉴 새 없이 애자의 몸을 핥고 지나갔네

　　철조망에 매달린 물방울이 보이네
　　전선을 타고 흐르는 애자의 눈물이 보이네
　　고통은 길지만 지나가는 것이고,
　　生은
　　애자의 몸을 시커멓게 더럽히며 사라진
　　찰나의 스파크 같은 것이라네

　　깨진 애자의 젖은 몸이 길 위에 뒹굴고
　　미제 험비*가 마지막으로 한 번 더
　　불에 그을린 애자의 몸을 밟고 지나갔네

　　*미제 군용 차량

— 박후기, 「애자의 슬픔」 전문

박후기의 시는 '애자'라는 시어를 동음이의어 효과로 유도한다. 그는 애자를 통해서 시상을 다의적으로 전개하고 있다. 애자는 전신주 위에 매달려 전깃줄을 이어주는 역할을 하는 물체이다. 그러나 그것은 기지촌에서 미군들에게 몸을 파는 여성의 이름으로 사용되고 있다. 강력한 전기가 몸을 훑고 지나가는 애자를 기지촌에서 미군들에게 몸을 파는 여성의 이름으로 사용하고 있다. 강력한 전기가 몸을 훑고 지나가는 애자를 기지촌의 한국 여성들에 대한 미군들의 탐욕적 행위로 비유하고 있다. 박후기의 시는 강한 긴장과 역동적인 상상력이 장점이다.

기지촌 여성의 문제를 다룬 시들은 이미 오래 전에도 우리에게 많이 있었다. 그러나 박후기는 바로 그러한 고정된 틀을 깨고 '애자'의 이중성을 통해서 우리에게 색다르게 전달해주고 있는 것이다. 그 점에서 그의 시는 우리에게 신선하게 다가오는 것이다.

나방은 어둠을 등지고 애써 유리벽을 뚫고 있다
그것은 벽 속으로 들어가지 않겠다고
끊임없이 털어 보는 날개의 외형인 것이다

어둠 안이 감자밭도 감자꽃 빛을 내세우며
지나가는 나방의 혼들리는 더듬이를 외면하다

나방은 붙잡을 것이 없다
집안으로 들어가는 길은 나방의 세계가 아니다
촛불이 있고
두툼한 책들이 있고
복잡한 책들이 있고
복잡한 관계로 짜여진 인간의 세상이

날갯짓 없이도 운영되고 있다
겨우 감자밭을 넘어온 나방
유리벽에 매달려 있지만
날개를 퍼덕이지 않았다면
유리에게도 나방은 없는 것이다
— 서영미, 「감자밭을 넘어온 유리나방」 부분

서영미의 시도 우리에게 깨달음의 기쁨을 주기에 충분하다. 그의 시는 유리벽에 갇혀 그 벽을 뚫기 위해서 노력하는 나방을 전면에 부각시키고 있다. 어쩌면 그것은 우리 현대인들 삶 전체를 의미하고 있는지도 모른다. 그의 시는 화려한 이미지를 구사하고 있다. 유리벽은 나방에게 어둠 안의 '감자밭'과, '감자꽃'에 다가가는 것을 가로막고 차단시킨다. 그러나 역설적으로 유리벽은 어둠 안에 있는 그것들에게 나방이 다가가지 못하게 함으로써 나방을 보호하는 역할을 하기도 한다.

이 시의 중심 의미는 3연에 나타난다. "집 안으로 들어가는 길은 나비의 세계가 아니다 / 촛불이 있고 / 두툼한 책들이 있고 / 복잡한 관계로 짜여진 인간의 세상이 / 날개짓 없이도 운영되고 있다"고 한다. 비록 나방은 유리벽에 닫혀 집안으로 들어가지 못하지만 그 안의 세계와는 차별화된 모습을 보인다. 그 안에는 '촛불', '두툼한 책', '복잡한 관계' 등으로 짜여진 인간 세상이 있는 것이다. 그러나 그것들은 날개짓 없이도 운영된다. 이 시에서 날개짓은 나방의 존재를 나방답게 하는 행위이다. 유리벽 안에 펼쳐진 인간의 화려한 세계는 날개짓도 없이 유지되는 적막한 세계일 뿐이다. 그러나 유리벽에 갇혀 그 안으로 들어갈 수 없는 나방의 세계는 잠시도 날개짓 없이는 존재할 수 없는 생생한 삶의 공간인 것이다.

뱅어포
한 장에
납작한 바다가 드러누워 있다

수백 수천의 얇고 투명한
바다에 점 하나 찍어
몸이 되었다

무수한 출렁거림 속에
씨앗처럼 꼭꼭 박힌
캄캄한 눈. 눈. 눈.

머리와 머리가
포개지고 창자와 창자가 겹쳐진
이걸 무어라 불러야 하나

혼자서는 몸이랄 수도 없이
이걸 무어라 불러야 하나

혼자서는 몸이랄 수도 없어
서로 기대고 잠든
이 납작한 것들아!

— 이재순, 「뱅어포」 전문

　　이재순의 시는 즉물적 상상력으로 전개되고 있다. 그는 우선 뱅어포를 눈앞에 제시해 두고 그것을 보면서 상상력을 전개시키다. "뱅어포 / 한 장에 / 납작한 바다가 드러누워 있다"는 표현은 매우 참신하다. 뱅어포는 납작하게 눌려져서 한 장으로 여러 마리의 뱅어를 품고 있다. 마지막 연의 "혼자서는 몸이랄 수도 없어 / 서로 기대고 잠든 / 이 납작한 것들아!"에 이르면 바로 그것이 우리들의 모습이라는 사실을 깨닫게 되는 것이다. 현대인들의 삶은 혼자서는 아무것도 유지할 수 없다. 그러나 인간들은 자신의 자율적인 삶 또한 불가능하기에 시인은 한 장의 '뱅어포'를 통해서 박제화된 현대인들의 삶을 일깨워 주고자 하는 것이다.

　친숙함은 경멸을 낳는다는 말이 있다. 다시 쓴다는 것은 새롭게 쓴다는 것과 통한다. 우리 삶의 진부함, 식상한 일상의 울타리 속에서 그래도 우리가 시를 쓰고 읽는 즐거움은 시안에 스미어 있는 창조적 상상력을 맛보는 일인 터이다. 바로 그 창조적 상상력만이 우리가 시를 읽을 때 인지의 충격을 주기에 족할 것이다. 상투화, 일상화에 저항하는 창조적 상상력 그것만이 우리에게 시를 읽는 즐거움을 전달해 준다.

신인들의 시세계

　우리 시단의 양적인 팽창은 상당한 정도에 이른 것으로 보인다. 그럼에도 일반인들의 시에 대한 관심이나 독서시장 열기의 저조가 지적되고 있다. 이는 곧 현 시단의 양적 팽창이 대체적으로 시인이 독자가 되고 독자가 시인이 되는 기현상으로 파악되는 까닭 이다. 다시 말하면 시의 독자들이 순수 독자로 머물지 않고 시인으로 참여하는 단계에 이른 것이다. 요컨대 작금의 상황은 시를 쓰는 사람들이 시를 지켜내는 상황이라 말할 수도 있다. 이러한 현상은 긍정적인 것은 아니지만, 어느 면에서는 시의 대중화에 기여하고 있는 것으로 볼 수 있다. 왜냐하면 양의 질적 전이라는 면을 고려할 수 있기 때문이다.

　앞으로 우리는 시의 대중성을 확보하고 일반인들과 시적 공감대를 넓게 확보해 가려는 노력을 경주해야 할 것이다. 그 점에서 2000년대 이후에 데뷔한 신인들의 시에 관심을 가질 필요가 있다. 이들의 시는 무엇보다도 동시대적 공감대를 바탕에 깔고 있기 때문이다. 시간의 단위란 한낱 기계적인 구분에 지나지 않는 것일지도 모른다. 그렇지만 2000년대라는 시대적 흐름은 상당한 의미를 갖는 것이라 하겠다. 그것은 일단 2000년대 이후에 데뷔한 시인들이 스스로를 그 이전과 차별화하려는 의식을 갖는다는 점에서 그렇다. 또한 우리 시단에서도 그들에게 무언가 새로운 것을 기대하고 있다는 점에서도 그러하다. 그러나 이러한 기대와 관심은 반드시 보상받을 수 있는 것은 아닐지도 모른다.

　문학 현장을 앞질러가는 성급한 판단을 보류하고 2000년대 이후에 등 단한 시인들의 작품을 먼저 읽어보도록 하겠다. 그리고 거기서 파악되는 점들을 통해 신인들의 시적 개성을 귀납적으로 확인해 보도록 하겠다.

　　　몽환의 언덕에서 꽃이 피기 시작한다.
　　　향기가, 고놈의 향기가 세상을 지배한다.
　　　호접아 날아야 하느니
　　　백년에 한 번 피었다 지는 生의 꽃이 핀다
　　　날개에 오월의 가장 눈부신 빛살들이 꽂힌다
　　　나의 사유는 달디 단 꿀을 마시고 천년을 취하고
　　　내 두개골 속 어느덧 꽃씨 하나 날아와 싹을 틔운다
　　　관절마다 향기로운 잎이 돋고
　　　한 마리 나비 훨훨
　　　약수弱手를 건너는 꿈을 꾼다

　　　송근을 베고
　　　유월의 숲 속에서 잠을 잔다
　　　복숭아꽃 피는 무릉도원은 보이지 않고
　　　아카시아 꽃 향이 솔바람에
　　　도화처럼 하얗게 흩날리는 서쪽으로, 달이
　　　저만치
　　　관음의 모습으로 돋는다.

　　　　　　　　　　　　　　　　　　　── 김인육, 「장주지몽」 전문

　김인육의 시는 다분히 동양의 신비주의와 노장의 사유에 바탕을 두고 있는 것처럼 보인다. 그의 시는 현실 삶의 고통스런 세상을 벗어나 "몽환

의 언덕"을 거닌다. 그곳은 꽃의 '향기'가 세상을 지배한다. 또한 "백년에
한 번 피었다 지는 生의 꽃"이 피고, 시인의 "사유는 달디 단 꿀을 마시고
천년을 취"한다. 시인의 "두개골 속 어느덧 꽃씨 하나 날아와 싹을 틔운
다". 그러나 시인은 그러한 세상에 한없이 빠지지는 않는다.

  2연에 이르면 "복숭아꽃 피는 무릉도원은 보이지 않고 / 아카시아 꽃
향이 솔바람에 / 도화처럼 하얗게 흩날리"고 있기 때문이다. 궁극적으로
시인은 지상에서는 '무릉도원'을 찾을 수 없다는 것을 잘 알고 있는 것이
다. 다만 그는 천상에서 그것을 암시적으로 드러내고 있다. "서쪽으로,
달이 / 저만치 / 관음의 모습으로 돋는다"고 했다. 그것도 '저만치'라는
부사를 동반하고 있다. 이 시에서의 '저만치'는 김소월의 「山有花」에서
"저만큼 혼자서 피어 있네"의 '저만큼'과 동일한 맥락으로 해석된다. 그러
므로 꿈은 다만 꿈일 뿐인 것이다. 그에게 꿈은 현실을 넘어서려는 하나의
장치인 것이다.

        방글방글 웃던 아기도
        왁자지껄 떠들던 아주머니도
        종알종알 쉬지 않던 아가씨도
        사각형 침묵 하나씩 물고
        아무말 하지 않는다
        애써 둥그런 표정을 깎으며
        내려야 할 층수의 번호가
        숫자 판에 떵동 걸릴 때까지
        물었던 사각 뱉지 않는다
        광고 스티커도 사각으로 외치고
        침묵이 지루해질 즈음 사람들
        사각 거울에 얼굴 구겨 넣는다
        무거워진 공기 사각사각 씹으며

각자의 모서리에 날을 세운다
그때 천정의 모기 한 마리
너와 나 섞어 만든 피로
둥글게 배를 채우고
제 몸보다 큰 소리로 웃으며
머리 위 원을 그리며 난다

— 길상호, 「모기와의 동행」 부분

길상호는 일상 속의 대단히 미시적이고 사소한 것 가운데서 시적 인식을 펼친다. 엘리베이터 안의 사각형 속에서 인간들의 사고와 삶의 패턴은 사각형으로 고착화한다. 사람들 간의 관계는 단절되고 침묵으로 일관한다. 그러한 점들은 이 시에서 "사각의 신봉자", "사각형 침묵"으로 표현되었다. 사람들 간의 단절과 소외가 가장 첨예하게 표현된 곳은 "침묵이 지루해질 즈음 사람들 / 사각 거울에 얼굴 구겨 넣는다 / 무거워진 공기 사각사각 씹으며 / 각자의 모서리에 날을 세운다"는 부분이다.

이 시에서의 반전은 후반부에 이루어진다. 그때 엘리베이터 안의 '모기' 한 마리가 사람들과는 다른 생의 방식을 보여주기 때문이다. 모기는 "너와 나 섞어 만든 피로 / 둥글게 배를 채우고 / 제 몸보다 큰 소리로 웃으며 / 머리 위 원을 그리며" 나는 것이다. 모기는 '너와 나', '둥글게', '큰 소리', '웃음', '원' 등이 암시하는 상생과 조화, 포용의 둥근 삶의 세계를 보여주기 때문이다. 그렇다면 인간은 결국 모기만도 못한 것이 아닌가?

가을은 만난 모든 얼굴을 싣고 흐른다
다른 색깔, 다른 소리로 가을은 가장 아름다운 시
두물머리에서 강물은 몸통, 두른 산은 날개, 하늘은 머리 되어
풍경이 한 마리 곤충처럼 날아간다

굵은 느티나무 아래 연인들은 디지털 카메라로
플래시에 놀란 순간 풍경을 채집한다
얼마 남지 않은 잎새를 갈기처럼 날리며 늙은 버드나무
말 모양으로 달린다 말린 괴물 눈알처럼 많은
열매를 달고 있는 오동나무 다시 푸른 눈을 뜨고 싶다
흘러가는 웃음소리와 물살이 닿는 강 건너 외딴 집
굴뚝 연기가 아주 잊혀졌던 추억처럼 우여곡절 솟아오른다

가을 두물머리에서 나그네들이 만나 술렁술렁 흘러가네
나그네 물이 나그네 버드나무 아래서 추적추적 거리네
나그네 사랑도 나그네 나룻배도 줄에 묶인 채 출렁출렁 거리네
나그네 우주도 가을 강이 아름다워 붉은 손을 깊이 적시네
가을은 우주의 강이네

— 오자성, 「두물머리」 부분

　오자성은 위 시에서 진정한 만남과 삶의 문제를 형상화하고 있다. 그의 삶을 바라보는 시각은 대단히 긍정적이며 낙관적이라 하겠다. '두물머리'는 두 갈래의 강물이 만나 하나로 흐르는 곳이다. 두 개의 물줄기가 남한강과 북한강이라는 위치와 맞물려 대단히 상징적으로 읽히기도 한다. 그 옆의 '늙은 버드나무'와 '오동나무'를 통해서 두 갈래의 물길이 하나로 연결되면서 더 큰 삶으로 나아가는 시야를 하늘 쪽으로 확산시킨다. 그의 시는 현실 문제에 골몰하기 보다는 더 큰 삶의 틀을 지향한다.

　마지막에 이르면 그의 사고는 더 크게 확대되어 간다. "가을 두물머리에서"는 "나그네들이 만나 술렁술렁 흘러가"는 것이다. 그리하여 "나그네 우주도 가을 강이 아름다워 붉은 손을 깊이깊이 적시"며 "가을은 우주의 강"으로 승화되는 것이다. 결국 우리 삶은 서로 만나야 하고 함께 흘러야 한다는 것이 오자성이 현실을 보는 눈이다. 이러한 사실은 너무나도 당연

한 것이지만 진실한 것이기에 절실하게 다가온다.

    오늘도 신발장은 만원이다
    제 지방말로 모여 온
    신발들이 엎드려 있다

    먼지가 낀 꾀죄죄한 신발
    밑창이 닳아빠진 신발
    헐어 형체를 알 수 없는 신발들이
    신호를 기다리고 있다

    벽에 걸린 시계는 모기 소리내며
    떨리는 빠알간 초침으로 신호를 보내고 있다
    신호에 따라서 꽃의 색깔이 달라진다
    어제 보이던 신발은 없고 그 자리엔
    하얀 꽃이 한 길 높이로 서 있다

    오늘도 신발장은 제 각각의 방언으로 만원이다
    멀리서 빵게벌레 소리를 내며
    구급차가 달려온다
    초침은 가느다랗게 떨다가 신호를 보낼
    채비를 하고 있다
                              — 박우담, 「응급실에서」 전문

    박우담의 시는 대상을 압축적으로 제시하면서 시를 이끌어간다. 이 시
의 "오늘도 신발장은 만원이다"라는 첫 행은 우리에게 이 시 속으로 한
발자국 더 깊이 다가서게 만든다. 이 시에서 응급실에 모인 환자들은 모두
하나의 '신발'로 비유된다. 이러한 비유는 단순한 듯하지만, 인간이 살아

가는 한 벗어버릴 수 없는 것이 신발이고 보면 대단히 날카로운 인식이라 할 수 있다. 그의 시적 표현은 단순성 속에 날카로운 눈과 직관력을 간직하고 있다. 그러므로 이 시가 죽음의 현장을 다루고 있는 시임에도 불구하고, 거기에는 어떠한 정감어린 부분들이 따라붙고 있는 것이다.

이 시는 신발의 비유를 통해서 응급실의 긴장되고 살벌한 상황을 정감어린 모습으로 환치시켜 놓고 있다. 그 점에서 박우담의 시가 보여주는 장점은 정확한 언어의 사용과 절제의 미학이라 할 수 있다. 이 시에서 "어제 보이던 신발은 없고 그 자리엔 / 하얀 꽃이 한 길 높이로 서 있다"와 "초침은 가느다랗게 떨다가 신호를 보낼 / 채비를 하고 있다"는 부분은 응급실의 정황을 대단히 적확하게 표현하고 있는 것이다.

가을 내내
단풍나무가 붉은 글씨로 빽빽하게
잎사귀에 적어놓은 그것들이
부음이었을 줄은 몰랐다
옥토沃土를 덮고 누우신 할머니
머리맡을 지키고 있는 상수리나무
창백한 표정으로 허리를 굽히고 선
저 너도밤나무
완전히 닫히지 않은 봉분封墳의 문지방
상복 입을 겨를도 없이
급히 건너오는 청솔 나무
그 발아래 몸 가누지 못하고
휘청거리는 이름 모를 풀들
그 사이에서 더 이상 참지 못하고
먼저 울음을 터뜨리는 불쌍한 멧새요
모두 슬퍼하지 말아라

임종이란 저렇듯 편안한
풍경이다

— 이동호, 「하관下棺」 전문

이동호의 시 또한 눈여겨 볼 필요가 있다. 이 시에서 '할머니'의 죽음을 소재로 한 하관은 자못 아름다운 가을 풍경으로 묘사된다. 인간이 죽어 땅에 묻히는 것을 일러 '돌아간다'고 하는 것은 다시 인간이 어머니인 대지의 품으로 환원하는 것을 의미한다. 그것은 곧 다시 태어나기 위한 일이기도 하다. 그 점에서 죽음은 다분히 축제가 되기도 하는 것이다. 동양적 윤회설에 바탕을 두고 이 시를 읽는다면 가을이야 말로 비로소 생명으로 나아가는 시간이기도 하다.

'단풍나무', '상수리나무', '너도밤나무', '청솔 나무', '풀들', '멧새' 등이 어울려 연출하는 가을의 풍경은 한 죽음을 땅에 묻는 하관을 통해서 그 의미가 크게 강화되고 있다. 이러한 상황은 후반에 가서 시인이 "모두 슬퍼하지 말아라 / 임종이란 저렇듯 편안한 / 풍경이다"라는 부분에서 정점에 도달하고 있다.

이상의 시 다섯 편을 통해서 살펴본 결과 우리 시의 미래라 할 신인들의 시에서 몇 가지 사실을 파악할 수 있다. 그들은 굳이 현실의 문제에 크게 골몰하지 않는다. 현실의 문제에 관심을 갖는다고 할지라도 그들은 대단히 가벼운 소재를 통해서 우회적으로 제시한다. 또한 그들의 상상력은 현실을 지향하기보다는 그것을 뛰어넘는 데로 전개된다. 그들의 의식세계는 대단히 낙관적이고도 긍정적이라 할 수 있다. 이점에서는 매우 희망적이기도 하다. 또한 대상을 바라보는 시각이 크고 넓게 전개된다는 점도 알 수 있다.

그러나 한편으로 이들의 세계인식은 리얼리티가 약하다. 또한 현실인식 차원에서는 절실함이 약하다는 단점을 노출하기도 한다. 다섯 편의 시를 통해서 살핀 결과가 이 시대 시 경향 전체를 대변할 수 있을 것인가 하는 문제가 있지만, 이러한 점들은 신인들이 좀더 적극적으로 끌어안아야 할 화두임은 명심해야 할 것이다.

한국 현대시와 시정신

인쇄일 초판 1쇄   2005년 09월 01일
         2쇄   2015년 09월 23일
발행일 초판 1쇄   2005년 09월 05일
         2쇄   2015년 09월 25일

지은이 김 완 하
발행인 정 진 이
발행처 새미
등록일 1994.03.10, 제17-271호

서울시 강동구 성내동 447-11 현영빌딩 2층
Tel : 442-4623~4 Fax : 442-4625
www. kookhak.co.kr
E- mail : kookhak2001@hanmail.net
ISBN 978-89-5628-168-1 *93800
가 격 20,000원

* 새미는 국학자료원 의 자매회사입니다.
*저자와의 협의 하에 인지는 생략합니다.